片桐洋一・山本登朗 責任編集

伊勢物語古注釈大成 第一巻

『十巻本伊勢物語注 冷泉家流』（鉄心斎文庫蔵）
『増纂伊勢物語注 冷泉家流』（鉄心斎文庫蔵）
『伊勢物語奥秘書』（鉄心斎文庫蔵）

笠間書院

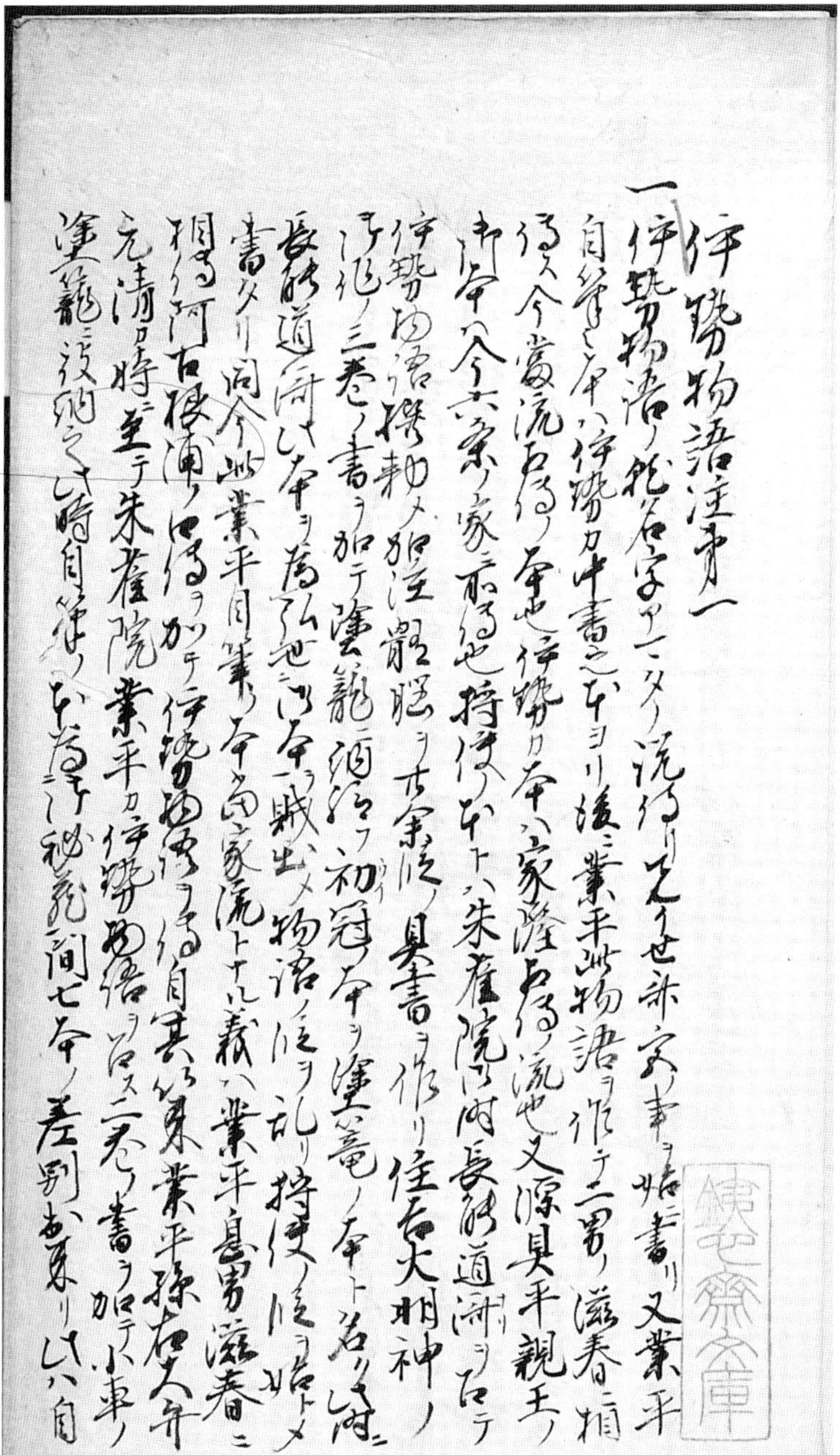

十巻本伊勢物語注（鉄心斎文庫蔵）巻頭

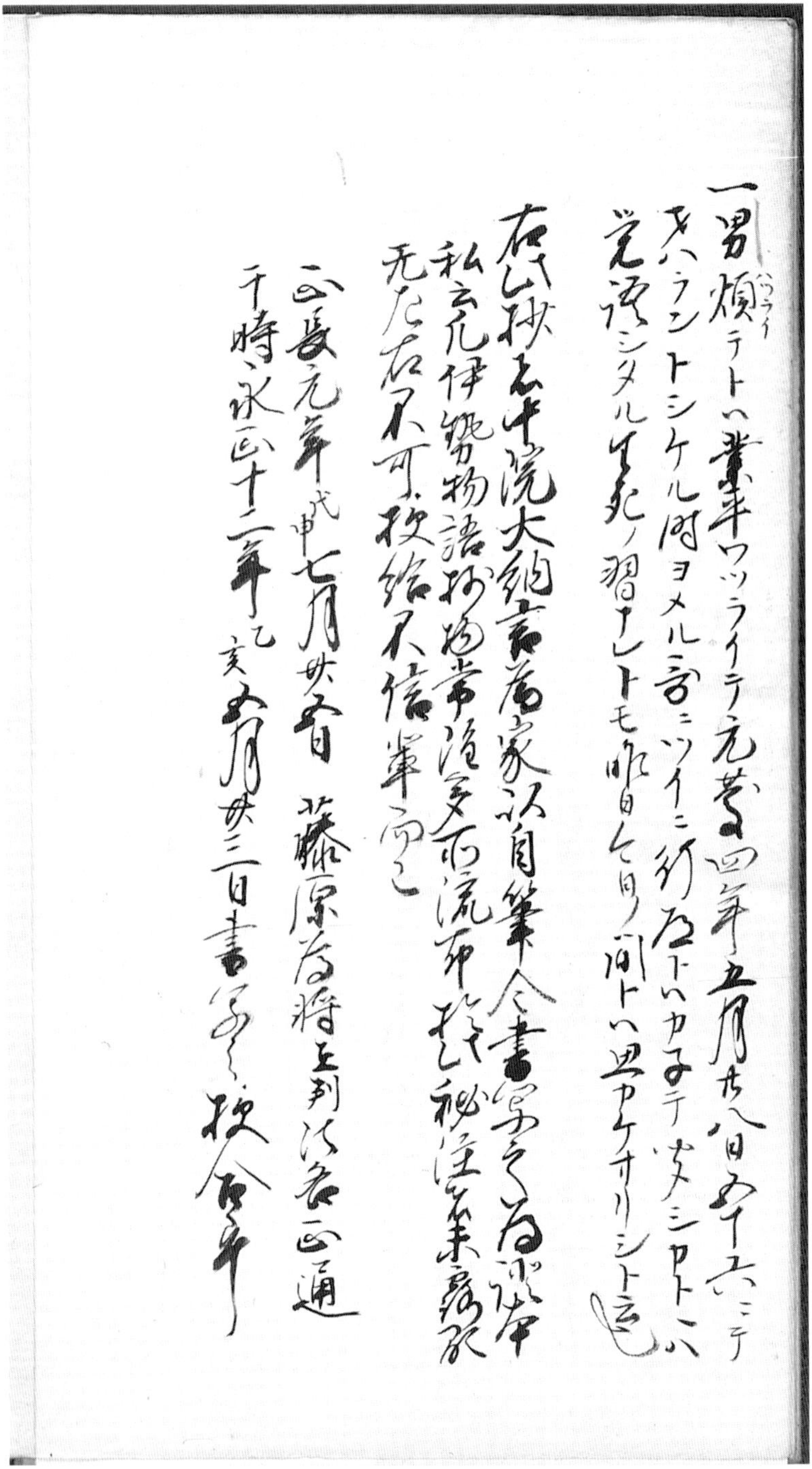
一男煩（ハツライ）テトハ業平ワツライテ元慶四年五月廿八日卒年五十六ニテ
失ハテントシケル時ヨメル哥ニツイニ行道トハカ子テ聞シカトハ
覚悟シタル事死ノ習ナレトモ昨日今日ノ間トハ思カケナリシト云

右此抄者中院大納言為家卿以自筆令書写之為秘本
私云此伊勢物語抄為常流布之不流布抄之秘注之最極秘
无左右不可披給不信輩而已

正長元年戊申七月廿五日　藤原為将上判　正通
于時永正十二年乙亥九月廿二日書写之　校合畢

十巻本伊勢物語注（鉄心斎文庫蔵）奥書

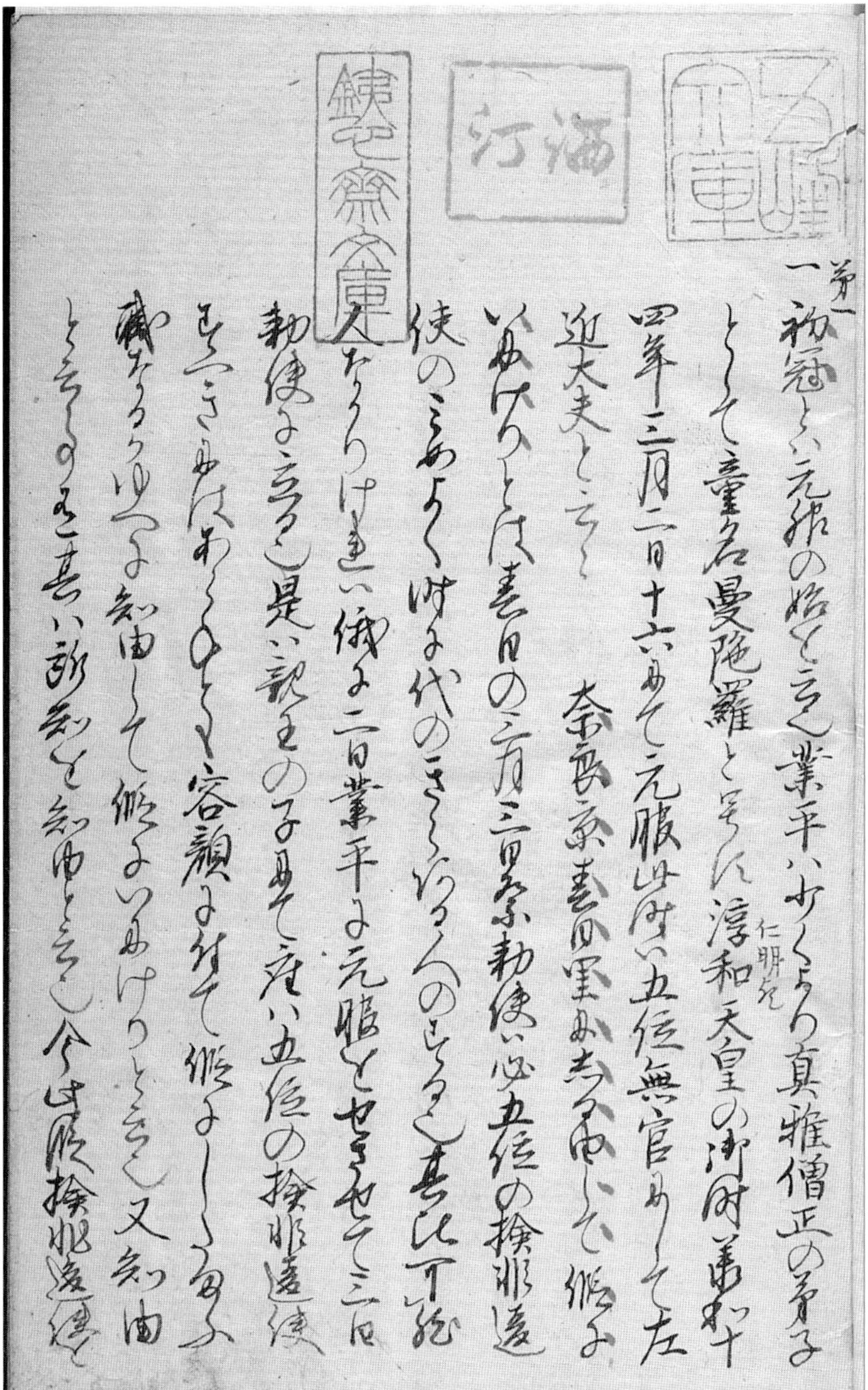

増纂伊勢物語抄（鉄心斎文庫蔵）巻頭

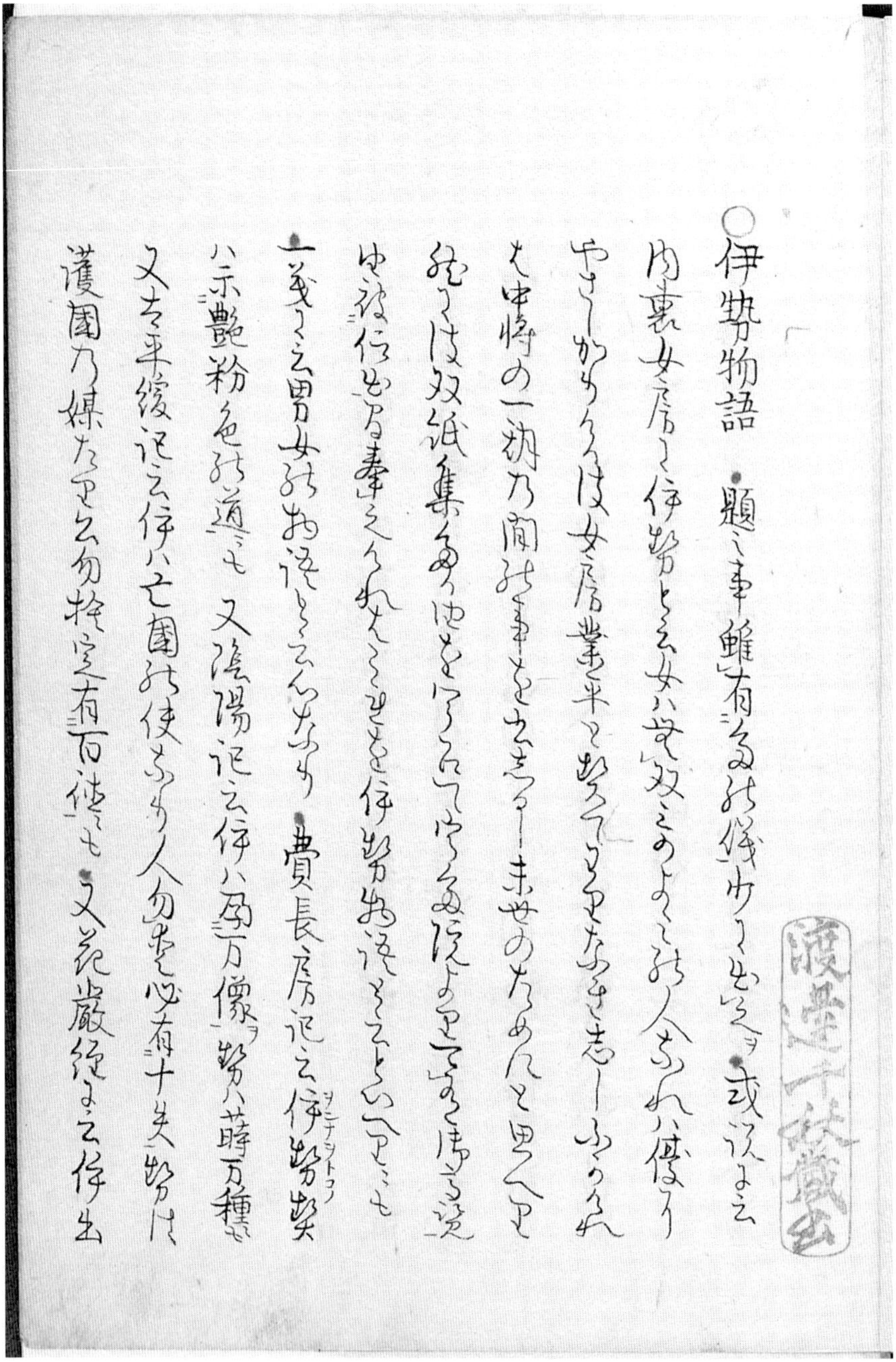

伊勢物語奥秘書（鉄心斎文庫蔵）巻頭

目次

凡例 ii
十巻本伊勢物語注 冷泉家流（鉄心斎文庫蔵）……一
増纂伊勢物語抄 冷泉家流（鉄心斎文庫蔵）……七五
伊勢物語奥秘書（鉄心斎文庫蔵）……一五一
解題……二六九

凡例

一、本巻には、『十巻本伊勢物語注 冷泉家流』（鉄心斎文庫蔵）、『増纂伊勢物語抄 冷泉家流』（鉄心斎文庫蔵）、『伊勢物語奥秘書』（鉄心斎文庫蔵）の三書を翻刻した。

二、翻刻に際しては、次のような方針をとった。

1、各章段に章段番号を加えた。ただし、『増纂伊勢物語抄 冷泉家流』については、本来記されている章段番号もそのままに翻刻したので、新番号と旧番号の間に矛盾が見られる（解題参照）。

2、底本の漢字は漢字に、仮名は仮名に表記することを原則とした。ただし、漢字の異体字は正字（常用漢字は新字体）に改め、あて字は正当な漢字、またはひらがなに改めた。

3、あらたに句読点、引用符などを適宜加えて翻刻した。

4、底本の声点、濁点、長点は、原則としてそのまま翻刻した。したがって『十巻本伊勢物語注 冷泉家流』において、行の左傍に付されている濁点表示はそのままの形で残した。なお、底本にない濁点、半濁点、ふりがなは、一切加えていない。

5、底本の見せ消ちや訂正については、訂正後の本文に従った。ただし、後人による訂正、補筆、書き入れは、別に《 》で囲って翻刻した。

6、底本に朱筆で記された文字や記号は、そのまま翻刻し、「(朱)」の注記を添えた。

7、必要に応じ、他本によって、補充、訂正を加えたが、その際、補充に用いた他本の本文は、（　）で囲って示し、訂正の場合は右傍のルビの位置に（　）に入れて小字で示した。

8、底本の誤りや脱落と思われる部分で、他本によって訂正できない場合は、そのまま翻字し、ルビの形で「(ママ)」と記すか、明らかな誤りの場合は正しい本文を（　）に入れて右傍のルビの位置に小字にて記した。

9、底本の、虫食いや損傷等による判読不能箇所は、「□□□」などのように、「□」をおおよそ想定される文字数だけ並べて示した。

十巻本伊勢物語注

冷泉家流

（鉄心斎文庫蔵）

片桐洋一
神田裕子
丸山愉佳子

伊勢物語注第一

一『伊勢物語』ノ就名字、アマタノ説侍リ。先、イセ斎宮ノ事ヲ始ニ書リ。又、業平自筆之本ハ、伊勢カ中書之本ヨリ後ニ、業平此物語ヲ作テ、二男ノ滋春ニ相伝ス。今、当流相伝ノ本也。伊勢カ本ハ、家隆相伝ノ流也。又、源具平親王ノ御本ハ、今、六条ノ家ニ所伝也。狩使ノ本トハ、朱雀院御時、長能、道済ヲ召テ、『伊勢物語』撰勅シテ、加注『髄脳』ヲ廿余段ノ具書ヲ作リ、住吉大明神ノ御作ノ三巻ノ書ヲ加テ、塗籠ニ納給フ。初冠ノ本ヲ塗籠ノ本ト名ク。此時ニ、長能、道済此本ヲ為レ弘レ世ニ御本一、賊出シテ物語ノ段ヲ乱リ、狩使ノ段ヲ始トシテ書タリ。問、今、此業平自筆ノ本、当家流トナル義ハ、業平息男滋春ニ相伝、『阿古根浦ノ口伝』ヲ加テ、『伊勢物語』ヲ伝。自レ其以来、業平孫右大弁元清カ時ニ至テ、朱雀院、業平カ『伊勢物語』ヲ召ス。二巻ノ書ヲ加テ、小車ノ塗籠ニ被納之。此時、自筆ノ本為ニ御秘蔵一間、七本ノ差別出来リ。此ハ、自筆ノ本、御門ノ御秘蔵タルニヨツテ、作者体ヲカヘテ、余ノ六巻ノ差別ノ出来ル也。其内、今六巻ハ、初冠ノ本タリトイヘトモ、自筆ノ本ハカリ塗籠ノ本トナレリ。サテ、堀河院ノ御時ニ至テ、二条中納言俊忠ニ至ルマテ、三代君ノ御師儲タル故也。雖レ然、二巻ノ秘書俊忠不給之。爰ニ、業平七代之孫、小山ノ三位高階ノ見国、業平ノ家ヲ伝タリ。俊忠此二巻ノ書ヲ相伝センカタメニ、見国ヲ養子トシテ、姓ヲ藤原トス。朱雀院ノ御時ノ書籍ヲ当流ニ譲ル。此時、見国、両巻ヲ伝フ。見国、無子カ故ニ、ソノ家絶テ、当家ノ流トナレリ。

抑、『伊勢物語』トハ、五ノ義アリ。一ニハ、伊勢カ中書ト云ニ付テ、作者ニオホセテ、イセ物語ト云リ。二ニハ、女御、后ヲ犯ス人ハ多シトイヘトモ、伊勢斎宮ヲ犯シ奉ルコト、一人ニカキレリ。是ヲ『伊勢物語』ノ肝要トスル故ニ、『イセ物語』ト云。難シテ云ク、サラハ斎宮ノ物語ト名ツクヘキニ、伊勢ノ国ノ名ヲ示シテ、『伊勢物語』ト云ヘキ哉。此義不審也。三ニハ、『伊勢ヤ日向ノ物語』ヲ以テ、『イセ物語』ト云。彼『伊勢ヤ日向』トハ、『日本記』ニ云、日向国ニ佐伯恒元ト云者アリ。伊勢国ニ文屋吉算ト云者アリ。生ル事同年同月同日同時ニテ、死スル事然也。

吉算ハ定業ニテ、生前定リ、又、恒元ハ非業ニテ娑婆（シハ）ニ帰サレントスルニ、コヽノ髄骨火ニ焼レヌ。故ニ、ヨミカヘルヘキ様ナシ。其時、或冥官ノ申サク、吉算・恒元ハ、生死之年月、日時ニ限ルマテ、カハラス。サレハ、吉算カ骸、イマタホロヒス。仍、吉算カ骸ニ、恒元カ神ヒヲ入ヘシ、ト云。其義尤可然トテ、入タリケレハ、活（ヨミカヘ）リヌ。妻子悦ケレハ、吉算カ云、我ハ、日向ノ国ノモノ也。汝等ハ、全我妻子ニアラス、ト云リ。子共、親ナル由ヲ云ケレトモ、日向ヘ行ケレハ、子トモ行末ヲミン、トテ行ヌ。日向ノ家ニ行タリケレハ、妻子共見付テ、知ヌ人来ル、トテ打出シケレハ、我ハ汝等親ナル由ヲ云イ、事ハカハラネトモ、身ハ異人ナリケレハ、子共、不用之。此時、地獄ニテノ有様ヲ云ケレハ、身ノ方ノ子共、心ノ方ノ子モ、互ニ父子ノ思ヲナシヌ。今、此物語モ、口カトスレハ奥、オクカトスルハ口ニテ、前後相乱セリ。彼物語ノ、伊勢カトスレハ日向、々々カトスレハ伊勢ニテアレハ、タトヘテ伊勢ト云。難シテ云、サラハ『伊勢ヤ日向ノ物語』ト云ヘシ。何ソ一方ニ付テ、イセト云哉、此義不審ト云々。此儀、他流ノ説也。当家ノ義ハ不然。第四ニハ、『花厳経』『涅槃経』ノ説ヲ以テ、『伊勢物語』ト云トイヘリ。其故、『花厳経』ニ説ヘキコトハ、『涅槃経』ニ説、『炎経』ニ説ヘキ事ヲハ、『花厳経』ニ説。故ニ、此物語、奥カトスレハ端、ハシニ云ヘキ事ヲハ奥ニ云故ト云々。五ニ、所々ノ義ハ、家ノ説也。ソノ義ニ云、只男女ノ物語也。問、男女ノ物語ヲ『伊勢物語』ト云哉。答云、『日本記』ニハ、伊ヲハ女トヨミ、勢ヲハ男トヨム。又、『費長房ノ記』ニ云、伊勢ノ契ハ示（ス）二艶粉好色之道（ヲ）一トイヘリ。サレハ、伊勢ハ男女也。又、『花厳経』ニ、伊ヲ男子ト説レタリ。サレハ、伊文字ハ女ノ義也。又、『陰陽記』ニ云、伊ハ孕（ミ）二万象（ヲ）一、勢ハ蒔（ク）二万種（ヲ）一ト云リ。サレハ、此二字男女ナル義、証拠ソノ数多レ之。仍、『伊勢物語』トハ、男女ノ物語ト云義也。問、『伊勢物語』ヲ見ルニ、業平、イセ斎宮ヲ犯シ奉ルニ、神罰ヲモ蒙ラサルヲ以テ、凡人ニアラスト云事ヲ知ヌト云リ。然ハ、何ソ世ノ人、権者ト云テ、男女ノ物語ヲ書テ、一期ノ本意トスヘキ哉。答云、今爰ニ男女ノ物語ト云ハ、世者、今、男女ノ嫁キノ事ヲノミ明スニアラス。陰陽天地トノ神達出来レリ。日本国ノ風トシテ、大和詞ノオコリ、不思議ヲ云ンタメ也。伊トハ、伊弉冉尊、勢トハ、伊弉諾尊也。

此二神、陰陽ノ神トシテ、嫁ヲ始テ、好色ノ道トナル事ヲイハンタメノ物語也。サレハ、天神ハ勢、地神ハ伊也。此事、委ク『神代ノ記』ニ見タリ。又、二字ノ深義、『阿古根浦ノ口伝』ノコトシ。

一

一　昔ト云ニ付テ、二ノ義アリ。一ニハ、業平下位下官ニテ、后、斎宮等ノ上位ヲ犯シ奉ル事ヲ書故ニ、我ヲ隠シテ昔男ト云也。是、家ノ義也。他流ニ、伊弉諾、伊弉冉尊、嫁シテ一女三男ヲ生ム事、廿一日ノ間也。サレハ、陰陽ノ起リ廿一日ナル故ニ、業平好色ノ事ヲ書ニ付テ、昔トカケリ。昔ノ意、廿一日ト書リ。難云、其義ナラハ、昔神代ノ事ト云ヘシ。只男トハ、業平カ事也。神代已下ヲ一ニ成テカケル事、イカン。如レ此ナラハ、神代ヲ証拠トシテ、業平カ事ヲカケル事ハ、不レ見。只業平、即二神ノ如ク見ヘタリ。此義、不審也。仍、家ノ義ハ不然。

一　初冠トハ、元服ヲ云也。業平ハ、少クヨリ真雅僧正ノ弟子トシテ、童名曼荼羅ト号ス。仁明天皇御時、承和七年三月二日、十六歳ニシテ元服。此時ハ五位ノ無官ニシテ左近将監（大夫事）ト云。

一　奈良京春日ノ里ニ、シルヨシシテ、カリニイニケリトハ、カスカノ三月三日ノ祭ノ勅使ハ、必ス五位ノ検非違使ノ、ミメヨキカ、時代ニキラアル人ノスル也。其比、可然人ナカリケレハ、俄ニ、二日、業平ニ元服ヲセサセテ、三日ノ勅使ニ立ラル丶也。是ハ、親王ノ子ニテ座セハ、五使（位）ノ検非違使スヘキニハアラネ共、容顔ニ付テ、カリニシ給フ識（ママ）ナル故ニ、知ルヨシシテイニケリト云。又、シルヨシト云事アリ。ソレハ、所領知ヨシト云也。今、此二段ハ、検非違使ヲシルヨシ也。其里ニ、イトナマメキタル女ハラカラ住ケリト云ハ、少納言形（ママ）部大輔紀有常、春日ノ里ニ住ケル。其娘姉妹ヲハラカラト云也。ナマメキタルトハ、幽玄トカケリ。『伯選』拾一巻云、妻綴殿之（ノ）中ニ霊鬼変シテ生ニ宗娃（ト）一、灑（リシ）資貽（イツクシクシテ）分ニ暮紏（トクニ）一、漸（ク）近観（ミレハ）ニ貌粧（ヲ）一、艶色甚幽玄（ナマメキタリ）。向（テ）ニ衣塚（ニ）一臥、将畜（ニナマメイタリト）云々。此文ハ、文師佁灑仙カ作レル文也。三十巻ノ文也。意ハ、高麗ノ会合王ノ内裏、坐上宮ノ大極殿ノ巻柱ノ下ニ、鬼変シテ美女トナレリ。御門、終ニタフラカサレテ、女御トシ給フ。青キ角頭ニ生出タル皇子ヲ生ミ奉ル。後ニ、位ニ即テ、青角帝ト云リ。又、『文選』

云、盛婦ハ其道チ蒻ト云リ。サレハ、何レモ、ナマメキタルハ、ヤサシキ義也。此男カイマミテケリトハ、業平、後ニ有常カ娘ヲ、ソノ夜、嫁タリケルヲ云也。カイマミケリト云ニ、二ノ義アリ。一ニハ、墻ノ間ヨリノソキミルヲ云也。二ニハ、嫁ノ義也。『万葉』云、

天命尊石尊 志天大八洲尓開真見始天契 初天気

是ハ、二神ノ、日本国ヲ造リシ事ヲ云也。サレハ、開真見ツヽトハ、嫁ヲ云義也。オモホエス故郷ニトハ、奈良ノ京ヲ故郷ト云。大方古ノ京ナレハ故郷ト云ナルヘシ。爰ニテハ不然。業平、天長二年四月一日、奈良ノ京ニテ生レタリシカ、平ノ京ニテ元服シテ、又奈良ノ京ニ来レハ、故郷ト云也。是ハ業平カ身ニカキリテ云事也。

一　ハシタナト云ニ、二ノ義アリ。無半ト書テ、ハシタナト云。普通ノ中間ニ、カケタル也。難シテ云、此義ナラハ、今ノ世ニ、上下ニハ、イツレ当ルソヤ。答云、是ハ上ノ義也。又、難云、上下云事ハ、此證拠ニテハ必ス不見也。只ヨキハカリニ付テ、ハシタナト云本文アリ。『政纆』ニ云、上陽ノ玉妃、十六歳ニ始奉内入、三廻之時、賂帝雲、質容無麁心花開云々。『政纆』ハ、大唐長祁公カ作文也。此人、マツリコトノ可有事ヲ云文也。三十巻有之也。上陽人、十六歳ニシテ、始テ玄宗ニ被召ケル也。入三廻者、内参テハ、三年ト云也。然ハ、十八歳也。帝雲者、御門ノ御恵ヲ云也。賂者、蒙ト云義也。加様ニ、御門ノ恵ヲ蒙ル事ハ、貌ノワロクナケレハト云事也。ハシタナシトハ、無麁ト書タレハ、ワロカラスト云義也。心花開トハ、心珍ナルヲ云也。サレトモ、楊妃ニ嫉マレテ失セ給タリ。又云ク、至テヨキヲ云。又云、ヤサシキト云事也。コヽチマトヒニケリトハ、加様ニ恋シキ意ニナルヲ云也。カリキヌノスソヲ切テ歌ヲ書テヤルトハ、業平必紙ヲモタサルニハアラス。上古ニハ、男女ノ契ヲセントテハ、帯ヲ遣ス也。鹿島ノヒタチ帯ノ由緒也。古歌ニ云、

吾嬬路ノ道ノハテナルヒタチ帯ノトケヨカシマノ神ノチカヒニ

此心ハ、アツマノ人ハ、妻ヲカタラハントテハ、帯ヲシルシニ遣ス也。業平、折シモ帯ノナカリケレハ、狩衣ノスソヲキリテ、帯ノコトク続テ、カスカノ歌ヲ、書テ遣ス也。歌ニ、春日野ノ若紫ノトハ、女ノ異名也。サレハ、有常カ娘ヲ、若紫ト云。カスカノトハ、今当所也。忍ノ乱レ限シ

ラレストハ、シノフ摺ノ乱タル如クニ、我心モ乱タリト云リ。『文集』云、顔女寵芳 如薫紫麝風トカケリトナン。帯ツキテヤリケルトハ、狩衣ノスソヲ、帯ニ続テヤル也。但、当流ニハ、追イツキテヤルトヨメリ。ツイテ面白キコト、ヤ思ケントハ、此若紫ノ歌ヲ読テ、ソノ次ニ、ミチノクノシノフモチスリノ歌ヲ詠スル也。其故ハ、彼モ忍恋ニ、シノフ摺ノコ、チヲヨミ、我歌モ同義ナルカ故ニ、詠云也。彼歌ハ、河原院左大臣融ノ卿ノ、女ニ、忍テ読テ給フ歌也ト云リ。歌ノ心ハヘアルヘシトハ、此歌ノ心ハヘヲ見テ、我歌ヲヨメリト云義也。葱(ママ)摺ノ事、『日本紀』云、天智天皇ノ御時、玉手ノ峯真ト云人、ミチノ国ノ信夫郡ニ住ケルカ、ソノ所ニ、文ウツクシキ石ア(ママ)。ソレニスリヲシテ、王ニ奉タリケレハ、所ニオホセテ葱モチスリト云。又ハ、此文、葱草ノ乱タル如クナル文也。或人ノ云、モチ摺トハ、篠竹ニ衣ヲ巻付テ、糸ニテ葱ノ文ヲスル也。コレニヨリテ、葱モチスリト云也。委ハ、口伝ニアリ。

一　昔人トハ、我事ヲ隠シテ、昔ノ事ニ云ナス也。イチハヤシトハ、早速ト書リ。『佳(注)論語』ニ云、五常ノ道早速、百姓有行ト云リ。又、『漢書』ニ云、漢ノ高祖破四懸ノ軍、早速、張良、陛下ノ侍臣、棄詮助命。是ハ、此大将ノ行否。漢ノ高祖、四懸之軍ヲ破シ時ニ、先閣軍兵、破陣。以事早速ナリ。此故ニ、張良并臣下共ニ、ハシメテ命ヲイカント思フ事ヲスツ。此振舞ハ、大将、御門ノフルマイニハ、アリヤナシヤト云也。又、『万葉』云、

古幾等留朝妻船之早速 花波散気利志賀野唐崎

ト云リ。

一　ミヤヒト云ニ、二ノ義アリ。一ニハ『遊仙崛』ニ云、十娘閑麗。是ハ、大方タハヤカニ、ヤサシキ義也。二ニハ、嫁ヲ云。『史記』ニ云、首山国ノ三千人之天仙艶、得果、持雲母、練丹竈、持紫蘭、属紅精、其術疾畢。身比松煙、心澄白雲。飛落行々、至芳河ノ辺、衆客重々、似鮮鶵ノ爪。于時遊江河、卒見娃人之歌。首證士飛下テ、嫁彼見会、凡意難正、三仙落浪、如翻小船之風。文意ハ、首山国ト云国ニ、三千人ノ仙人アリ。江川ト云所ノ空ヲ、飛行程ニ、遊女ノ歌ヘルヲ聞テ、ソノ声ニ、愛念ヲ起、落カサネテ嫁ク。残ノ仙人見之、神通ヲ失テ、落カサナルヲ云也。

二

一　奈良ノ京ハ難レ、此京ハ人ノ家イマタサタマラサリケル時ニトハ、平安城ヲ、桓武天皇御時、大納言小作美（ヲサミ）丸、左大弁小黒丸等、使トシテ、延暦三年十月、移山城国長岡京、被建之。十年アリテ其後、此人々ヲ遣シテ、同山城国橘（カツラ）ノ郡宇田郷ヲ点シテ、此京ヲ被建也。奈良京、長岡京、平京、三所々ヲ始テ、未定狼藉ノ時ノ事也。淳和天皇ノ御時、此京ヲ取企（クハタテヽ）、被定。然者、平京、狼藉シテ久シト云也。サレハ、平安ニ移シタレトモ、条里小路モ不定、上臈下ラウモ、コヽカシコニマシマセハ、此京モ、人ノ家イマタサタマラスト云也。

一　西ノ京ニ女アリケリトハ、二条ノ后、未タ東宮ノ女御ニテ、西五条内裏ノ西対ニ住給シ時ノ事也。ヒトリノミモアラサリシトハ、清和ノ女御ナレハ、男座スト云義也。

一　マメ男トハ、マ男也。間女男トカケリ。『貞観政要』ニ云、風ノ方君者、是霊王ノ臣家。於天下、太見能賢ナリ。然而、后宮呂宅妃、依為二密夫（マメヲトコ）一、境知原ニシテ被レ誅、成二亡卿七鬼（ト）一。文サレハ密夫トハ、ミソカオトコト云也。是ハ、風ハ、姓也。方君ハ、実名也。霊王ノ御時、左承相ニテ、天下ノ政ヲ後見シ給ヘリ。カヽル賢臣モ、異王ノ后ニ、呂宅妃ト云ニ、密夫ニテアリシカハ、境知原ト云野ニテ、首ヲ被レ刎。遂ニ崇テ、鬼ト成テ、城内ニ罪深キ人タリ。

一　トキハヤヨヒノ朔日トハ、貞観十二年三月也。雨ソホフルトハ、少ニハアラス。シケクフル雨也。添雨ト書リ。歌ニ、春ノ物トテトハ、二条ノ后、東宮ノモノト云意也。ナカメクラストハ、ミヤス所ヲヨソニ、ナカメクラストヨメリ。又、ナカメトハ、即、涙（ナミタ）ヲ云也。

三

一　ケサウシケル女トハ、二条ノ后也。ケサウトハ、懸相ト書リ。『文集』ニ云、好婦ハ、喜二懸相一、妬婦ハ、悪二于（テ）幽識一ト云リ。好婦ハ、ヨキ女也。妬婦ハ、物ネタミシテ、タケキ女也。

一　ヒシキモノトハ、海草ヲ云也。思アラハノ歌ノ心ハ、互ノ思ヒタニモアラハ、葎ノ生テ、荒タル宿ナリトモ、引敷物ニハ、袖ヲ引シキテ、ネテント読タリ。或人ノ義ニハ、葎ノ宿トハ、六条ノ御所ヲ云。引敷物トハ、文コマカナル錦ト云リ。サレハ、六条殿ニ、文コマカナル錦ノ茵ヲ敷テ、ネハヤト読ト云リ。難云、恋ハ、思ナクトモ、ヌヘシ。只、イカナラン所ナリトモト、イハンコソ、志ノ切ナル至ニテアレハ、葎生テ、荒タル宿ニモ、ネント云。コレ実義也。

四

一　東ノ五条ニ、オホ后ノ宮ノオハシマストハ、文徳天皇、西五条ノ内裏ヲ、東五条ニ新シクシテ、オハシマシヽ時、大后ノ宮トハ、染殿ノ后也。西ノ対ニ住人トハ、二条后、未タ清和ノ御息所ニテ住給シ時ノ事也。ホイニハアラテ通フ人トハ、業平、忍テ通シ時也。ホイト云ニ、二ノ儀アリ。一ニハ、本意ニアラテト云義也。是ハ、未タ后トモ成給ハサリシ時、夫婦ノ契アリ。ソレヲ、后ニ成給タル時ニ、隠テカヨヘハ、本意ニハアラテ通ト云也。二ニハ、顕レテ通ト云義也。『文集』云、河水常ニ澄メハ、水上ニ求二賢聖ヲ一、虚天長ク陰レハ、世ニ出ツ二暴政主(ノアルシ)一。此不レ出レ顕(レイタサス　ホニハ)、以二前表一、如是ト云リ。同集云、披者、舜帝ノ父、政途不ス レ賢、不レ事(ツカヘ)レ君ニ、埋二傍山ニ一、終ニ不レ出レ顕(ホニハ)ト云リ。『万葉』云、

恋丹泣ク涙之色ノ顕(ホ)丹出(イテハ)波思フ登達(タ)爾(ニ)毛(モ)君カ知(シ)ラ南カ

トヨメリ。ムツキノ十日計ノ程トハ、貞観六年正月十日也。外ニ陰レニケリトハ、業平カシケク通ケレハ、世ニ顕レテ、アシカリナントテ、后シハシ昭宣公ノ許ニカクレ給フ也。人ノイキ通フヘキ所ニモアラストハ、カロカラヌ人ノモトナレハ、等閑(ナヲサリ)ニモ行通フ事ノナキヲ云也。アハラナル板敷トハ、必、家荒タルニハアラス。アルジナキ家ヲ、皆荒ナル屋ト云也。サレハ、后ノマシマサヌニヨツテ、アハラナル板敷ト云也。『太平御覧』云、江南旧都ハ、家未半(ナカバ)ニシテ、西京、東京、人去テ、宮中如レ荒(アラハナル)ト云リ。文ノ意ハ、江南御門、江北ニ宮ヲ移シタリケレハ、江南ノ家新トイヘトモ、主ナケレハ、新シキニハ不依也。又、或義ニ云、アハラナル板敷トハ、スノコヲ云也。月ヤアラヌノ歌ノ意ハ、二条ノ后ニ、コソ爰ニテ逢奉テ、今ハ逢奉ラネハ、月モ春モ、コソニハ、カハリタルトヨメリ。

五

一　東ノ五条ワタリニ、イト忍テ行ケリトハ、東五条ノ内裏ニ、二条ノ后ノ御セウト、染殿ノ后ノ御事也。業平、二条后ノ御方へ通ト聞テ、二条ノ后ノ兄、国経、基経ニ仰付テ、マモラセケリ。人シレヌノ歌ノ意ハ、我通ヒ路ヲ守ル人ハ、ウチモネナナントハ、ネヨカシト云也。心ヤミケリトハ、此歌ヲ読タレハ、心ノヤスムト云義也。アルシユルシテケリトハ、此歌ヲ聞テ、染殿ノ后、一ツ枕ヲユルシテ、アハセ給フ。セウトタチトハ、国経、基経也。

六

一　昔、男アリケリ。女ノエウマシカリケルトハ、二条ノ后、文徳ノ内裏ニ御座シケレハ、業平、逢カタサニ、恋奉テ行事ナキヲ云也。アクタ河トハ、摂津国ノアクタ河ニハアラス。是ハ、内裏ノ常寧(ネイ)殿ニ、下ヨリ堀出テ、堀河へ堀落シタル河也。是ハ、朝キヨメタ清メシテ塵(チリ)ヲ掃入(ハライ)ルカ故ニ、アクタ河ト云。是ハ、后ヲオヒ奉テ行ヲ云也。草ノ上ニヲケル露トハ、后ノ御上ニ歎キカヽルヲ云也。此事故ニ、被押籠ヘキ歎ノ有ヲ云也。草トハ、女ノ異名也。『文集』云、女ノ随レ夫(フ事ハ)、如レ靡(ナヒクカ)若草之風。露トハ、歎ヲ云。『文選』ニ云、身ニ有二愁歎(タン)ノ露一易レ消、心ニ有二思、霜草易レ消ト云リ。文ノ意ハ、煬方カ身ニ歎ノ有シ事ヲカケル草子也。サレハ、歎ヲイハンタメニ、草ノ上ニ露ノカヽルト云也。行サキノトヲキトハ、后ヲオヒ奉テ出レハ、イツクニ留ルヘキ事モナシ。サレハ、行前遠シト云也。

一　夜モ深ケリトハ、四門ヲ閉テ、出方ノ無ヲ云。『後漢書』ニ云、漢ノ皇城門而軍兵難通、孝苞雖長終滅ト云リ。是ハ、漢ノ高祖、軍ヲ起シテ、孝苞ト戦事、三年也。軍兵ヲ、高祖、閉給ヘル。軍陳ヲハ不破云也。然間、兵難通云也。又、『万葉』ニ云、

白柏ノ香椎之宮野御戸ヲ閉天祈留(ル)誓言(カコト)夜(ヤ)神ノ受ケ南トヨメリ。歌ノ心ハ、神ノ御戸ヲ閉テ、宮ノ中ノ閑ナレハ、祈ル事モ聞給ナント云リ。又、『万葉集』ニ云、

我宿波(ハ)菊売市チ丹非祢登(ト)毛(モ)四モノ門(カト)之辺(ヘ)丹人佐(サ)波(ハ)倶(ク)那(ナ)

梨（リ）

是ハ、大屋寧（ネイ）朝臣、中納言ニテ、桧ノ曲ト云所ニ家居シテ栄ヘケルニ、水清ト云所ノ主ニ成テ有ケルニ、文武天皇ノ侍臣ナリケレハ、人モテナシ、カシツクニ依テ、四方ノ門ニ、外人集ル事多シ。カヽル時ニヨメル也。是ハ、知興ト云仙人、服仙薬ヲニ、得仙之後、会稽山ト云所ニ、仙薬ヲ合テ、売シ人也。取レ陣仙薬ヲ買フ人、皆成レ仙。故ニ集ル人多シ。引之会四方門外ニ集ル人ヲ見テ、寧朝臣、我宿ハ菊ウル市ニアラネトモト、ヨメルナリ。サレハ、夜モ深テトハ、四門ノ閉ルト云也。

一　鬼アル所トモシラテトハ、内裏ノ鬼ノ間ノアル所ヲ、シラテト云也。鬼ノ間一ト口ニ、隠シ奉ルヲ云也。鬼ノ間トハ、先帝ノ御具足ヲ、取置ケルニヨテ、人恐テ行ヌ所ナルカ故ニ、鬼ノ間ト云。四ノ口アリ。一ノ口ハ、東向也。神サヘイミシクナリ雨イタウ降ケレハトハ、文徳天皇ノ、ヨメノ女御ヲトラレテ逆鱗（ケキリン）アルヲ云。雨イタウフリケレハトハ、雲井ノ人々ノ走散テ尋奉ルヲ云也。私云、文徳ト云説、不審也。清和天皇ノ御事歟。天子ノ逆鱗ト云事、『史記』云、秦ノ始皇、暴悪銘肝痛（イタマシム）レ心（ヲ）良盛ナリ、生降陵塵（カウサイチン）ヲ如（シ）ニ雷電神破レ雲（ノカヲ）ニ。侍臣走リ散テ土蓁不絶ニ山野ニ、似ニ雨ノ脉（スチ）ニ之（ノ）舟、天上天下搔（サウ）動シテ、振（ヒ）レ塵（ヲ）、无内（ク）官外官客意シテ利剣、盛宮焼失之煙阜（タナヒクト）　誰歎長生不老、厳リ損ストモ不悲ト云リ。是、ソノ本文也。

一　アハラナル蔵ニトハ、先帝ノ御具足置タル蔵也。主マシマサネハ、アハラナルト云ン。男、弓ヤナクヒ負テ、戸ノ口ニヲリトハ、業平也。是ハ、実ノ弓箭ヲ負（ヲウ）ニハアラス。后ヲ盗ミ奉ル心ノ武キ事ヲ弓箭ヲ負テト云也。『将軍記』云、呉越ノ戦ニ未断（ヘ）レ、三将軍四兵卒皆己越国既欲レ傾、后宮以ニ計ノ弓箭（ヲ）ニ滅ニ多敵（ヲ）ニ云リ。文ノ意ハ、呉越戦越三人將軍、宅宣、登倫、曽公。四兵卒ハ四方ノ兵籠軍城也。皆滅畢、越国亡ントスル時、越王ノ妹ヲ后トシ給ヘリ。彼后、軍ノ計ヲ廻シテ多クノ敵ヲ亡セリ。サレハ、計ノ弓箭ヲ持ト云リ。同文ニ云、呉王越王ノ戦、棹ニ扁舟ヲ分（ニ）ニ五湖ノ波（ヲ）ヲ。是、宅宣公一箭射（センシヤ）テ人武（タケキ）故也。宅没之剋（キサミ）、宅妃参后（ニ）ニ三廻未（トマラ）レ質、雖妃艶之甚心、持（シテ）ニ弓箭（ヲ）ヲ武如戦客ニ云リ。是ハ、上軍ノ時、越国即亡ヌヘカリシ時、宅妃ノ計トシテ、海ノ上ニ縄ヲシケクハヘテ、上ニコモヲ敷テ、其上ニ土ヲハコヒ、広ク造リ覆（ヲヽウ）テ、城ノ様ヲシタリケレハ、呉国ノ兵、皆彼ニヨセテ下リ移リテ皆海ニ入ヌ。毒ヲ入タリケレハ、皆死ヌ。サテ、弓箭ヲモタネトモ、心ノ武ヲ以テ、弓箭ヲ負ト云リ。

一　夜モヤハヤ明ナントスルトハ、四門早ク開ナントスルヲ云也。鬼ハヤ一口ニクヒケリトハ、鬼ノ間ノ一口ニテ悔タルヲ云也。是ハ、后ノ悔シクトラレテ来テト悔給ヲ云也。アナヤトハ、悲ヤト云也。梁武帝御宇、『政跡』ニ云、悲哉朕遇ニ仏法ニ不修ト云リ。是ハ、梁武帝ノ、流支三蔵ニ遇テ、歎キ給フ詞也。神ナルトハ、上ニ云処ノ、王ノ逆鱗ヲ云也。ヤウ〳〵夜モアケユクトハ、四門ヲ開ヲ云也。足スリヲシテ泣トハ、必ス足スリヲセネトモ、歎ノ切ナルヲ云也。『陳王明記』云、恨至深、夫妻之別、足摺泣、争涙尽、悲至切ナルハ、父母之別摔叫何声尽ト云リ。サレハ、必ス足スリヲセネ共、切ナル思ヲイハンカ為ニ、足ヲスルト云也。白玉カ何ソトノ歌ノ心ハ、后ノカクノ給シ時、置キ奉リタラハ、カヽル恥ヲハ、ミマシキ物ヲト云心也。イトコノ御息所トハ、染殿ノ后也。セウト堀河ノオト、トハ、兄堀河ノ左大臣基経ノ御事也。大郎国経ノ大納言トハ、基経ノ兄、長良卿ノ太郎也。マタ下臈ニテ内へ参リ給フニトハ、イマタ中納言ノ時ノ事也。イミシウ泣人アルトハ、二条ノ后ノ鬼ノ間ニテ泣給ヲ聞付テ、見付奉リ、取奉テ行ヲ云也。后ノタヽニオハシケル時トハ、二条ノ后未タ御息所ニテ、后トモイハレ給ハサリシ時ノ事也。

七

一　京ニ有ワヒテ、東マノ方へ行ケルトハ、二条ノ后ヲ盗ミ奉ル事顕テ、東山ノ関白忠仁公ノモトニ、ヲシアツケラレテ来ル事ヲ云。東ト云字ニ付テ、アツマト云也。東国ヲアツマト云事、『日本記』七巻云、景行天皇御子、日本武尊、東国ノヱヒス起リテ、都ニ責上ル由ヲ聞召。平ラケン為ニ、発路シ給フ。駿河国ヨリ、王船ニメサレテ、常陸国ニ赴キ給フ時、暴風忽起テ、王船ニ漂蕩シテワタリエス。于レ時シタカヘル妾、曰弟橘媛、イマ風吹、波ハヤシ。王船沈ミナントス。コレ海神ノ心也。願クハ、妾之身、ミコノ御命ヲアカハント思フ。暇ヲ給ラント申テ、海ニ入テ後、暴風則止ヌ。王船岸ニツケリ。爰、尊、則、上総ヨリ移リニ陸奥国ヘ、悉クエヒスヲウチシタカヘヌ。其ヨリ、信濃国碓日坂ヲ越給フ時、尊、弟橘媛ヲ忍給フミ心アリテ、東国ヲカヘリミ給テ、ミタヒ歎キテ、吾嬬ハヤト、ノ給シ也。故ニ、東ノ諸国ヲ吾嬬国ト云也。弟橘媛ハ、穂積氏忍山宿祢ノ女也。在侘テトハ、心ト有侘タルニハアラス。后ノ御事故ニ、ヲシアツケラレケルヲ云也。伊勢尾張ノアハヒトハ、后、業平二人ノアヒ也。男女ノ契ノヲハリノアハヒトハ、互ノ交ヲ云也。『文選』九巻云、仁義礼智信之五常、交互不レ隔云々。此五常、互ニ交一ニシテ、ヘタテスト云也。アハヒトハ、交也。サレハ、伊勢尾張ノアワヒトハ、業平、后ノ契ノ、終ノ交ヒ也。海ツラヲ行テトハ、別ヲウミ行意也。『万葉』云、

我妻賀不会成行方那礼波海面佐江丹袖潤　建里

是ハ、仲原清公カ、女ヲ恨テヨメルト云也。サレハ、海面トハ、恨ノ義也。歌ニ、イト、シク過行方ノ恋シキニウラヤマシクモカヘル浪哉トハ、ウラメシクト云義也。イト、ト云事ハ、最ト云事也。『新楽府』ニ云、雲波煙濤最深処云々。是ハ、蓬莱ノ煙波、最深事ヲ云也。サレハ、イト、ト云ハ、最ト云事也。ウラメシクト云事、『史記』云、文劉公、被流迸州穆王ノ勅勘、恋ニ旧里一恨涙不レ乾レ袖ト云ケリ。是ハ、文劉公ト云シ者ノ、周ノ穆王ノ御時被レ滅、歎シ事ヲ云也。カヘル浪哉トハ、『文集』云、昭君去ニ胡天一遥ニ顧　漢宮雲涕涙攔　于云々。ナミトハ、涙也。『漢書』十巻云、漢武、恋ニ亡婦李夫人一。如ニ身ハ海中ニ有一小島、涙浪常ニ懸テ流難レ浮。是ハ、漢武帝ノ、李夫人失テ後、恋ル涙身ハ沈テ、涙ハツモリテ海トナリ、我身ハ、海中ニ小島ノアル様也ト云也。サレハ、涙ヲ波ト云也。又、『万葉』云、

恋丹泣涙之深海丹伊佐々羅波我見目賀津賀無

ト云リ。サレハ、涙ヲ波ト云也。

八

一　京ヤ住ウカリケントハ、上ノ東山ノ義也。友トスル人ヒトリフタリシテトハ、業平、東山ニアツケヲカレケレハ、定文、有常、ネンコロノ友達ナリケレハ、定テ此事ニイロヒタルラントテ、同ク東山ニヲシ籠ラレケル、ソレヲ独フタリト云也。信濃国トハ、シナ〳〵クニト云事也。是ハ四品ノ中将ナリシヲ、被ニ解官一下総守ニ移サレケル。是ヲ歎苦ヲ、シナノ苦ト云也。是ハ、我品ノサカルヲ歎ク苦ト云心ナリ。浅間嶽トハ、アサマシキト云事也。嶽ハ、

恋也。サレハ、アサマシキ恋ト云也。山ハ、塵積テ山トナリ、恋ハ、思ノ積テ恋トナル。サレハ、同義ナルカ故ニ、悉ク山ニタトフル也。『猿丸大夫集』云、

日数ヘハ衰ヌヘシ浅猿ヤアサマ思ノ年ハヘニケリ

サレハ、アサマ思トハ、アサマシキ思也。嶽トハ恋ヲ云事、本文アリ。『文集』云、遠ク見レハ眼破雲路、遥ニ望メハ心疲海上。悲哉、滅亡ノ恨思成幾山之嶽。痛哉、離別ノ悲難、成幾海之底、三廻猶不忘二子之別、四季未尽一身之涙ト書給ヘリ。ソノ文意ハ、白居易別二人之子、海辺造楼、三年籠リ居給ヘリ。サレハ、思ノ積テハ、高キ嶽ノ如シト云リ。恋ト思ト同シ義ナルカ故ニ、アサマノ嶽トハ、アサマシキ恋ト云也。煙ト云モ、恋ノ思ノ儀也。『日本記』云、昔、信濃国ニアリケル男、女ヲ深ク思ケルカ、彼女ヲ棄テ、新キ妻ニ付タリケレハ、彼妻深ク歎テ、谷ニ身ヲナケテ死ヌ。男、只、捨ン事ノアサマシサニ行テ、木ヲ伐カケテ焼ケレハ、其火、石ニ付テ、今マテ不消。故ニ、アサマノ煙ヲハ、思ヨリタキタル故ニ、恋ニナソラヘテ読也。歌ニ、ヲチコチ人ノミヤハトカメヌトハ、ヲチコチ人モ、カヽルヲハ不訪ト云意也。ヲチコチトハ、遠近ト書リ。

九

一　身ヲエウナキ物ト云ニ、三ノ義アリ。一ニハ、勅勘ノ身ナレハ、我身無用ト云。二ニハ、為君無用云。三ニハ、左近衛中将ヲ被召タレハ、衛司無キヲ、無衛云也。以此為実義。東ノ方ヘト云義、上ニ同シ。友トスル人、上ニ同シ。道シル人ヒトリモナシトハ、業平ノ深キ恋ノ道ヲ知ル人ナシト云也。三川ノ国トハ、三人ノ人ヲ恋シト思奉ル心ノ苦也。三川ハ、三ノ水也。三ノ水トハ、三ノ心也。水ト心トハ、内典ニモ同物ト云リ。先、『老子経』ノ注ニ云、五常水潤万人、六刑蕀忠罰ト云リ。五常ハ、如常。六刑トハ、一ニハヘノコヲサキ、二ニハ身ノ皮ヲ削テ塩ヲヌリ、三ニハ水ニ逆サマニタテ、四ニハ額ヲキサミテ墨ヲ入、五ニハ左右ノ足ヲ木ニ結付テ射之、六ニハ左右ノ足ヲ車ニ結付テ馳別リ。又、仏法ニハ、煩悩ノ毒水、法性ノ心水ト云リ。『花厳経』ニハ、衆生心水ト説リ。サレハ、三ノ川ハ三ノ水、三ノ心也。サレハ、三ノ苦ヲ、三川ノ苦ニト云也。三人トハ、二条后、染殿后、有常カ娘也。八橋ト

ハ、八人ヲカケテ思渡ルヲ云也。八人トハ、四条后、染殿内侍、伊勢、小野小町、定文カ妹、初草女、源当純妹、斎宮女御、此八人也。水行川ノクモテナレハトハ、八人ヲ恋ル心ノ八方ニ行ヲ云也。白楽天筆ニ、身ハ生(シ)二下姓(ニ)一仕上帝(ニ)一、心ハ不及橋(モ)一立ト云リ。サレハ、八人ヲ思フ心ヲ、八橋ト云。八ノ心ノ水ト云。クモテトハ、蜘蛛ノ手ハ八アル也。ソノサハノトハ、忠仁公ノウルヲフテ座スヲ云也。木ノ陰トハ、忠仁公ノ一門ノ、大木トシテ、ソノ陰ニ、人アマタ有ヲ云。カレ飯ト云ニ、二ノ義アリ。一ニハ、干飯ヲ云。二ニハ、朝夕ノ御料也。供御ヲハ朝カレヰト申セリ。朝夕ノ御料ヲ、カレイヰト云事、実義也。杜若トハ、人ノ形見ニ云物也。サレハ、二条后ノ御事ヲ、御方ミトイハン為ニ、カキツハタヲ云也。『後撰集』ニ、

　イヒソメシ昔ノ宿ノカキツハタ色ハカリコソ形見也ケレ

此歌ノ心、『日本紀』云、民部少輔橘先人(サキヒト)ト云人、平城天皇ニ仕リシカ、死スル時、妻ノモトヘ云遣シケル言ニ、「我身ハ、少クヨリ、杜若ヲ愛スル也。サレハ、是ヲ形見トセヨ」トテ、カキツハタヲ送レリ。女、是ヲ形見トシテ、暫ク目モ放タス。是ヨリシテ、人ノ形見ニハ杜若ヲヨメル也。サレハ、業平モ、二条后ノ御形見ノ事ヲ思出テ、杜若ヲ云也。アル人ノ云クトハ、遍昭僧正、業平ノ勅勘ヲ蒙リケルヲ訪ニ来ルヲ云也。大人ヲ木ト云事、本文アリ。『史記』云、君主似二大木(ニ)一、万景隠人、百官如二葛藤一、下モ栄ルト云リ。歌ニ唐衣トハ、王ノ女御等ノメス衣也。キツヽナレニシツマトハ、二条ノ后ノカラ衣ヲキツヽナレ奉テ妻トシ奉シニト云也。旅ヲシソ思フトハ、アハヌ恋路ノ遠ク成行ヲ云。皆人カレ飯ノ上ニ涙落シケリトハ、業平ノ此歌ヲ読ヲ聞テ、座ニアル人々泣テ、クウ飯ニ涙ヲオトスヲ云也。ホトヒニケルトハ、カク業平ノ有様ヲ、遍昭カ見テ、物ヲ送リタリケレハ、少シユタカニ成ケルヲ云也。

『貞観政要』ノ陵表ニ云、西湖民之家ニ煙絶テ九ヶ月、此者旱魃シテ水絶ル故也。賞シテ二明臣薇子(ヲ)一直(ス)二国政(ヲ)一、即日風雨任レ心潤二姓家(ヲ)一ト云リ。サレハ、ホトフルトハ、潤ヲ云也。

一　イキ〳〵テトハ、雲ノ上ヨリ忠仁公ノ許ニ被移、ソレヨリ駿河ノ国司、高経ノ許ヘ行故ニ、イキ〳〵テト云也。彼駿河守高経ハ業平ノ友達也。サレハ、アソヒニ行也。ウ

ツノ山ニイタリテトハ、アハテ空キ恋ニナルヲ云。ウツノハ、空ノ義也。山ハ、恋ノ義也。本文、文上(ママ)ニ云如シ。我入ラントスル道トハ、今后ヲ恋奉ル、恋ノ道也。イトクラク心ホソキトハ、逢ヘキ事モナケレハ、心ノ闇モクラク、逢奉ラン事モ心細ト云也。蔦楓ノ葉茂リトハ、カヘテハ、国王ノ御一門ノ多クマセハ、人目シケキ事ヲ云。ツタトハ、月卿雲客ノ多クテ、人目シケキヲ云也。『文集』云、壷公ハ中ニ構二乾坤一服薬、長房乗レ竹登二青天一、王喬曳レ鶴レ飛二白雲一、嘉巫殖二花木一芳香供レ尊ト云リ。壷公ハ、周ノ燕王ノ臣下也。仙ヲ好テ仙人トナレリ。方四寸ノ中ニ天地四海ヲ構テ其中ニテ遊行ス。長房ハ壷公カ弟子トナレリ。青キ竹ニ乗テ天ニカケル。王喬ハ長房カ弟子トシテ曳鶴、常ニ笛ヲ吹、嘉巫ハ殖二花木一トハ、霊国ノ王也。好仙王喬カ許ニ至ル。王喬ハ陵頭山ニ住ケル時ノ事也。王喬教テ云、「君ハ一国ノ王也。天、仙トナラハ、歎タルヘシ。仍長命ノ仙ヲ得テ、世ヲ久ク持ヘシ」ト云。其趣ハ、「都中ニカヘテノ木ヲ多殖テ、其葉ヲ摘テ、本尊ニ供也。ソノ花ノ香ヲ服ヨ。九年ヲ過ハ長命ナラン」ト云。故ニ、都ニ花木ヲ多ク殖テ、王ノ一門、皆此術薬ヲ得テ命ヲ延サカヘタリ。

此故ニ、国王ノ一門ノ栄ヲハ、カヘテト云也。又、雲客ノ栄ヲ葛ト云事、『文集』云、葛藤ノ気栄テ係レ木、助二被天長一、臣下ノ依レ君栄ル事、如此ト云リ。此ハ、国王ノ御恵ニテ、臣下ノ栄コトヲ、葛ノ木ニ係テ栄ルニタトヘタリ。又、『伯選』云、英葛ノ気栄白匆黐借二木一、助二脈力肝恵滋依レ他煦　広得二調長一云々。是ハ、ツタハ、イキホヒイツクシクシテサカユルコト、ハヒコルトイヘトモ、己カ力ニハ非ス。唯、木ノサカユルニヨテ、力ヲヱテ、ハヒコリテ、メサシサカユル也。モトヲリトハ、力也。物心細シトハ、逢カタク恋ノ心ノ心細キト云也。ス、ロナル目ヲミルトハ、ソ、ロナル目ヲミルト云ニアラス。カラキ目ヲミルト云意也。『漢書』ニ云、秦王戦二秦武一、見二辛　目一ト云リ。文意ハ、秦始皇、兄ノ武王ト軍シテ被二打落一、辛目見ト云也。修行者ニ遇タリトハ、業平、昔友達、宰相清経、入道蓮最(ママ)。是ハ昭宣公ノ弟也シカ、出家シテ慈光大師ノ弟子ト成テ、真言修行セシ人也。サレハ、修行者ト云也。カ、ル道ヲハイカテカイマスルトハ、カ、ル無レ由恋ノ道ヲハ、イカテカ思入給ソト制スル也。ミシ人トハ、本ノ友達ナレハ云也。京ニ文カキテツクトハ、彼入道ハ、二条ノ后ノ御事ナリケレハ、忍テ奉トテ、歌ヲ書テツクルヲ云也。歌ニ義ナキナリ。

伊勢物語注第三

一　富士ノ山ヲミレハトハ、清和天皇ノ位ノ高キ事ヲ云也。王ノ位ノ高キヲ山ト云事、本文アリ。『白氏文集』云、万騎ノ王ノ位高而山又山、雲又雲、重々シテ仰ク二天月一。各心恵地風祖師ノ近恩深而海又海、波復波。畳々シテ得二葉繅一涸々報賤繅シウ。五月ノ晦日トハ、貞観十八年五月晦日也。清和天皇、三十七ニテ御出家アリ。雪最白ウフリトハ、御出家ヲ云。雪ハ、年ノ終ニ降物也。清和ノ位ノ終ナレハ、年ノ終ニタトヘテ、雪イト白フリト云。又、王ノ位ヲノカレ座セハ、雪ノフルト云也。ソノ故ハ、雪ノ降テ積ヌレハ、常ニ、行カフ人モ通ス。国王モ、位ノ終リ給ヌレハ、行カウ人モ少キニ、タトヘテ云也。『史記』云、漢王ノ雲髪落ツ二栄共ニ一、聖帝之雪鬢替二老倶ニ一。『同注』云、漢王トハ漢ノ孝王也。雲髪剃落シ給シカハ、成テ二下居常無行通人。雪鬢トハ、必非鬢ノ雪。位ノ年ノ終リナレハ、雪ノ鬢ト云也。又、後注、『孝経注』云、魯ノ哀公ハ栄サカヘ不二半下位籠雪ノ繅トサシニ云リ。是ハ必雪ノ繅ニハナケレトモ、栄ノ年ノ限ナルヲ雪ノ緤ト云。雪ハ、年ノ限ニ降物ナレハ、年ノ限ト云也。サレハ、清和ノ御位ノ終ニテアル故ニ、雪イト白ク降トハ云也。歌ニ、時シラヌ山ハフシノネトハ、清和ノ御門ノ時モシラス、未タ若テ出家シ給ヲ云也。イツトテカトハ、イツトシリテ、カヽル出家シ給ヤラント云。カノコマタラニ雪ノフルラントハ、月卿雲客ノ打敷テ、鹿子ノ星ノ様ニシテ隠居タルヲ云也。鹿子ノ星ハ、雪ノフル時ハ、隠ル也。サレハ、星ノ位ノ人々ノ、コヽカシコニ隠居タレハ、鹿子マタラニ雪ノ降ト云。鹿子マタラハ、星也。『長房記』云。飢餓仕㆓仁帝㆒、属㆓卑姓之民、昇㆓星林之位㆒、何今得㆓為仙互ノ得為昇寿久、昇雲ノ徳用㆒ト云也。又、『尚書』云、栄相昇星林之位㆒、命ハ壺公ノ得王母之徳云リ。是ハ、漢ノ武帝ノ臣下、張象、命チ長シテ栄ヘタリシヲ云也。サレハ、臣下ヲハ、星ノ位ニ付テ、鹿子マタラト云也。其山ハ、爰タトヘハ比叡ノ山ヲハタチハカリ重ネアケタランカ程シテトハ、富士ノ山ヲハ、王ノ位ニタトヘ、業平カ身ヲ比叡山ニタトヘテ、其間ノ位、二十重ノハタチハカリト云也。業平、此時ハ従四位下左近中将也。（此時中将ハ不審也）従四位ヨリ太上天皇マテ廿重也。従四位下上、正位下上（已上之殿上人）、従三位下上、二位下上、従一位、正一位（已上公卿）、一品、二品、三品、四品（已上親王）、春宮、中宮、当帝、太上天皇（已上即位）、已上廿重也。ソノ山トハ、清和ヲ申也。爰ニトハ、業平カ我身ヲ云也。富士ノ山ト云事、『六帖集』云、

　見テ高キ富士ノミ山ニ登キテ袂ニ月ヲヤトシツル哉

此歌ハ、江口ノ白女、嵯峨天皇ノ御時、御狩アリテ、山崎に行宮ヲタテ、御一宿アリケル時、為遊女之間推参ス。イカナルモノヽ子ソト御尋アリケレハ、大江ノ玉渕カ娘ト答申ケレハ、サテハ歌ハ読ラントテ、召レテ一夜侍テ後、歌ヲ朝ヨメリトナン。又、公卿ヲ比叡山ニタトフル事ハ、必ス比叡山ニタトヘタル事ハナケレトモ、臣下ノ位ヲ、山ニタトフル故ニ、業平、我身ヲヒエノ山ニタトウ。都頭リニハ、比叡山、名アル山ナレハ、人ノ知ヤスキニ付テ、我身ヲ比叡山ト云也。『曹子』ニ云、王娃蒙㆓天命㆒、信免登㆓大山㆒、云リ。王娃ハ、大宗ノ臣下位、左僕射ニ任ス。其ヲ大山ノ位ト云也。業平ハ、左僕射ニハアラネ共、同臣下ナル故ニ、我身ヲ山ニタトフル也。ナリハ塩尻ノヤウニナントハ、塩ヤク釜ノ尻ニ、穴ヲアケ、ノミヲ指テ、汲入テニルヲ、塩ノワキカヘル時、ノミヲ抜テ、荒塩ヲハシラカシ捨

テ、又ノミヲ指タレハ、其穴ニ堅マリキタルシホヲ、塩尻ト云。此塩ヲトリテ、スヱタレハ、サキハホソク、モトハフトク、富士ノ山ニ似タレハ云也。サレハ、塩尻ノ様ニト云。清和天皇モ、位ノ時ハ、本ハ広クサカヘ給シカトモ、出家シテ御座セハ、末ノセハキ事、富士ノ山ノ如シト云。此物語ニ、東ニ下リノ事、作事也ト云事、此段ニミエタリ。其故ハ、東ヘ下リテカヽンニハ、何ソ、ヒエノ山ヲタトヘ云ヘキヤ。サレハ、京ニテ此物語モ作リ、東ヘクタラヌ由ハ、爰ニ、タトヘハ、ヒエノ山ト云ニ見ヘタリ。

一　イキ〳〵テ、武蔵ノ国ト下総ノ国トノ中ニトハ、武蔵ノ国ノ守長良中納言ハ、吹田ノ南ノハタニ家ヲ作テスミ、下総守当純ノ大将ハ、吹田ノ北ノハタニ家ヲ造テスメリ。ソレヲ、武蔵下総ノ中ト云。イト大ナル河トハ、吹田川ヲ云也。ソレヲ、スミタ河ト云。ミトイト、五音ノ同響(ヒヽキ)ナルカ故ニ、イニミヲカヘテ、スイタヲ、スミタト云也。其河ノ頭リニヰテ思ヤレハトハ、元慶三年七月二日、陽成天皇、御祖父長良卿ノ許ヘ行幸アリ。月卿雲客集リ居給タルヲ、ムレヰルト云也。限ナク遠ク来ニケルトハ、都ヨリ隔テタル所ナレハ云也。渡守ハヤ舟ニノレト云事ハ、業平ノ勅勘ノ身ニテ有シカ、折シモ、長良中納言ノ許ニ居タリケレハ、時ノ関白昭宣公、業平ヲヨヒテ、ノ給ケルハ、清和ノ御門ヲ御カンタウアレ、是ハ別ノ君ニテマシマセハ、勅勘ユリテ、世ヲワタレト云意也。王ヲ舟ト云ニ付テ、ハヤノレト云也。王ヲ船ト申ニ付テ、関白ハ王ノ御代ヲスレハ、渡守ト云。『史記』云、大公主ノ政、賢ニシテ悉直シ。恵ノ波流外千万濤、貴賤渡世事能妙、故号(ス)二船筏(ト)一。誰不敬ト云。又、『貞観政要』云、公如船、臣如水、々能度船、水還覆船在臣ト云リ。関白ヲ渡守ト云事、『仁政伝』ニ云、三公ノ侍臣ハ、守二天朝(ヲ)一、渡守編綱(カウ)如不失船。三公トハ、内大臣、左大臣、右大臣也。依レ之、関白ヲハ、渡守ト云也。日モクレヌト云ハ、勅勘有ツル清和ハ、水尾ノ里ニ隠居シ給ヘリ。サレハ、今ハ勅勘モユリナント云。王ヲ日ト云事、本文アリ。『史記』云、帝ハ日光和万草弥滋(シゲル)ト云々。是ハ、御門ノ雲上ニ光リ多ク、アサヤカナルヲモテ、日ニタトフル也。日和ニ、ノトカニテル也。万草トハ、万民也。皆サカフルト云也。御門、オハシマサネハ、民狼籍ナルヲ云也。恵ム人ナケレハ、栄ル事少ナシト云也。皆人モノワヒシクテトハ、業平ノ、陽成ニ勅勘ヲユリント申事ヲ、皆人物ワヒシク思也。陽成ハ、業平ノ子ニテ座スト也。是ハ、二条后ニ忍テ逢奉シ時、実ハ業平ノ子也ケレ共、御門シロシメサテ有シカハ、大(ママ)子トシテ、位ニツキ給フ也。サレハ、『世継』ニモ、陽成ハ業平ノ子タルカ故ニ出王家一、位難レ治、物ノクルヒニマシマスト云也。サレハ、時ノ人、皆、業平カ子ト知リ奉レリ。御門モ、我親ト知リ給ヘル間、皆人ミテ、カタハライタク、ワヒシク思也。京ニ思フ人ナキニシモ非ストハ、京ニ二条后ノ座サヌニモ非ス。サレハ、勅勘ユリント申セハ、又、后ノ、昔ノ如クコソアランスラント思ト云也。白キ鳥ノハシト足ト赤キトハ、陽成院ヲ申也。王ヲ鳥ト云コト、『文集』云、鳥公政ノ翼翻、四海ニ、賢政ノ慈雲覆ニ千万峯一ト云リ。サレハ、四海ニ自在ヲ得ルヲ、鳥ニタトフル也。白鳥トハ、王ノ御衣ニ、金鑪、銀鑪トテアリ。金鑪ハ山鳩色、銀鑪ハ白鳥ノ色也。サレハ、白キ御衣也。足ノ赤キト云ハ、紅精ノサシヌキヲ、メシタルヲ云也。ハシ赤シトハ、御口ヒルノ、赤クウツクシキヲ云也。シキノオホキサナルトハ、唐ノ司宜公ハ、勢ノ大ナル王、陽成モ勢ノ大ニマシマシケレハ、司宜ノ大サト云。唐ノ司宜公ト申ハ、国ヲ能ク治メテ、百官ヲ宜ク成ス。故ニ、異名ニ、司宜公ト申也。是ハ、漢ノ武帝ノ御事ヲ申也。但、臣下ニモアリ。可尋之。水上ニアソヒツヽ魚ヲクウトハ、曲水ノ宴ナレハ、舟ニ乗テアソヒ給ヲ、水ノ上ニトハ云。曲水ノ宴トハ、スイタ河ヲ、長良ノ御前ヘ堀入テ、面白キ入江ナトヲ造テ、ソレニアソヒ給ヲ云也。魚ヲトリテ、貢御ニ備ル也。京ニハ見エヌ鳥ナリケレハトハ、業平カ京ニ有シ時ハ、勅勘ニテ有シカハ、都鳥トモ見奉ラスト云也。皆人見知ストハ、三人ノ名人、皆同時ノ勅勘ナリシカハ、陽成ノ、位ニ付テ、都鳥トナルモ、見シラスト云也。三人ノ名人トハ、業平、定文、有常也。此三人、皆名人ナル故ニ、三名人ト云。渡守ニ問ケレハトハ、業平、昭宣公ニ、陽成ハ位ニ即給ヘルカト問ヲ云也。都鳥トハ、已ニ都ヲトリ給ヌト云也。都取トカケリ。歌ニ、名ニシホハヽイサコトヽハントハ、今都ヲ取給フ、陽成ト云名ナラハ、定テ母ノ事ヲ知奉リ給タルラン、我思フ人ハ、アルカナキカトヨメル也。舟コソリテトハ、ヲソレテ也。五音ニテ可知。コトヲト同響ナルカ故ニ、レニリヲカヘテ、ヲソレテヲ、コソリテト書也。

十

一　武蔵ノ国マテマトヒアリキケルトハ、仁明ノ御時、紀有常、武蔵守ニテ、大和国吉野ノ里ニ住ケリ。ソレヲ、ムサシノ国ト云也。女ヲヨハヒトハ、有常カ娘ニ忍テ通ヲ云。父ハコト人ニアハセントハ、業平ハ我カ友達ナレハ、聟ニセン事カタハライタク、又、女ニ思付テ宮仕モセスハ、アシカリナントテ、定文ヲ聟ニトラントス。母ナンアテナル人ニ心付テトハ、彼女ノ母ハ、業平ニ心ヲ付タレハ、只アハセント云。アテナル人トハ、吉キ人ト云心也。『文集』云、燕昭公、漢武太子ノ時、勝人ト云リ。是ハ、漢ノ武帝ノ太子ノ事也。又、『毛詩』云、二月花薫袖ニ、是春当人、三秋月来枕、是秋明夫ト書リ。サレハ、アテ人ト云ニ、二ノ義アリ。今、業平ヲアテナル人ト云ハ、二ノ義、共ニ叶ヘリ。一ニハ、宮ノ御子ナレハ、勝タル人ノ義也。二ニハ、我モ氏ヨキ者ナレハ、聟ニハ当レル人ト云義也。サレハコソ、聟ニトラメト母ハ云ヘリ。父ハナヲ人トハ、有常ハ、我ヨリモサカリタレハ云也。ナヲ人トハ、麁(ソ)人ト書リ。『文集』云、哀丹昔者魯州麁人、今楊州為諸侯ト云リ。文意ハ、哀丹依レ賢楊州国司ト成タリシ事ヲ云也。同集ニ、長士房、道州民、麁人ニテ難登ニ高位ニ云リ。又、直(ナヲ)人ト書リ。是ハ、心スクナル人也。今ノ義ハ、只麁人ノ義ナリ。母ナン藤原ナリケレハトハ、彼女ノ母、有常カ妻ハ、中宮大夫藤原良門ノ娘、忠仁公ノメイ也。サレハ、藤原氏ト云。此ムコカネト云ニ、二ノ義アリ。一ニハ、是ハ、ムコカネナリト云事也。其器量ト云意也。二ニハ、『漢書』ニ云、漢武帝ノ御時、胡国ト戦セシニ、明臣一人、胡国ニ被取、吉者ナリケレハ、胡国ノ王ノ聟トセントス。彼国ノ習ニ、初テ男シテ行時、カネヲツクル也。ソレヲ、ムコカネト名ク。是ハ、彼国ノ人、ミメワロキニ依テ、唐ノ人ノミメヨキヲ、ウラヤミテ、唐ヨリ帰ル雁ノ毛ヲ取テ、筆トシテ、カネヲツクル也。彼明臣ヲ聟ニセントスル時、折シモ雁ノ毛ナカリケレハ、此人モ唐ノ人ナレハトテ、ソノ髪ヲキリテ筆トス。是ヲ聟カネト云。サレハ、ソレニ付テ、大方聟ヲ、ムコカネト云事アリ。サレトモ実義ハ只聟ノ器量也。住所ナン武蔵ノ国ノ入馬群(ママ)トハ、彼国ノ国司ハ、庁入馬群(ママ)ニアリ。サレハ、有常、武蔵守ナルニヨテ、ムサシノ国入馬ノ群(ママ)ト云也。其郡ニ、三善ト云里アリ。今、大和ニ住所モ、三善ノ里也。彼名、此名、同、云々。仍、武蔵国入馬郡、三善ノ里ト云。実ニハ、大和ノ三善ノ事也。歌ニ、ミヨシノ、タノムノカリモトハ、三吉野ハ今住スル所也。タノムノ雁トハ、田面ノ雁ト書リ。ヒタフルトハ、ヒトヘニト云義也。君カ方ニソヨルト鳴ナルトハ、三吉野ノタノムノ雁モ、君ヲ聟ニトラントト鳴ナリ云(ママ)也。タノムノ雁ト云事ハ、陰陽ノ家ニアル事也。安家(安陪氏也)ニハ田面ノ祭ト云、賀家(カモ氏也)ニハ玄別ノ祭ト云。是ハ、男女ノ中ヲアハセモシ、又ハ、放チモスル。又、男モ女モ、アハセツヘキ、アマタアレハ、ソノカス茅萱(チカヤ)ニテ人形ヲ造テ、其名字ヲ書テ付テ、田面ニナラヘ立テ、此祭ヲシテ、アシノネニテ、此雁ヲ追立ルニ、雁ノ飛行タル方ノ人形ニアタル人ヲ、婦(メ)トモ夫トモスル也。ハナタント思フ男女ノ方ヘハ、カリヲムケス、アハセント思フ方ヘハ、雁ヲムクル。サレハ、有常ノ夫婦、聟ヲ論シケレハ、彼祭ヲシタレハ、雁モ業平ノ方ヘ飛タリケレハ、彼雁モ君カ方ヘヨルト鳴ト云リ。返歌義ナシ。人ノ国トハ、他国ト云義也。カヽル事トハ、好色ノ事也。

十一

一　東ヘ行ケルトハ、東山ニ押籠ラレテアリシ時ノ事也。友達ノ許ヘ云ヲコスルトハ、橘忠幹(モト)(ママ)也。是ハ、業平カ友達也。歌ニ無義。

十二

一　人ノ娘ヲ盗ミテトハ、長良中納言奈良ニ住給シ時、二条ノ后、未タ内裏ヘモ参リ給ハテ、ト定(后ノ言カキル)ノ女御ニテ、親ノ許ニマシ〳〵シヲ、業平盗テ、春日野ノ中、武蔵ツカヘ行也。国ノ守トハ、長良卿、時ニ大和守也。カラメラレケルトハ、后ヲ取返サレテ、辛目(カラキ)ヲミセラルト云義也。満クル人トハ、后ヲ尋奉ニ、満テ来ル人也。歌ニ、ムサシノハケフハナヤキソトハ、綸言ヲ云也。若草トハ、女ノ異名也。『文集』云、女随レ夫、如レ靡(ナヒクカ)ニ若草風(ニ)一ト云リ。故ニ、男ヲ風ト云、女ヲ草云也。問、ツマト云ハ、妻ノ字也。此歌ハ、二条后ノ歌也。男ヲ妻ト云事、如何。答、普通ノ義ニハ、女ヲ妻ト云也。妻戸ナント云モ、妻也。シカレトモ、男ヲ妻ト云事、『万葉』云、

遠津人松浦宵(サヨ)姫夫(ツマ)恋爾領巾(ソテ)振紫ヨリオヘル山ノ名

伊勢物語注第四

十三

一　ムサシナル男トハ、有常、武蔵守ナリシ時、業平、彼聟ニテ、武蔵守ノ許ニ居タリシヲ云也。京ナル女トハ、我メイ、四条ノ后ノ御事也。キコユレハ、ツカシ、聞エネハクルシトハ、ヲチ、メイノ間ナレハ、人ニ聞レハ恥カシ、聞エシトテ、逢ネハ苦シト云也。ムサシアフミト云ニ、二ノ義アリ。一ニハ、『風土記』ニ、天智天皇ノ御時、イクサアリ、武蔵国ヨリ馬鞍ヲ奉ルニ、力革ハナクシテ、鞍ニ鐙ヲクサリ付タリケルアリ。ソレカツルハ、一ニクサリツ、ケタレトモ、鐙ト鞍トハ、別ノ物也。后ト業平ハ、氏ハ一人ナレ共、別ノ人也ト云心也。ヲトモセストハ、其後音信モセサリケルヲ云也。女ノ歌ノ意ハ、ムサシ鐙ノ如クニ、氏ノ一ニクサリタレハ、サスカニ懸テ思ハルレハ、問ヌモツラシ。又、舅、メイノ間ニテアレハ、問モウルサシトヨメル也。返歌、無義。二ニハ、武蔵鐙ト云事、問、

『続日本紀』ニ云、是ハ恋ニ云事也。昔、称徳天皇ノ御時、橘安喜丸ト云人、武蔵国ニ下テ住ケリ。彼国ノ女ヲ思ケルカ、京ヘノホルトテ、形見ニ鐙ヲトラセテ行。此女、此鐙ヲ夜ハイタキテネケルカ、死シテ後、彼鐙、土ニ落テ生イ付テ、木トナル。此木、西ノ方ヘナヒキテ、夜ハ人ノ聞ハ、常ニ泣声アリ。今マテ鐙木トテアリ。其木ノ如クニ、常ニ君カ方ヘ、我モナヒキテ泣ト云意也。サレトモ、実義ニハ、上ノ義歟。

十四

陸奥ニス、ロニイキケルトハ、長良中納言、陸奥ノ国司ナリシ時、大原ノ内、栗原アネワノ谷ト云所ニ、住給シカハ、二条ノ后、未ト定ニテ、親ノ許ニ座シケル時、業平、通フ也。ソコナル女トハ、后也。京人ハメツラカニヤ思ケントハ、業平カ、京ヨリクルヲ、珍シトヤ思ケント云也。歌ニ永々ニ恋ニシナスハトハ、ナカラヘテ、恋ニシナスハト云義也。クワコトハ、繭（カイコ）也。カイコノ、ヒイルト成テ、ハツル事ヨリ外ノ事ナシ。ソレカ様ニ、命計タニイキタラハ、カイコニ成テント云也。此歌ハ、『万葉』ノ七巻ニアリ。其ヲ、二条ノ后ノ詠シ給也。是ハ田ノ上ヘノ黒樹カ女ノ許ヘヨミテ遣ス歌也ト云リ。歌サヘソヒナヒタリケルトハ、サコソ田舎ノ栗原ニ住カラニ、歌サヘイナカメキタルト云也。田舎ヲ鄙ト書テ、ヒナト読リ。夜フカク出ケリトハ、業平、京ニ行ヲ云也。歌ニキツニハメナテトハ、夜モアケハ、此鶏ヲキツネニハマセテ、夜フカク鳴テ、夫ヲヤリツルトヨメリ。他流ニハ、キツトハ、馬船ヲ云。サレハ、夜明タラハ、此鶏ヲ馬舟ニ打ハメテヲカテト云。馬舟ヲキツト云ハ、東マ詞也。クタカケト云ハ、鶏ヲ云。ニハトリヲ、クタカケトハ、白幣ヲ付テ、相坂龍田ノ関ニ放ツハ、世ノ中兵乱ノ時、四境ノ祭ヲシテ放也。クタヲ鶏ニ付テ、ソレニ木綿（シメ）ヲ付テ放ニ依テ、ユウツケ鳥トモ、クタカケトモ云也。又、他流ニ云、クタカケトハ、チイサキ家ノ鶏ト云也。クタトハ、少ノ義也。クタケタルト云意也。家ハイエ、ケハ鶏也ト云リ。家ノ義ハ不然。タヽ、クタヲ切テカケタル故ニ、鶏ヲクタカケト云也。他家ニハ、ヒヨ〱ノ鳴ヲ聞テ読ルト云。クタカケトハ、小鶏ト書リト云。サレハ、少キ鶏ハ、ヒヨ〱也。鶏ハ、カケト鳴ハ、クタカケトハ、小鶏ト云リ。当流ニハ、不然。男ヲセナト

云事、『万葉』云、

夜モ曙波狐丹食手倶達懸之未丹鳴天勢男於野利津留

又、云、

信乃路之薄井之山丹勢男波有登黒川野辺丹我波有哉

トヨメリ。是ハ昔、夫婦別々ノ所ニ住ケル時、女ノヨミテ男ノ許ヘ遣ス歌ト云リ。サレハ、セナトハ、男也。栗原ノアネハノ松ハ、ミチノ国ニアリ。此歌ハ、大原ニ、栗原ノアネハノ谷ト云所アレハ、彼所ヲ云也。思ヒケラシトソ云ヲクリケルトハ、后ノ、業平ハ我ヲ思ケリト云ナリ。

十五

一 ミチノクニヽテ、ナンテフ事ナキ人ノメニトハ、長良ノ、陸奥守ニテ大原ニ住セシ時ノ事也。ナンテフ事ナキハ、何ト云事ナシト云事也。人ノメトハ、彼后ハ、清和ノ妻也ト云意也。ワカヽク通ヘトモ、知ネハ、何ト云事モイハヌ人ノ妻ニト云意也。アヤシウ、サヤウニテ有ヘキ女トモ非ストハ、益有テ、左様ニ始終可通女ニ非スト云意也。歌ニ、シノフ山忍テノ歌、無義。サルサカナキトハ、カヽル后ノ身ニテ有ヲ、犯セハ、フルマイナキ事ヲミテハ、末モタノマスト云也。『老子経』云、仁義礼智信ノ五常ハ、世ノ人ノ行(サカナリ)ト云リ。サレハ、サカトハ、フルマヒ也。サカナキトハ、振舞無ト云事也。エヒス心トハ、エヒスハ、物ヲ取ツメテ放タヌ物也。ソレカ様ニ、后ノ身ニテ有物ヲ、取ツメテ放ヌハ、エヒス心アル人也ト云リ。

十六

一 有常、三代ノ御門ニ仕ヘリケルトハ、淳和、仁明、文徳、是ヲ、三代ノ御門ト云。時ニアヘリケルトハ、サカヘタルヲ云也。『伯選』云、帝王ノ恵ミ、普臣下ノ相時ニ、道アリト云リ。是ハ、賢王之時ハ、臣下ノサカユルヲ云。有常カ親、三条ノ大納言紀名虎ハ、淳和、仁明二代之後見トシテ、有常モ随テサカユ。文徳ノ御時、名虎薨シテ、贈太政大臣トナル。此時ニ、紀ノ有常、少納言ニシテ為天下ノ後見。清和ノ御時ニ至テ、忠仁公、世ヲ取ハカラヒ給故ニ、有常、不宮仕、大和国ニ籠リ居タリ。ソレヲ、代替時移トハ云也。世ノ常ノ人如キモアラストハ、貧(マト)シキヲ云也。アテヤカナル事ヲノミコノムトハ、ヤサシキ事ヲノミ好也。世ノツネノ事モ不知トハ、世間ノ栄モ不知ト云意也。年来アヒナレタル妻トハ、良門カ娘也。床ハナレトハ、次第ニウトク成ヲ云。ツキニ尼ニ成テトハ、彼女ノ姉、皇后宮ノ中納言ノ局(ツホネ)トテ、文徳天皇ニ仕リシカ、出家シテ、大原ニ籠居タリシカ許ヘ行テ、道心ヲコシテ、妻出家シヌ。ソレヲ、尼ニ成テ姉ノ先立テ、成タル所ヘ行ト云也。マコトニムツマシキ事コソナカリケレトハ、我ヲ捨テ行ハ、ムツマシキ事ナレト云也。スルワサモナシト云ハ、物ナトヲモ、トラセヌヲ云也。ネンコロニアヒカタラフ友達トハ、業平也。歌ノ意ハ、四十年カ間、アイツレタリト云意也。ヨルノ物トハ、ヨルノ衣ヲ送ル也。返歌ノ心ハ、年タニモ、四十年ニ相ツレテ成ニ、幾度カ互ニタノミキツランニ、今別ヲシタマウラント云。タノミキツラントハ、契ツラント云意也。コレヤコノ歌ニ、天ノ羽衣トハ、業平ハ、殿上ニ仕リシカハ、殿上人ノ義(ママ)ヲ、天ノ羽衣ト云。ムヘシコソトハ、宜ト云事也。ミケシトハ、御上衣トモ、御服トモカケリ。サレハ、君カメシケルウヘノ衣ニテコソアルラメト云意也。秋ヤ来ルノ歌、義ナシ。

十七

一　年来ヲトツレサリケル人トハ、貞観十三年ノ花盛ニ、京ヘ行タリシカ、二条ノ后ノ事ニ依テ、三年東山ニ押籠ラレテ、有常カ娘ノ許ヘモ、エイカス三年ト云貞観十五年ノ花盛ニ、勅勘ユリテ、有常カ娘ノ許ヘ行タリケルヲ、年来音信ヌ人ノ花盛ニ来ト云也。アタナリト名ニノ歌ノ心ハ、桜ハ七日ニ開、散ト云、アタナル名計也。ヲト、シモ、此花ハ別タリシ人ヲ待テ、今年モ、此人ノ来ル時、又盛ナリト云リ。返歌ノ心ハ、今日コスハ、此花、アスハ雪ノ如クニ降ナマシ。タトヒ庭ニ消ストモ、花トハミシトヨメルナリ。

十八

一　ナマ心アル女トハ、小野小町也。ナマ心トハ、ヤサシキ心也。好心ト書リ。『長能カ記』云、貫之ハ得和歌難ヲ一、有テ二好心一。其詞花也ト云。サレハ、ナマ心トハ、ヨキ心也。男近ウ有ケリトハ、業平也。同御内ニ有テ、文徳ニ仕シヲ云也。女ノ歌ヨム人トハ、小町也。心ミントハ、小町、業平カ心ヲミムトテ、ウツロヘル菊ヲ折テ、歌ヲ書テ付テヤル。歌ノ心ハ、君カ色ノアルト云ハイツラ、紅ノ色ハ名計ニテ、枝モトヲヽニ、雪ノフリタルヲコソミレト読リ。サレハ、色アリトイヘトモ、色ナシト云意也。トヲヽトハ、タハム義也。男シラスヨミニ読ケルトハ、我ヲ試トスルトハ不知シテ読ト云心也。返歌ノ心ハ、色アル我ヲ色ナシト云ハ、ヲノカ身ノ上トコソミレトヨメル也。

十九

一　男、宮仕シケル女ノ方ニトハ、業平、染殿ノ后ニ仕リシ事也。コタチナリケル人トハ、有常之娘ノ阿子トテ同シ御内に、仕ツルヲ云也。コタチトハ、公卿殿上人ノ娘ヲ、何子達ト書也。業平、彼女ニシノヒ〳〵通ケル事ヲ云也。程ナクカレニケルトハ、光孝ノ御子、通給ケレハ、恐テ業平カヨハヌヲ云也。アル物トモ思ヒタラストハ、女ハ常ニミレトモ、業平ハ何トモ思ハヌケナルト云也。歌ノ心、アマクモノヨソニモ人ノ成行カトハ、空ノ雲ノヨソナルカ様ニ、君モ雲ノ上ニスメハ、我ニハヨソニ成行カト読リ。返歌ノ心、我ヨソニナル事ハ、ワカヰル山ノ風ハヤクカヨヘハト云リ。ワカヰル山トハ、内裏ヲ云。大内山ノ義也。風ハヤミトハ、男ノ通給ト云義也。男ヲ風ト云事、上ニ云カ如シ。是ハ、光孝親王ノ事也。

二十

一　昔、男、大和ニアル女ヲミテトハ、小町カ事也。歌ニ、君カタメタヲレル枝ハ春ナカラトハ、君ヲ思フ心ハ、春ノ始ノ如シト云リ。カクコソ秋ノ紅葉シニケレトハ、思ノ深キ事ハ、秋ノ紅葉ノ色ノ如シト云。返歌ノ歌ノ心ハ、イツノマニ、コトカタニ、ウツロウ色ノ付ヌラン。君カ心ニソ春ナカルラントハ、君ハ、思初ルト云事ハ無カト云々。

二十一

一　男、女、イト賢ク思カハシテ、コト心ナカリケルトハ、小野小町ト夫婦ニ成テ、常葉（山城也）ノ里ニ住テ、コト心ナキヲ云也。イサヽカナルコトニ付テトハ、論アル事ニ付テト云。是ハ業平、小町カ心不定ト恨ミ、小町ハ、業平カ心不定ト恨テ、互ニ論シケル也。是ヲ、イサヽカナル事ト云。

『文集』第廿巻云、縦折万春之花疎栄業ノ北露置滑(ナメラカナリ)不帰、縦詠千秋之月披世事ニ西風来テ一去来論否何誰無常ノ世ヲ憑ント云リ。是ハ白居易、無常ノ意ヲ書給フ言葉也。サレハ、イサ、カナリトハ論也。出テイナント云ハ、業平ノ一方ナラヌヲ恨テ、出テユカントスルヲ云。歌ノ心ハ、出テ我イナハ、心カロシトヤ、人ノ云ン。業平ノ、一方ナラヌ世ノ有様ヲ、人ノシラネハト読ル也。トヨミヲキテ、出テイニケリトハ、小町、出テ行テ、七条ニアリケル兄、越後(ママ)大江盛時カ許ニ隠居タル也。ケシウ心置ヘキトハ、ケシクカマシクト云心也。帰リ入テトハ、小町、出テイナハノ歌ヲ書テ置タルヲ見テ、尋ントテ、業平、門ニ出テミレトモ、行エモシラサリケレハ、内ニ帰リ入ヌ。歌ニ義ナシ。人ハイサノ歌ニ、玉カツラトハ、女ノ異名也。『古今』ニ云カ如シ。念シワヒテトハ、思切テ行テ、兄カ許ニ隠居タレトモ、業平ノ恋シカリケレハ、思侘テ、今ハトテノ歌ヲ読テヤル也。歌ニ別ノ義ナシ。忘草ノ義、説々多シトイヘトモ、忍草ハ、軒ニ生タルヲ云、一義也。又、萱草ヲ忘草ト云、花トヨメル、是也。住吉ニ、人忘草(ワスレ)ト岸ニオフトヨメルハ、住吉ノ御供ヲ、忘草ニツヽム事侍也。ソレハ萱草也ト申ケル也。委クハ、『古今』ニ云カ如シ。返歌ニウフトタニキク物ナラハトハ、忘草ヲウフルトタニキカハ、我ヲ忘カタサニスルト、思ハマシト云也。アリシヨリ、ケニ云カハシテトハ、本ヨリモ猶ネンコロニカヨハシテ、本ノ如ク夫婦トナレリ。歌ニ義ナシ。返歌ノ意ハ、中空ナル雲ノ、タチヰ消ル程ニ、二人ノ中ヲ、アタニ覚ルト読也。ヲノカ世々ニ成ニケルトハ、カクハアリケレトモ、終ニハナレテ、小町ハ大江ノ惟章(コレノリ)カ妻ニ成テ、鎮西ノ宇佐ニ下ル。業平ハ、有常カ聟ニ成テ、大和ニ住ケレハ、ヲノカ世々ニナルト也。

二十二

一　ハカナクテ絶タルトハ、染殿ノ内侍ト業平ト夫婦ニナリシカ、互ニ一方ナラヌ事ヲ恨テ、離テ後、女ノ許ヨリ、業平カ方ヘ読テ遣ス。歌ニ義ナシ。サレハヨト云テトハ、サレハコソ、我ヲハ恋シト思フラント云詞也。逢ミテモノ歌ニ、心一ツヲ川島ト云ハ、心一タニ通ハヽ、末ニハアハント云。川島トハ、河ノ中ノ島也。此島ニ水セカレテ、左右ヘワカレタレトモ、末ニハ一ニナル如クニ、分レタリトモ、末ニテハ終ニアハント云也。其夜イニケリトハ、此歌ヲ読テ、其夜行テ、フタリネニケリ。歌ニナソラヘテトハ、ナシテト云義也。返歌、義ナシ。

二十三

一　ヰナカワタラヘシケル人ノ子共トハ、阿保親王ト有常ト、大和国春日野ニ築地(ツイ)ヲナラヘテ住給ケル時ノ事也。子トモトハ、業平カオサナクテ曼陀羅ト云シト、有常カ娘阿子カ少カリシ時ノ事也。井ノモトニ出テ遊ケルトハ、二人ノ子、互ニ五歳、井筒ノサシ出タルニ、長ヲクラヘテ、是ヨリ高ク成タラン時ハ、夫婦トナラント契ケリ。男モ女モ、恥カハシテテトハ、オトナシク成ケレハ、互ニヲサナカリシ時ノ事ヲ恥ル也。サレトモ、互ニ夫婦トナラント思フ志シアリシ也。親ノアハスレトモ、キカテトハ、有常カ平ノ定文ヲ聟ニトラントスレトモ、娘不用之。業平ハ良相ノ大臣ノ聟ナサント親ノシ給ヘトモ、不用之。是ハ、互ニ夫婦ノ志アル故也。隣ノ男ノ許ヨリトハ、業平カ許ヨリノ事也。歌ニ、ツヽイツヽトハ、共ニ五歳也。ツヽトハ、調ノ義也。『大平御覧』ニ云、尭舜大宗ノ御代ハ、政道共ニ調也ト云リ。又、『論語ノ注』ニ云、五常ノ調ル時ハ、三事孝アリト云リ。三事トハ、父(ニ)事、君(ニ)事、兄(ニ)事フル也。サレハ、ツヽ五トハ、共ニ五ト云義也。丸カ長トハ、業平、ワカタケヲ云也。丸トハ、我ト云義也。凡、人皆、丸ヲ惣名トス。一義ニ云、阿子ヲ丸ト指ト云義アリ。是ハ、凡人ムスメヲ、皆、阿子丸ト云名アリ。スキニケラシナ妹ミサルマニトハ、妹カミヌマニ、ワカ長モ井筒ニハ過タリト云。問、イモト云コトハ、互ニ不(レ)嫁(ニハ)不付之。業平、五歳ヨリ以来、彼女ニトツキタリト云事、不見。何ソ妹ト云哉。若、五歳ニテ嫁ト云ハ、其義ニ不可然。『陰陽記』ニ云、小男小女、必七歳ニシテ始(ムト)(二)嫁(ノ)道(ヲ)(一)云リ。サレハ、五歳ニシテ、嫁ト云ン事、不審也。答云、『長能カ記』ニ云、業平、得好色哉。五歳ニシテ始テ知(ヌ)(二)男女(ノ)嫁(ヲ)(一)。以之、表(アラハシ)五行之陰陽(ヲ)(一)、凡人ニ非サル事ヲ知ル。サレハ、業平ノ五歳ノ嫁ハ、実也。返歌ニ、君ナラスシテ誰カアクヘキトハ、大国ノナラヒニ、夫婦ノ契約アレハ、男ノ方ヨリ来テ、紫糸ニテ女ノ髪ヲアク。サレハ、業平ナラテハ、誰カ、ワカ男ニ成ヘキトヨメル也。ホイノコトク逢ニケリトハ、如本意、夫婦トナルヲ云也。女オヤナク成マヽニトハ、彼女ノ母、尼ニ成テ、大原ニコモリ居ケルヲ云也。河内国ニ行通フ所アリトハ、高安ノ郡司、丹波介佐伯ノ忠雄ト云者アリ。其カ娘ノ許ヘ、業平、通ヲ云也。本ノ女トハ、有常カ娘也。イトケサウヨウシテトハ、非艶粉之義。業平カ河内ヘ行ヲ、アシト思ヘル気相ノナキヲ、気相能シテト云。歌ノ心ハ、風フケハトハ、男ノイケハト云義也。オキツ白波タツタ山トハ、盗人、立山ヲヨハニ独リ行ラントヨメリ。盗人ヲ白波ト云事、本文アリ。梁武帝ノ御宇、『政世記』云、梁ノ武帝ノ御時、暴亀密盗天財入。地爐成緑林走山掠国、成白浪、踊海覆船ト云リ。文ノ意ハ、梁武帝ノ御時、暴、亀トテ二人ノ盗人アリ。地爐トハ、方七里ノ土ノ穴ヲ掘テ、其中ヲ棲トス。暴ハ、山ニ居テ、人来ル時ハ緑林ト成テ、中ニ入ント思フ時、人ノ物ヲ取テ入地爐。亀ハ住海、白浪ト変シテ、船ヲ覆シテ物ヲ取ル。カヽル故ニ、国亡ヒ、人多ク歎ク。梁ノスエニ、賢キ将軍出来テ、二人之物ヲ滅シテ、彼穴ヲ一国ニ補シテ、熊爐ト名ク。故ニ、盗人ヲ白浪トモ、緑林トモ云也。家隆云、オキツシラナミ立田山ト云リ。ソレハ、龍田山ノ、荻ノ木ニ穂ノ出ツヽキテ、風ニナミヨルハ、白浪ニ似タリ。サレハ、荻ツ白浪ナルト読也。当流ハ、不然。ハシメコソ心ニクモツクリケレトハ、始ハ、業平ノヤサシキ人ナレハ、見オトサレシトテ、世ノ態モ知ヌ由ニ有ケルカ、業平、今ハカシコニスマント云ケレハ、自ラ世間ノ事共、取サハクルヲ云也。飯貝トリモチケゴノ器ニ盛ルトハ、必、ワカモルニハ非ス。懸養ノ物共ニ、ソノ宛物相節ヲ計宛義也。サレハ、必我ト飯ヲモル義ニハアラス。『政纆』ニ云、周公旦世ニ得テ汗、為天臣、政道濃心掘甕、馬融継孔子ノ跡、五常正ク心ニ仁義ト云リ。サレハ、必自ラツチクレヲホラネトモ、政道ノ賢ヲ以テ、心ツチクレヲ掘ト云リ。サレハ、自ラ飯ヲモルニハアラネトモ、面々ノ食物ヲ計ヒ宛レハ、飯ヲモルト云。他説ニ云、食子トハ、竹ニテクミタルヒケ籠也。イカヒトハ、海ニアル物也。ソノ貝ヲ、業平ノ結構ニモルヲ、イカヒトリモチ、食子ノ器ニモルト云也。サレトモ、実義ハ、配分ノ義也。心ウカリテイカス成ニケリトハ、テツカラ世間ヲ取サハクル事、見苦敷トテ、ユカヌ也。君カアタリノ歌ハ、『万葉』ノ歌ヲ詠スル也。是ハ、業平ノ、大和ニ有ケレハ、伊駒山ノ方ヲミツヽヲヽラント云也。君コントノ歌モ、『万葉』ノ歌ヲ詠スル也。男スマスナルトハ、ツヰニコサル也。

二十四

一　男女田舎ニ住ケルトハ、有常カ大和ニ住シ時、業平彼聟ニテ居タリシ時ノ事也。男宮仕シニトテワカレ惜テイニケリトハ、文徳ノ御時、業平、タイラノ京へ宮仕ニ行也。ミトセコサリケリトハ、二条ノ后ノ御事故ニ、忠仁公ニヲシアツケラレテ、ユカサルヲ云也。待侘タリケルニネンコロニアハント云人ニ契ケルトハ、業平、三年マテコサリケレハ、ヒトリノミアランヨリハトテ、嵯峨ノ御子、常康(ヤス)ノ親王ヲ、阿子カ夫ニシ奉ラントス。彼御子ニ、今宵逢奉ラントシケル時、勅勘ユリテ来レリ。此トアケ給ヘトハ、我、已ニ、道ヒロク成タリト云意也。『文集』云、君有(ルトキハ)レ道、不レ奢(ヲコラ)、四夷有(ルトキハ)レ行、無開戸ト云リ。文ノ意ハ、君ノ以道理、政レ世、四方夷随(テ)レ君、不レ奢。臣ノ致(ヲ)レ行時、天戸ヲアケテ、留ル事ナシト云リ。是ハ、我身ノ能クナリヌレハ、道ノ弘キ心ヲ云也。サレハ、此戸アケ給ヘトハ、既ニ勅勘ヲユリヌレハ、道広ク成タリ。サレハ、コヽニモ、我ヲフセク戸ヲアケテ、入ヨト云也。アケテトハ、業平、二条后ノ御故ニ勅勘ヲ蒙レハ、有常カ娘ノタメニハ、無本意思テ、来リケレ共、左右ナク打解サリケルヲ、戸モアケスト云也。歌ノ意ハ、ミトセカ程待侘テ、只今宵、初メタル男セントシツルト読リ。ニヰ枕トハ、新シキ男也。『万葉』云、

　今年(コトシ)行新嶋守(ニイシマモリ)波人於志毛(ヲシモ)見目(ミルメ)ヲ数(カス)ハモラストソ思フ

ト読リ。ニヰトハ、新キ義也。又、『万葉』云、

　思悩新(ヲモイワヒニイ)手　枕於(マクラヲ)今宵(コ)勢波(ハ)夢丹毛本之夫夜(ヲモヤ)恨ム

トヨメリ。サレハ、新枕トハ、アタラシキ夫ノ手枕也。歌ニ、梓弓マ弓ツキ弓トハ、三張ノ弓也。三張ノ弓ハ、三春ナリト、三春ハ、三年也。『文集』云、年不来無春、々不来無年、故以春為レ年云。又、『文選』云、身ハ老テ白浪面ノ皺(シハ)重(ナル)幾春(トシ)ノ重(ヌル)レ齢(ヲ)。意ハ、サレハ春ヲ以テ年トスト云リ。ワカセシカゴトウルハシミセヨトハ、互ニ異心アラシト誓(チカヒ)言(コト)シタリシヲ、ウルハシミセヨト云也。カコト、云ニ、二ノ義アリ。ツネニハ、タヽ睦言(ムツマシキ)ナントヲ、カコトヽ云。是ハ、誓事也。『万葉』云、家持カ歌ニ、

　千葉破千々之神達尓誓言懸我不忘登夫(イモ)丹ニ云勢(セ)余

ト読リ。此歌ノ心也。ト云テイテナントシケルトハ、女ノ

ウチモ解サリケレハ、業平、出テイナントシケル時、女、歌ヲ読テ留ム。歌ニ、梓弓ヒケトヒカネトヽハ、君カワレニ逢時モ、アハヌ時モ、心ハ君ニヨルト云也。梓弓ノ義、三アリ。一ニハ、巫（カンナキ）ノ叩（タヽク）ク弓也。二ニハ、アツサト云木アリ。弓ニ造ル物也。三ニハ、ミチノ国ノアツサノ郡ハ、弓ヲ作ル所也。其所ノ弓ヲ云也。清水ノアル所ニ臥ニケリトハ、有常カ家ノ前ニ、清水ノアル所マテ、オフテ行トモ、留ラサリケレハ、ソコニ打臥テ泣テケリ。ソコナル石ニトハ、必石ハナケレトモ、業平ノ心カタク、帰ラシト云ヲ、石ト云也。『臣軌（ハン）ノ注』ニ、大宗ノ政徳ハ、何ソ勝（タル）二万臣、致（ス）二謀悪（ノ）一道。石猶不堅云リ。是モ、必石ハ用ニナケレトモ、賢道ノ難破石ノ堅ニ、譬ヘタリ。サレハ、業平ノ心ノ難ヲ、留石ト云也。ヲヨヒノチシテトハ、遂行テ、及ヒ後也。歌ニ義ナシ。ソコニ徒ラニ成ニケリトハ、死タルニハ非ス。業平ノ振捨テ行ヲ見テ、痛シキカホニナルヲ云也。サレハ、痛面也。

伊勢物語注第五

二十五

一　アハジトモイハサリケル女ノ、サスカナルトハ、小町、内裏ニ仕リテ、隙ナケレハ、不レ遇（アハ）トハイハネトモ、難（ヲ）レ逢云也。アサノ袖トハ、朝ノ袖也。返歌ニ、ミルメナキトハ、見所ナキ我身ノウキヤウヲモシラテ、常ニ足タユク、ルラント云也。幽玄ナル姿也。

二十六

一　五条渡リナリケル女トハ、二条后、東五条ノ内裏ノ、西ノ対ニ座シケルヲ云也。エウマジカリケルトハ、難レ逢ヲ云也。歌ニ、モロコシ舟モヨセツ計ニトハ、本文アリ。『大平御覧』ニ云、黄帝亡婦之恨ミ袖渡成レ池、王船寄（ヲ）レ胸（ニ）思猶深ト云リ。是モ、必泪ノ池トナリ、胸ニ船ヲヨスヘキニハナケレトモ、思ノ切ナル時ハ、涙ノ深キ事ヲ云ン也カ（ママ）為也。『諸兄ノ家ノ集』ニ云、我涙海ト成ナハオキツ舟袂ニヨセテ猶ヤコカレントヨメリ。橘ノ諸兄、始テ姓ヲ給ルトキノ歌、橘ノ子(ミ)サヘ花サヘ、天智御歌ナリ。

二十七

一　女ノ許ニ一夜行テ又モ不行成ニケリトハ、業平、二条后ニ参リテ後、久ク参ラサリケル時ノ事也。ヌキストハ、御簾ナトノ様ニ竹ヲ編テ盥ノ上ニ敷テ、手水ツカフ也。是ハ、盥ニ落ル水ノ敷ニカヽラシ為也。盥ノ影ニミエケルヲ自トハ、我影ノタライニウツリタルヲ見テ、后ノヨミ給也。歌ニ義ナシ。不来ケル男トハ、業平也。水口ノ歌ノ意ハ、我恋奉ルヲ聞テコソ、諸共ニ恋給ヘト読也。『公任集(キントウ)』ノ序ニ云、非(モ)人倫(ニ)、知ニ其道ノ礼(ヲ)、住レ水蛙水口挙(アケハ)レ音(ヲ)、何(ツ)続(ツヽクルニ)ニ婦蛙之鳴(ヲ)ニ有情(コヽロ)哉。大和詞之媒(ナカタチ)、誰モ有レ心者、不レ嗜此道(ヲ)ト云リ。文意ハ、蛙ハ、必オカヘルノ水口ニテ鳴ヲ聞テ、妻カヘル諸共ニ鳴也。サレハ、業平モ、ワカ夫カヘルノ、水口ニナケハコソ、后ノメカヘルモ、諸共ニ鳴トヨメルナリ。

二十八

一　昔、色好ナリケル女、出テイニケルトハ、小野小町、業平ノ許ヲ、出テイニタリシ事也。歌ニ、逢期難シトハ、逢事ノ難シト云。

二十九

一　春宮ノ女御ノ花ノ賀トハ、二条后、春宮ノ女御ノ御時、貞観七年三月ニ、大原ニテ廿ノ御賀アリ。召預ケラレテトハ、業平、其日、御共ニ被召也。歌ニ、花ニアカヌ歎ハイツモセシカトモトハ、下タノ心ハ、后ニアカヌ心ハ、イツモアレトモ、今日ホト名残惜キ事アラシトヨメル也。

三十

一　ハツカナリケル女トハ、染殿后ニ常ニ不逢奉事ヲ云也。歌ニ、逢事ハ玉ノ緒ハカリトハ、逢事ハ、スヽノ糸ハカリ細クテ、ツラキ事、長シトヨメル也。又、玉ノ緒ト云事、別ニアリ。

三十一

一　宮ノ中トハ、清和、春宮ノ宮ニテ座シケル御内也。コタチナル女トハ、伊勢、イマタオサナクテ仕リシ時也。其局ノ前ヲ、業平ノトヲリケレハ、伊勢、内ヨリ、ヨシヤ草葉ノナランサカミント、句ヲ云懸テ侍リ。此意ハ、草葉トハ、女也。サレハ、汝カ思奉ルサカトハ、悪也。草悪ノ本文、共ニ如『古今』。歌ニ、ツミモナキ人ヲウケヘハトハ、罪モナキ人ヲノロウト云義也。『陰陽記』ニ云、悪人佞君咒咀神必因理罰スト云リ。サレハ、ウケヘトハ、呪咀也。忘草己カウヘニソオフト云ナルトハ、ヲノレヲ死テ、基ト成テ、忘草、生ル身トナランスルト読ル也。ネタム女モアリケリトハ、二条后、是ヲ聞テネタカリ給ヲ云也。

三十二

一　物云ケル女トハ、小野小町ニ離テ後、業平、読テ遣ス歌也。歌ノ意ハ、シツノヲタマキノ様ニ、今ヲ昔ニクリカヘサハヤト云リ。彼ヲタマキハ、初メ巻テ、又其ヲ糸ニシテ、又マク物也。サレハ、アマタ、ヒマク物ナレハ、クリ返ス物ニ読也。

三十三

一　摂津国菟原郡ニ通フ女トハ、彼有常カ妻ノ所知ナリケルヲ、出家ノ時、娘ニ譲タリケリ。サテ彼女、彼郡ニ住ケルカ、京ヘ上タリケルニ、業平ノ一方ナラヌヲ恨テ、今度下リテ、上マシキ色ノ見エケレハ、業平、何トナキ様ニテ、『万葉』ノ古キ歌ヲ詠ス。歌ノ意ハ、君カ心ノ、弥増リテ覚ルト云也。アシヘトハ、彼ウハラノ郡ニアリ。返シモ『万葉』ノ歌ヲ詠スル也。心ハ、コモリ江ヨリ下ニ思事ヲ、争カ指テ知ント云也。ヰナカ人ノ歌ニハヨシヤアシヤトハ、ヰ中ニスム人ナレハ、田舎人ト云也。

三十四

一　ツレナカリケル人トハ、四条后也。歌ニ、イヘハエニトハ、イヘハ縁有ト云也。親シキ心也。イハネハ胸ニサハカレテトハ、心クルシト云ナリ。

三十五

一　心ニモアラテ絶ニケル人トハ、染殿ノ后ニ申シ契ケルカ、大后ノ宮トナリ給ケル間、コヽロナラス逢カタキヲ云也。歌ニ、玉ノ緒トハ、念珠ノ緒也。アハヲトハ、アハセタル緒也。絶テ、緒ハホトキタレ共、又、己（ヲノレ）トヨリアフ如ニ、結ツル契ナレハ、離タリトモ又アハント云ナリ。

三十六

一　忘ナンメリト問事スル女トハ、四条后、舅（ヲチ）メイノ間ナレハ、片腹痛（カタハライタ）サニ、業平、カヨハサリケレハ、后ノ方ヨリ恨給ケルニ、読テ奉ケル也。歌ニ、谷セハミ嶺マテハヘルトハ、ワカ一門ハ、セハキ谷ノ如クニサカレルニ、此氏ノ中ヨリ、此后ノ雲上迄ハイ登テ、后トナリ給ヲ、嶺マテハヘル玉カツラト云也。玉カツラトハ、女ノ異名也。タエント人ニワカ思ハナクニトハ、絶ント思事ハナケレトモ、后ニ成給ヌレハ、エ逢スト云也。

三十七

一　色好ミナル女トハ、小野小町也。ウシロメタクヤ思ケントハ、ウシロメタク也。歌ニ、下紐トハ、本文如ニ『古今』。此歌ノ意ハ、我モ槿ノ花ノ如ニ、ハカナキ身ナレトモ、異人々下紐トクナト読リ。花ノ下紐ト云ハ、ヌイ（ママ）ヲ云也。シヘヲハ、上紐ト云。返歌義ナシ。ヌイトハ、花ノサク時、上ニクロキカアルヲ云也。

三十八

一　紀有常カリ行トハ、有常カ大和ニ住シ所ヘ、業平尋行タリケレハ、アリキタリトテ遅（ヲソ）クキケレハ、業平読テ遣ス。歌ニ義ナシ。返歌ノ意ハ、ワレモ恋ト云事ハ、ナラワネハ、世ノ人コトニ、恋トハ何ヲ云ソト、問シト読リ。

三十九

一　西院ノ御門トハ、淳和天皇也。其御門ノ御子ハ、崇子（タカ）親王也。イマスカリケリトハ、イマシマシケリト云也。失給テトハ、承和十五年五月十五日薨（コウ）シ給、御ハフリ、一条ノ安祥寺ニテ侍。有常卿カ娘、同車シタルヲ云也。天カ下ノ色好ミトハ、天下ニ名ヲ得タル色好ト云也。源ノ致トハ、于時左京大夫、嵯峨天皇ノ御孫、融ノ左大臣ノ一男也。トカクナマメクトハ、気装シヨリテ、トカク物ヲ云ヲ云也。車ナル人、蛍ノトモス火ニヤミヒルラントハ、有常カ娘也。是ハ、女ヲミンタメニ、蛍ヲ取テ、車ニ入タル也。トモシケチナンスメリトハ、蛍火ヲ入テ、燈ニシテ、消ルヲ云也。トモシケチト云事、実ニハ、命ヲ云也。此内親王ノ死給フ事ヲ、トモシケチト云也。『万葉』云、

深山之葉若之下ノ下草丹猛火消為留鹿波何曽毛

『文集』云、四大所成ソ猛火類ニ水辺之焔ニ五蘊仮令質レ形如ニ風前之雲ニト云リ。『涅槃経』云、猛火消レ風、形水登煙、是ヲ聖武天皇、和シ給ル歌ニ、

吹風爾消留猛火之悲シ佐夜形之水毛煙登曽成

其ヨリ南都人ハ『涅槃経』ノ文ヲ、トモシ風ニ消トヨム事アリ。サレハ、トモケチトハ、命也。歌ニ、出テイナハ限ナルヘミトモチケチトハ、今ノ婆婆ヲ出テユケハ、限ナルヘキ命也。年経ヌルカト、泣音ヲ聞ケトハ、四大本ニ帰シテ、不生滅ノ理ニ叶ナハ、年経タルト云事ヲ、人シラテ泣カトヨメル也。返歌ノ歌ニ云、イトアハレナクソ聞ユルトハ、我ハ死ヌルヲ、イト哀トモ思ハス、消ル物トモ知スト云リ。ナヲソアリケルトハ、直クナル歌ト云意也。スクナルトハ、法門ノ心ヲ読テ、正直ナル義也。

四十

一　若キ男トハ、業平也。ケシウハアラヌ女トハ、有常カ娘也。ケシウハアラヌトハ、ケシキカマシキト云心也。サカシラスル親トハ、有常也。業平カ聟ニナラント云ヲ、此女ニ思ヒ付テ、宮仕セスハ、アシカリナントテ、聟ニトラシト云也。外ヘ追ヤラントスルトハ、母方舅、西三条ノ左大臣良相ノ許ヘヤル也。人ノ子ナレハ、心イキヲヒナシト云義アリ。サレトモ、実ニハ、人ノ子ナレハトハ、ヨキ人ト云義也。人々敷ナシト云カ如シ。心イキオヒナシトハ、心ニ、サカシキ事ナシト云。ヨキ人ノ女子ハ、親ノ云ニシタカヒテ、トモカクモ、心ハカラウ事ナシ。ソレヲ、勢ヒナシト云也。留ル勢ヒナシトハ、女モトマラントイハネハ、業平モ、留ル事ナシト云。女モイヤシキトハ、我ト物ヲハカラウ程モ、ヲトナシカラスト云也。ヲイウツトハ、

追スツル也。血ノ涙ヲ流トハ、思ノ切ナルニハ、血ノ泪ヲ流ス也。本文如二『古今』一。歌ニ、出テユカハ誰カ別ノ堅カラントハ、出テユカンニハ、誰トテモ別ノカタカルヘキ歟ト云也。有シニマサル今日ハ悲シトハ、昔シ恋シカリシ時ヨリモ、今ハ悲シト云リ。読テ絶入ニケリトハ、既ニ追ヤリケレハ、業平ノ絶入ニケリ。親アハテケリトハ、女ノ親有常アハテマトフ也。名ヲ思テコソ云シカトハ、世ニアラント思テコソ、聟ニトラシト云ヘ、カクマテ思ケル事ヨト云也。願立ルトハ、有常春日ニ参テ、種々ノ願ヲ立テ、業平ヲヨミカヘレト祈ル也。是ハ、貞観四年七月ノ事也。昔ノ若人トハ、業平也。若人トハ、心ヤサシキヲ云ナリ。

四十一

一　女ハラカラ二人トハ、有常カ娘姉妹也。ヒトリハ賤シキ男モタルトハ、伊与介小野ノ夜人也。是ハ、妹ノ夫也。中納言小野ノ峯人カ子也。アテナル男モタルトハ、業平カ妻、姉也。シハスノ晦日トハ、貞観十七年ノ十二月ニ、彼夜人ハ、六位ナリケレハ、六位ノ装束ノロウサウノウヘノキヌヲ、京ヨリ、ハリニヲコセタリケルヲ、自ラ張ケルカ、肩(カタ)ヲ張ヤリテ、無二詮方一泣居タリ。女ノ義、如二以前一。ムサシノ、心ナルヘシト云也。

四十二

一　色好ト知〳〵女ヲアヒイヘリケルトハ、小野小町、一方ナラヌトハ知ナカラ、サスカニステヽ通ヲ云也。ニクヽハ将アラストハ、カヽレトモ、ニクヽハナシト云。ハタトハ、将ニト云意也。歌ニ義ナシ。

四十三

一　カヤウノ御子トハ、桓武第七ノ御子、賀陽ノ親王也。或義ニ云、是ハ、光孝ノ親王ト云、異説アリ。女ヲ思食テトハ、伊勢ヲ思給也。イトカシコウメクミツカフ給ケルトハ、ネンコロニ思食義也。人ナマメキテトハ、業平、ナマメキヨリテ、又、伊勢ニ通フ也。又、人キヽツケテ文ヤルトハ、業平ハ、我ノミ伊勢ニ通ト思ニ、賀陽ノ親王ノ思給フト聞テ、時鳥ヲ下絵ニシタル紙ニ歌ヲ書テヤル。郭公ノ歌ニ、ナカ鳴トハ、己(ナンチ)カ名ヲ鳴ト云也。里トハ、人ノ宿也。サレハ、ヲノカヤトリノ夫オホケレハ、誰故ニカ鳴ラントヨメル也。ケシキヲトリテトハ、御子ノ思召事ヲ、業平、知タリケリト思テ、ケシキノカハル也。歌ニ、イホリアマタニウトマルトハ、男アマタトウトマル、ト云心也。イホリトハ、『万葉』ニハ結夫トカケリ。歌ニ云、

結夫(イホリ)為手(シテ)千世モ経奴可(ヘヌヘシ)若女賀(ワカセコカ)未(マタ)黒髪之(クロカミノ)色毛(イロモ)不替(カハラス)

トヨメリ。時ハ五月ニナン有ケルトハ、貞観十二年五月也。イホリ多キノ歌ハ、義、上ノ如シ。郭公ノ義、『古今』ニ云カ如シ。

四十四

一　アカタヘ行人トハ、有常甲斐守ニテ下ヲ云也。アカタトハ、遠キ方ト書リ。『万葉』ニ云、

海ニ渡リ又山越テ見渡セハ猶不審(ヲホツカナ)遠方(アカタ)里人

トヨメリ。サレハ、アカタトハ、遠方也。又、県(アカタ)ト書リ。是ハ、田舎ノ事也。是、定説也。ウトキ人ニアラストハ、シウトナレハ云也。家トウシトハ、業平カ妻、有常カ娘也。女ノサウソクカツクトハ、有常ノ引出物ニ女房ノ装束ヲヌキテトラセル也。アルシノ男トハ、業平也。歌ニ、ワレサヘモナクナルトハ、裳ヲヌキ奉タレハ、裳ナシト書リ。実ニハ、喪ナク成(モナキトキハ)トハ、ハサハヒナク成ト云意也。シウトノ甲斐守ニ成テ行ハ、ワヒシキ喪アラシト云。『三教指帰』ニ云、隣ニ有ㇾ喪(トキハ)春　不ㇾ祥(カタシケナクモ)ト云リ。又、『孝経』ニハ、孝子有㆓時ハ喪㆒云々之事云リ。聖主出ㇾ世(ツマヒラカ)(レハ)、万民喜ㇾ恵ト云リ。サレハ、喪ナク成ト云意也。此歌、アルカ中ニ面白ケレハトハ、有常、ワカ世ニアル事ヲ読タレハ、面白也。

四十五

一　人ノ娘ノカシツクトハ、良相ノ大臣ノ娘ヲ、女御ニタテントテ、親殊ニ冊ケレハ、業平ニ心ヲ懸テ、深ク思ケレトモ、云出サン事ヲ恥テ、思入タリケルカ既ニ限ナリケレハ、親ニカク思フト云タリケレハ、親、業平カ許ヘ云遣ス。業平、急キクルニ、未タ行ツカヌ前ニ、彼女死シテ、空キ跡ニ来テ、歎ケレト甲斐ナシ。サテ、彼忌(イミ)ニツレ〳〵ト籠居タリケリ。時ハミナ月ノ晦日トハ、貞観六年六月晦日也。行蛍ノ歌ノ意ハ、此蛍、雲ノ上マテ飛アカラハ、煙ト成テ、雲ニ入シ人、秋風フクト、我ニ告ヲコセヨト云也。暮カタキノ歌ニ、夏ノ日クラシトハ、夏ノ終日ト云義

也。夏ノ日ハ長ケレハ、暮カタシト云也。ソノ事トナク物ソ悲シキトハ、何事ヲ思フトシモナキ時モ、涙ノ落ルト云也。

四十六

一　イトウルハシキ友アリトハ、業平カ為ニハ、有常ハ、ウルハシキ友ト云。ヨキ友ノ義也。人ノ国ヘ行トハ、他国ヘ行ト云意也。是ハ、甲斐国ヘ行ヲ云也。月日経テヲコセタル文トハ、有常カ許ヨリ、業平カ許ヘヲコセタル文也。歌ニ義ナシ。

四十七

一　ネンコロニイカテト思フ女トハ、二条后也。是ハ、業平、一方ナラヌヲ恨テ、シハシ逢給ハサリシ時ノ事也。歌ノ義、如二『古今』一。返事、同。

四十八

一　馬ノハナムケセントテ人待トハ、紀利貞カ阿波介ニ下ケル、馬ノハナムケセントテ待ヲ云也。『古今ノ注』ニハ、有常、甲斐守ニ成テ下ルト見タリ。歌ノ義如『古今』。

四十九

一　妹ノイトヲカシケナルトハ、業平ノ妹、初草ノ女也。ヲカシケナルトハ、ヨシト云義也。『史記』云、形霊貌(チヲカシクカホ)麗(ヨキ)者、常ニ蒙(リ)二天人之愛(イツクシミヲ)一、意ニ詘(ツクル)言ハ悪(サカシナル)者鎮(トコシナヘニ)得(ル)二鬼魅之(ハツ)伐(ニクミヲ)一ト云リ。サレハ、ヲカシキトハ、ヨキヲ云也。歌ニ、ウラワカミトハ、少ナキト云義也。ネヨケニミユル若草トハ、ネヨケナル女ト云意也。返事ノ意ハ、我ハ珍敷形チ也。ウラナク思給ケリト読リ。ウラナクトハ、無隠思給ト云義。終ニ逢ニケリ。

五十

一　恨ル人ヲ恨テトハ、小野小町ハ業平カ一方ナラヌ事ヲ恨ミ、業平ハ小町ヲウラミケルヲ、カタミニ恨ル人ト云也。歌ニ、鳥ノ子ヲ十ツヽ十ハカサヌトモトハ、本文ノ意ヲ読リ。陳鴻カ『報恩記』云、徳ノ至テ徳ナルハ父母ノ徳。恩ノ至テ恩ナルハ師君ノ恩。縦持鳴子ヲ空上ニ百数百重トモ、其徳ヲ報シカタシ。縦ヒ牽二泥牛ヲ、水中ニ千渡一、乗(トモ)二千人ヲ、難レ謝二師恩(ヲハ)一ト云リ。サレハ、思ハヌ人ヲ思フハ、難キ事也ト云也。朝露ノ歌ノ意ハ、本文ヲ読ル也。『文集』云、不レ憑二傍人一、縦(ヒ)朝露残二晩気一、契(リ)二後会(ヲ)一カタシ。可恨先(ムカシ)言ハ、縦ヒ山花残(トモ)二春風(ニ)一、難レ結二芳契(ヲ)一ト云リ。此文ノ意ヲ読ル也。吹風ニノ歌ハ、是モ本文ヲ読ル也。『文集』云、縦(ヒ)旧年之花残レ梢待(トモ)二後春(ヲ)一、難レ契是傍人之意ト云リ。此文ノ意ヲ読ルナリ。行水ノ歌ハ、本文『古今ノ注』ノ如シ。行水トノ歌ニ、行水モ、過ル月日モ、花モ、皆ハカナシ。サレハ、イツマテト云事ヲ聞ラント読ル也。アタクラヘ互ニシケルトハ、カタミニアタナル事ヲ云也。

伊勢物語注第六

五十一

一　前栽ニ菊殖ルトハ、遍昭カ家ニ殖ル也。是ハ、業平、我家ニウヘケル也。歌ニ、ウヘシウヘハト云。此歌ヲ、ウツシウヘバト云説アリ。当流ニハ、栽バト云也。ウヘシ上者ト云説モ侍也。

五十二

カサリ粽トハ、

一　人ノ許ヨリカサリチマキヲコセタリケルトハ、惟高(コレタカ)親王ノ許ヨリ送給ナリ。カサリ粽トハ、五色ノ糸ヲ以テ結物ナトシテ餝タル粽也。歌、アヤメカリ君ハヌマニソマトヒケルトハ、君ハアヤメカリテ、粽セントテ、沼ニソマトヒアリキ給ヌラン、ワレハ野ニ出テ狩テ、雉ヲトリテ奉ラントスルソ、ワヒシキト云ナリ。

五十三

一　難逢女トハ、当純ノ大将ノ妹、内裏ニアリテ逢カタク成シニ、自会フ夜、鳥ノ鳴ハヨメル也。歌ニ義ナシ。

五十四

一　ツレナカリケル女トハ、染殿后ノ逢カタク座ヲ云。歌ニ、行ヤラヌ夢路トハ、夢ニモ、逢トハエミヌト云意也。アマツ空ナル露ヤ置ラントハ、雲ノ上ニ坐ス后ノ泪ヤ、我袖ヲモヌラスラント読ル也。『伯選』云、思レ昔ヲ一夢未レ通ト云意一也。是モミハテヌ夢ノ意ナリ。

五十五

一　思カケタル女ノエウマ（ママ）カリケルトハ、二条后、内裏ニ座テ、逢カタカリシ時ノ事也。歌ニ義ナシ。

五十六

一　臥テ思ヒオキテ思フ女トハ、二条后ノ事。行住座臥ノ心也。歌ニ義ナシ。

五十七

一　人シレヌ物思フ人トハ、業平也。是ハ、業平カ一方ナラヌヲ恨テ、二条后ノ逢給ハサリシ時ノ事也。歌ニ、ワレカラトハ、モニスム虫也。此虫ハ、少シモアラクスレハ、クタクル物也。歌ノ意ハ、アマノカルモノ、ワレカラノ砕ケ安キ如クニ、アハヌ恋ニ、身ヲクタキヌヘシト云也。又、或説ニハ、ワレカラト云虫ハ、アマノ、モヲ引アクル時、コノ虫、モニ取付テ、引アケラレケレハ、全クアマハ、此虫ヲハトラントモセス。ワレカラトリ付テ、身ヲ失フ事ヲ、人ノシワサナラヌ事ニヨム也。此后モ、業平ヲ恋給テ、トモスレハ恥カキ給ヘハ、君ヲモ、業平ヲモ、恨ヘキニアラスト云心ナルヘシ。

五十八

一　心ツキテ色好ナルトハ、業平也。心ヲ尽シテ、色ヲ好ト云。長岡ト云所ニ家作テケルトハ、母伊豆（登）登内親王、御座シケレハ、業平モ行テ、彼宮ニ住ケリ。隣ナリケル宮ハラトハ、嵯峨ノ天皇ノ御娘、生子（セイ）内親王、業平アリト聞。。

テ、思カケテ、次ノ女房ノ装束ニ成テ、行テノソキケルヲ云。コトモナキ女トモトハ、ヨキ女ト云也。是ハ、宮ノ御共ニ、伯耆守藤原隆成ノ娘伯耆局、民部大輔三善ノ成房カ娘大輔ノ局、此二人也。田苅トハ、必、田ヲカラスルニ非ス。田舎ニ住ヲ云也。『貞観政要』云、太宗曰、我得帝徳、思国、耕疲有其中ト云リ。彼注ニ云、太宗、位ノ始、民ノワサヲミントテ、鄭州ノ田舎ニ座シ時ノ事ヲ、アソハセリ。是モ、必、自ラ田ヲカヘシ給ハネトモ、奉行スヘキニモアラス。只、田舎ノスマヰヲ、田ト云也。歌ハ、『古今』ニ云カ如シ。此宮ニアツマリキタテトハ、業平カ居タル宮、伊豆内親王ノ御所也。葎生テノ義、『古今』ニ云カ如シ。ホヒロハント云ニ、二ノ義アリ。一ニハ、田舎ノスマヰノ事ヲ云ントテ、穂拾ハント云也。二ニハ、業平ヲ、顕レヨ、ミント云ヲ、ホヒロハント云也。ホニ出ヨト云義也。本文如以前。タツラハ、田面也。

五十九

一　東山ニスマント思テトハ、二条后ノ事故ニ、忠仁公ニアツケラレタリシ時ノ事也。歌ニ義ナシ。イタクヤミテ死入タリトハ、二条后ヲ恋奉テ、死入也。歌ノ義『古今』ニ云カ如シ。

六十

一　宮仕イソカシウ心マメナラサリケルトハ、業平、好色ヲノミ業トシテ、ミヤツカヘモセス、世ノ中ヲモイトナマントスル事ナシ。サル程ニ、小町、業平カ心ノ定ラヌヲ恨テ、出タル也。家トウシマメニ思ハント云人ニ付テトハ、小町、実ニ思ハント云男ニ付テト云義也。是ハ、宇佐長官、大江惟章也。人ノ国ヘイニケリトハ、惟章ニツレテ、宇佐ヘ下也。此男宇佐ノ使ニテイキケリトハ、貞観十三年四月ニ、業平、宇佐ノ勅使ヲ承テ下ケル也。シソウノ官人トハ、使承ト書リ。是ハ、勅使ヲ請取テ、モテナス官也。惟章カ事也。女アルジニカハラケトラセヨトハ、業平、官人ニ向テ云、小町ヲ出セ、サナクハ酒ヲノマシト云ケレハ、小町、出サスシテ、カハラケヲ取アケテ、出シタリケル。肴、花橘ノ有ケルヲ取テ、業平読ル也。歌ノ義ハ、花橘ヲ昔ノ人ノ袖ノ香ト読ルハ、『日本記』云、垂仁天皇九十年、田道間守ヲ、トコヨノ国ヘ遣シ、橘ヲ求シム。十年ニ帰タリ。ソノ間ニ、御門、崩御有ケリ。間守、是ヲ承テ、自ラ死ス。是ニヨテ、昔ノ人ノ袖ノ香ト云リ。又、『漢書』云、涙雨漸泪興芳(クフ)七尺之廬橘(ロヲ)纔得ニ右袖(ヲ)一、頭随貫(トラスイクワン)脉燕雀(スチエンシヤクニ)一丈之薄(タウ)花速迷(カニス)ニ後心(ヲ)一ト云リ。文ノ意ハ、漢明帝ノ御代、田夫、興芳トテ、夫婦アリケリ。妻ノ興芳死テ、後ニ、彼基ヨリ橘生タリ。高サ七尺計也。此橘ノ香、別シ妻ノアリカニ似タリ。袖ニコキ入テ、家ニ帰テケリ。其ヨリ、花橘ノ袖ノ香ト云トトモアリ。尼ニ成トハ、後ニ、小町、尼ニ成テ侍ル。子細別ニアリ。

六十一

一　ツクシマテイキタリケリトハ、同勅使ノ時也。簾ノ中ナル人トハ、平ノ定文カ妹也。是ハ、左衛門佐、源正隆カ妻也。筑前国々司ニテ、タハレ島ト云所ニ住ケリ。染河ト云、彼島ニアル、アヒソメ河也。歌ノ心ハ、染河ヲワタレハ、色アル物ト云モ理也ト読リ。返事ノ意ハ、タハレ島ト云所ニスメハ、其名モ、アタ也。サレハ、彼ヌレ衣ノ、ナキ名モ立ヌヘシト云リ。タハレ島トハ、タハフレ島ト書タレハ、タハフレスルト、人ノ思ンスレハト云也。サレトモ、忍テ逢ケリト云リ。或説云、業平、実ニハ筑紫へ下ラス。八幡ヲ、ツクシヨリ男山ニ遷奉(ウツシ)レハ、勅使ニ立ケルヲ筑紫へ下タリト云ト云リ。是モ、東マヘ不下義ニ同歟。ヌレ衣ト云事、『日本紀』云、昔ハ、虚実ヲタヽスニ、夏ノ日ノ照ル時、天香山ニテ帷(カタヒラ)ヲヌラシテ懸ホスニ、スコシタル人ノ帷ハ、ホセトモヒス。スコサヌ人ノ帷ハ、ヤカテヒルニヨテ、罪ニ行フシルシトスル事ヲ、ヌレ衣ト云リ。イツハリノ事ニ云リ。歌ニ云、

川社シノニオリハヘホス衣イカニホセハカ七日ヒサラン

又、『日本記』云、昔、聖武天皇ノ御時、佐野ノ近世ト云者ノ侍リ。筑前守ニテ下リケル時、京ヨリ娘ヲツレテ下ル。彼娘ノ母、国ニテ死ス。サテ、ソノ国ノ女ヲ、妻トシテ有ケルニ、今ノ女ニモ娘アリ。又、父カ元ノ腹ノ娘モアリ。今ノ又ノ娘、サマモワロクシテ、マヽ父モテナサス。夫カ娘ハ、形勝タリ。心モヤサシケレハ、父是ヲ、アナカチニモテナス。継母、此事ヲホイナク思テ、海人ヲ語ヒテ云、「汝、コノ暁来テ、云へキ様ハ、此京ノ姫君、此程ヨナ〳〵我モトへ、忍ハスニ通マシ〳〵ツルカタへ、イカヽ

有ケン、帰ラセ給トテ、釣衣ヲ召テオハシツル、タヘ、ト云ヘ」トテ、種々ノ宝物ヲトラセテ、教ヘケレハ、来テ約束ノ如ク云。父、是ヲ聞テ、腹ヲ立テ、行テ見ケレハ、ヌレ衣ヲ引カツキ、ネタリ。是ハ、ネ入タルニ、マヽ母キセタリケル也。父ヤカテ、娘ヲコロシケリ。又、海人ヲモコロシケリ。サテ、次ノ年、彼娘、父ノ夢ニミエケル。歌ニ云、

ヌレ衣ノ袖ヨリツタフ泪コソ長世マテノ無名也ケレ
ヌキヽスルソノタハカリノヌレ衣ハ長キウキ名ノタメシナリケリ

ト云歌ヲ、夢ニミテ、サテハ、マヽ母ノ、シハサナリケリトテ、妻ヲハ送リテ、我身ハ出家ノ遁(トン)世シテ、松浦山ニ住ケリト云リ。

六十二

一　年コロ音信サリケル女トハ、小町、筑紫ニ住テ、久ク成ケルヲ云。心賢クヤアラサリケントハ、色好ム心ノミ有テ、身ノ行末ヲモ、願ハヌヲ云也。ハカナキ人ノ事ニツキテトハ、大江惟章カ妻ト成テ、筑紫ヘ行タリケレハ、惟章、程ナク死ケレハ、京ニ上テ、コヽカシコニ住ケル也。人ニツカハレテトハ、仁明ノ御子、基蔭(モトタカ)ノ親王ニ仕ヘテ居タリケリ。モトミシ人ノ前ニ行テ物クハセナトシケリトハ、業平、小町ヲ尋テ行タリケレハ、出合テ饗スルヲ云也。ヨサリ此アリツル人給ハラントアルシニコヒケルトハ、業平、親王ニ向奉テ、ユフサリ小町ヲタヘト、親王ニコヒ奉ヲ云也。ワレヲハ知ヤトテトハ、我事ヲハ、今ハ知マシキヤト云ヲ云也。歌ノ意ハ、匂ハイツラトハ、古ヘ思シ匂ハイツラ、物ノ数ナラス、今宵ノ契コソ深ク覚ユレト読ル也。コケルカコトモトハ、深シト云意也。没(コケル)ト書リ。コレソコノ、歌ノ意ハ、ワレニアフミヲノカレテ、惟章(ノリ)カ妻ト成テ、鎮西ヘ行タレトモ、マサリカヒナシト読ル也。キヌヽキテトラセケリトヽハ、小町、余リニ貧シケナレハ、業平、衣ヲヌキテ、トラセケレトモ、トラテ捨テ逃ニケリ。イツチイヌラントモシラストハ、軈テ其後ニハアハス、彼親王、薨シ給ケル後ニハ、尼ニ成テ、井出寺ノ別当ノ妻ト成テ、山城ニ住ケリト云リ。問、大師ノ『玉造』ヲミルニ、小町、衰弊ノ後、相坂ノ辺ニ住ケルヲ御覧シテ、其姿ヲアソハセルトミエタリ。爰ニハ、井出寺ノ別当ノ妻

ト成テ、衰弊ノトコロミエス。拾違、如何。答曰、『家ノ日記』ニ云、小町、関寺ニ住ル事、ミエス。六十九ニテ、彼井出寺ニテ卒シタリト云リ。サレハ、大師、只小町カ好色ニ勝タリシカハ、カヽルイミシキモノモ、衰ヒハツル事アリト云事ヲ、人ニシラセントテ、小町ニヨセテアソハセル故、『宇治殿ノ物語』ニハ、小町ハ、馬頭観音ノ化身也。井出寺ニテ死ト云事ハ、一旦ノ説ナレトモ、其後衰弊シテ、相坂ノ辺ニテ、骸ヲサラストミエタリ。サレハ、井出寺ニテ死タル事ハ、ナカリケリト云リ。問、大師ハ、承和二年ノ御入定、業平ハ、承和ノ四年ニ元服、生年十六歳也。小町三十、業平ハ廿五ニテ、夫婦タル事、家ノ口伝ノ習也。然者、承和三年ノ時ハ、小町ハ九歳也。サレハ、小町衰弊ノ様、大師ノ御作、不審也。答云、或説ニハ、『玉造』ハ、仁海僧正ノ説ニテ、大師ノ御作ニ非スト云リ。此義ナラハ、不及二不審一(ニ)。真言家ニ、大師ノ御作多シ。ソレニ『現在記』、『未来記』トテアリ。大師、権者ニテ、未来ノ事ヲ、兼テ記シ給ヘル事多シ。今、此『玉造』ハ、『未来記』ノ目録ニ入歟。

六十三

一　世心ツケル女トハ、世常ノ心也。世常ノ心トハ、夫婦ノナカラヒヲ思心也。心情アラン男ニアヒテシカナト思トハ、業平ニ逢ハヤト、思心ヲ云也。名虎ノ大臣ノ娘、三条ノ町、文徳天皇ニ思ハレ奉リ、崩御ノ後、西山ニ住給ケル時ニ、業平ノ、常ニ嵯峨野ヘ狩シニ行ヲミテ、恋給ヘルヲ、実ナラヌ夢語リヲストハ、三人ノ子ヲヨヒテ、ワレ今夜ノ夢ニ、若キ男ナサケアルニ逢ナハ、年ヤ若ク成ナントミタリト云。三人ノ子トハ、大将顕景(アキカケ)、大納言源関路、此三人(ママ)ハ、右大臣源有国カ種ノ子也。三郎ナル子トハ、惟喬親王也。是ハ、文徳ニ思ハレ奉時ノ子也。二人ハ情ナク答テヤミヌトハ、顕景、関路ハ、普通ノ夢物語ト思成テ、業平カ事トハ返事ニ不及。三郎ナル子、ヨキ男ニアハセントストハ、惟喬親王、業平ヲ思懸テマシマスト心エテ、御返事申給様ハ、若ク成給ハン事、マコトニ悦也。今ノ世ニ在中将コソミメヨク、情モアレハ、語ヒテ奉ラント申セハ、ウレシケニオハシマス也。狩シニ行ケル、物ニ行合テトハ、業平、嵯峨野ヘ狩シニ行、惟喬ノ御子、行合給タル也。馬ノ口ニ取付テトハ、業平、于時右馬頭ナリケレハ、ソノ口ヒキヲ聞召ヲ云也。カウ〳〵ナント思フト云トハ、我母ノ思カケ給ニ、思ヤスメ奉テンヤトノ給ヘハ、業平事ウケシテ、ソノ夜行テネニケリ。男ノ家ニキテカヒマミケリトハ、彼女房、業平ノ家ノ垣ノヒマヨリ、ノソクヲ云也。歌ニ、百年ニ一トセタラヌツクモカミトハ、必此時、九十九ニテアルニハアラス。此時、五十八也。ツクモカミトハ、百鬼夜行神ノ義ヲ以テ云也。『陰陽記』ニ云、狐狟狸狼者、満百年、恠喪、故ニ名夜行神、号付喪神ト云リ。是ハ、カヽル獣トモ、百年生キヌレハ、種々ノ変化ヲシテ、人ニ煩ヲ与フ。是ハ、必夜行テ、変化ヲナス故ニ、夜行神ト云。九十九ト云年ヨリ、ハケ初ル也。仍、百年ニ一トセタラヌツクモ神ト云。今是ハ、九十九ニテハアラネトモ、夜行テ、業平ヲノソキテ、業平ヲワヒシク心苦喪ヲ付ル故ニ、ヨルアリキテ思ヲ付ル義ヲ以テ、付喪神ト云ナリ。ムハラカラタチニ懸リテトハ、業平ニカヽルニハ非ス。『文集』云、恥如出賢人ノ前、痛如入荊棘中ト云リ。サレハ、業平ニ見付ラレタリシ事ヲ痛ヲ云也。男ノ女ノセシハウニトハ、此人、イカ、マシマストテ、業平行テ、ノソキ奉ヲ云也。歌ニ、サムシロトハ、小筵ト書リ。ケチメワカヌ人トハ、我ハ思ハネトモ、人ノ志アレハ、アヒ、我志アレトモ、人志ナケレハ、アハス、ケチメトハ、分目ト書リ。

六十四

一　ミソカニ語フワサモセサリケル女トハ、二条后、内裏ニ座テ、忍テモ、エ通ハサリシ時ノ事也。歌ニ義ナシ。返歌以同前。

六十五

一　オホヤケノ思食テツカヒ給フ女トハ、清和天皇位ノ御時、二条后、未タ女御達ニテ坐シ時ノ事也。后ハ、女御達ニテ坐ス程ハ、王ニ仕ヘ給也。色ユルサレタルトハ、色深クミメヨキ事、天下ニユルサレタル人也ト云リ。大御息所トテイマスカリケルイトコナリケルトハ、是ハ、染殿ノ后ノ御事也。二条后ニハ、イトコ也。殿上ニアリケル在原ナリケル男トハ、業平也。此女アヒシリタリケルトハ、二条ノ后ト、業平ト、忍テ通給ケル事ヲ云也。此男、女方ユルサレタリトハ、業平ハ、宮ノ御子ニテ、内裏ノ内ハ、イツクヲモ不憚、女御、后ノマシマス所ヲモユルサレテ、参ケル也。女イトカタハナリ方モホロヒナンカクナセソトハ、トカク片ハラ痛シ、ナセソ、自ラノ身モ、我身モ、ホロヒヌヘシト云也。歌ニ義ナシ。曹司トハ、女御ノマシマス御隔屋也。ノホリ入トハ、業平ノ、后ノ御隔屋へ参ヲ云也。里へ行トハ、業平ノシケク通フ間、カクテハ悪カリナントテ、御里、長良ノ卿ノ宿所へ座スルヲ云也。皆人聞ワラフトハ、業平、后ノ御隔屋ニ籠居テ、隠トスレト、皆人知レケルヲ、ワラフ也。ツトメテ、トノモツカサノミルトハ、主殿(トノモノ)ノ頭伴(カミトモ)ノ善雄カ見ヲハシラテ、沓ヲハ御へ屋ノ奥へ抛入テ、后ノ御へヤニ隠入ヲ云也。主殿頭トハ、内裏ノ朝キヨメノ奉行スル人也。陰陽師巫(カンナキ)ヨヒテハラへスルトハ、吉備ノ大明(ラ)ト云陰陽師ヲヨヒテ、賀茂河ニテ、恋セシト云ハラへシケル也。巫ハ口伝アリ。歌、別注ニ云カ如シ。此御門トハ、清和ノ御事也。仏ノ御名ヲ御心ニ入テトハ、清和ハ、道心オハシマシケル御門ナレハ、常ニ仏ノ御名ヲ唱ケル也。サレハ、終ニ、三十七ニテ御出家アリテ、閑居閉(ヒヒ)籠給フ。女イタ泣(マヽ)トハ、二条后ノ泣給フ也。御門聞食付テトハ、清和ノ聞食也。是ハ、善雄カ奏聞(ソウ)シケル也。此男ヲハ流シ遣シケリトハ、東山ニ押籠ラレシ時ノ事也。此女ヲハイトコノ御息所マカテサストハ、二条后、御イトコ五条ノ后ノ御ヨメニテ西ノ対ニ座ケルカ、マカテサセ奉テ、照宣公ノ許ニ、押籠奉ルヲ云也。或本ニ、此二条后、直子(ナヲイコ)ト書リ。直子トハ、少ナクテノ御名也。オトナシクテハ、高子(タカイコ)ト云リ。サレハ、高子、直子、二ノ后アレトモ、人ハ一也。アマノカルノ歌、以前ノ如シ。男人ノ国ヨリトハ、業平、忠仁公ノ許ニテ、近江国富ノ尾ト云所ヲ、トラセタリケレハ、ソレニ住テ、ソレヨリ折々、二条后ノ御方ヲネラヒテ、京へ上ルヲ云也。音ハオカシフテトハ、面白キト云義也。此女ハ蔵ニコモリナカラトハ、関白殿ノ許へ参ヲ云也。関白ノ許ヲハ、御蔵許ト云。是ハ、御宝ヲ納ルカ故ニ云也。歌ニ、アルニモアラヌ身ヲハシラステトハ、押籠ラレテ、心ニモマカセヌ身ヲシラテ、スソロニ尋クルト云也。イタツラニ行テハキヌルノ歌、如『古今』。

六十六

一　摂津国ニ知ル所(トコロ)有テトハ、ツノ国ムハラノ郡ハ、業平ノ妻ノ所知也。アニオト、友達トハ、業平ノ兄、民部大輔仲平、中納言行平、弟丹波守々平。友達トハ、小納言有常、左兵衛督敏方(カミトシカタ)、大内記敏行等也。難波方トハ、ナニハノ浦ノカタヲ云也。歌ニ、三ノ浦コトトハ、タミノ浦、三津ノ浦、長江ノ浦、此三也。コレヤ此世ヲウミワタル舟ト云ハ、此世ヲ恨ワタル舟ト云也。是ハ、業平、御門ノ御恵ニモアツカラテ、世ヲウラムル時ノ事也。

六十七

一　セウエウシニトハ、遊ヒニ行也。逍遥ト書リ。アソヒ也。『文選』云、政徳直ニシテ、逍遥盛也ト云。思フドチカヒツラネテトハ、思ドシカヒツレテ也。和泉国ヘトハ、此時、業平、大鳥郡ノ主也。元慶元年二月也。彼行人ノ中ニ只一人ヨムトハ、業平也。歌ニ、雲ノカクロフトハ、カケロフヲ云也。五音ニテ可知之。花ノ林ヲ海ト也ケリトハ、花ノ林ノ波ノ立様ナルニ、雲ノ引ヲ、ヘルヲ、海ニ似タリト読ル也。山里皇子(平城御子)(業平舅)ノ『山家ノ賦』ニ云、山花成レ波、遅々タル春ノ朝、嶺雲似レ海遠々タリ秋夕ト云リ。此賦ノ意ヲ読リ。此賦ハ、『文集』ノ望海賦ノ心ヲ造ヲ、彼賦ニ云、白雲余(ル)レ波(ニ)、蒼海ノ朝、青松染霧、暮秋ノ夕ト云リ。此賦ノ意ヲ作給也。彼山里ノ皇子ハ、業平カ舅也。

六十八

一　和泉国ヘ行トハ、大鳥ノ郡ヘ行ク也。或人住吉ノ浜トヨメト云トハ、行平ノ中納言、業平ニコ、ノ景気ヲヨメト云也。雁鳴テノ歌ノ意ハ、雁ナキテ、菊ノ花サク秋ハ面白ケレトモ、住吉ノハマノ春ノ気色ニハマサラストヨメル也。皆人ヨマス成ニケリトハ、此歌ヲ面白カリテヨマサル也。

伊勢物語注第七

六十九・七十

イセノ国ニ下リケリトハ、業平、清和ノ御時、貞観五年五月二日、京ヲ立テ、伊勢太神宮ノ五月五日ノ勅使ニ下ル。是ハ、太神宮ノ御狩野ニテ、鷹狩ヲシテ、神供ニ奉ル故ニ、狩使ト云。斎宮ナリケル人ノ親トハ、染殿ノ后也。此斎宮ハ、文徳天皇ノ第二ノ姫宮、帖子（デウ）内親王也。或説ニハ、此斎宮ノ母、紀静子（シツケイコ）ト見タリ。三条町之事也。サレトモ、『家ノ日記』ニハ、染殿ノ后ト云リ。サレハ、斎宮ノ親ト云ハ、染殿后也。常ノ使ヨリ此人ヨクイタハレト云ハ、且ハ我密夫也。且ハ宮ノ御子ニテ座ハ、忽緒（ユルカセ）ナル人ニ不坐ト云也。夕サリハソコニコサセケリトハ、斎宮ノ御前ニ留ムルヲ云。イタツキトハ、イタハルヲ云ナリ。二日ト云夜、男ワレテアハント云トハ、業平、斎宮ノ御方ヘ、ワリナク逢奉ラント申ヲ云也。問、京ヨリ伊勢ハ三日ノ道也。但、勅使ナトノ急キヌルハ、斎宮マテ二日ニ下ル事モアリ。今、業平ハ、五月二日、京ヲ立ト見タリ。三日、斎宮ニ付ケリ。御祭ハ、五月五日也。爰ニ二日ト云ニ、ワレテアハントイヘルハ、四日逢ヒ奉ラント云歟。若其日ナラハ、外宮ノ御祭ニテ、勅使宮ニ留ル。サレハ、二日ト云、逢奉ント云事、不得心。必此勅使ハ、四月中ニ下テ、兼テ狩ヲスル也。若遅キモ、必下リヌレハ、狩一日、両宮ノ祭二日、必三日ノ逗留アリ。今、此業平下ル事ハ、狩シタル日モ見エス。此義如何。答云、此時ノ勅使依レ不レ定、業平、俄ニ五月二日下サル、故ニ、四日ノ朝、斎宮ノ庭ニテ狩ノ儀式ヲ行ヒ、一宿シテ、ヤカテ外宮ノ祭ニウツル。一日カ中ヲ、二日ニ造リ、故ニ二日ト云。狩ニ出シ立テ、ヨサリコサスルト云ハ、夜ノ儀式ヲ行ヒシ時ノ事也。宮ノ一宿ニハ非ス。サレハ、ワレテ合奉ル事ハ、外宮ノ御祭ノ夜、外宮ノ中ニ、斎宮ノツカセ給フ御所アリ。其ニテノ事也。女モハタアハシト不思トハ、斎宮モ、アハシトモオホシメサスト云事也。ツカイサネトアル人トハ、使ノ実也。サレハ、ヨキ使ト云事也。女ノ寝屋（ネタルツホネ）モ近シトハ、斎宮ノ同御所、御閨近クトヽメ給也。子一ツハカリニ男ノ許ヘ来ルトハ、子ノ時ノ一更ニ、業平カ方ヘオハシマス也。是ハ、小ノ更也。小ノ更トハ、一時ヲ五ニ破リ、大更トハ、一夜ヲ五ニ破也。サレハ、今、子一トハ、小更、子ノ一更也。男ハタトハ、男将也。問、月ノ朧(ヲホロ)ナルト云事、不審也。其故ハ、四月ノ夜ノ月、子ノ時マテ不可有。此義、口伝アルヘシ。少サキ童トハ、喚戸(ヨフコ)ノ前也。是ハ、斎宮ノ御出入ノ御戸ヲ開閉職ヲスル故ニ、喚戸ト云リ。是ハ、伊勢カ少クテノ時ノ事也。是ヲ、具シテ座ス也。彼伊勢ハ、終ニ、業平カ思モノニテ有也。彼職ハ、女ノイマタ夫セヌカスルナリ。子一ヨリ丑三トハ、子ノ一更ヨリ、丑ノ三更ニ至マテ也。又何事モ語ラハヌニトハ、終夜ニ思フニ、人目シケヽレハ、逢奉リテ後、又何事モエ申サヌヲ云也。他家ニハ、マタ何事モ語ラハヌニト云リ。是ハ、未タ逢ヌニ帰ルト見タリ。問、其義ナラハ、何ソ奥ニ、又アフ坂ノ関モ越ナント、業平、斎宮ノ御返事ニ申シ、又、彼子孫モ、業平、斎宮ヲ犯(ヲカ)シ奉ル罰ニ依テ、神宮ヘ不参ト云ンヤ。又、斎宮ノ御腹ニ子アリ。是ハ、只一夜、犯シ奉リタリシ時、御懐妊アリシカハ、御痛リト名テ、別ノ御所ニウツリ座ス。今ノ斎宮ノ松ノ下トノ御所、彼別ノ御所也。サテ、斎宮御産ノ後ハ、ヤカテ異人ニアツケ給テ、三歳ト云時、従三位高階茂範(シナシケノリ)ニ育(ヤシナハレ)テ　ケリ。サレハ高階(シナ)ノ姓(ウチ)ヲ継(ツキ)テ、今ニ不絶。彼子、左衛門督高階師尚、是也。業平ニハ、三男也。然ハ、イマタ不逢ト云事、アルヘカラス。我人ヲヤルヘキニアラネハトハ、後朝ノ艶書ノ習ヒ、帰ル人ノ方ヨリ、必送ル也。サレハ、業平、我ヤルヘキニ非スト云也。君ヤコシノ歌、如『古今』ニ云。返歌同。カリニ出ヌトハ、是ハ、五日ノ朝、内宮ノ御祭也。ソノ朝、宇治岳(ヲカ)トテ、内宮外宮ノアハヒニ原アリ。彼原ヲ、内宮ヘ参トテ、勅使、必狩ヲシテ、其日ノ御祭ノ貢御ニ備フ。サレハ、狩ニ出ヌト云ハ、彼原ノ狩也。今夜夕ニ人シツメテトクアハント思ニトハ、五日内宮ノ御祭過ナハ、其夜斎宮ニ逢奉ント思ヲ云也。国ノ守斎宮ノ頭懸タリケルトハ、伊勢カ父、藤原継蔭、于時伊勢ノ国司、斎宮ノ頭也。元ヨリ、業平ノ知人ナル上、時ノ勅使ナレハ、モテナサントテ、夜明ルマテ、サカモリシケレハ、アハテ明ヌ。アケハ尾張ノ国ヘ立ナントストハ、彼勅使ノ習、鈴鹿山ヲ下テ、上洛ニハ尾張国ニカヽリテ、田戸(タト)ノ大明神ニ御注連ヲ奉テ、斎宮野ニカヽリテ上ル也。彼大明神ハ、伊勢ノ一ノ宮ナル故也。女カタヨリ出ス盃トハ、斎宮ヨリ業平カ方ヘ酒ヲ出シ給ケル盃ノサラニ連歌ヲ書付給ケリ。ソノ連歌ニ云、カチ人ノワタレトヌレヌエニシアレハトハ、浅キ縁也ト云心也。ツイマツノ墨トハ、続松（タイマツ）ノ墨ノ落タルヲ取テ、御返事ヲ書也。ツイタイマツヲ、ツイ松ト云事、五音ニテ知ヘシ。又逢坂ノ関モ越ナントハ、今ハアタノ契ナレハ、又、逢奉ント云也。彼勅使ハ、鈴鹿山ヲ通リテ、斎宮ヘ付テ、兼テ鷹狩ヲス。四日、外宮ヘ勅使モ斎宮モ参リ給フ。其道ノ間ニハ、荒薦ヲシケリ。宮川ノ北ノハタ、湯田野ノ中ニ、里宮トテ、宮アリ。是ハ、斎宮ノ、外宮ヘイラセ給フ時ノ、御宿リアル、ヒルノ御所也。此ニテ御輿ヲカキ入レハ、公卿殿上人、皆斎宮ヲ拝シ奉ル。サテ、宮川ニ、俄ニ浮橋ヲ渡シテ、斎宮ヲ渡シ奉ル。サテ、外宮ノ祭ハテヽ、宿ヲ過テ、五日ノ朝ハ、宇治岳ニテ便宜ノ鷹狩ヲス。其日、内宮ノ祭ハテヽ、六日ハ尾張国ニカヽリテ、京ヘ上ル也。彼勅使ノ一日ノ内ニ、日ヲ重ヌル事、業平ヲ証拠（ショウコ）トシテ、其後二代アリ。粟田ノ中納言兼綱、一日カ内ニ、三日ノ日ヲ造テ祭ヲシ、六条ノ左大弁資長、勅使ノ時、一日ニ、二日ノ儀式ヲスル事アリ。杉子、コレモ夫セヌ女也。太神宮ニ備スル時、椙ノ葉ニテ神供ヲ備ル故ニ、椙子ノ前ト号ス。

七十一

一　斎宮ニウチノ御使ニトハ、同時ノ勅使ノ事也。杉子トハ、女、私コトニハ、杉子、斎宮ノ御使ニ大淀（ヨト）ヘ行タリケルカ、未タ十三歳ニテ少ナカリケレハ、業平ハ何トモ思ハサリケルヲ、椙子、業平ヲ思カケテ、歌ヲヨミテヤル。歌ニ云、

　チハヤフル神ノイカキモ越ヌヘシ大宮人ノミマクホシサニ

此歌ノ意ハ、我ハ、神ニ仕ル身ナレトモ、君ノ恋シキニ、神ノ御意ニモ叶ハテ、イカキヲモ越テ、出ツヘシト云リ。大宮人トハ、内裏ニ仕レハ云也。業平ノ事也。返事ノ意ハ、恋シクハ只コヨ、神モ此道ヲハイサメ給ハヌ道ナレハトヨメリ。サテ、其夜留テ、業平ニ逢ケリト云リ。

七十二

一　男伊勢国ナリケル人々又（ママ）アハテトハ、同勅使ノ時ノ事也。是ハ、斎宮ニ二度ヒ合ヒ奉ラヌ事ヲ云リ。隣ノ国ヘ行ケリトハ、尾張国ヘ行ヲ云也。イミシウ恨ケレハトハ、斎

宮ニ合奉ラヌ事ヲ、業平、恨申ケレハ、斎宮ヨリ御歌アリ。歌ニ云、大ヨトノ松ハツラクモノ御歌ノ意、ワカ待ハツラクハ無キ物ヲ、君カコスシテ恨テ行歟ト読タマヘルナリ。

七十三

一 ソコニハアリト聞ト消息ヲタニセヌ女トハ、斎宮ニハマシマストハシリタレトモ、人ニツヽム事ナレハ、文ヲタニ、エ奉ラヌヲ云也。歌ノ意ハ、目ニハミテ、手ニハトラレヌ月ノ内ノ桂ノ如クニ、座シ所ハ知タレトモ、逢ル便(タヨリ)ノナシトヨメリ。此歌ハ『続万葉』ニ入ラレタリ。

七十四

一 女ヲイタウ恨テトハ、二条后ノ内裏ニ坐テ、難逢アリシ時ノ事ナリ。歌ニ別義ナシ。

七十五

一 イセノ国ニヰテイキテアラント云トハ、業平、京ニ上テ後、斎宮ノ御方ヘ又下テ合ヒ奉ラント申ケレハ、叶マシキ由ヲ仰ラレテ、御返事ノ歌ニ云、大淀ノ浜ニ生テウミルカラニトハ、此文ヲ見カラニ、心ハナキヌカタラハネトモト読給也。ナキヌトハ、ナコム義也。ナコムトハ、ナクサム心也。返事ノ歌ノ意ハ、只ミル計ヲ、逢ニシテヤマントヤ、ソレ計ニテハ、叶マシキ事也トヨメル也。又、斎宮ノ御歌ニ、岩間ヨリ生ルミルメモツレナクハトハ、ワレ、ツレナクハト云事也。塩干塩ミチカヒモトメテントハ、袖ヌレホシ、只泣テント読給也。カヒトハ、泣ヲ云也。泣ヲハ、カヒツクルナト云義ノ意也。又、男ノ歌ニ、ヌレツヽシホルトハ、シホルヽヲ云也。ツラキ心ハ袖ノシツクカトハ、君カ心ノツラキハ、我袖ノ滴(シタヽリ)トナレリト云也。

七十六

一 二条后未夕春宮ノ御息所ト申シ時トハ、清和、春宮ノ太子ノ御時也。御氏神ハ、大原ノ大明神也。彼大原ノ大明神トハ、春日ノ大明神ヲ、冬嗣ノ大臣、大原ニ遷シ奉ル。サレハ、后ノ御為ニハ、御氏神也。春日ハ、藤原氏ノ神也。冬嗣ハ、后ノ御祖父也。近衛(コンエ)ツカサナリケル翁トハ、業平也。于時左近衛少将、年廿四歳也。未夕ワカシ。翁トハ、道ニ長セル義也。業平ハ、好色ノ道ニ長シタルヲ以テ、翁ト云。『長房記(唐人申)』ニ云、我得レ仙、為(リ)ニ此道ノ翁一、年久ト云リ。大原ノ歌ノ意、今、大原ノ大明神モ、昔神代ニサカヘテ座シ時ノ事モ、今日后ノ参リ給テ、社頭ノニキハヘルニコソ、思出給ラメトヨメル也。トテ心ニモ悲シトヤ思ケントハ、后ノ御事ヲ、業平、悲シトヤ思タテマツラント云也。

七十七

一　田村ノ御門トハ、文徳也。崇子(タカンコ)ノ女御トハ、文徳ノ女御、西三条ノ大臣良相ノ御娘、兄右大将恒行ノ養子トシ奉ル。時ノ美女也。名テ光ノ女御ト号ス。十九ト申。天安二年十一月十四日ニ卒シ給フ。安祥寺ニテ御態トハ、一周忌ノ御孝養ツトムル也。導師ハ、真静律師也。人々ノサヽケ物トハ、サヽケ物ヲ木ノ枝ニ付テ、庭ニタテナラヘタルヲ云也。右大将ニイマスカリケル恒行トハ、彼后ノ兄、山階ノ右大将也。講シテヲハル程ニ歌ヨム人々ヲ召テトハ、恒行、業平、有常、敏(トシ)行等ヲ召集テ、歌ヨマセ給ヲ云也。右馬頭ナリケル翁トハ、業平也。メハタカヒナカラトハ、目ノハタ泣キナカラト云事也。『漢書』ニ云、李夫人、天朝之寵(テウ)愛、不幸短命ニシテ、早ク滅ス。惜(ム)レ彼人、或泣、或ハ成貝ト云リ。サレハ、声ヲ立テナクヲ、泣トハ云。声ヲタテス泣ヲハ、貝ヲ作ト云也。サレハ、業平、忍音ニ泣々ヨミテト云リ。歌ニ、山ノ皆ウツリテ今日ニアフトハ、庭ナル捧物トモ山ニ似タルヲ云。春ノ別ヲ問トナルヘシトハ、彼女御、春宮ノ女御ニテ座シカハ、春ノ別ヲ問ト云也。今ミレハヨクモアラサリケリトハ、卑下ノ言也。

七十八

一　崇子ト申女御トハ、上ニ同シ。七々日ノ御態ハ、四十九日ノ御孝養也。導師、不注之。山科ノ禅師ノ御子トハ、仁明天皇第二ノ皇子、四品禅正尹(イン)仁康(ヒトヤス)親王、道心起シ給テ、貞観元年五月二日、三十一ニテ御出家。法名観心。山科ニ御庵室造テ住給ケル也。是ヲ、山科ノ禅師ノ御子ト申也。前栽ヲ御好ミ有テ、種々ノ池ヲ堀リ、ウヘ物ヲセラレタル也。年来ヨソニハ仕ツレト、ハ、恒行、常ニヨソナカラ仕ヘ奉給ケレト、近ハ仕ヌヲ云也。ココヒハコヽニ候ハントハ、今夜ハ、爰ニ留テ、御トノヰ申サント、御子ニ申也。夜ノオマシマウケサセ給トハ、夜ノ莚ヲ給フ也。三条ノスミ（ママ）ユキトハ、三条ノ大納言ニテオハセシ時、仁明天皇、彼人ノ家へ御幸アリ。其時、紀伊国千里ノ浜ヨリ取ヨセタル立石、是ヲ王ニ奉ル。此石ハ、高サ三尺ナリ。池五ニ、巌屋（カサリ）十七アリ。滝アマタ落シタリ。此石、其後、内裏ノ陽明門院ノ前ノミソ、染殿ノ内侍ノ曹（サウ）司ノ前ニ、立ラレタリ。嶋好ニ給フ君ナリトハ、此禅師ノ御子、石ヲ好ミ給ケレハ、奉ラントテ、随身清原ノ未舎人、日ノ興名、二人ヲ御使ニテ、経行ノ妹、染殿ノ内侍ノ曹司ノ前ニ被置タルヲ、ヌスミヨセテ、彼御子ニ献リ給フ也。歌ヨム人々トハ、有常、業平、定文、敏行等也。右馬頭ナリケル人トハ、業平、于時、右馬頭也。青キ苔キサミテ蒔絵ノ形ニ歌ヲ、ストハ、苔ニ歌ヲ、シタル也。歌ノ意ハ、アカネトモ岩ニソ、フルトハ、此石ヲアカヌ心ハ、岩ニソヘテ奉ル志ヲミセン由ノナケレハトヨメル也。

伊勢物語注第八

七十九

一　氏ノ中ニ御子生レ給トハ、在原氏ノ中ニ、皇子ノ生レ給ヲ云也。是ハ、業平ノ兄、行平ノ中納言ノ娘、四条ノ后ノ御腹ニ清和ノ皇子貞数親王ノ生レ給ヲ云也。実ニハ、業平ノ子也。貞観七年五月二日、誕生。御産屋ニ人々歌読テ奉ケルトハ、人々悦ノ歌読テ、奉ルヲ云也。御祖父方ナリケル翁トハ、業平ハ、皇子ノ祖父、行平ノ弟ナレハ、祖父方ト云リ。歌ニ、我門ニ千丈アル竹ヲ殖ツレハトハ、我門ニ此皇子ノ生給ヌレハ、夏冬モ此御影ニテ過ナント読也。此歌ノ本文、稽相千丈之竹事也。委ク『古今』ニ云カ如シ。（仙家へ入テ雲台散尋シ人ノ事也。門竹ヲ殖也。）

八十

一　衰タル人ノ家トハ、有常、貧ク成テ、家ノ衰タルヲ云。人ノ許へヤルトハ、藤ノ花ヲ折テ、有常、此歌ヲ読テ、業平カ許ヘ送ル也。又云、業平カ方ヨリ有常カ方ヘ送ルト『古今』ニ見タリ。委ク『古今』ニ云カ如シ。

八十一

一　左ノオホイマウチキミトハ、河原院左大臣融ノ卿也。六条河原院ノ御所、彼人ノ御所也。是ニ鴨川ヲセキ入テ、池ヲホリ、河ヲ作リナトシテ、六十六ケ国ノ名所ヲ尽シ給ヘリ。貞観十一年十月晦日ニ、貞元(サタ)親王、雲林院親王、惟喬親王ナト、遊ヒニ、彼御所ヘ御座ス也。彼大臣ハ、嵯峨天皇第十二ノ御子也。紅葉ノチクサトハ、品々ノ義也。ソノ中ニアルカタヒ翁トハ、業平ヲ云也。カタイ翁ト云ハ、二ノ義アリ。一ニハ、業平モ宮ノ御子ナレトモ、今ハサカリテ、同程ノ人ノ御共ヲスレハ、人、カタヒト云義也。二ニハ、嘉体翁ト書リ。サレハ、ヨキ姿ノ翁ト云義也。『文選』云、金体ハ世ニ珍キ宝ナレハ、号(ス)二嘉体(ト)一、玉童世ニ勝レタル人、号(ス)二嘉質(ト)一云リ。玉童トハ、大国ノ内裏ニハ、ミメヨキ童ヲ十人、玉ヲカサリテ仕フ也。金体トハ、内裏ノ紫震殿ニ懸ラレタル金鏡也。此等ハ皆、体ヨキ物ナレハ、或ハ云(フ)二嘉体(ト)一、或ハ云(フ)二嘉質(ト)一。サレハ業平モ、至テ貌体(カタチ)ノヨキ故ニ、嘉体翁ト云。イタシキノシタニハヒアリクトハ、必板敷ノ下ニアリクニハ非ス。姓(ウヂ)ヲ給テ、タ、人ナレハ、同人ノ下ニ居タルト云心也。『秦政伝』ニ云、王家三臣、天下無双之高位ナリ、人賞(スルトキハ)之雲上(ニ)、人捨(トキハ)レ之席下(セキ)ニ這(ハフ)ト云リ。サレハ、必是モ、臣下王ナトノ人ノ、賞セネハトテ、席下ニハウ程ノ事ハナケレトモ、下ル事ヲ云ン為也。サレハ、業平モ、必板敷ノ下ニ、ハウニハアラス。只、身ノサカル事ヲ云也。塩カマノ歌ニ、アサナキトハ、ナキタル義モアリ。又、朝ノ御政(マツリ事ノ)静ナルヲ、朝ナキト読リ。釣スル舟トハ、国王モ、此ニ座シナント読ル也。是ハ、塩カマノ浦ヲ、彼御所ニ作タルヲ云ナリ。ミチノ国ニ行タリケルトハ、塩竈ノ浦ハ、ミチノ国也。ソノ浦造タル所ヲミレハ、ミチノ国ヘ行タリト云也。アヤシク面白キ所トハ、有レ益、面白キ所々ト云也。

八十二

一　山崎ノアナタニミナセト云所トハ、摂津国ニアリ。今ノ水無瀬ノ御所、惟喬親王ノ御所也。右馬頭トハ、業平也。時代ヘテソノ名忘ケリトハ、業平、国王ノ御孫ナレトモ、既ニ四位ノ殿上人マテ下レハ、昔、何ナル人ノ末ト云事モ忘テ、先祖ノ名モ不覚ト云也。大和歌ニカヽルトハ、酒モリハイトセテ、歌ノ会ノ有ヲ云也。上中下トハ、上臈(ラウ)中臈下臈皆歌ヨムト云也。世ノ中ニノ歌、『古今』ニ云如シ。又人ノ歌トハ、有常カ歌也。アマノ河ハ、河内国ニアル也。大ミキノ事、大酒也。是ニアマタノ義有。月令ニハ、御酒ト書リ。タヽ酒ヲ云ト覚タリ。又、『礼記』ニハ、三木ト書リ。此ハ、或人ノ家ノ薗ニ、三本ノ桑(クハ)ノ木シル、シタヽリテ岩ノ中ニタマル。或人、此穴ニ飯ヲ入タリ。前ニ入タルハ、朽テ汁トナリ、後ニ入タルハ、香子ト成テ朽合テ酒トナレリ。依之、酒ヲ三木ト云ト云リ。又、『漢書』ニ云、石祚得㆓三木ヲ㆒、助㆓天命ヲ㆒云リ。文ノ意ハ、漢明帝ノ御時、三年旱アリテ、水ニウヘテ死ヌル者多シ。此時、石祚ノ云、民ノ薗ニ三木ノ桑アリ。水鳥常ニ来ル。アヤシミヲ成テ、是ヲ見ニ、竹ノ葉ヲ折テオホヘリ。中ヲアケテ見ケレハ、水也。此味(アチハイ)ヲナムルニ、ヨキ酒也。是ヲ王ニ奉ル時、即此民ヲ一国ノ大守トナサル。是ハ、石祚カ子ニ、荒里ト云モノアリ。継母コレヲニクンテ、悪食ヲアタフ。不食シテ、此三本ノ木ノマタニ置テ、竹ノ葉ヲ折テオホヘリ。是カ朽テ、酒トナレリ。仍、酒ヲ三木ト云リ。サレハ、酒ヲ竹葉トモ云ハ、此故也。カリクラシノ歌、惟喬親王ノモトニト云ハ、惟喬親王、摂津国水無瀬ニ御所アリテ、常ニオハシマシテ、ソレヨリ渚(ナキサ)ノ院ニ座ス也。アマノ川ト、河内国カタ野ニアリ。酒ノムトハ、惟喬ノミコ、カタ野ニテ狩シ給也。平定文、酒モタセテ参タル也。カタ野ハ、定文カシル所也。歌ニ云、七夕ツメトハ、七夕妻也。マサシキ天ノ河ニハアラネトモ、名付テ七夕ツメト読ル也。或記ニ云、カノ河ニ、牽牛、織女ノ二星ノアル故ニヨテ、コヽヲ天河ト云リ。一トセニノ歌ニ、一度キマスラント読リ。又云、君マテハト云事、是ハ、惟喬親王ノ常ニモ坐サテ、一年ニ一度マス人ニテ、宿ハカサシト読リ。サレトモ、天河ト云ニ付テ、七夕ノ義、実義也。カヘリテ宮ニ入セ給ヌトハ、水無瀬ノ宮也。主シノ御子トハ、惟喬也。十一日ノ月トハ、貞観三年三月十一日也。アカナクノ歌、親王ヲ月ニタトヘテ、カク読ル也。アカナクニトハ、アカヌニト云心也。又、有常カ歌ニ、ヲシナヘテ嶺モタイラニ成ナン(ママ)、歌ノ意ミエタリ。

八十三

右馬頭ナル翁トハ、業平也。宮ニ帰リ給トハ、京ノ宮也。東三条アリ。心元無テトハ、小野小町ヲ妻トシタリシ比ナレハ、シハシモ離レカタカリケルヲ、親王ノ御供ニ参テ、久ク帰ラサリケルカ、京ヘ上テアレハ、急キ帰ラント思フニ、禄ヲ給ハントテ、御留アリケレハ、エ帰ラテ、此歌ヲ読テ、小町カ許ヘ遣ス。歌、枕トテ草ヒキ結フコトモセシトハ、外ニ、シハシノ草枕ノ旅ネモセシ。秋夜長キ契トモ思ソスト(ママ)云也。草枕ト云事、二ノ義アリ。夫ナントノ、旅宿ニ馬草ヲモ枕ニシ、又、野辺ノ宿ニ草ヲ押ナヒカシテ枕トスル。ソレヲ云トモ云リ。タヽヰナカニハ、稲ヲ枕ニスル事モアレハ、ヰ中ノ義ヲ、草枕トモ云リ。時ハヤヨヒノ晦日トハ、貞観四年三月晦日也。思ノ外ニミクシオロシ給ケリトハ、此親王ハ、文徳第一ノ皇子ニテ座シケレ共、忠仁公、時ノ関白ニテ、何事モ御計アリシカハ、御孫ノ清和ハ、文徳ノ四ノ御子ニテ、末ノ子ニテ御坐シヽカ共、位ニ即奉シカハ、惟喬ハ世ヲ恨給テ、貞観四年七月十八日ニ十九ニテ御出家アリテ、小野ノ山里ニ閉籠給ケリ。正月ニオカミ奉ントテ小野ニ詣テタルトハ、貞観五年正月、業平、小野ヘ詣ツルヲ云也。御室トハ、御庵室也。公事(オホヤケ)有ケレハトハ、業平、于時、頭ノ中将ナリケレハ、禁中ニ隙無キ、久モナクテ帰ルヲ云也。歌ニ義ナシ。

八十四

一　母ナン宮ナリケルトハ、業平ノ母、伊豆ノ内親王ハ、桓武第八ノ御娘也。子ハ京ニ宮仕シケルトハ、業平也。一子ニサヘ有ケルトハ、彼宮ニハ、業平一子也。シハス計ニトハ、貞観十六年十二月也。トミノ事トハ、俄ノ事也。又ハ祝ノ事トモ云。歌ニ、サラヌ別トハ、難遁別也。ミマクホシキトハ、見タキト云意也。返歌ニ義ナシ。

八十五

一　童ヨリ仕リケル君トハ、業平、童ヨリ惟喬親王ニ仕ルヲ云也。親月ニハ必マウツトハ、正月ニハ必参ル也ケリ。俗ナル禅師トハ、業平、定文、有常、周防守隆成入道、従三位清経入道、式部大輔師重入道、此等也。歌ノ意ハ、志ハ思奉レトモ、宮仕ノ隙ナケレハ、身ノ二ニワケヌ習ニテ、エ参ラス。雪ノ降テエ帰ラヌコソ、留ラント思フ我心ナレト、ヨメルナリ。

八十六

一　イト若男若女トハ、有常カ娘ト業平ト也。今マテニノ歌、義ナシ。アヒハナレヌ宮仕ヘトハ、共ニ、清和ノ御門ニ、仕ルヲ云也。

八十七

一　菟原郡ニ知ル由シテトハ、業平、上ニ同シ。芦ノヤノ歌ニ、ナタノ塩ヤキトハ、彼ウハラ郡ノ前ヲハ、アシヤノナタノ浦ト云也。ソノ浦ノ塩ヤキ也。イトマナミトハ、無暇ト云也。ツケノヲクシモサヽス来ニケリトハ、此浦ハ、塩ノ事ニ暇ナクテ、魚ヲツル事モセテ来タリト云意也。ツケノヲクシトハ、釣桶ノ小桶ト書リ。此歌ハ、『万葉』ノ歌也。三善ノ広路、葦ノ屋ノ主タリケルカ、京ヘ上タリケレハ、福丸大納言ノ許ヨリ、魚ヲ乞タリケル返事ニ、此歌ヲ読テ遣ス也。男ノナマ宮仕シケルトハ、上臈宮仕ノ義也。ナマ宮仕トハ、善宮仕ト書リ。『漢書』ニ云、李夫人ハ、天子ノ后宮、夜ハ専枕(ヲ)一、昼ハ難(ス)ㇾ床。善宮仕無ㇾ暇、片時モ無不ㇾ見ㇾ君ト云リ。是ハ、武帝ト、李夫人ト、契深ク有シ事ヲ云リ。サレハ、ナマ宮仕トハ、ヨキ宮仕也。業平ハ、四位ノ殿上人ナレトモ、宮ノ御子ナルカ故ニ、禁中ニハ、帝ニモ近ク召仕ルレハ、ヨキ宮仕ト云也。エフノスケトモ集ルトハ、左衛門権(コンノ)佐藤原敏(トシ)行、右衛門権佐平好風、左兵衛佐藤原敏方、是等也。男ノ兄モ衛府ノ督ナリトハ、行平、于時左兵衛督也。業平、于時右兵衛督也。イサコノ山トハ、布引ノ上ノ山也。小利山(イサコノ)ト書リ。『長能カ私記』ニ云、登(テ)二小利山(ニ)一、嘲(アサケリ)二渓滝白浪底(ヲ)一ト云リ。ソノ瀧モノヨリモ異ナリトハ、天台山ノ滝、モノヨリモ高シト云心也。天台山ノ滝ヲハ、喪ノ滝ト云名アリ。『左伝』ニ云、天台山ノ喪滝ニ、天姫来(キ)テ、濯(スヽク)二不浄之恠(クワイヲ)一ト云リ。文ノ意ハ、彼天台山ノ滝ニハ、天女常ニ下リ、不浄ヲ洗フニヨテ、不浄ノワロキ物ヲスヽク義ヲ以テ、喪ノ滝ト云。サレハ、モノヨリ高シトハ、喪ノ滝ヨリモ高シト云リ。衛ノ督ノマツヨムトハ、行平カヨム也。歌ニ、我世ヲハ今日カアスカトマツカヒノトハ、ワカ世ノハカナキヲ、今日カアスカト、

待テ泣ト云心也。カヒヲ泣ト云事、上ニ同シ。涙ノ滝ト云事、『万葉』云、

落チ積リ涙ノ滝ノ白糸之乱レ天物ヲ思フ悲シ毛

ト云リ。アルシ次ニトハ、業平也。歌ニ義ナシ。ウセニシ宮内卿茂能トハ、仁明天皇ノ時ノ、臣下モカサヲ病テ、彼所ニテ死タリ。是ハ、中納言三善茂秀カ一男ナリ。宿ノ方ヲミレハトハ、ワカ宿所ノ方ヲミル也。主シノ男トハ、業平也。歌ニ義ナシ。又ノコトモトハ、其家ノ女子共也。ウキミルトハ、海ニアル海松也。歌ニ、ワタツミノカサシニサストハ、ミルノ岩ニフサ〱ト生タルハ、カサシタルニ似タレハ、海ノカサシト云。イハフモトハ、海松ノ異名也。田舎人ノ歌ニハ、ヨキカアシキカト云義也。

八十八

一　若キニハアラヌコレカレトハ、行平、有常、業平也。大方ハノ歌ノ義ハ、月ヲモ面白シト思ハシ、ソノナカメノツモリテ、老トナルニト云リ。

八十九

一　我ヨリマサリタル人トハ、二条后ヲ思カケ奉ルヲ云也。歌ノ意ハ、我恋ニ死ヲ崇リ奉ラハ、イカナル神ノ時カ、神ニ無名ヲオホセ奉ラントヨメルナリ。

九十

一　ツレナキ人ヲイカテト思トハ、染殿ノ后ノ逢カタク座シケル時ノ事也。アス物コシニテアハント云ケレハ、ウタカハシサニ、読テ奉ル歌ニ、桜花ケフコソカクモ匂ラメトハ、今日コソ、タノモシケニタノメ給ヘトモ、アスハイカニト、オホツカナキト読ル也。

九十一

一　月日ノ行ヲサヘ歎ク男トハ、業平也。歌ニ、惜メトモ春ノ限ノケフノ日ノトハ、三月晦日ノ事ナレハ、春ヲシタヒテ、ヨメルナリ。

九十二

一　恋シサニキツヽ帰レトヽハ、二条后ノ内裏ニ坐シケレハ、行トモエ合奉ラサリシ時ノ事也。歌ニ、アシヘコク棚無小舟トハ、葦ノ中ヲ漕ク舟ハ、極テサハリ多キ物也。サレハ、幾度トナク行帰レトモ、障リ多クテ、逢難シト云心也。タナヽシヲ舟トハ、大舟ニハ、棚ト云物ヲスレトモ、小舟ニハ、タナノナキ也。

九十三

一　身ハ賤テ貴キ人ヲ思懸テトハ、二条后也。少シ憑ヘキサマニヤアリケントハ、少シ后ノ御心ノトケ給ヲ云也。歌ニ、ウナ〳〵トハ、アナウ〳〵ト云事也。アナウトハ、悲シト云義也。『費長方カ記』ニ云、天仙之小通ハ雖得二飛行一、未出二生死一悲々ト云リ。『琵琶引』奥書ニ云、潯陽ノ江月ハ従レ波出テ入レ波ニ、鑪峯ノ春ノ花ハ従レ雲発　散雲。夜ノ琵琶音ハ、急雨浸レ袖悲々、旅船之友暁鐘響　霜哀々、草庵之夢、自帰レ昔。『万葉』云、

我妻賀不来晩　波悲々槙之板戸毛不閉古曽寝礼

ナソヘナクト云ニ、二ノ義アリ。一ニハ、ナトカクト云義ナリ。二ニハ、ナヲ縁無クト云義ナリ。

九十四

一　男（女）有ケリトハ、業平ト染殿ノ内侍、夫婦ト成テ、一条ニ家造テ住シ時ノ事也。夫スマス成ニケリトハ、業平、有常カ娘ニ思付テ、内侍ニ離タルヲ云也。後ニ男有ケリトハ、彼内侍、又平定文ノ中将ノ妻ト成也。子アル中ナレハトハ、在小将滋春ハ、内侍カ腹也。女房絵カク人ナレハトハ、彼内侍、絵カキ也。カキニヤリタリトハ、業平、狩衣ノカサネノ絵ヲ誂ヘタル也。書ニヤレリケルヲ、今ノ夫ノモノストテトハ、定文カ、ヽサネノ絵カクトテ、遅クヲコセタルヲ恨ル也。ヲノカ聞ユル事トハ、今ノ男ノ事也。ロウシテトハ、恨テト云義也。ロウトハ、籠ノ字也。是ハ、人々不審アル義也。聖武天皇ノ『勘誡記』ニ云、人身不レ全、身為レ身、不随レ人故也。政徳不レ全、籠シテ不言、書給也。是ハ、思事ヲ隠シテ、不言、籠シテト云也。サレハ、ロウシテ読テヤルトハ、思事ヲ隠シテ有ツルヲ、顕シテ云ト云意也。歌ニ、秋ノ夜トハ、今、定文ヲ

云。春ノ日トハ、本ノ夫、業平我身ヲ云也。霞ニ霧ヤ立マサルラントハ、今ノ夫ヤ、ワカ身ニマサリタルラン、誂タル物ヲ、丶コセヌハトヨメル也。返事ニ、チ丶ノ秋一ノ春ニムカハメヤトハ、今ノ夫也。千人有トモ、昔ノ業平ニハムカハシト云也。紅葉モ花モ共ニチレハトハ、イツレモ、皆ハカナキ契ト云ナリ。

伊勢物語注第九

九十五

一　二条ノ后ニ仕ツル男トハ、業平也。女ノ仕ツルトハ、有常カ娘ノ未業平ト夫婦トモナラサリシ時、同シ御内ニ仕ルヲ云也。常ニ見通シテヨハイワタルトハ、常逢ケル也。歌ニ、ヒコホシニ恋ハナラヒヌトハ、牽牛ヲ彦星ト云、七夕ノ明暮、恋給意ヲ云也。

九十六

一　女ヲトカク云事月日ヘニケリトハ、二条ノ后、未タト定モ無クシテ、少クオハシマシヽ時、業平トカク申也。其比、水無月ノモチハカリトハ、月ノモチハカリニ非ス。身ノ次ノ十五計ト云也。御身ノ年次ノ十五計ノ事也。女ノ身ニカサ一二出来ニケリトハ、男一人二人出来ニケリト云意也。男ヲカサト云事、天竺ノ詞也。『万葉』云、

　敷島（カタメヲキシ）之大和島根之昔余里加左男胡左女之契不絶

ト云リ。サレハ、男ヲハ加左ト云。女ヲハ胡左ト云。『陰陽ノ記』云、小男小女ハ必知其道。加左ハ七歳ニシテ得其媒。胡左ハ十歳ニシテ成其勢。サレハ、カサ一二トハ、男ヒトリフタリト云意也。此男ハ、左大将藤原定国、左大将源當純一二、彼人ヲ妻ニセント申ケレハ、父長良卿、思煩ヒ給ヒケルニ、二人ノ人、我コソト論シケリ。ソレヲ、口舌出来ニケリト云也。此時、業平ハ忍テ申也。女云ヲコセタルトハ、業平ノ許ヘ云ヲコセ給也。時モイトアツシトハ、煩熱ノ義也。物ノ心ニムツカシキヲハ、アツシト云也。『秦政伝』ニ云、馬融、鄭玄、孔子之後弟、得賢行、為天子之宝。恭王悪彼、移迸州、其恨未晴、心煩熱焦身ト云リ。文ノ意ハ、孔子滅テ後、秦ノ始皇滅文道、恭王之時始文起シ、孔子ノ作『論孝経』、或ハ石ノ箱、或ハ壁ヨリ取出シテ、鄭玄、馬融二人シテ、注ヲ加テ恭王ニ奉ル。其中ニ孔子ノ作、アマタ引籠テ、王ニ献ラス。此過ニヨテ、二人ノ者ヲ迸州ニ被流。其間、君ヲ恨奉ル事ヲアツシト云リ。サレハ、比モイトアツシトハ、アチコチ煩敷ク云事ノ、心苦サ無ラン時、アハントイヘル也。スコシ秋風吹立テトハ、彼人々、少シアキ方ニ成テ、心安カランと云リ。秋待比オヒニトハ、彼人々ノアカンヲ待比ト云也。此彼ヨリ其人ノ許ヘイナントスルトテ、口舌出来ニケリトハ、彼女、業平ノ許ヘイナントスルト云テ、二人ノ大将、互ニ煩シキ物ニ云也。此女ノセウト俄ニムカヒニ来テトハ、妹ノ御事、アチコチ煩シキヲ聞テ、兄基経ノ左大臣、彼人ヲヨヒ奉テ、内裏ニ献ル。軈テ女御ノト定有ケレハ、二人終ニアハス。初紅葉ヲヒロハセテ歌ヲ読テトハ、思ノ焦ルヲ見セン為ニ、紅葉ニ歌ヲ書テ、業平ニトラセヨトテ、ヲキ給也。歌ニ、秋カケテ云シナカラモアラナクニトハ、人々ノアカン待テ、アハント云タリシニト云也。木葉フリシクエニコソ有ケレトハ、浅キ縁ナリケリト云也。木ノハ積ル江ハ、浅キ也。ソレニヨセテ読也。エニトハ、縁ト云カナツカヒ也。カシコヨリトハ、業平ノ許ヨリ也。今日マテシラストハ、后ノ座スラン所ヲモ、不知ト云也。是ハ、実ニ住所ヲ知リ奉ラヌニハ非ス。ワカ妻トモナリ給ハヌ事ヲ云ナリ。アマノサカテヲ打テノロウトハ、アマノサカテト云事、陰陽道ノ呪咀ノ法ニアリ。是ハ、天ノ逆手也。左右ノ手ノ面ニ、月日ヲ書テ、サカサマニ返シテ、天ニ向テ扣テノロウ事アリ。又、海ノアマノサカテ打ト云事アリ。ソレニハ非ス。ソレハ、手ノコウヲモチ、塩ヲウツ也。是ハ、必ノロヒ奉ランスルニハ非ス。只ネタキ事ヲ、云ンカ為ナリ。ムクツケキ事トハ、シフトキヲ云ナリ。

九十七

一　堀河ノオホヒマウチキミトハ、堀川ノ関白、昭宣公、基経也。九条ノ家トハ、御所九条ニアリ。四十賀ハ、貞観七年三月歟。中将ナル翁トハ、業平也。桜花チリカヒクモレ、老ラクトハ、チリカキクモリト云也。桜ハ、年ノ若キ時ノ花ナレハ、チリ曇（クモツ）テ、老ノ来ル道、マトハセヨト云也。オイラクトハ、老零（レイ）ト書リ。

九十八

一　オホキオト、トハ、時ノ関白忠仁公、太政大臣良房也。仕ル男トハ、業平、宮仕ヒケル也。ナカ月ハカリトハ、貞観十五年九月也。録給ヘリトハ、装束給ルヲ云也。

九十九

一　右近ノ馬場ノヒヲリノ日トハ、二ノ義アリ。一ニハ、内侍所ヲ右近ノ陣（チン）ニオロシ奉テ祭ヲ云也。二ニハ、五月五日、射手ノトネリ共ノ、正ク袖ヲ引折テ、キルヲ云也。此物語、『古今』等ノ大事也。能々尋ヘシ。女トハ、染殿ノ内侍也。後ハタレトシレリケリトハ、後夫婦ト成ヲ云ナリ。

百

一　後涼（リヤウテン）殿ノハサマヲ渡ルトハ、後涼殿ハ、紫宸殿ノアヒ也。是ハ、業平也。アルヤンコトナキ人トハ、染殿ノ后也。忘草ヲシノフトヤ云トテ出サセ給トハ、忘草ヲ業平ノ通リケルニ、是ハシノフト云カト問ニ、遣ス也。是ハ、汝ハ忘タレトモ、我ハ思フト云心ニテ、カヤウニ云也。忘草生ルノヘトハミルラメトノ、歌ノ意ハ、我ハ忘タリト見給ランニ、忍ヲ出シ給ハ、ワレヲシノヒ給カ、サラハ後モタノマント読也。

百一

一　ウヘニ有ケル左中弁（ヘン）藤原将親（マサチカ）トハ、忠仁公ノ甥、春宮太夫良国カ二男、左中弁良親カ弟、後ニハ、任（ス）レ大納言（ニ）。

マラウトサネトハ、客人ノ実ト云義也。即ヨキ客人也。主ハ、行平也。情アル人トハ、行平ハ情アルト云意也。アヤシキ藤ノ花トハ、有益藤花也。花ノシナヒトハ、シナウタル筋也。主シノハラカラナルトハ、行平ノ弟業平、兄ノ客人得タルト聞テ、ソコヘ行也。トラヘテヨマセケルトハ、強(シイ)テヨマスル意也。シラスヨミニ読トハ、歌ノ道ヲ知サルニハ非ス。今、当座ノ志ヲ不知ト云也。歌ニ、咲花ノ下ニ隠ル人オホミトハ、藤氏ノ、末タ世ヲトラサリシ先ニハ、紀家天子ノ御後見タリ。サレハ、桜井大政大臣紀諸人、桓武、平城ノ御後見トシテ、サカヘタリシヲ云。アリシニマサル藤ノ陰カモトハ、彼桜井ノ大臣ノ時ヨリモ、今、此藤原氏ノ忠仁公サカヘテ座スト読リ。オホキオトヽトハ、忠仁公也。ミマスカリテトハ、御座テト云事也。皆人ソシラス成ニケリトハ、ヨキ歌成ト云也。

百二

一　男アリケリ、歌ハヨマサリケレトヽハ、ヨムト云心也。上ニ、ヨキヲ、オカシト云、本文ノ如シ。卑下ノ詞也。アテナル女ノ尼ニ成テトハ、斎宮ノ女御、貞観十七年、斎宮ハテヽ、京ニ上リ給テ、同年四月ニ御出家也。世ヲウンシテトハ、世ヲ恨ミ給心也。山里ニオハシマシケルトハ、大原ニ家作テ住給也。本子息ナリケレハトハ、伊勢ニテ合奉タリシ時、斎宮ノ御腹ニ、業平子息生ケル也。彼子息、師尚也。歌ニ、ソムクトテ雲ニハ入ヌ物故ニトハ、世ヲソムケハトテ、雲ニ入テ、仏ニナル事ハカタキニ、世中ノウキ事ハカリニ、ナヽシ給ヒソト読也。仏ニ成ヲハ、入覚トモ、入雲トモ云也。白楽天ノ筆云、縦得レ仙得レ通不(ヲ)知二入雲ノ道(ヲハ)一、再帰二凡夫(ニ)一ト云リ。此文ノ意ハ、入雲トハ、仏ヲ云也。

百三

一　イトマメニシチヤウニトハ、心真ニシテ、アタノ心ナカリシヲ云也。是ハ、業平、暫ク好色ノ事ヲ思寄テ、宮仕ネンコロニセシ時ノ事也。深草ノ御門トハ、仁明天皇也。御子達ノツカイ給フ女トハ、仁明第三皇子、光孝天皇ノ末タ御子ノ時、小町ヲ思召ケルヲ、業平忍テ逢テ後、夢ニミエケレハ読テ遣ス。歌ニ、ネヌル夜ノ夢ヲハカナミマトロメハノ歌ノ意ハ、ハカナキ夢ヲ今ハ憑テネタレハ、弥ヨハカナクテ、イト丶人ノ恋ラル丶ト云也。サル歌ノキタナケサヨトハ、ヨキ歌ト云心也。上ニ形オカシクト云カ如シ。

百四

一　コトナル事ナクテ尼ニナル人トハ、指タル老後ニモアラス、又、病ニモヨラスシテ、出家シ給ヘハ、サシタル事ナクテ、尼ニ成ト云也。是ハ、斎宮ノ御事也。歌ニ、世ヲウミノアマトハ、世ヲ恨テ、尼ニ成給タリトミレハ、メニセハヤト思ト云也。ソレヲ、メクハセヨトハ読也。斎宮ニテ坐ス時コソ叶ハネ、今ハ斎宮モセテ、尼ニ成タレハ、苦シカラシ、妻ニナリ給ヘト云也。マクハセヨト云事、『日本紀』云、伊奘冉、二桂尊天ノ浮橋ノ下ニテ、ハカツテ云ク、「此下ニ国ナカランヤ」トテ、鉾(ホコ)ヲ指オロシテ、アヲウナハラヲカキサクリテ、引上給ニ、鉾ノサキニ潮ノコツテアカリケレハ、国アリケルトテ、二神天降(アマクタリ)給テ、先ツヲノコロ嶋ヲ生テ、サテ二神両方ヘ走(ハシツ)テ、帰アヒ給フ時、同面ニ目ヲアハセテ、マクハセヲシ給タリケルト云ハ、マクハセトモ、ミトノマクハイトモ、是ヲ云ナリ。

百五

一　カクテハ死ヌヘシト云ヤリタリケルトハ、二条后、内裏ニ座テ、逢カタカリシ時、業平歎申ケレハ、后ノ御歌ニ、白露ハケナハケナ丶ントハ、ヲノレハ丶ヤシナハシネ、死ナストテモ、ワカ夫ニ成ヘキ物ナラハコソト云リ。玉ニヌクヘキ人モアラシヲトハ、汝カ露ノ命ハアリトテモ、誰カ玉トモミルヘキト読給ヘリ。ナメシト思ケレト丶ハ、余リニ詞モタハ丶スナメリ。ノ給フトハ思ヘトモ、猶恋シ丶ト云也。

百六

一　御子達ノセウエウシ給トハ、逍遙也。是ハ、御遊也。御子達トハ、貞元親王、貞保親王、雲林院親王達、ヤマトノ竜田河見ニ座シケル御共ニ、業平参リケリ。貞観十七年十一月也。歌ノ意、竜田川紅葉流テ、水ノ唐紅ニク丶ル面白サ也。チハヤフル神代ニモアリト不聞ト、ヨメルナリ。

百七

一　アテナル男アリケリトハ、業平也。アテナルト云事、上ニ云カ如シ。其男ノ許ナリケル人トハ、業平ノ妹、初草ノ女也。内記ニアリケル藤原敏行トハ、大内記ナリ。後ニハ左衛門督也。是ハ、良相大臣ノ一男也。ヨハイケリトハ、彼敏行、彼初草ノ女ノ許ヘ、忍テ通也。マタ若ケレハヲサ〳〵シカラストハ、此女、未タオサナケレハ、男女ノ道ニモ不長(セ)ト云也。歌ニ、ツレ〳〵ノナカメニマサル涙川、々々ハ、伊勢国ニ侍リ。恋ニ読ツケタリ。ツレ〳〵トハ、二ノ義アリ。一ニハ、徒然ノ義、二ニハ、顔杖ト書テ、ツレ〳〵トヨメリ。是モ、物思心也。男文ヲコセケルトハ、敏行、初草ノ女ノ許ヘ、文ツカハスナリ。エテ後ノ事ナリケリトハ、彼女ニアフテ、後ノ事也。身幸アラハ此雨ハフラシトハ、此女ニ逢ヘキサイハイアラハ、此雨フラシト、心ニ占(ウラナヒ)ヲスル也。例ノ男女ニカハリテトハ、業平、妹ニ代リテ、歌ヲ読テ遣ス也。カス〳〵ニ思ヒ思ハス問カタミトハ、数〳〵ニ思ハネハコソ、トフ事ノ難クアルラメト云也。又、『万葉』ニハ、泪ヲ身ヲシル雨ト云リ。橘諸兄大臣ノ歌ニ云、

泣流須身於知雨丹潤怒礼波身佐江水粋登成天紫毛哉（ナキナカスヲルメニヒチヌレハミサヘミクツトナリテシモ）

ト読リ。ミノカサモトリアヘストハ、四位ノ殿上人ナレハ、カチハタシニテ、アリクヘキニナケレトモ、アマ間ノアルヲ悦テ、我カチニテ行ヲ云也。サレハ、我身ノカサシトリアヘス、次ニフルマフト云意也。シトヽニヌレテトハ、二ノ義アリ。一ニハ、シナ〳〵ニヌレテト云也。二ニハ、急雨ニヌレテト云。是ハ、雨ナントヲハ、シトヽト読ル習アリ。

百八

一　女人(ナ)ノ心ヲ恨テトハ、小野小町、業平カ一方ナラヌヲ恨テヨム也。歌ニ云、風フケハトハニ浪コストハ、常ニト云義也。ツネノコトクサニ云ケルトハ、古キ歌ノ様ニ云ナシテ、常ニ此歌ヲ業平ノ聞時ニ詠シケリ。男トハ、業平也。歌ニ云、ヨヒコトニカハツノアマタ鳴田ニハトハ、男アマタアリテ鳴ナレハ、誰故ニカ袖ハヌルラント読也。カヘルノ、アマタ水ノ底ニテナケハ、水ハ多ク成トナリ。是ハ、気ニフカレテ多ク成也。順カ『西行ノ賦』ニ云、花ハ

依レ風散、水ハ増二蛙ノ気一、人依レ友知レ情、雨ハ依レ雲降ト云リ。是ハ、依縁、物ノ成スル事ヲ云也。サレハ、蛙ノアマタ鳴田ニハ、水増ルト云也。

百九

一　友達ノ人ヲ失フトハ、民部大輔紀望行カ妻、身マカリシ時ノ事也。是ヲ、トモタチノ人ヲ失フト云也。歌ニ、花ヨリモ人コソアタニ成ニケリトハ、花ヲコソアタナル物ト思シニ、花ハマタチラヌニ、此人ニ別ヌルハ、花ヨリモ人コソアタニ成タレト読也。望行ハ、長谷惟息（コレノリ）カ二男也。

百十

一　ミソカニ通フ女トハ、二条后也。歌ニ、思アマリイテニシ玉ノアルナラントハ、君ヲ恋奉ルワカ魂ノ出テ行テ見。。テン、夜フカクミエハ、魂結ヒシテ、ワカ神々ヲ留メヨト云也。玉結ト云事ハ、陰陽家ノ招魂（セウコン）祭ニアリ。是ハ、人魂ノ出タル暁ニ成テ出レハ、祭トモ不叶。宵夜半ナトニ出ルハ、祭レハカヘル也。サレハ、夜深クミエハ祭レト云。此祭ノ様ハ、人ノ魂出テ見エハ、魂ノ方ニ向テ、下カヘノツマヲトヒテ、左ヘ結テ、

　タマハ三ツ主ハ誰トモ知ネトモ結ソトムルシタカヘノツマ

ト三度ヒ頌シテ、彼魂ノ落タル所ノ土ヲ取テ、ヨキ陰陽師ヲヨヒテ、ワカ家ニウツマセテ、三日アリテ、彼陰陽師ニツマヲトカスル也。其意ヲ、結留ル下カヘノツマト読也。

百十一

一　ナク成タル人ヲ訪フヤウニテトハ、元慶四年十二月四日、清和崩御、彼姫宮選子内親王、御忌（イミ）ニ座シケルヲ、訪ヒ奉ル様ニテ、歌ヲ読テ奉ル。イニシヘハアリモヤシケン今ソシルト云歌ヲ、彼宮ニ奉リケレハ、御返事ニ、下ヒモノシルシトスルモトケナクニト、読給ヘル也。又、下オヒトアル本モアル歟。下帯ノ事、本文アリ。『文集』云、契帯在方見（ヲタミニ）、契（ル）二南風（ニ）一ト云リ。或人云、ヨキメヲモチタリケル下臈ノ有ケルヲ、時ノ帝王聞食テ、后ニスヘキ由、仰ラレケレハ、夫婦互ニ名残ヲ惜テ、女モ、サラニ后ニナラン事ヲ悦ハス。夫、泣々云ク、我、汝ニ別ナハ、七日カ中ニ死スヘシ。ワレ死ナハ、南ノ風ト成テ、午時毎ニ吹来ラ

ン。彼時、汝必南殿ニ出テ、此風ニアタルヘシ。其時此帯トケハ、ワレ逢ト思ヘ、トテ、手ノ皮（カハ）ヲハキテ、白キ帯ニツヽミテ、是ヲ汝カ下タニセヨトテ、トラセケリ。宣旨、力（ラ）無キ事ニテ、女ハ内裏ヘ参ケリ。錦上玉台（タイ）ニ備リテ侍レトモ、偏ニ、昔ノ賤（イヤシ）カリシ夫ノ事ヲ忘レ難クシテ、毎日午時ニ南殿ニ出テ、南風吹来テ、身ニアタル時ニ、此帯トケヽリ。是ヨリ、契ヲ下帯ト云也。又ハ、下ヒモト云モ同事也。カヽルカコトヽハ、カヽルカツケ事ヲハ、セシハヤト云也。是ハ、清和ノ崩御ノ事ニカツケテ、此文ヲ奉ル事ヲ云也。又カヘシトハ、業平又読テ奉ル也。恋シトハサラニモトハ、恋ノ心、是モ契帯ノ本文也。下ヒモノシルシトスルモトケナクニトハ、君ニ、エコソシラセネト云ナリ。終ニ、彼内親王ニ逢奉リケル也。

百十二

一　ネンコロニ云契ルトハ、選子内親王ト業平ト契深ク申シケルニ、彼内親王、基康（モトヤス）親王ノ御息所ト成給テ、スマノ浦ニ住給ケル所ヘ、業平、読テ奉ル歌、スマノアマノ塩焼ケムリ風ヲイタミ思ハヌ方ニタナヒキニケリトハ、風ヲイタミト云ハ、風トハ、男ノ異名也。『文集』云、女ノ随レ男、如レ靡（ナヒクカ）若草ノ風（ニ）一、故ニ号（ス）ニ風男一ト云リ。サレハ、風ヲイタミト云ハ、此意也。煙ハ、風ニヨツテ、ナヒク心ヲヨメリ。又、アル人ノ云ク、此親王ハ、基陰トモ申、是、嵯峨天皇ノ御子ナリ。

百十三

一　昔男ヤモメニテヰテトハ、小野小町家出シテナカリシ時、常盤ノ里ニコモリ居テ業平カ読也。歌ニ、長カラヌ命ノホトニ忘ルヽハ、人ノ命ハ長カラヌ物ヲ、ソレヲモシラス忘ルヽハ、イカヽ短キ君カ心ソトヨメルナリ。

伊勢物語注第十

百十四

一　仁和ノ御門セリ川ニ行幸シ給トハ、光孝天皇、仁和元年ニ御即位、五十余リ。小松帝ト号ス。此御門ハ、仁明天皇第三ノ御子也。皇子ニテ、五拾余マテオハシケルヲ、陽成院、位スヘラセ給テ後、王ニソナハルヘキ人ナカリケレハ、此皇子ヲ位ニツケ奉ラントス。公卿、普クモチヰス。時ノ一人、ハカラヒテ云、此皇子ノ家ハ、小松ノ中也。ソレヘ車ヲムカヘン、松ノキノ、車ヲ通シタラハ、王ニスヘ奉ラン、サナクハ用ヒシ、トテ、車ヲ向フルニ、松ノキテ、車ヲ通シタリ。即チ、位ニソナハリ給ヘリ。仍、小松ノ帝ト申也。サテ、芹河ノ行幸ハ、仁和二年十二月十四日也。供奉ニハ、行平、高経、滋春等也。業平、滅後ノ事也。業平、元慶四年五月廿八日ニ卒シケル時、アマタノ子アリトイヘトモ、滋春ニ、和歌好色ノ二ノ道ヲ伝フ。此物語ヲ、長カラヌ命ト云マテ、清書シテ死ケレハ、滋春、次ニセリ川ノ行幸ノ物語ヲ入テ、ソノ奥ニ業平ノ草案ニ任テ、業平ノ事ヲ書入タリ。問、業平ノ事ヲ書終テコソ、滅後ノ事ヲ入ヘキニ、爰ニ此段ヲ書事、何ノ義哉。答云、此物語前後ニ同シテ、必始終ヲ不定。其上、此物語ハ、一向業平ノ事ナルカ故ニ、逝去ノ所ヲ奥ニ書留ンカ為ニ、此段ヲ爰ニ入タル也。『長能記』ニ云、息男滋春ハ、父公之遺筆ニ加二一丁之幼案（ケンアン）ヲ一。芹河行幸ヨリ奥、是也ト云リ。サレハ、是ヨリ奥ハ、滋春カ作、決定也。今、サルコトニケナクトハ、人見無ト書リ。見苦シキ心也ト云リ。又、致仕ノ表ヲ奉ル義也。是ハ、行平中納言、七十ニ及テ、シノフスリノ狩衣ニ、袂ニ鶴ヲヌヒ物ニシテ、翁サヒノ歌ヲヌヒタリ。モトツキニケル事ナレハトハ、本ト若々敷ク振舞付タル事ヲト云ナリ。大鷹ノ鷹狩トハ、其日ハ狩ノ行幸也。翁サヒ人ナトカメソト云、歌ノ心ハ、ワレハステニ老テ、若々敷フルマフハ、ヲキナシヤレト云意也。又、アル人ノ云、我既ニ衰ヘタリ、今日ハカリコソ、カヽル事モセンスレ、人ナトカメソト云。翁サヒトハ、翁衰ヘタリト書リ。『漢書』云、漢高祖之竜顔衰（サヒ）テ白頭ニ後日少シ、周燕王之馬耳忽ニ落、不レ聞二遠声（カヲ）一ト云リ。文ノ意ハ、漢ノ高祖ノ母、竜門ノ堤（ツヽミ）ニテ遊ヒ給ニ、竜化ニ美男ニ来テ、嫁キ奉。サテ、高祖ヲ儲ケ奉レリ。彼御門ノホウニ、竜鱗（イロコ）ニアリ。腹立給フ時ニハ、此鱗逆ニナル。依之、王ノ腹立給フヲハ逆鱗ト云也。四十三ト云年ヨリ、彼鱗失テ白頭ニ成テ衰ヘ給ヲ云也。周ノ燕王ノ母、内裏南殿ニ出テ遊ヒ給フニ、空ヨリ竜馬来テ、嫁キ奉ル。サテ、儲ケ奉ル御子、周燕王ナリ。左右ノ御耳、馬ノ耳也。百里千里ノ声ヲモ聞給ケルカ、年衰テ後ハ、耳落テ、耳モトニサヽヤク事ヲモ聞ス。

『古撰』ニ云、

近来（チカゴロ）波（ハ）憂（ウキ）身（ミ）衰（サヒ）気（ケ）里（リ）奈（ナ）良（ラ）山（ヤマ）之（ノ）青（アヲ）木（キ）之（ノ）下（シタ）葉（ハ）色（イロ）哉（ヤ）替（カハ）礼（レ）留（ル）

サレハ、翁サヒトハ、翁衰ヘタリト云事也。カリ衣トハ、狩衣也。今日ハカリトソタツハ鳴ナルトハ、衫ニ鶴ヲ縫タルニヨセテ、我身ノ幾程モ有マシキ事ヲ読ル也。オホヤケ御気色アシカリケリトハ、御門モ年ノヨラセ給ヘハ、イマ〳〵シク思食ケルヲ云リ。ヲノカ齢ヲ思ヒケレト、ハ、行平ハ我身ノ老タル事ヲ思テ読タレトモト云ナリ。若カラヌ人ハ聞ヲヒストハ、御門ノ御身ノ上ノ如クニ思給ヲ云也。滋春ノ小将、王ノアシク思食ヲ見テ、此歌ヲ高ヤカニ詠シテ云、

翁サヒ人ノトカメソカリ衣今日ハ狩トソタツハ鳴ナル

ト詠シカヘタレハ、御門ノ御気色ヨクナラセ給ケリト云也。

百十五

一　ミチノ国トハ、長良卿、陸奥守ニテ座シ時、大原ニ家造テ住給ケルヲ云ナリ。男トハ業平、女トハ二条后、未タト定ノ時也。男宮コヘトハ、業平京ヘ参ヲ云也。馬ノハナムケセントハ、必遠キ道ニハナケレトモ、引出物ナントスルヲ云也。オキノヰテミヤコ島トハ、大原ニ、隠木ノ森ト云社アリ。其中ニミヤコシマト云石アリ。『日本記』云、聖武天皇、彼山ニ狩シ給ケル時、彼所ニシハシヤスマセ給ケリ。王ノ居給タリシ島ナルカ故ニ、都島ト云。陸奥ニオキノヰテ都シマト云所アリ。ソコヲ、コヽニトリナシテ、カク作レル也。オキノヰテ身ヲヤクヨリモノ歌ノ意ハ、ヲキヲ身ニヲキテヤクヨリモ悲シキト云也。都島ネノ別トハ、都島ノ許マテ、后ノ送（ヲクリ）給ケル也。此歌、『万葉』ノ歌也。是ハ、福丸大納言、陸奥ニ下タリシ時、カノ女、オキノヰ都島ト云所マテ、送タリケル時、此歌ヲヨメル也。ソ

レヲ詠スル也。

百十六

一　ミチノ国ニス、ロニイニケリトハ、長良卿ノ許(モト)ニ、ス、ロニ久ク居タリト云義也。京ナル人々トハ、四条后ノ方へ奉ル歌也。歌ニ、ハマヒサシトハ、汀ナントニ、コマカナルスナノ、風ニ吹アケラレテ、家ノヒサシニ白クカ、リタルヲ、浜廂(ヒサシ)ト云。又、或人云、タ、浜ノスナノ積リテ、ツカニ成タルカ、家ノヒサシニ似タルヲ浜廂ト云リ。何事モナク成ニケリトハ、カク云ケレト、後ニハアフ事モナシト云義ナリ。

百十七

一　御門住吉ニ行幸シ給トハ、天安元年二月廿八日、文徳天皇、住吉ニ行幸アリ。業平、此時御共ニテ、我ミテモ久ク成ヌト云歌ヲ読也。御神下行シテトハ、巫(カンナキ)ニツキテ、御返事アリト云リ。実事可尋之。『古今』『伊勢物語』肝心、此段ニアリ。明神御返事ニ、ムツマシト君ハシラ(ママ)シラシナミツカキノトハ、神ノヰ垣ヲ云ナリ。

百十八

一　久ク音モセテトハ、二条后ノ御方ニ、久ク音信モ申サスシテ、参リナント申タリケレハ、返事ニ后ノアソハス。歌ニ、玉カツラハフ木アマタニ成ヌレハトハ、通フ女アマタアレハ、ワレニハ絶ヌ物ナカラ、ウレシクモナシト読給ナリ。

百十九

一　アタナル男トハ、業平、一方ナラス通アリキケルニ、二条ノ后ノ御方ニ、カタミニ御覧セヨトテ、琴爪(サウ)ヲ献リタリケルヲ、后、業平カ方へ返シ給フ。歌ニ、形見コソ今ハアタナレコレナクハトハ、カタミヲ見テハ、恋シキ事ノ弥ヨマサルヘキニト云意也。

百二十

一　マタヨヘストオホユル女トハ、四条后、未タ少クテ、世ニ住給ヘル有様モ知給ハサリシ時ノ事也。人ノ許へ忍テ聞エケルトハ、業平カ許ヨリ逢奉ララ(ママ)ント申ヲハ、聞給ハテ、清和ノ御門ニ、忍ヒメサヽルト云事ヲ、業平聞テ、歌ヲ読テツカハセル也。歌ニ、アフミナルツクマノ祭ハヤセナントハ、近江国ニ、筑摩ノ大明神トテアリ。彼宮ノ祭、四月ノ午ノ日アリ。ソノ祭ニハ、女ハ、我男シタル数、土ナヘヲ作テ、板ニ取ナラヘテ、イタヽキテ、祭ノ庭ヲワタル。近代ハ、大ナル鍋(ナヘ)ヲ作テ、小ナヘヲ入子ニシ入テ、大方ヲ一ニミセテ、イタヽキテ渡ル也。サレハ、君カマタ夫セヌト云ニ、彼祭ヲセヨカシ、鍋ノ数ミント読也。彼祭ハ、男ハ、女ニ合タル数、開(ヘマノ)形ヲ作テ、荷(ニナイ)テワタルナリ。

百二十一

一　梅壺(ツホ)ヨリ雨ニヌレテ人ノトヲルトハ、左京大夫源致也。梅ツホハ皇嘉門ノ前也。歌ヨミテツカハセルハ、業平也。鴬ノ花ヲヌフテフ笠トハ、神楽ノ歌ヲ取テ、此歌ヲ読リ。梅ノ花笠トハ、鴬ノ頭ニ、梅ノ花ノチリカヽルハ、笠ニ似タリ。ソレヲ、ヤカテ鴬ノ笠ト云也。返歌、ソノ梅ノ花カサヨリモ、君カ思ヒヲツケヨカシ。ヌレタランキモノハ、ホシテカヘサント読ルナリ。オモヒヲ、ヒニソヘタル也。

百二十二

一　契レル事アヤマル人トハ、染殿ノ后、常ニ、逢奉ラント約束シ給タリシカトモ、業平ノ一方ナラヌヲ恨テ、逢給ハサリシ時ノ事也。歌ニ、山城ノ井出ノ玉水トハ、『日本紀』ノ注ニ云、橘諸兄ノ大臣、井出寺ヲ作テ、アカ井ヲホリ給シカ、死テ後、北ノ方ノ恋シカリ給ケレハ、夢ニミエテ云、「ワカ堀タル玉水ニ座セ。アハン」ト云ケレハ、行テ見ニ、彼人ノ体、水ノ底ニウツリテミユ。其ヨリ、恋シキ人ノ影ヲウツシテ見ニハ、井手ノ玉水トヨメル也。サレハ、彼玉水ニ影ヲウツス様ニ、常ニ、ワレニ影ヲウツシテ、ミエント云シニ、憑カヒナク、ミエ給ハヌト云也。イラヘモセストハ、終ニ聞給ハヌト云也。

百二十三

一　深草ニ住ケル女トハ、清和、御出家ノ後、二条后、東山ノ深草ニ、御所ヲ作テ座ス也。ヤウ〳〵カレカタニヤ思ケントハ、業平、宮仕多カリケレハ、京ヘ行テ読ル歌ニ、年ヲヘテ住コシ里ヲ出テイナハトハ、后ヲステ奉テ、外ヘユカハ、此里ハ弥ヨ野トナラント云ハ、荒ハテント云意也。御返歌、又、野トナラハ鶉ト成テナキヲラントハ、此歌ニ、二ノ義アリ。一ニハ、ウツラト成テト云意ハ、鳥ヲ狩ニクル時ノアランヲ、マタント云也。二ニハ、我カク泣ヲランヲ聞テハ、カリソメニモヤハコサラント云意ナリ。

百二十四

一　イカナル事ヲ思ヒケルニヤトハ、好色、和歌ノ深キ義ヲ思ヘハ、ワレトヒトシキ人ナシト読也。此意ヲハ、滋春カスイナウニ委ク書リ。

百二十五

一　男煩（ハツライ）テトハ、業平ワツライテ、元慶四年五月廿八日、五十六ニテオハラントシケル時、ヨメル。歌ニ、ツイニ行道トハカネテ聞シカト、ハ、覚語シタル生死ノ習ナレトモ、昨日今日ノ間トハ思カケサリシト云也。

右此抄者、中院大納言為家以自筆令書写之為証本。私云、凡伊勢物語抄物、常雖多所流布、於此秘注者未露顕。無左右不可授給不信輩而已。

正長元年〈戊申〉七月廿五日　藤原為将　在判　法名正通

于時永正十二年〈乙亥〉五月廿三日書写之。校合畢。

増纂伊勢物語抄

冷泉家流

（鉄心斎文庫蔵）

片桐洋一
神田裕子
丸山愉佳子

一

第一

一　初冠とは、元服の始を云也。業平は少くより真雅僧正の弟子として、童名曼陀羅と号す。淳和(仁明歟)天皇の御時、承和十四年三月二日、十六にて元服。此時は五位無官にして、左近大夫と云々。奈良京春日里にしる由して仮にいにけりとは、春日の三月三日祭、勅使は必五位の検非違使のみめよく、時に代のきらある人のする也。其比、可レ然人なかりけれは、俄に二日業平に元服をせさせて、三日勅使に立る也。是は、親王の子にて座ば、五位の検非違使すへきにはあらねとも、容顔に付て仮にしたまふ職なるかゆへに、知由して仮にいにけりと云也。又知由と云事有。其は所知を知由と云也。今此段検非違使を知由也。其里にいとなまめきたる女はらから住けりとは、小納言(ママ)の刑部太輔紀有常春日の里に居ける、其娘姉妹をはらからと云也。なまめきたるとは、幽玄と書り。『伯撰』云、婁敠(ロウサウ)殿之中ニ霊鬼変シテ生(ナル)宗姓灑資賂(シュカトリシイックシ)分暮外(トクニ)ニ、漸近観貌粧艶色甚幽玄(ミルハウサウエンショクハナハタナマメイタリ)。此文体、師俗灑仙か作たる文也。卅巻の文也。文の意は、高麗の会合王の内裏、巫上宮の大極殿の巻柱の下に鬼変して美女と成れり。御門、終にたふらかされて女御とし給ふ。青角頭に生たる皇子を生奉る。後に即位して、青角帝と云。『文選』に云、盛婦(美女也)は其道弱(ナマメキタリ)云り。されは、何もなまめきたりとは、やさしき義也。此男かひまみてけりとは、業平、彼有常か娘を其夜嫁たるを云也。かひまみに二義あり。一には、墻の間よりのそき見るを云也。二には、嫁の義也。『万葉集』に云く、

　天命尊石命尊志天大和島爾開真見始天契初天気(アマキツチイハナツチシテヲホヤツニカイマミソメテチキリソメテキ)

是は、二神の日本国つくりし事を云也。されは、開真見とは、嫁義也。おもほへす古郷にとは、奈良の京を古郷と云は、大方古の京なれは古郷とも云。如ニ『古今』。爰には、不然。業平天長二年四月一日、奈良の京にて生れたりしか、平の京にて元服して、又奈良の京に来るは、古郷と云也。是は業平か身に限て云事也。はしたなしと云に二義有。一には、無半と書てはしたなしと読也。たとへは、普通の中間なる者をはした者といふがことし。されははしたなしとは、中間に闕たる也。難に云、此義ならは今の女は上下には何に当(アタル)そや。答て云、是は上の義也。又難云、上

と云事、此証拠にては必す不見也。答云、よきに付て、はしたなしと云本文あり。『政纒(テン)』云、上陽玉妃十六歳にて始て奉内に、三廻之季賂(マシナウ)こと帝霊に質客生レ麁(ナク)心(ハシタムネ)花(アサヤカ)開也(ナリ)。されは、はしたなしとは、至て吉を云也。

心ちまとひにけりと云は、やかて恋しき心に成けるを云也。狩衣のすそを切て歌を書てとは、業平必す紙をもたぬには非す。上古は、男女の契りをせんとては帯を遣す也。鹿島のひたち帯の由緒なり。『古今』の如し。業平、折節帯の無けれは、狩衣のすそを切て帯のことくにつきて、春日野ゝ歌を書て遣す也。忍摺の事、如『古今』。歌、春日野の若紫とは、女の異名也。されは有常か娘を若紫と云なり。春日野は今当所也。忍の乱限しられすとは、忍摺の乱たることくに我恋も乱たりと云。『文集』云、顔女の為寵芳如薫紫麝風と云り。帯つきて云やりけるとは、狩衣のすそを帯につきてやる也。ついて面白事とや思ひけんとは、今の若紫の歌を読て、其次にみちのくの忍もちすりの歌を詠する也。其故は、彼も忍恋に忍摺の心を読、我歌も同義なるか故に詠之也。彼歌は、河原院左大臣融公の、女に忍て読給ふ歌なりと云。歌の心はへなるへしとは、此歌の心はへを以て、我歌を読りと云義也。昔の人とは、我事を隠て、常の事に云なす也。いちはやしとは、早速と書り。『注論語』云く、五常の道、早速百姓有行と云り。また、『漢書』云、漢高祖破四懸之軍、早速して張良階下之二臣弃(ステタリ)レ全助命(事ヲ)と云り。『万葉』云、

古幾出朝妻船之早速花波散気利志賀之唐崎(コキイツルアサツマフネノイチハヤクハナハチリケリシカノカラサキ)

と云り。みやひと云に、二義あり。一には、『遊仙崛』に云、十娘閑麗(ミヤビヤカナリ)と。是は、大方たはやかにやさしき義也。二には、嫁をみやひといふ。『史記』に云、首山国に三千人之天仙艶得(タリ)レ果、或時、雲母(菊の異名也)、練(ナラヒ)ニ丹竈(タンソウ)一、持紫蘭、属(ク)紅精(ニ)、其術疾畢。身比松煙心澄(ヲス)。白雲飛落行々として至芳河之辺、叢客重々として、似ニ群鶴之爪(カサナルニ)一。于時於江川、卒(ニハカニ)見娃人之歌(ウタヘシヲ)。首証士飛下て嫁彼見会(ミヤヒヲ)、凡意難レ止三仙落(テ)レ浪如レ翻小船之風。文意は、首山国と云国に三千人の仙人あり。江川と云所空を飛行程に、遊女の歌うたふを聞て、其声に発愛念落ちかさなりて嫁く。残る仙人見之、神道を失ひて落かさなるを云也。

二

第二

一　奈良の京ははなれ、此京は人の家また定らさりける時とは、桓武天皇の御時、延暦十年に大納言小黒丸、左少弁佐美丸、二人を勅使として奈良京を長岡京へ移す。されは、奈良の京をはなれと云也。

　イ本云、延暦三年十月に奈良京ヨリ長岡ニ移テ十年座。

　同十三年ニ長岡京ヨリ平ノ京ヘウツリ給ふト云々。

同御使を以、長岡京を平の京に移たれとも、条里小路も不定と云也。上臈もこゝかしこに座せは、此京を人の家また不定と云也。西京に女ありけりとは、二条后いまた東宮の女御にて、文徳の西五条の内裏の西の対に住し時の事也。ひとりのみもあらさりけらしとは、清和の女御なれは、男御座といふ義也。まめ男とは、ま男也。間女男と書り。

イ本ニハ真男トカケリ。

又、『貞観政要』に云、風方君は霊王の臣下、大賢正賢而后宮呂宅妃、依為密夫、空境知原被誅成、亡卿之鬼。されは、密夫とは、ひそか男也。時はやよひの朔とは、貞観十三年三月也。雨そほふるとは、古今に云かことし。歌、『古今』の如し。

此歌を追尺畢、春の物とて詠めくらしつ（イ長日とも書り）とは、春の物に三あり。霞桜長雨に詠をそへたり。其方の空を詠とよめり。此あへる女、其時、春宮にて侍也。春の物とそへたる也。

三

第三

一　けさうしける女とは、二条の后也。けさうとは、懸相と云り。『文集』に云、好婦喜懸相、妬婦悪幽職と云なり。好婦は、吉女也。妬婦は、物ねたみしてたけき女なり。幽職は、やさしき義也。ひしきと云物とは、海草なり。思あらはの歌の心は、互の思たるもあらは、藻生（葎敷）てあれたる宿なりとも、引敷物には袖をもしてねなんと読り。或人の云、賊（藻葎）の宿とは、六条殿の御所をいふ。ひしき物とは、文こまかなる錦を云り。されは、六条殿に文こまかなる錦の茵を敷てねはやと読と云り。難云、是は、思ひなくともぬへし。只、いかならん所なりとも、君か志たにあらんと云んこそ、志切なる至りならめ。只上の義を可用。是、実の義也。

追書入、此ひしき物とは、国王のやとらせ給ふ御枕の下に、ひしき物とて、織物をしかるゝなり。藻の宿とは、恋する宿也。業平、摂津国菟原(ウハラ)の郡より、ひしきと云海草を籠に入て、后に奉とて、かくそへ読りと云り。恋する宿にしき物には、袖をして、明暮する也と読り。又、或物に、恋の宿に我ぬるには、恋しき者に袖をしていたひてぬると云り。是は、我袖を恋しき人に準してぬると云り。恋しきと書て、上のこの字をとれは、ひしき也。この字を略するやうは、虚空の虚をは、むなしとよめば、加へたるも又加ぬも同事なれは、略之也。虚の字を恋と読には非す。只かなの音なればなり。又、后に逢奉らて空き恋とも思ふ也とよせたりと云也。是まては、あまりに求たる義にて侍とも、正しく或『髄脳』に侍る程に、かやうに書入侍る也。

四

第四

一　東五条に大后の宮御座とは、文徳西五条の内裏を移て御座候時なり。大后の宮とは、染殿后也。西の対に住人とは、二条の后いまた清和の御息所にて住給し時の事なり。ほにはあらて通人とは、業平忍ひて通し時なり。ほにはあらてと云に二義あり。一に、本意にあらてといふ義也。これは、未后とも成たまはさりし時、業平と夫婦の契あり。其を后に成給ふたるに、隠(カクレ)て通へは、本意にあらて通ふといふ也。二には、顕て通ふといふ義也。『文集』に云、河水等如『古今』。同集云、鼓捜者舜帝の文(ママ) 政途(セイテ)不レ賢(カシコカラ)、不レ事(ツカヘ)レ君、埋(テ)二傍山(ニ)一、不レ出レ顕(ホニ)といへり。『万葉』云、

恋丹泣涙之色之顕丹出波(ホニイテハ)思登達爾毛(フトダニモ)君賀知南(カシラ)

と読り。む月の十日計の程にとは、貞観六年正月十日也。外に隠てけりとは、業平かしけく通ひけれは、世に顕てあしかりなんとて、后しはし昭宣公の許に隠れたまふなり。人の行通ふへき所に非すとは、軽からぬ人の許なれは、等閑にも行通ふ事無といふ也。あはらなる板敷とは、必家の荒たるにはあらす。主もなき家をはみな芒屋と云也。されは、后の座すに依て、あはらなる板敷と云也。『泰平御覧』(ママ)に云、江南旧都は家未半(イマタナカハ) 西京東京人去テ宮中如荒ト云。

文の意は、江南の帝、江北に宮を遷たりけれは、江南の家新といへともぬしなけれは、あはらなるかことしといふ。されは、あはらなる板敷は新しきには不レ依也。又義云、あはらなる板敷とは、すのこをもいふ也。月やあらぬの歌、『古今』に云如し。

五

第五

一　東五条わたりにいと忍ひて行けりとは、東五条内裏、二条の后の座す所へ業平通ふ也。主(アルジ)とは、五条の后なり。是は、二条の后御姑(シウトメ)染殿の后也。業平二条后の御方へ通ふと聞て、二条の后の兄国経、基経に仰付て守らせけり。人しれすの歌、如『古今』。心やみけりとは、此歌を読たれは、心のやすむなりと云也。主ゆるしてけりとは、此歌を聞て、五条の后一夜ゆるしてあはせ給ふ。せうとたちとは、国経、基経也。

六

第六

一　昔男ありけり。女のえう(不得)ましかりけるとは、二条后、文徳の内裏に御座けれは、業平、逢かたさに、奉盗て行を云也。あくた河とは、摂津国の芥河には非す。是は、内裏の常寧殿の下より堀出して堀河へほり落したる河也。是は、朝清め暮清めの塵をはき入か故に、芥河と云。是をとをりて后を負奉て行也。草の上に並(置か)る露とは、后の御上に難のかゝるをいふ。此事故に被押籠へき歎き有を云なり。草とは、女の異名也。如『古今』。露とは歎を云。『文選』云、身有時は愁歎露易消、心有時(ハ)思霜恨易消と書り。文の意は、煬方か身の歎有事書(シヲル)筆也。されは、歎をいはん為に、草の上の露といふ也。行さ(ママ)遠とは、后を盗奉て出れは、何に留るへき事も無。されは、行さき遠きといふ也。夜もふけにけれはとは、四門を閉て出方無を云。『漢書』云、漢皇城閉(フケテ)軍兵難通と云り。又、『万葉』に云、

白樫(シラカシ)之香椎(カシイ)之宮野御戸(ミト)閉(フケテ)天祈留誓言夜神之受南

と読り。歌意は、神の御戸を閉て、宮の中、閑なれは、祈事も聞給ひなんと云り。又、『万葉』に、

我宿波菊売(ウル)市丹非祢登毛(ニアラネトモ)四門(ヨモ)之門辺丹(カトヘニ)人騒倶那梨(サハクナリ)

此歌の注、如『古今』。されは、夜も深てとは、四門閉て

と云義也。鬼ある所とは、内裏の鬼の間の有所、鬼の間の一の口に隠奉るをいふ也。鬼の間とは、先帝の御具足とりをきて人恐れて行ぬ所なるか故に鬼の間といふ。四の口あり。一の口は、東向也。神さへいみしう鳴り雨いとう降けれはとは、文徳天皇、婦の女御をとられて逆鱗あるをいふ。雨のいとうふりけれはとは、雲上の人々の走散て尋奉るをいふ也。『史記』云、秦始皇暴悪銘肝、虎心良盛、生降隔塵如雷電神破雲侍臣走散土藜不絶山野、似雨脚之冉天上天下揺動振塵、内宮外宮害意利剣、盛宮焼失之煙皐誰難、長生不老、厳損不悲と云也。是本文也。あはらなる蔵に女をは奥にをし入てとは、彼鬼の間に置奉をいふ也。あはらなる蔵とは、先帝の御具足ををきたる蔵なり。主の座ねは、あはらなると云也。男弓やなくひ負て戸口にをりとは、業平也。是は、実には、弓箭を負に非す。后を盗奉る心のたけき事を弓箭負と云なり。『将軍記』云、呉越戦未断、三将軍四兵卒皆亡越国既欲傾。后宮以計弓箭滅多敵云り。文の意は、呉越の三人将軍宅宣公登倫曽公四兵卒は四方の兵を籠たる軍の城也。是皆滅て越国亡んとする時、越王の妹を后とし給へり。彼后、軍の計ことを廻し多くの敵を亡せり。されは、計の弓箭を持と云り。同文云、呉王越王の戦、棹篇舟、分五湖之波。是は宅宣公か一箭に射千人武故也。宅没之列宅妃参后三廻之未質雖妃艶之甚、心ニ持弓箭ヲ、武如戦客云り。是は、上の軍の時、越国既亡ぬへかりし時、宅妃の計ひとして、海上に縄をしけくはへ、上にこもを敷て、其上に土を運、屋を造り覆て城の様をしたりけれは、呉国武者、皆彼に寄て下り移て、皆海に入ぬ。毒を入たりけれは、呉国武者皆死。さて、呉国亡ぬ。心の武を以て弓箭を負と云り。夜もはや明なんとすとは、四門はや明なんとするをいふ也。鬼はや一口にくひてけりとは、鬼の間の一口にて悔たるを云也。是は、后のくやしくとられてきとて悔給ふをいふ也。あなやとは、悲やと云義也。梁の武帝御宇、『政跡』に云く、悲哉朕遇仏法不終云り。此は、梁の武帝、菩薩流支三蔵に遇て歎給ふ詞也。神鳴とは、上の王の逆鱗を云。やう〳〵夜も明行にとは、四門を開をいふなり。足すりをして鳴とは、必足をすらねとも、歎くの切なるを云也。陳の『王明記』云、恨の至て深きは夫妻の別、足摺をして泣、争か涙尽、悲の至て切なるは、父母の別弄叫何声尽と書り。されは、必足をすらねとも切なる思ひを云んとて、足をすると云へり。歌に義無し。

いとこの御息所とは、染殿后なり。せうと堀川のをとゝとは、后の兄堀川左大臣基経の御事也。太郎国経の大納言とは、基経の兄の長良卿、太郎也。また下臈にて内へ参給ふとは、未中納言の御事也。いみしう泣人有とは、二条后の鬼の間にて泣給ふを聞見付奉所奉行をいふ也。后のたゝにをはしける時とは、二条后いまた御息所の御時にて后ともいはん(マヽ)給はさりし時の事也。

追入、鬼一口とは、実に鬼には非す。后の御せうと堀川のをとゝ太郎国経の大納言に見付られ、空とり返されたるを、鬼一口にくひけりと云也。是は、上の義に同し。鬼とは、仏には外道あり。人には魔縁ありと云。必世間の事何事をも妨るは、魔縁也。魔と云字をは、鬼とよめは云也。一口とは、いとはやき由を云也云々。イ説如是。

七

第七

一　京に有わひてあつまの方へ行けるとは、二条の后を盗奉る事顕て、東山の関白忠仁公の許に被レ押預る。東と云字に付て、あつまと云也。有わひてとは、心とありわひたるには非す。后の御事故に、被押籠を云也。伊勢尾張のあはひとは、后と業平と二人のあはひ也。男女の契りのあはひと云意也。あはひとは、互の交を云也。『新朗詠』云、四五月交雲外語、二三更後雨中声　と云り。されは、伊勢尾張のあはひとは、業平、后の契の終の交に也。海つらを行とは、別を恨行意也。『万葉集』に云、
我妻賀不会成行方那礼波海面佐江丹袖波潤建里
是は、仲原の清公か女を恨て読歌也。されは、海面とは恨の義也。歌にいとゝしく過行方の恋しきとは、后にあひなれ奉し方の恋しきにと云なり。浦山敷とは、うらめしくと云義也。『史記』に云、支□被レ流二道州一、穆王の勅勘也。恋二旧里ヲ一恨涙不レ乾袖と書り。是は、支□と云者、周の穆王の御時、被流て歎し事也。かへる浪かなとは、泣涙かなといふ義也。『文集』に云、昭君去二胡国一天遥観二漢宮ノ雲居ヲ一涕涙闌たりと書り。なみとは、涙也。『漢書』云、武恋二亡婦ヲ一涙身海中如有二小島、涙波常懸流難浮といへり。

『万葉』に云、

恋丹泣涙之波波之深海丹伊佐々羅波我見白賀津賀無

と云也。されは、涙を波といふ也。波いと白しとは、涙あらはなりと云義也。『文集』云、隠士閉レ扉　白勿レ語　レ人入覚の其一也云り。白とは、あらはるゝ義也。入覚とは、仏と云義也。

八

第八

一　京やすみうかりけんとは、上の東山の義也。友とする人ひとりふたりしてとは、業平、東山に預け置れけれは、定文、有常、念比の友たちなれは定て此事に綺たるらんとて、同東山に被押籠。其を云也。信乃国とは、しなのくにと云義也。是は、四品の中将なりしを被二解官一て、下総守に被レ遷。是を歎苦を、しなの苦と云也。是は、我品の下を歎く苦と云意なり。浅間の嶽とは、あさましき恋と云事也。たけとは、恋也。されは、あさましき恋といふ事也。山は塵積て山と成。恋は、思積て恋と成。されは、同義なるか故に、恋を山に辟る也。『猿丸大夫か集』に云く、

日数経者可レ衰　浅猿哉浅間思年波経丹気里

されは、あさまの思とは、あさましき思ひ也。たけと恋をいふ事。本文あり。「長盛の記」に云（是ハ『文集』の内也）遠見眼破レ雲路、遥望心疲レ海上。悲哉、滅亡之恨成二幾山之嶽一、痛哉、離別之歎成二幾海之底一、三廻猶不レ忘二子之別一、四季未レ尽二一身之涙一と書り。文意は、白居易二人の子に別て、海辺に造レ楼、三年籠居し給ひたりし時、書給ふ筆也。されは、思積は、高き嶽の如くと云也。恋と思ひと同義也。浅間嶽とは、あさましき恋と云也。『日本記』云、昔信濃国に有ける男、女を深く思ひけるか、彼女を捨て、新き妻に付たりけれは、彼本の妻深谷に身を投て死。男、只捨ん事のあさましさに行て、木を切懸て焼けれは、其火石につきて、今まて不レ消。故に浅間の煙をは思より立ぬか故に、なそらへて読也。歌に、をちこち人のみやはとかめぬとは、をちこち人もかゝるをは不レ訪と云歌也。遠近と書り。

九

第九

一　身をえうな（衛符）き物と云に、三の義あり。一には、勅勘の身なれは、我身無用と云。二に、為君無用と云。三に、左近衛中将を被召（解官セラレタル事也）たれは、衛司なきを云也。是を為二実義一。東の方へと云義、上に同し。友とする人、上に同し。道しれる人独無とは、業平の深き恋の道を知人無と云也。三河の国とは、三人の人を恋しと奉思心の苦也。三河は三の水也。三水とは、三の心也。水と心と内典にも外典にも同物と云へり。先『老子経』の注に云く、五常（ノ）水（ハ）潤（ウルヲシ）二万人（ヲ）一、六（リッ）刑（ケイノ）忠（タヽス）二千罸（ハツヲ）一兢と云り。五常の六刑とは、一は勢（セイ）をさき、二は身の皮を剝（ハイテ）塩をぬり、三は、水にさかさまに立つ。四は、額をきさみて墨を入、五は、左右の足を木にゆひ付て射（イル）レ之（ヲ）、六は、左右の足を車にゆひ付て馳割（ハセサク）。又、仏法には、煩悩の毒水、法性の心水と云り。華厳経には、衆生心水と説り。されは、三の河は三の水也。三の水は、三心也。されは、三の心の苦を、三河の苦と云也。三人とは、二条后、染殿后、有常か娘也。八橋とは、八人を懸て思ひ渡を以八橋と云也。八人とは、四条后、染殿内侍、伊勢、小野小町、定文か妹、初草女、当紀（純賺）か妹、斎宮女御、此八人也。水行河のくもてなれは、人を恋奉心の八方に行を云也。白楽天の筆に、身生（ハシテ）下姓（カセイニ）一、仕（ツカウマツル）上帝（ニ）一、心不及橋立（ニ）一と云り。されは、八人思ふ心を八の橋と云。八の心を八の水と云。くもてとは、蛛の手は八つあるなり。追入、三河国八橋は水の兎角八方へ流たり。さて八橋と云と也。されは、古歌にも八橋のくもてとつゝけよむなり。蛛の手のことく八方へ流たる也と云々。

其沢のとは、忠仁公のうるほひて座を云也。木隠とは、忠仁公一門の大木として、其かけに人あまた有を云也。かれひゝと云には、二義有。一には、干飯を云。二には、朝の御料也。貢御をはあさかれゐと申也。されは、朝の飯をは、かれいひと云事、実義也。かきつはたとは、人のかたみを云物也。されは、二条の后の御事を、御方見といはんか為に、かきつはたと云也。『後撰集』に云く、

うへをきし昔の宿の杜若色計こそ形見なりけれ

『日本記』云、民部少輔光久と云人、平城天皇に仕しか、死ける時、妻の許へ云やりける詞に、「我をさなくより、杜若を愛する也。されは是を形見とせよ」とて、杜若を送る。女、是を形見として暫も目をはなさす。自レ是して、人の形見に杜若を読也。されは、業平も二条の后の御形見

の事を思ひ出て、杜若を云也。或人の云くとは、業平の勅勘を訪に遍昭僧正の来るを云也。大人を木と云事、本文有。『史記』云、君王は似大木、人百官如葛藤卜下栄と云り。歌に唐衣とは、王女御なんとの召衣也。きつゝなれにしつまとは、二条后の唐衣をきつゝなれ奉りて妻とし奉しにと云事也。たひをしそ思とは、逢ぬ恋路の遠成行を云也。皆人かれ飯の上に涙落けりとは、業平の此歌を読を聞て、座にある人に泣て、くう飯に涙ををとすを云也。ほとひにけりとは、かく業平の有様を見て、遍昭か許より物を送りければ、少し豊になるを云也。『貞観政要』の後表に云、西湖民之家煙絶九ヶ月此は旱魃ニ水絶タル故也賞明臣微子、直国政、即日風雨任心、潤姓家云也。されは、ほとふるとは、潤を云也。行々てとは、雲上より忠仁公の許に被遷、其より駿河国の国司高経の許へ行故に、行々てと云也。高経の許へ行は、駿河の国と云。かの駿河守高経は業平の友達なりければ、遊ひに行也。うつの山にいたりてとは、あわて空しき恋に成を云。うつは空義なり。本文如『古今』。山は、恋の義也。本文上のことし。我入らんとする道とは、今后を奉恋々の道也。いとくらく心細にとは、過へき事も無ければ、心のやみもくらく、逢奉らん事も末細と云也。葛花木葉茂とは、かへては国王の御一門の多座は、人目しけき事を云也。『文集』云、壺公中構乾坤、長房乗竹飛青天、王喬曳鶴空山吹笙嘉巫殖花木芳香供尊と云り。壺公は周の燕王の時臣下也。仙を好て仙人となり。方四寸の壺の中に天地四海を構て其中に遊行す。長房は壺公か弟子となれり。青竹に乗て、天にかける。天喬（ママ）は長房か弟子曳鶴常笙を吹。嘉巫は霊国の王也。好仙王喬か許に至り。王喬陵頭山に住ける時也。王喬教て云く、『君は一国の王也。天仙とならは、国の歎たるへし。仍長命の仙を得て世を久しく持へし』と云。其様は都の中にかへの木を多植て、其葉を摘て本尊に供し、花からを服せよ。九年過は長命ならんと云。故に都の中に花木を多殖。王の一門、皆此術楽を得て命延さかへり。此故に国王の一門栄をはかへてと云也。雲客の栄をは葛と云事、『文集』に云く、葛藤気栄係木、助筋披天長、臣下依君栄平如此と云り。されはこれは、国王の御恵にて臣下の栄ことを葛の木に係てさかへたるにたとへたる也。物心細とは難逢恋の心細を云也。すゝろなる目を見とは、そゝろなる目を見ると云義にあらす。からき目を見と云心也。『漢書』云、秦始皇戦秦武と見辛目を云り。文の意は、秦始皇、楚武の武王と軍して被打、落辛目見しを云也。修行者遇たりとは、業平昔の友達、宰相清経入道蓮寂。是は昭宣公の弟也。出家して、慈覚大師の弟子と成て、真言修行せし人なり。されは、修行者と云也。かゝる道をは、いかてかいまするとは、かゝる無由恋の道には、いかて思ひ入給ふそと制する也。みし人とは、本の友達なれは云也。京に文書て付んとは、彼入道は、二条后の弟なりけれは、忍ひて后に奉んとて、歌を書て付なり。歌に義なし。富士の山をしれはとは、清和天皇の位の高事を云。王位の高きを山と云事、本文如『古今』云。五月晦とは、貞観十八年五月晦日也。清和御門卅七にて御出家。雪いと白ふ降とは、御出家を云。雪は年の終にふるもの也。清和の位の終なれは、年の終にたとへて雪最白ふふれりと云也。又、王の代をのかれ給ふをは、雪のふるといふなり。其故は、雪の降て積ぬれは、常に行かふ人もなし。国王も位ををり給ひぬれは、行かふ人少に譬云なり。『史記』云、漢王之雲髪落栄共聖帝之雪鬢替老倶。同注云、漢王者、漢の孝王也。雲髪を刺落し給ひしかは、成下居常に無行通人。雪鬢とは、必非如鬢雪。位の年の終なれは、雪の鬢と云なり。又、『孝経』の注に云く、魯哀公は栄て不半下位籠雪鎖と云り。是は必雪の鎖に無れとも、栄の年の限なるを雪の鎖と云ふ。雪は年の限に降る物なれは、年の限と云へる也。清和の御位の限りにて有故に、雪最白ふふるとは云也。歌に、時しらぬ山は不尽の根とは、清和の御門の時も不知、未若くて出家し給ふを云也。鹿子またらに雪のふるとは、月卿雲客打散鹿子の星のやうにして隠居たるを云。鹿子の星は、雪降時は、隠也。されは、星の位の人々の、こゝかしこに隠居たれは、鹿子またらに雪の降と云。鹿子またらは、星也。『長房記』云、縦我仕仁帝、属早姓之民、昇星林之位、何今得為仙聖得為寿久、昇雲徳用云り。又、『尚書』云、栄は承相昇星林之位、命壺公ノ得王母之徳云り。是は、漢の武帝の臣下張象か命長栄たりし事を云也。されは臣下をは星の位に云に付て鹿子またらと云也。其山は、こゝに譬はひゑの山を廿かさね上たらんか程にしてとは、富士の山をは王位にたとへ、業平身をひゑの山にたとへて、其間の位廿重を廿計と云也。業平此程は従四位下右近中将也。（此段口伝アリ。其伝注）従四位下より太上天皇まて廿重也。従四位下、上、正四位下、上（已上殿上人也）従三位、正三位、従二位、正二位、従一位、正一位（以上公卿）、一品、二品、三品、四品（以上親王）、春宮（儲君）、中宮（受禅）、太皇太后宮、皇太后宮、皇后宮、太上天皇（以上即位）、是廿重也。其山とは、清和を申。こゝにてとは、業平か身を云也。

追、ひるの山は富士廿分か其一也云々。

王を富士と云事、『六帖集』に云、

嶺高き富士の深山にのほりきて船（ママ）に月をややとしつるかな

此歌は、江口の白目、嵯峨天皇に一夜被召て読て奉る歌なり。公卿を比叡山に譬る事、必す比叡山に譬たる事はなけれとも、臣下の位を山に譬故に、業平我身をひるの山にたとふ。都の辺には、ひるの山は名ある山なれは、人の知安きに付て、ひるの山と云也。『荘子』に云く、王娃蒙（ハ）二天命（ヲ）一、位既登（レリ）二大山（ニ）一と書り。王娃は、太宗の臣下位左僕射（ホクシヤニ）（左大臣也）任（ス）。其を大山の位と云也。業平左僕射にはあらねとも、臣下なる故に、我名を山に譬たる也。なりはしほしりのやうになんとは、塩やく竈の尻を穴をあけて、のみをさして塩を汲入てにるに、塩のわきかへるとき、のみをぬきて、荒塩をはしらかし捨て、又のみをさしたれは、其穴にかたまりゐたる塩を塩尻と云。此塩を取てすへたれは、さきはほそく本はふとくて富士の山に似たり。されは、塩尻のやうにと云也。清和も御位の時は、本ひろくさかへ給しかとも、今は出家して座は、末のせはき事、富士の山のことしと云り。此物語にあつま下の事、作物とは、此段に見へたり。其故、東へ下て書んには、何そひへの山をこゝにてたとふると云へきや。京にて造事、是にて可（レ）知。いき〳〵て武蔵国と下総との中にとは、武蔵国守長良の中納言は、吹田の南のはたに家を造て住。下総守源当純の大将は吹田の北のはたに住めり。其を角田河と云。みといと五音の同響なるか故に、いとみを替て、すいた川すみた川と云也。其川辺にむれゐて思ひやれはとは、元慶三年七月二日、陽成天皇外祖父長良卿の許へ行幸あり。月卿雲客の集り居給たるを、むれゐたると云なり。限なく遠もきにける哉とは、都より隔たる所なれは云也。渡守はや船にのれと云とは、業平勅勘の身にて有しか、をりしも長良の許に居たりけれは、時の関白昭宣公業平をよひてのたまひけるは、清和の御門こそ勅勘ありしか、是は別の君（陽成天皇也）にて御座は勅勘ゆりて世を渡ると云意也。王を船と云に付て、はや船にのれと云なり。船と云に付て、関白は王の御代を渡るより（ママ）て、渡守と云。『史記』云く、太公主政の文如『古今』。関白渡ヲ守と云事、『臣政伝』に云く、三公の仕臣守テ二天朝一ヲ、如渡守倫船繋不失と云り。三公とは、右大臣、左大臣也。依レ之、関白を渡守と云也。日も暮ぬとは、勅勘ありつる清和水尾の里に隠居給へり。されは、今は勅勘もゆりなんと云。王を日と云、本文如『古今』。隠居し給ふを暮ぬと云也。皆人物わひしくてとは、業平の陽成に勅勘をゆりなんと申事を、皆人物わひしく思ふ也。陽成は、業平の子にて座也。是二条の后に忍ひて奉逢時、実には業平の子也。御門知り給はさりしかは、太子として位につけ奉る。されは、『世継』にも陽成は、業平の子たる故に、出王家ヲ、位難レ治、物狂ニ御座と云り。されは、時の人皆業平か子と知奉り、御門も我親と知給へる間、皆人見て片腹痛くわひしく思ふ也。京に思ふ人無にも非すとは、京に二条の后の御座ぬにも非す。されは、勅勘ゆりなんと申は、又、后と昔の如くにそ有すらんと思を云也。白き鳥のはしと足と赤きとは、

陽成院を申也。王を鳥と云事、『文集』云、鳥公等云々如『古今』。されは政四海に翔故鳥と云也。白とは、銀慮の直子をめしたる故に云也。足の赤とは、江清（コウセイ）の指貫を召たるを云也。はし赤とは、御口ひるのうるはしきを云也。司シ宜キの大きさなるとは、唐の司宜公者、勢大なる王也。陽成も勢の大に座けれは、司宜の大さと云ふ。唐の司宜公と申は、国を能く治めて、百官を宜しくなす故に、異名に司宜と云。是は、漢の武王の事也。水の上に遊つゝ魚をくふとは、曲水の宴なれは、船に乗て遊給ふを云也。此曲水の宴は、吹田川を長良の御所へ堀入て面白く入江なんとを造て、其にて遊ひ給ふを云也。魚をくふとは、魚を取て貢御に備る也。京にはみゑぬ鳥とは、業平か京に有し時は、勅勘にて有しかは、都鳥とも見奉らすと云なり。三十人（三名人也）見しらすとは、三人の名人皆同時の勅勘なりしかは、陽成院の位に付て都鳥と成給ふもみぬと云なり。三人の名人とは、業平、定文、有常也。此三人皆名人なる故に、三名人と云。渡守に問けれはとは、業平、昭宣公に、陽成は位に即給ふかと問を云也。都鳥とは、既に都を取給ぬと云心也。都取と書り。歌に、名にしほはゝいさことゝはんとは、今

都取給ふ陽成と云名ならは、定て母（二条后也）の事は知奉給ふらん我（業平也）思ふ人は有か無かと読也。船こそり泣けりとは、此歌を聞て陽成恐て泣給ふ也。こそりてとは、恐てと云也。五音にて知るへし。こと同響故に、こをかへて恐てこそりてと書也。れとりと同。

十

第十

一　武蔵国まて迷ひ歩くとは、仁明の御時、紀有常武蔵守にて大和国吉野里に住けり。それを、武蔵国と云也。女をよはふとは、有常か娘に忍て通ふを云ふ。父は異人にあはせんと云とは、業平（有常心中）は我友達なれは、聟にせん事も片腹痛く、又、此女に思ひ付て宮仕もせすは、あしかりなんとて、定文を聟に取んとす。母なんあてなる人に心付てとは、彼女の母、業平を少心付たれは、只あわせんと云。あてなる人とは、吉人と云心也。『文選』云、燕（エン）昭公は漢武太子当宗時、勝人（アテヒトナリ）と云り。是は、漢武帝の太子の事也。又、『毛詩』曰、二月ノ花薫スレ袖ニ是春ノ当人（アテ）、三秋ノ月来ルレ枕ニ是秋ノ明夫と書り。されは、あて人と云に、二義あり。

今、業平をあてなる人と云は、二義とも叶へり。一に、宮の御子なれは、勝たる人の義也。一には、我も氏よきものなれは、聟に当れは人と云義也。されは業平をこそ聟にとらめと母は云けり。父はなを人とは、有常は我よりもさかりたれは云也。なを人とは、鈍人と書り。『文集』云、哀丹昔者魯州ノ鈍人（ナヲヒトナリ）。今ハ楊州ノ為書隻と云り。文意は、哀丹依レ賢ニ楊州ノ国司ト成たりし事を云也。同集に云、長士房、道州ノ民、鈍人シテ難レ登（ラン事）二高位ニ一書り。又、直人と書り。是は、心のすく成る人なり。今の義は、只人の義なり。母なん藤原なりけるとは、有常妻は中宮太夫藤原ノ良門か娘、忠仁公のめい也。藤原氏と云り。此聟かねと云に二義あり。一に聟かねなりと云事、其器量と云意也。二には、『漢書』の注に云、漢武帝の御時、胡国と軍せしに、明臣一人、胡国に被取、吉者（モノ）也けれは、胡国の王の聟とせんとす。彼国の習、始て男して行時、かねを付る也。其を聟かねと名付く。是は彼国の人、みめわるきに依て、唐の人のみめよきをうらやみて、唐より帰る雁の毛を取て筆として、かねを付さする也。彼明臣を聟にせんとする折しも、雁の毛無りけれは、此人も唐の人なれはとて、その鬚を切て筆として付レ是ヲ、聟かねと云ふ。されは、其に付て、大方聟をむこかねと云事あり。されとも実の義は只、聟の器量也。住所なん武蔵国入馬郡とは、彼国司は庁、入馬郡にあり。されは、有常、武蔵守なるに依て、武蔵国入馬郡と云なり。其郡に、三善と云里有。今、大和に住所も三吉里なり。彼名此名同きに依て、武蔵国入馬郡三吉の里と云。実には、大和国三吉の事也。歌に、みよし野ゝたのむのかりとは、三吉野は今住る所なり。たのむの雁とは、田面雁と書り。ひたふるにとは、ひとへにと云義也。君か方にそとは、三吉野のたのむのかりも君を聟にとらんとなく也と云り。たのむのかりと云事は、陰陽家に有事也。安家には田面の祭と云、賀家には無別の祭と云。是は、男女の中をあわせてしめははなちもす。又は、男も女もあはせつへきあまたあれは、其数を茅萱にて人形を造て、其名字を書付て、田面にならへ立て、あしの根にて雁をつなきて、此祭をして、此雁を追立るに、雁の飛て行たる方の人形に当る人を、妻とも夫ともする也。はなたんと思男女の方へは、雁をむけす。あはせんと思ふ方へ雁をむく。されは、有常夫婦、聟を論しけれは、彼祭をしたれは、雁を業平の方へ飛たりけるなれは、彼雁も君か方へよると鳴と云り。是実也義也。

追、三吉野のたのむのかりと云事、武蔵国入間郡三吉の里と云所にたのもしのかりとて、里中にある人皆其日出て鹿を狩て、其鹿をたのもしにあたる人の許へ皆やるなり。ひたふるに君か方にそよるとなくとは、今口狩たる鹿は、ひたそら君か方へやると云へり。私の了簡にも此義不叶。其故は、狩たる鹿は可レ死。然るに、鳴とよめる事、不心得。上の義明々と有上は、此義可捨歟。イ説。返歌に義なし。人の国とは、他国と云義也。かゝる事と好色の事也。

十一

第十一

一　東へ行けるとは、東山に被押籠て有時の事也。友達の許へ云をこするとは、橘の忠幹。是は、業平か友達也。歌に義なし。

十二

第十二

一　人の娘を盗てとは、長良の中納言奈良に住給し時、二条后未内裏へも参給はて、卜定の女御にて親の許に座を、業平盗て、春日野の中、武蔵塚へ行也。国の守とは、長良、于時大和守也。からめられけるとは、后を被レ返レ取、辛目をみせらるゝと云義也。

追、『朱雀院の髄脳』に云、中将の仕しける源蔵人守承と、武蔵権守藤原の長后(ママ)とかとらへられたるを、世の人しらて中将のとらへ搦られたりと云り。上の義の如ならは、誰も不搦歟。満て来人とは、后を尋奉て来る人也。

歌は如『古今』云。

十三

第十三

一　武蔵なる男とは、有常、武蔵守たりし時、業平彼聟にて、武蔵守か許に居たるを云。京なる女とは、我めい、四条后の御事也。聞ふれははつかし、聞えねはくるしとは、伯父姪女(ヲチメイ)の間なれは、人に聞ふれは恥かしとて、あわねは苦しと云也。武蔵鐙と云に、二の義あり。一には、『日本記』に云く、天智天皇の御時、軍あり、武蔵国より馬鞍を奉るに力革はなくして、鞍に鐙をくさり付たるあり。其一に鎖(クサリ)りつゝけたれとも、鐙と鞍は、別の物也。后と業平は、したしき人なれとも、氏は別の人也と云意也。音もせすとは、其後に音信もせさりけるを云也。女の歌の意は、武蔵鐙のことくに、氏の一に鎖りけれは、さすかにかけて思はるれは、問ぬもつらし、又、舅姪女の間にては、問もうるさしと読也。返歌義なし。二には、武蔵鐙と云事、『日本記』に云く、是は恋に云事也。むかし、称徳天皇の御時、橘安喜丸と云人、武蔵国に下て住けり。彼国の女を思けるか、京へ上るとて、形見に鐙をとらせて上りけり。此女鐙を夜はいたきてねけるか、女死して後、彼鐙、土に落て生付て木と成。此木西の方へなひき、夜人の聞は常に泣声あり。今に鐙木とて有。其木の如に、常に君か方へ我もなひきて泣と云意也。然とも、実義は上の義か。

追、武蔵鐙はさしたる物なれは、さすとつゝくるなり。

かけてとは、鐙はかくる物なれは云くたす也。此后と業平とは舅めいの中なれは、問ぬもうたてしく、問るゝもはつかし。されはさすかにかけて思とよめり。さすかにかけてといはん為に、武蔵鐙と云也。彼鐙は、木鐙也。されは、さすと云也。さすとは、木にて造義也。昔は皆金にて、いたる也。今の木鐙は、武蔵国より造出せる也。されは、木鐙をは武蔵鐙と云也。異説如是。

十四

第十四

一　陸奥にすゝろにいきけるとは、長良陸奥の国司になりし時、大原の内に栗原あねはの谷(ヤツ)と云所に住給ひしかは、二条后未定にて親の許に御座しける時、業平通ふ也。そこなる女とは、后なり。京の人はめつらかにや思ひけんとは、業平か京よりくるをは珍とや思けんと云也。中々に恋にしなすはとは、なからへて恋に死なすはと云義也。くはことは、蚕(カイコ)也。かひこの、ひいると成ては、つるむより外の事なし。其様に命計たにいきたらはかひこに成てんと云也。此歌は、『万葉』の七巻の歌也。其を二条后の詠し給ふ也。是は田上の黒木か女の許へ読て遣す歌と云り。

追、くはことは、玉也。瑰珀とかけり。松根の千年をへて後に、河に流て千年、又海に入て千年、三千年を経て、玉と成なり。されは、久敷物なれは、君をかの玉になして、我玉の緒と成て、彼玉をつなぬきたるやうに、君にそははやとよめり。此義如何。此義もさのみのきては不聞。

歌さへそひなひたりけるとは、さこそ田舎のくり原に住からに、歌さへいなかめきたると云也。田舎をひなと云事、如『古今』。夜ふかく出にけりとは、業平京に行を云也。歌にきつにはめなてとは、夜も明は此鶏を狐にはませて、夜深く鳴て夫とやりつるとよめり。家隆云、きつとは馬船を云也。されは、夜明たらは此鶏を馬船にうちはめてをかてと云也。馬舟をきつと云事、東詞也。くたかけとは、鶏を云也。如『古今』。家隆云、くたかけとは、少き家の鶏と云ふ。くたとは、少の義也。くたかけと云心也。かは、家、けは鶏也。家の義、(定家流ノ事)不然。只くたを切懸たる故に、鶏をくたかけと云なり。行家には、ひよ〳〵の鳴を聞てよめると云也。少鶏と書りと云ふ。されは少き鶏はひよ〳〵なり。鶏はかけと鳴は、くたかけとは少鶏と書と云り。常(当賦)

流には、不然。男をせなに云事、『万葉』云、
　夜毛曙波狐丹食畢倶達懸之未丹鳴天勢男遣津留
又、云、
　信乃路之薄井之山丹勢男波有登黒河野辺丹我波有哉
是は昔、夫婦別々の所に住ける時、女の読て遣す歌といへり。されは、せなとは、男也。栗原の歌は如『古今』云。追、栗原やあねはを歌は、みち国栗原にあねはの松とてうつくしき松の有也。其松のやうに后の御心もときはに色もかはらす。都へくして行奉らんと読り。今、又、后の住給ふ所も大原の内くりはらあねはのやつと云所なれは、よそへ読也。思けらしと云をりけりとは、后の、業平は我を思けりと云也。

十五

第十五
一　みちの国にて、なんてうことなき人の女にとは、長良の陸奥守にて大原に住し時の事也。なんてうことなきとは、何と云事無と云事也。人の妻とは、彼后は、清和の妻也と云心也。我かく通ともしらねは、何と云事もいはぬ人の妻にと云心也。あやしうさやうにて有へき女とも非とは、益有てさやうに始終可通女にも非と云意也。歌に義なし。さるさかなきとは、かゝる后の身にて有を犯せは、ふるまひなき事を見ては、夫もたのまれすと云也。『老子経』云、仁義礼智信の五常は、世の人の行（サカナリト）云り。されは、さかはふるまひ也。さかなきとは、振舞無と云義也。ゐひす心とは、ゐひすは物を取つめてはなたぬ意あり。其かやうに、后の身にて有を、取つめてはなたぬは、ゐひす意のある人也と云也。

十六

第十六
一　有常、三代（ミヨ）の御門につかふまつりけるとは、淳和、仁明、文徳、是を三代の御門と云ふ。時にあへりけるとは、さかへたるを云なり。『伯選』云く、帝王ノ恵普（ミアマネキ）臣下ノ相時ニ道也と云り。是、賢王の時は、臣下の栄を云ふ。有常か親三条大納言紀名虎、淳和仁明二代之後見として、有常も随て栄へ、文徳の御代に名虎薨して、贈太政大臣と成。此時、紀有常、小（ママ）納言にして為天下之後見。清和の時に至て、忠

仁公、世を取り給ふ故に、有常は不宮仕（スシテ）、大和国に籠居したり。其を代替時遷とは云也。世の常の人如も非すとは、貧きを云也。あてやかなる事をのみ好とは、やさしき事のみ好を云也。世の常の事も知らすとは、世間の栄をも知らすと云也。年来あひなれたる妻とは、良門か娘也。とこはなれとは、次第にうとく成を云ふ。つゐに尼に成とは、彼女の姉皇后宮の中納言局とて、文徳天皇に仕へりしか、出家して大原に籠居たる所へ行て、道心を発して彼妻も出家しぬ。其を尼に成て、姉のさきたちて成所へ行と云なり。誠にむつましき事にこそなかりけれとは、我を捨て行は、むつましき事なかりけれと云なり。する態もなしとは、物なんともとらせぬを云也。懇にあひかたらふ友達とは、業平也。歌の心は、四十年か間、あひつれたりと云心也。よる物とは、夜の衣を送るなり。返歌の心は、年たにも四十年相つれたるに、幾度か契つらんと云心也。是やこの歌に、天の羽衣とは、業平殿上に仕れは、殿上人の衣の義をあまの羽衣と云也。むへしこそとは、宜（ムヘシ）と云義也（ヨロシクウツクシキ義也）。みけしとは、御上衣と書り。されは、是は君か召ける上の衣にてこそ有らめと云ふ心也。秋やく也（ママ）の歌、無義。

十七

第十七

一　年来音信さりける人とは、貞観十三年の花盛に、京へ行たりしか、二条の后の事により、三年の東山に被押籠て、有常か娘の許へも行す三年と云。貞観十五年の春、勅勘許（ユリ）て有常か娘の許へ行たりけるを、年来音信ぬ人の花盛に来とは云也。歌の心は、桜は七日に開散と云、あたなる名はかりなり。をとゝしも此花に別たりし人を待て、今年も此人のいたる時、又盛りと云。返事の心は、けふこすは此花明日は雪のことくにふりなまし。縦庭に消すとも花とは見しと読なり。

十八

第十八

一　なま心ある女とは、小野小町なり。なま心とは、やさしき心也。好心と書り。『長能か記』云、貫之者得和歌之体（ヲ）、有好心（チ）其詞美（ナリ）と云り。されは、なま心とは、よき心也。男ちかて有けりとは、業平も同御内に有て、文徳に仕を云也。女歌読人とは、小町也。心みんとてとは、小町業平か心をみんとて、うつろへる菊を折て歌を書て付てやる。歌の心は、君か色の有と云は、いつら紅の色は名計にて、枝もとをゝに雪のふりたるとこそみれと読り。されは色有といへとも色なしと云心也。とをゝは、たはむ義也。男しらすよみによみけるとは、我を心みるとはしらすして読云也。返歌は、色有我を色無と云は、我身（ヲノカ）の上とこそみれと読る也。

十九

第十九

一　男宮仕しける女のかたとは、業平、染殿后に仕りし事也。こたちなりける女とは、有常か娘の阿子とて同御中に仕を云也。こたちとは、公卿殿上人の娘を何子達と云也。業平、彼女にしのひ〳〵通ひける事を云也。程もなくしてかれけるとは、光孝御子通ひ給ひけれは恐て業平不通を云也。有物共思たらすとは、女はつねにみれとも、業平は何とも思はぬけなると云也。歌に、あまくものよそにとは、空の雲のよそなるかやうに、君も雲上にすめは、我にはよそに成行かとよめり。返歌は、我よそなる事は、我ゐる山の風の早くかよへばと云り。我ゐる山とは、内裏を大内山云義也。風はやみとは、男の通ひ給ふと云義也。本文如『古今』。

二十

第廿

一　男大和に有ける女をみてよはひけりとは、有常か娘の大和に住けるに業平始てよはひ渡渡（ママ）時の事也。宮仕する人なりけれは帰とは、業平奈良に久しく居て京へ上りける也。道にてとは、八幡より送の人の奈良へ帰けるに、歌をかきてやる也。やよひ計にとは、貞観二年三月也。楓の初紅葉とは、三月計に楓の葉の紅に萌出たるを云也。『万葉』に云、

一重山幾重霞之隔礼登春之紅葉之色曽不隠

此歌も只萌出る葉の紅なるを云也。『文集』の紅葉の賦に云洞真寺詞賦、青霞靡（タナヒイテ）ニ峯、三春之紅葉比（ナラヘリ）レ色、白雲懸（カヽツテ）ニ嶽、二陰之雨螢レ光。されは、三春の紅葉とは、春の木の萌出て紅なるを云也。三春とは、三月、二陰とは、霜月

也。歌の心は、君か為手折れる枝は春なからとは、君を思ふ心は春の始の如しと云り。かくこそ秋のもみちしにけりとは、志の深き事は、秋の紅葉の色深きか如しと云り。返歌、君はいつのまにこと方にうつろふ色の付ぬらん、君か方にそ春なかるらんとは、君は思はしむると云ふ事はなきかと云意也。

二十一

第廿一

一　男女のいとかしこく思かはして異心なかりけるとは、小野小町業平夫婦と成て、常盤の里に住て、こと心なきを云也。いさゝかなる事につきてとは、論の有事に付てと云也。是は業平か心定すと恨、業平は小町か心定らすと恨みて、互に論しける也。是をいさかなる事と云也。『文集』に云、縦ひ折二万春之花一、疎レ菓葉一、小露置消、二不レ帰、縦ヒ詠二千秋之月一、披二世事一、西風来一去、論否何無常世憑と云り。是は白居易無常の意を書言葉也。さればいさかなりとは、論なり。いてゝいなんと云は、業平か一方ならぬを恨て、出て行なんとするを云なり。歌は、我出ていなは心かるきとや人のいはん。業平の一方ならぬ世の有様を人の知ねはと読るなり。かく読置て出ていにけりとは、小町出行て、七条に有ける兄越後守大江盛時か許へ隠て居たるなり。けしふ心置へきとは、けしきかましくと云心也。帰入てとは、小町出ていなはの歌を書て置てぃにけるを見て、尋んとて業平門に出て見れとも、行へも知さりけれは、中へ帰入ぬ。歌に無別。人はいさの歌に、玉かつらとは、女の異名也。如『古今』云。念しわひてとは、思ひ切て行て兄の許に隠ゐたれとも、さすか業平の恋しかりけれは、思わひて今はとての歌を読て遣す也。今はとての歌に無義。忘草の義、如『古今』。返歌に、うふとたに聞物ならはとは、忘草をうふるとたに聞は、我を忘かたさにすると思はましと云り。其故は、余り君か事思ふも苦し、忘草の種蒔てしはし君を忘てなくさまはやと云也。有しよりけにとは、本よりもなを懇にいひかよはして、本の如く夫婦となれり。歌に義なし。返歌は、中空なる雲の立居に消やうに、二人の中のあたに覚ると読也。をのか世々になるとは、かくありけれとも、終はなれて、小町は大江惟章か妻となりて鎮西の宇佐に下、業平は有常か聟に成て大和に住けれは、をのか世々に成と云也。

二十二

第廿二

一　はかなくて絶たるとは、染殿の内侍と業平と夫婦なりしか、互に一方ならぬ事を恨て、はなれて後、女の許より読て遣す。歌に無義。

イ本云、此女許へは右大臣常行の通けれは、一方ならすとて、業平うらむるなり。

されはよと云てとは、されはこそ我をは恋しと思らんと云也。あひみての歌に心一つを河島と云は、心一つたに通は〻、末にはあはんと云也。河島とは、名所に非す。只、河の中の島也。此島に水せかれて左右へ分れたりとも、末には一つに成ことくに、別たりとも末にては終にあはんと云意也。

追、心一つを河島とは、逢みてより以来心をかはして忘れすと云に、河島とそへたりと云々。

其夜いにけりとは、其夜行てふたりねにけり。歌に千夜を一夜になそらへて八千夜しねはやあく時のあらんとは、秋の夜の長きを千夜を一夜にして、八千夜ねたりともあかしと云也。なそらへてとは、なしてと云也准カク事。返歌に無義也。

二十三

第廿三

一　ゐ（井イ）中わたらへしける人の子共とは、阿保親王と、有常と、大和国春日里についてをならへて住給ける也。子共とは、業平か少くて曼陀羅と云し時と、有常か娘阿子か少かりし時の事也。井のもとに遊けるとは、二人の子、互に五歳也。井筒の指出たるに、長（タケ）をくらへて、是より高くなたらは夫婦と成らんと契けり。男も女も恥かはしくとは、をとなしく成けれは、互に少く有し時の事を恥也。されとも、互に夫婦とならんと思ふ志あり。親のあはすれとも聞すてとは、有常は平定文を聟になさんとすれとも、娘不レ用レ之。業平をは良相の大臣の聟になさんと親のし給へとも、不レ用レ之。互に夫婦の志有故也。隣の男の許よりと云は、業平か許より也。歌に、つ〻五とは、ともに五歳也。つ〻とは、調の義也。『大平御覧』に云く、尭舜大家ノ御代ハ政道昔調也と云り。又、『論語注』云く、五常の調時三年孝ありと云り。父に事、君に事へ、兄に事也。されは、つゝ五とは、共に五と云義也。丸か長とは、業平か我長を云也。丸とは、我と云義也。凡人皆丸を惣名とす。一義には、阿子を丸と指と云り。此は凡人の娘皆阿子丸と云名あり。すきにけらしないもみさるまにとは、いもかみぬまに我長も井筒には過たりと云ふ。問云、いもと云事は互に不嫁不付之。業平五歳より已来、彼の女に嫁たりと事みへす。何そいもと云哉。若五歳にて嫁と云は、其儀不可然。『陰陽記』に云、小男小女必七歳して始嫁道と云り。されは五歳にて嫁と云ん事不審也。答云、『長能記』云、業平得好色哉。五歳して語夫婦交云とあり。又、家の口伝にも、業平五歳にして始て知男女之嫁。以之表五行之陰陽、知非凡人。されは、業平の五歳にして嫁は、実也。

追、つゝ井つゝとは、大和国につゝ井と云井あり。されはつゝ井の井つゝと云へきを、やすめ字につを入たり。さてつゝ井つの井つゝと読りと云々。此儀不審也。上の義、奈良の春日の里にして、まへなる井つゝのさしいてたるに、業平、阿子と長をくらへたると云り。此井筒は、奈良よりあなた、大和の国中也。

返歌、君ならすして誰かあくへきとは、大国の習、夫婦の契約有は、男の方より来て紫の糸にて女の髪をあく。されは、業平ならて誰か我男になるへきと読也。

追、此歌は本文を読り。『文集』云、与君結髪未五歳忽随牛女為参商。参は朝出星、商は夕出星也。されは、行合事なし。

ほひのことく逢にけりとは、如本意夫婦となるを云也。女をやなくなるとは、彼女の母、尼に成て大原に籠居たるを云也。河内国にいきかよふ所ありとは、高安の郡司、丹波介佐伯忠雄と云者あり。其れか娘の許へ業平通を云也。本の女とは、有常か娘也。いとけさうようしてとは、非艶粉之義。業平か河内へ行をあしと思へる気相の無を、気相能してといふ也。歌の心は、風吹とは、男ゆけはと云義也。をきつ白浪立田山とは、盗人の立山を夜半にや独行らんと読り。盗人を白浪と云事、本文あり。梁武帝ノ御宇、『政世記』云、暴亀蜜盗天財入。地炉、成緑林走、山掠国、成白波、踊海覆船と云り。文の意は、梁武帝の御時、暴亀とて二人の盗人あり。地炉とは、方七里の土の穴を掘て、其中を為棲。暴は山に居て、人のくる時は緑の林と成て、人其林の中に通時、物を取。亀は住海ニ、白波と変して、船を覆して物を取。故に、国已に人多歎く。梁の末に賢将軍出来て、二人の者を滅して彼穴を一国に補して能炉州と名付故に、盗人を白波とも、緑林とも云也。

追、有記ニ云、盗人を白波と云事は、大国に白波池とて池あり。盗人多集居て、諸国より王宮へ進する御調物を取故に、大国には盗人の名を白波と云。彼池に盗人あまりに有故に、池の名をとりて、白波と云也。さて吾朝に和てしら浪と書也云々。此義如何。

家隆云、をきつ白波立田山と云り。其は、竜田山の萩の穂の出つゝきて、風になみよるは、白波に似たり。されは、をきそ白波なるとよめる也と云々。当流は不レ然。始こそ心にくゝも造けれとも、始は業平のやさしき人なれは、みをとされしとて、世の態も知ぬ由なりけるか、業平今はかしこにすまんと云けれは、自世間の事共とりさはくるを云也。飯匙取家子の器にもるとは、必我には非す。養者共に其衣物相節をはからひ充を云なれは、必我と飯をもるに非す。『政纒』云、周公旦世ニ得テレ行ヲ、為リニ天臣一、政道濃シテレ心掘ルレ壟ツチクレヲ、馬融継テニ孔子跡ヲ一、五常正シテ心有ニ仁義と書り。されは、必す自壟をほらねとも、政道の賢を以て、心壟をほると云也。されは、自飯をもるにはあらねとも、面々の食物をははからひ充れは、飯をもると云ふ。家隆云く、食子とは竹にてくみたる籠也。いかいは、海にある物也。いかいは海ある物也。其貝を業平の結構にもるを、いかい取食子の器物にもると云り。されとも、実の義は配分の義にて、心憂かりていかすなるとは手つから世間を取さはくる事見苦とてゆかぬ也。君（高安ノ女）かあたり歌は、『万葉』の歌を詠する也。是は、業平の大和に有けれは、伊駒山（生馬山イニ）の方をみつゝをらんと云也。君（高安女）こむとの歌も『万葉』の歌を詠る也。男住す成とは、終にこさる也。

二十四

第廿四

一　男女田舎に住けりとは、有常か大和に住し時、業平彼聟にて居たりし事也。男宮仕しにとて別ををしみていにけりとは、文徳の御時、業平、平の京へ宮仕に行也。三年こさりけりとは、二条の后の御事故に、忠仁公に被押籠てゐゆかぬを云也。待わひたりけるに懇にあはんと云人に契けるにとは、業平は三年こさりけれは、独さのみあらんよりはとて、嵯峨十三の御子恒躬親王を、阿古(ママ)か夫にし奉んとす。彼御子に今夜あひ奉んとしける時、業平勅勘ゆりて来れり。此戸あけたまへとは、我すてにみちひろく成たりと云意也。『文集』云、君有時道不奢四夷、臣有時行無開戸書り。文意は、君以道理政世、四方夷随君、不奢臣ノ行ヲ致ス時ハ関ノ戸をあけて留る事なしと云り。是は、我身のよく成ぬれは、道のひろき心を云也。されは、此戸あけ給へとは、既勅勘を許れて、道弘く成たり。されは、こゝにも我をふせく戸をあけて入よと云也。あけてとは、業平二条の后の御故に勅勘を蒙は、有常か娘のためには、無本意思ひて来りけれとも、無左右打とけさりけるを、戸をあけすと云也。歌の意は、三年か程待侘て、只こよひ始たる男せんとしつると読り。にいまくらとは、新き男と始てぬるよし也。『万葉』云、

今年行新島守波人於志毛見目之数波不知登曽思

とよめり。されは、にいとは、新き義也。又、同云、

思新手枕於今夜勢波夢丹毛本之夫夜恨無

と読り。されは、にい枕とは、新夫の手枕也。歌にあつさ弓ま弓つき弓とは、三張の弓也。三春とそへたり。みはるは、三年也。『文集』云く、年不来無春、々不来無年、故以春為年と云り。又、『文選』云く、身老白波面皺、心重幾春重齢。されは、以春為年云り。我せしかことうるはしみせよとは、互に異心あらしと誓言したりしを、うるはしみせよと云也。

追、あつさ弓ま弓つき弓は、三の春如上。たとへは、弓は女也。つるは、男也。今の新枕の男、つるのやうに引は、女は弓のやうにしたかへと云心也。我せしかことゝは、我汝にあたりつるやうに、汝又今の男にあたれと云也。うるはしみせよとは、よくあたれと云義也。此義如何。

かことゝ云に、二義あり。常には只、眤言なんとを、か言と云也。是は、誓言也。『万葉』云く、

千葉破千々之神達尓誓言懸我不忘登夫丹云勢余

と読り。(是は家持の歌なり)此歌の意也。云て出なんとしけれはとは、女の打もとけさりけれは、業平出ていなんとしける

時、女、歌を読て留む。歌にあつさ弓ひけとひかねととは、君か我に逢時もあわぬ時も心は君によると云也。あつさ弓の義、『古今』に云か如し。水の有所に臥にけりとは、有常か家前に清水の有所まて追て行けれとも、とまらさりけれは、打臥て泣けり。そこなる石にとは、必石になけれとも、業平の心のかたく、帰らんと云を、石と云也。『巨軏注』に云、太宗政徳は、何(ソ)勝タル万臣致(ス)ニ謀(ヲ)悪道石猶不堅云り。是必無(シ共)レ由賢道の難(キ事ヲ)レ破石の堅譬(ニ)たり。されは、業平の心の難(ヲ)レ留石と云也。をよひのちしのちし(ママ)てとは、追行て及ひ後(ママ)なり。そこにていたつらに成けりとは、死たるには非す。業平の振捨行をみて、痛しきかほに成を云也。痛面(イタミツラ)也。

二十五

第廿五

一　あはしともいはさりける女のさすかなりけるとは、小町也。内裏に仕りて無隙けれは、逢しとは云ねとも、難逢を云也。歌如『古今』、返歌同し。

二十六

第廿六

一　五条わたりなりける女とは、二条の后、東五条の内裏の西対に御座しけるを云也。ゑう(不得)ましかりけるとは、難逢を云也。歌に、もろこし舟もよせつ計とは、本文あり。『太平御覧』云、黄帝亡婦之恨袖涙池(スヲ)、玉船寄レ胸思(ニ)猶深と云り。是必涙の池と成り、胸の船を寄すへきには無れとも、思の切なる涙の深ことを云也。『諸兄の家集』に云く、

　我涙海と成なは澳津船袂によせて猶やこかれん

二十七

第廿七

一　女の許へひと夜いきて又もいかす成けりとは、業平、二条の后に参て後、又不参時の事也。

追、ある夜、御門正親町京染殿后の御所へ行幸なりし時、二条后忍ひて業平に逢給ひて後は、最も賢き御事なれは、互に思ひなから、後あはされは、一夜ゆきて、又もゆかすと云也。

ぬきすとは、御簾なんとのやうに竹を編て盥(ハン)の上に敷て、手水をつかふ也。是は、盥に落る水の散を、身にかゝらしか為也。或時、后、御曹司にをりて御手水召(メシ)けるか、貫簀をとらせて、御物思ひにをもやせたる御影を移して読給ふ。歌に無義。たらひの影にみへけるを自(ミツカラ)とは、我か影の移たるをみて、后の読給ふ也。こさりける男とは、業平也。業平折節参内して、是を立聞て打泣て、みなくちにの歌を読けり。意は、我か恋ひ奉るを聞てこそ、諸共に恋ひ給ふと読り。『公任の家集』の序に云く、非人倫に知其道(ヲ)一者(ニ)水住蠏(カワツノ)水口(ニ)挙レ音(ヲ)何婦(ソシテ)蠏之鳴続(ツヽクル)有情哉。大和詞之媒(ナカタチ)、誰有(カ)レ心者不(サラン)嗜(トタシナマ)二此道(ヲ)一云り。文の意は、蠏は心(ママ)をかへるの水口にて鳴を聞て、めかへるは諸共に鳴也。されは、業平も我かへるのみなくちになけはこそ、后のめかへるも諸共になけと読る也。

二十八

第廿八

一　昔好色なる女出ていにけるとは、小町、業平か許を出ていにたりし事也。歌に、あふごかたみとは、逢期難云心也。

追、此歌如上云。然とも、釈せる説云、あふ期に物荷あふこをそへ、かたみに成すらんの難の字籠(ニカタミ)をそへたり。水もらさしとむすへとも、籠なれは、もりていにたりと読り。

二十九

第廿九

一　春宮の女御の花の賀とは、二条の后、春宮の女御の御時、貞観七年三月に大原にて廿の御賀あり。被召預とは、業平、其日御共に被召也。歌に、花にあかぬなけきはいつもとは、下心は、后にあかぬ心はいつも有とも、今日程名残惜事はあらしと読り。

三十

第卅

一　はつかなりける女とは、染殿后の常にも不奉逢事を云也。歌に、逢ふ事は玉のを計とは、逢事はすゝしの糸計ほそくて、つらき事は長と読也。

三十一

第卌一

一　中宮とは、清和、春宮にて御座ける御事也。こたちなる女とは、伊勢か未少て仕し時、其房の前を業平とをりけれは、内より、よしや草はのならんさかみむと云かけたり。此意は草葉とは、女なり。されは、汝か思奉さるをこそみめと云也。さかとは、悪也。草悪の本文、倶に如『古今』。業平、つみもなき人をうけへはとは、罪も無人をのろうと云義也。『陰陽記』云、悪ニ人佞君咒咀神必因ニ理罰と云り。されは、うけへとは、呪咀也。忘草生身とならんすると読也。ねたむ女も有けりとは、二条の后、是を聞給ひて、ねたかり給ふ事を云也。

三十二

第卌二

一　物いひける女とは、小町にはなれて後、業平読て遣す。歌の意は、しつのをたまきのやうに、今を昔にくりかへさはやと云也。かのをたまきは、あまたたひ巻物なれは、くりかへす物に読也。

三十三

第卌三

一　摂津国菟原郡に通ふ女とは、彼有常か妻の所知也けるを、出家の時、娘に譲たり。さて彼女、彼郡に住けるか、京へのほりけるに、業平一方ならぬを恨て、今度下りては、上ましき色のみへけれは、業平なにとなきやうにして、『万葉』の古歌を詠す。歌の意は、君かため心の弥増りて覚ゆと云也。芦辺は、彼う原の郡に有。返歌も『万葉』の歌を詠する也。心は、こもり江のしたに思ふ事を争さして知るらんと云也。田舎人の歌に、よしやとは、ゐ中に住人なれは、ゐ中人と云也。

三十四

第卌四

一　つれなかりける人とは、四条の后也。歌に、いゑはゐにとは、云へは縁ありと云也。したしき心也。むねにさはかれてとは、いはねは心苦と云也。

三十五

第卅五

一　心にもあらてたへにける人とは、染殿后（二条后招）に申契けるか、大后の宮と成給けれは、心ならす難ㇾ逢を云也。歌に、玉の緒とは、念珠の緒也。あはをとは、合たる糸也。絶ての後も逢むとそ思とは、かたくより合たるをはほときたれとも、又、をのれとよりあふことくにむすひつる契なれは、たへたれとも、又逢んと云也。

追異説、あはをとは、かたいと也。かた糸なれは、あわぬ事はあらしと云也。かたいとは、もろき物なれは、あわをと云也。

三十六

第卅六

一　忘れぬるなりと問事する女とは、四条后、舅とめいの間なれは、片腹痛さに業平かよはさりけれは、后の方より恨給ひけるに、読て奉りける也。歌に、谷せはみ峯まてはへるとは、我一門は、せはき谷の如くにてさかれるに、此氏の中より、此后の雲の上まてはい上て、后と成たまふ、峯まてはへる玉かつらと云也。玉かつらは、女の異名也。たへむと人に我思はなくにとは、絶むと思事は無れとも、后と成給ぬれは、えあわすと云也。家隆には、此歌に有深義の習也。当流には不然。

追加異説、谷せはみ峯まてはへる玉かつらとは、谷渡の藤也。藤は木にはひかゝりてはなるゝ事なし。其ことくにして、たへすしてあはんとよめりと云々。

三十七

第三十七

一　好色なる女とは、小町也。うしろめたなくや思けんとは、うしろめたなく也。歌に下紐とは、本文如『古今』。我も槿の花のことくにはかなき身なれとも、異人に下紐とくなと読り。花の下紐とは、姪（メイ）女を云也。しへをは、弓はひもと云也。返歌義なし。

三十八

第卅八

一　紀有常かり行とは、有常大和に住し所へ、業平尋行たりけれは、あるきてをそくきけれは、業平よみてつかはしける。歌に義なし。返歌の意は、我も恋と云事はならはねは、世の人ことに恋とはなにを云そと問しと読り。

三十九

第卅九

一　西院の御門（長岡ノ御所ヲ西院ト云也）とは、淳和天皇也。其御門の御子崇子内親王います有けりとは、いまし〳〵けりと云義也。失給ふとは、承和十四年五月十五日に薨し給ふ、御はふり、一条の安祥寺にてあり。隣なる男とは業平也。女車にあひのりてとは、有常か娘に同車したるを云也。天下の好色とは、天下に名を得る色好と云事也。致とは、于時右京太夫嵯峨天皇御孫、融左大臣一男也。（嵯峨天皇融至左馬頭源挙能登字源順）とかくなまめくとは、気装しよりて、かく物云也。（有常カ娘也。是ハ女ヲ見為ニ蛍ヲ取、車ニ入タル也。トモシケチナンメリトハ）車なる人、蛍のともす火に見ゆらんとは、蛍を入て、もしひにして消るを云也。ともしけちと云事、実には命を云也。此内親王の死給ふ事を云也。『万葉』云、

深山之葉君本之下草丹猛火消為留鹿波何曽毛

『文集』云、四大所成猛火類水辺之炉、五薀備令質形如風前雲云り。『涅槃経』云、猛火消風形永登煙、是を聖武天皇和し給ふ歌に、

吹風に消留猛火之悲之佐夜形之水毛煙登曽成

其より南都に人『炎経』の文をともし、「風に消」と読事あり。されは、ともけしちとは、命也。

追、『法華経』安楽行品に云、説無漏妙法、度無量衆生、後当入涅槃、如煙尽燈滅。此文又上の義に叶へり。

歌に、出ていなは限なるへしともしちけちとは、今出て行は、限成へき命也。年へぬるかと泣こへをきけとは、四大本に帰し、不生滅の理に叶なは、年経ぬと云事を人しってなくかと読る也。返歌には、あはれなそ聞ゆるとは、我は死るを、いと哀とも思す、消物とも知すと云也。なをそありけるとは、すくなる歌と云心也。すくなるとは、法門の意を読り。正直なる義也。

四十

第四十

一　若き男とは、業平也。けしうはあらぬ女とは、有常娘

さしきを云也。翁とは、心のをとなしきを云也。

四十一

第四十一

一　女はらからふたりとは、有常娘姉妹也。ひとりは賤き男もたりとは、伊予介小野夜人（中納言小野峯人カ子也）なり。是は妹か夫也。あてなる男とは、業平か妻、姉也。しはすの晦日とは、貞観十七年十二月に、彼夜人は六位なりけれは、六位の装束のろうさうのうへの衣を、京よりはりにをこせたりけるを、手つからはりけるけるか、かたをはりやりて、詮方なくて泣ゐたりけり。歌の義如『古今』云。武蔵野の心ま（ママ）成と云も如『古今』。

追、武蔵野の心なるへしとは、武蔵野のゆかりの草の心也。類草と書り。紫と也。武蔵野にをほき草也。されは、『古今』に云、

紫の一本故に武蔵野の草はみなから哀とそ思

されは、紫の色こき時はの歌も、此心也。

也。けしうはあらぬとは、けしきかなしくなきと云心也。外へ追やらんとするとは、母方の舅、西三条左大臣良相の許へやる也。人の子なれはとは、さかれる人の子なれは、心に勢ひ無と云義あり。されとも、実はよき人と云義也。人々しきと云かことく、心勢ひ（イキヲヒ）無とは、さかしき心無と云。よき人の女子なとは、親の云にしたかひてともかくも、心にはからふ事なし。それを勢無と云也。留る勢無とは、女も留らんと云ねは、業平も留る事無と云。女もいやしとは、我も物をはからふ程もをとなしからすと云也。追うつとは、おいすつる也。血の涙を流とは、思の切なるには、血の涙を流す也。本文如『古今』。歌に、出ていなは誰か別のかたからんとは、出行には誰とても別のかたかるへきかと云也。有しに増るとは、昔恋しかりし時よりも、今は恋しと云也。絶入けりとは、既に追やりけれは、業平絶入にけり。親あはてけりとは、女の親有常あはて迷也。なを思てこそ云しかとは、世にあらせんと思てこそ、聟とらしと云しか、かくまて思ける事よと云也。願立るとは、有常春日に参りて、種々の願を立て、業平を蘇れと祈也。是は貞観四年七月の事也。昔の若人とは、業平也。心のや

四十二

第四十二

一　色好としる〳〵女をあひ云りけるとは、小町一方ならぬとは知なから、又とは知なから、さすかに捨す通を云也。にくゝははたあらすとは、かゝれともにくゝはなきと云也。はたは、将にと云心也。歌に義なし。

四十三

第四十三

一　かやの御子とは、桓武第七の御子、賀陽親王也。或義には、是を光孝親王と云異説あり。女を思食てとは、伊勢を思ひ給ふ也。いとかしこうめてゝとは、懇に思召義也。業平なまめきよりて、亦、伊勢に通也。亦人聞付て文やるとは、業平伊勢に通と思を、賀陽御子思給ふと聞て、郭公下絵にしたるみちのく紙に歌を書てやる。郭公なか鳴とは、をのか名を鳴と云也。里とは、人の宿り也。されは、をのか宿をほけれは、誰故にか鳴らんとよめり。

追イ説、郭公なか鳴里とは、汝か鳴里也。なをうとまれぬ思物からとは、御子の通給へは、我をはうとむらん、我は、汝をおもふものからと云り。

けしきをとてとは、御子の思食事、業平知たりと思て気色のかはる也。歌に、いほりあまたとうとまるゝとは、男あまたとうとまれんと云心也。いほりとは、男也。結夫也。かくかけるなり。『万葉』に云、

結夫為于千世毛経怒可若女賀未黒髪之色毛不替

とよめり。時は五月になんありけりとは、貞観十三年五月也。

追イ説、名のみ立しての田長とは、時鳥也。如『古今』。庵あまたと、うとまれぬと也。通栖をほしとて、うとまるゝ由を読り。時鳥は山を出ては里を栖とする也。上の義に、庵とは、男也。明々と侍り。但かれこれよそへてよみ侍る也。其は、なををもしろくきこゆ。

四十四

第四十四

一　あかたへ行人とは、有常甲斐守にて下を云也。あかたとは、遠方とかけり。『万葉』に云、

海渡利又山越天見渡波猶不審遠方里人と読り。うとき人に非すとは、しうとふれ（ママ）は云也。家とうしとは、業平か妻、有常か娘也。女の装束かつくとは、有常か引出物に女房の装束をぬきとらする也。あるしの男とは、業平也。歌に我さへもなくなるとは、裳を奉れは、裳無と云り。実には、もなくなるとは、わさはひ無成と云心也。舅の甲斐守に成て行は、我さへわひしきもはあらしと云也。『三教指帰（サンカウシキ）』に云、隣有喪春不杵と云り。又、『孝経』云、倭主在世、百姓悲喪、聖主出世、万民喜恵すと書り。されは、喪無なると云心也。此歌有か中に面白けれはとは、有常、我世に有事を読たれは、面白なる也。

四十五

第四十五

一　人の娘のかしつくとは、良相左大臣娘円子、女御に立んとて親達かしつけとも、業平に心懸て、深く思けれとも云出さん事を恥て、思入たりけるか、既に限成けれは、親にかくと語。親、業平か許へ云遣す。業平、急てくるに、いまた行つかぬに、彼女死す。業平、空き跡にきて、なけゝともかひなく、さて彼忌につれ〳〵と籠居たりけり。

第四十六

一　時にみな（ママ）月の晦日とは、貞観六年六月晦日なり。行蛍の歌の心は、此蛍雲の上まて飛あからは、煙と成て入し人、秋風吹と我に告をこせと云也。くれかたきの歌に、夏の日くらしとは、夏の終日と云也。夏の日は、長けれは暮かたきと云也。其事とは、何事を思としもなき時も涙の落と云り。

追、此段尤不審也。其故は、有注に云、染殿后、清和の女御に成給ひて後は、業平逢見事難くて、心あくかるゝ折節、蛍の飛を見て蛍の歌を読り。心は、秋の節に成ぬれは、蛍は北向て飛也。雁は南に飛来。されは、蛍北へ飛行て、秋はや立と雁に告て、南へをこせよとよめり。上には、かく読り。下の心は、雲の上とは内裏なり。蛍雲の上まて行へくは、后にはなれ奉てより、浮世の秋風立と后に告よとよめり。又有注に、昔染殿后位にそなはり侍りて後、人も文も通ふへき所ならねは、空て過しけるころ、蛍の飛を見て、此歌をよむ。秋風立ぬれははたた寒して、人の恋しさ弥増りて、長夜のね覚にも鹿子虫の声々すたくにも、木々のこの葉の散まかふにも、秋はそゝろにあわれまさる故に、秋の心とかきては、愁とよむ。かゝれは、人もいとゝ恋しきと云也。此詞、歌には叶侍らねとも、染殿后の御事とは、二本の注同し。此義如何。但、定家卿の説なれは、上の義を仰て、信を取へきものか。

四十六

第四十七

一　いとうるはしき友有とは、業平か為には、有常はうるはしき友と云也。よき友の義也。人の国へ行とは、他国へ行と云心也。是は、甲斐国へ行を云也。月日経てをこせたる文とは、有常か許より業平か許へをこせたる文なり。歌に義なし。

四十七

第四十八

一　念比にいかてと思女とは、二条の后也。是は、業平一方ならぬを恨て、しはし逢給はさりし時の事也。歌に義無。返事、同。

四十八

第四十九

一　馬鼻向せんとて人待とは、紀利貞か阿波国へ下ける、馬のはなむけせんとて待を云也。『古今注』には、有常甲斐守に成て下と見たり。歌如『古今(業平)』。

四十九

第五十

一　妹のいとをかしけ成とは、業平か妹、初草の女。をかしけなるとは、よしと云義也。『史記』云、形霊(カタチヲカシク)貌麗(カホヨキ)者(モノハ)、常蒙天客之愛(イトヲシミヲ)、意諂(マカリ)言悪(サカナル)者、鎮得㆓鬼魅(キミ)之伐(ニクミ)㆒と云り。されは、をかしきとは、よきを云なり。歌に、うらわかみとは、おさなきと云義也。ねよけに見ゆる若草とは、ねよけにみゆる女と云心也。返歌(業平)は、我は珍きかたち也。うらなく思給けりと読り。うらなくとは、かくれなく思給ふと云義也。終にあひてけり。

追、此女は、有常か三郎女也。伊登内親王の御養子也。

然れは、妹と云也。業平は、伊登内親王には、独子也。家のをとゝいにはなき也。歌は如上。うらはかみとは、草のすへ葉の、若く、たはやかなるよし也。若草は、女の惣名也。ねよけにとは、根に寝たきよしをそへたり。人のむすはんことおしそ思ふとは、我ならて人と契らん事口惜と云也。返歌、初草のことの葉とつゝくへきを、つゝけにくきによりて、珍きことの葉といひ下たり。うらなくとは、打解(トケ)て内外なく思ひける事のあさましさよ、是もいへはをとゝひそかし。尋常ならぬ事哉。珍き事かなと読り。敏行か妻に未ならぬ時、長岡にひと所にゐて、遊ひたはむれし時の事也。

五十

第五十一

一　恨る人を恨みてとは、小町は業平か一方ならぬ事をうらみ、業平は小町を恨けるを、かたみに恨る人と云也。歌に、鳥の子を十つゝ十は重ぬとも、本文の意をよめり。陳鴻か『報恩記』云く、徳ノ至テ徳、父母(アルハ)徳、恩至テ恩(ノ)、師(ルハノ)与恩、縦持(ヒテ)鳴子(ヲ)空山百粒百置(ニ)、難報其徳、縦率泥牛氷中千渡乗(シテス共)千人、難レ謝師恩と云り。されは、思はぬ人を思は、かたき事也と云也。

追、鳥子を重と云事、『千金文経』に見たり。昔、晋の献公と申御門、九層(キウソウ)の台を作て民の煩と成。人民こらへかねて他国へ逃行。男は東作西取の業をもせす、女は蚕養織継の態をもせす、安き時なく歎きけるを、諌る人なし。若、諌る人あらは誅戮(チウハツ)せんと、王のたまふ所に、爰に姓は荀、名は息と云人来て色ゝ芸をして見す処に、定て我をは諌来らんとて、射取と下知す。荀息また面白き事可仕とて、其時十二の碁石を重て、其上に九の玉子を重ね見すとき、王あやうきとて内へ入を、御袖をひかへて申やう、「此ことく今御国あやうくそうらへは、御台を止られ、民を御すくひそうらへ」と諌り。されは、その鳥の子を縦百重とも、思はぬ人を思はしとよめり。此古事、『注千字文』にものせたり。

朝露の歌の意は、本文を読り。『文集』云、不憑傍人(ノ)意、縦朝露残晩景難契後会、可恨先言、縦山花残春風難結芳契(ト)云り。此文の意也。吹風の歌も、本文を読なり。『文集』云、縦旧年(ノ)花残梢待後春、難是傍人之意と云り。此文の心也。行水の歌は、本文如『古今注』。又、行水も過る月日もの歌、皆はかなき事也。されは、いつまてと云事を聞らんとよめり。あたくらへ互にしてけるとは、あたなる事を云也。

五十一

第五十二

一　前栽に菊殖るとは、遍照か家に植る也。歌義如『古今』云々。

五十二

第五十三

一　人の許よりかさりちまきをこすとは、貞観十三年五月五日に、惟喬親王より、かさりちまきを業平か許へ送り給ふ也。かさりちまきとは、五色の糸を以て、むすひ物なとしてかさりたるちまきなり。歌に、あやめかり君は沼にとは、君はあやめかりて、ちまきせんと沼にそ迷歩き給らん、我は野に出て狩て、雉を取て奉るとするそ、わひしきと読り。

五十三

第五十四

一　難会女とは、当純大将の妹、内裏に有て難逢かりしに、自ら会夜、鳥鳴けれは読る也。歌に義なし。

五十四

第五十五

一　つれなかりける女とは、染殿后の会かたく座を云。歌に行やらぬ夢路とは、夢にも逢ふとはえみすと云心也。天つ空なる露やとは、雲上座す后や我袖をぬらすらんとよめり。『白撰』云、思昔夢未通と云心也。是も見はてぬ夢の心也。

五十五

第五十六

一　思懸たる女のえ云ふましかりけるとは、二条后の内裏座て、難会かりし時の事也。歌に義なし。

五十六

第五十七

一　臥て思をきて思女とは、二条后の事也。歌に義なし。

五十七

第五十八

一　人しれぬ物思人とは、業平也。是は、業平か一方ならぬを恨て、二条后逢給はさりし時の事なり。歌に、われから（小海老ノヤウナル虫也）とは、藻に住、此虫少（スコシ）もあらくすれは、くたくる物也。此くたきやすき如に、あわぬ恋には身をくたきぬへしと云也。

追、われから身をもくたきぬるかなとは、人の付たる恋にもあらす。我からする恋なれは、彼虫によせて云也。われかみんとて、海士のかるもと云也。『古今』のならひ也と云々。

五十八

第五十九

一　心つきて色好なるとは、業平也。心を尽て色を好と也。長岡と云所に家造てをりけりとは、母伊登内親王の外（ヲ）母座所なれは、業平も行て、彼宮に住けり。隣なりける宮腹（ハ）とは、嵯峨の天皇の御娘、生子内親王、業平在と聞て思懸て、次の女房の装束に成て、行て、のそきけるを云。こともなき女共とは、よき女と云義也。『朗詠』云、十二廻中無朦今夜好にと云り。されは、こともなきと云心也。是は、宮の御供に伯耆守藤原の隆成か娘伯耆局、民部大輔三善成房か娘大輔局、此二人也。田からせんとは、必田をからするには非す。田舎に棲を云也。『貞観政要』に、大宗云、我得か帝徳思国耕疲有其中と云り。彼注に云、大宗、位の始、民の態を見んとて、鄭州の田舎に座し時の事をあそはせり。是もかならす自田を返し給ふに非す。田舎に住給ふ心を云んとて、耕と云也。業平も殿上人なれは、自田を奉行すへきにはあらす。只、田舎の栖居を云也。歌如『古今』云々。此宮にあつまりてとは、業平か居たる宮、伊通（ママ）内親王の御所也。葎生ての歌、如『古今』云々。

追、此歌に鬼とあるは、女を云也。其故は、経文に女人獄使能断仏子種、面似菩薩、心如夜叉、此意なるへし。

ほひろはんと云に、二義あり。一は、田舎の栖居を云んとて、穂拾んと云也。二に、業平をあらはれよ、みんと云を、ほひろはんと云也。ほに出よと云義也。本文『古今』のことし。歌に義なし。たつらは、田面也。

五十九

第六十

一　東山に住んと思ひてとは、二条の后の事ゆへに、忠仁公に被預たりし時の事也。歌に無義。

追異説本云、昔男京を何とか思ひけん、東山に住んとて、すみわひての歌を読り。此東山とあるは、遍昭の昔住給ひたりし山の井と云所也。彼古跡に、大納言の局住給ふをたよりにして、山庄作りて、良五十年にもなり給へは、貞観の末よりすみ給ひけるとあるは、如何。上の義ならは、心より東山に住には非す。押籠られたる也。此物語の習、かく云かくすなるへし。さて、歌の心は、世中にましはれはこそ、とにかくに物は思へ、今は老らくの姿もはつかしけれは、山里に栖て爪木とり、阿伽の水をも手向て、仏に仕て浮世を離んと読り。尺尊正覚成給ひし事も、阿私仙に仕て、木こり葉つみ水汲てこそ、法美(ママ)をも得給ひけれ。阿私仙調達と成て、仏の御かたきなりしかとも、法花開会(カイヱ)は昔の恩をおほし出て、つゐに天王如来の記莂にあつかりき。其昔を思ふにも、山里に身隠て、薪こるたより求と読り。是、下の義の詞也。

かういたうやみて死入けりとは、二条后を恋奉て、死入たりけり。歌如『古今』。

追、業平此后を恋奉て、死入たりけれは、大納言局をして貝にて水を口へ灑き給ひけれは、蘇して此歌を読り。

我上に露そをくなる天河とわたる舟のかひのしつくか

貝にて水をそゝきけれは、かくよむなり。舟のかいに貝をそへたり。

六十

第六十一

一　宮仕いそかしう心まめならさりけるとは、業平、好色のみわさとして、宮仕もせす。世中をも営む事もなし。さる程に、小町、業平か心定ぬを恨て、出たる也。家とうしまめに思んと云人に付てとは、小町実に思はんと云男に付てと云義也。是は、宇佐長官大江維章也。人の国へいにけりとは、惟章につれて宇佐へ下也。此男宇佐の使にていきけりとは、貞観十三年四月に、業平宇佐へ勅使を給て下也。しそう官人、使承とかけり。是は、勅使を請取て、もてなす官也。惟章か事なり。女あるしにかはらけとらせよとは、業平官人に向て云く、小町を出せ、さなくは酒をのましと云けれは、小町出すして、かはらけを取上て出たりける。さかなに花橘の有けるを取て、業平読也。歌如『古今』。思出て尼に成けるとは、有㆓別ニ口伝㆒也。

六十一

第六十二

一　筑紫まていきたりけりとは、同勅使の御時也。簾中なる人とは、平定文か娘也。是は、左衛門佐源正隆か妻也。筑前の国司にて、たはれ島と云所に住けり。染河と云は、彼島にあり。あひそめ川也。歌の心は、染川を渡は、色有物と云も理也とよめり。返事の心は、たはれ島と云所に住は、其名もあた也。されは、彼のぬれきぬの無名も受へしと云り。たはれ島とは、たはふれ島と書たれは、たはむれぬると人の思はんすれはと云也。されはも忍て逢と云り。ぬれ衣の事、如『古今』。

追説に云、嘉祥年中、仁明御宇、業平筑紫まて下たりけるに、筑前国青木と云所の女、歌読也けれは、業平染川の歌を読てやる。此染川は、大宰府の中に流小川也と云々。歌の心は、上の如し。下司中原の近宗（チカムネ）か女也と云り。返歌の心は、名にしほはゝあたにそあるへきたはれをと読へきを、たはれ島とそへたり。たはふれをとは、風流男とかけり。好色の男を云也。たはれをゝ、嶋とそへたり。此島を風流島とかけり。肥後国宇土庄内にあり。裸（ハカタ）島とも云也。白石多く立ならひて、人のはたへに似たり。ぬれ衣とは、をのこの名也。好色の人は、実をはいはて、思はぬをも思ふといへは、憑すと読りと云々。上の義には、我身をあたなりと人のみるらんと聞へたり。此義には、業平好色の人なれは、思ふといふも憑れすと云と聞ゆ。其上時代も年号もたかひたり。又、女の名もたかひたり。又、国もたかひたり。能々可尋也。

第六十三

一　年比音信さりける女とは、小野小町、筑紫に住て久成けるを云。心賢やあらさりけんとは、好色の心のみ有て、身の行末を不顧るを云也。はかなき人の事に付てとは、大江惟章か妻と成て、筑紫へ行たりけれは、惟章程なく死けれは、京に上て、此彼に住たる也。人に仕てとは、仁明の御子、基陰親王に仕て、住吉に居たり。もとみし人の前に来て物くはせなとしけるとは、業平、小町を尋行けれは、出合て饗するを云也。よさり此有つる人給へと主にこひけりとは、業平、親王に向奉て、夕去小町たへとこひ奉るを云なり。我をはしらすやとてとは、我事をは今はしるましきかと云なり。歌の心は、古の匂はいつらとは、古思し匂はいつら、物の数ならす、こよひの契こそふかく覚と読也。こける如しとは、深きと云心也。

追イ説、古の匂はいつらとは、昔し姿は、花やかきこそありしに、今は花をこきたるからの如に成たるこそ、哀なれと云心なり。此歌にはちて、実とや思けん、涙をむせひにけりと云り。

是そ此の歌の心は、我にあふみをのかれて、惟章か妻と成て鎮西へ行たれとも、増りかほなしと読り。きぬ脱てとらせけれとゝは、小町あまり貧になりけれは、業平か衣をぬきて取せけれとも、とらて捨てにけゝり。いつちいぬらんともしらすとは、其後には不会。彼親王薨し給し後は、尼に成て、井出寺の別当の妻と成て、山城に住けりと云々。問、大師の『玉造』を見に、小町衰幣の後は、相坂の辺に住けるを、大師覧して其質をあそはしたりと見たり。爰には、井出寺の別当の妻と成て衰幣の所不見。相違如何。答曰、『家の日記』に云、関寺住事不見。六十九にて彼井出寺にて卒たりと云り。されは、大師の只小町か好色に勝たりしかは、かゝるいみしきものも衰へはつる習ありと云事を、人に知せんとて、小町に寄てあそはさるゝ歟。『宇治殿の物語』には、小町は馬頭観音の化身也。井出寺して死と云事、一旦の説なれとも、其後衰幣して相坂の辺にて骸をさらすとみへたり。されは、井出寺にて死とはなかりと云り。同く大師は、承和三年に御入定、業平は承和十四年に元服、生年十六也。小町三十、業平廿五にて夫婦たる事、家の習也。然は、承和三年の時は、小町九歳也。されは、小町衰老の様、大師の御作不審也。答、或説には、『玉造』は仁海僧正の説にて、大師御作に非すと云々。此義ならは、不審に不及。又、真言家に大師の御作多、其に『現在記』『未来記』とて有。大師、権者にて、未来の事を兼て記し給へる事多。今、此『玉造』は、『未来記』の目録に入歟。

六十三

第六十四

一　世心つける女とは、世常の心也。よの常の心とは、夫婦のなからひを思ふ心也。心なさけあらん男に逢えてしかなとは思とは、業平にあはばやと思ふ心を云也。是は、名虎の大臣むすめ、三条町、文徳天皇に奉しか被思、崩御し後、西山に住給ひける時に、業平の常に嵯峨野へ狩しに行を見て、恋給へる也。実ならぬ夢語をすとは、三人の子をよひて、我今夜の夢に若男の色情あるに逢ひなは、若く成南と見たりと云。三人の子とは、右大将源ノ顕景、大納言源関路、此二人は、右大将源有国か種の子也。三郎なる子とは、惟喬親王也。是は、文徳に思はれ奉る時の子也。二人は情なく答てやみぬとは、顕景、関路は、普通の夢物語と思成て、業平か事とは知らて、不及御返事。三郎なる子よき男あはせんとすとは、惟喬親王、業平を思懸て座よと心得給て、御返事申給ふやうは、若く成給はん事、実悦也。今の世に、中将こそみめよく、情もあれは、語て奉んと申は、うれしけにをはします也。狩し歩けるにいきあひてとは、業平さか野へ狩しに行に、惟喬御子、行合給たる也。馬の口に取付てとは、業平、于時右馬頭也けれは、其口引を聞食を云也。かう〳〵なん思ふとは、我母の思かけ奉て有に、思やすめ奉てんやとの給へは、業平、事承知して、其夜行てねにけり。男の家にきてかひまみけりとは、彼女きて業平の家の垣の間よりのそくを云也。歌に、百年に一年たらぬつくもかみとは、必時九十九にて有には非す。此時五十八也。つくもかみとは、百鬼夜行の義を以て云也。『陰陽記』に云、狐狸狼者満百年、致人恠哀。故に、名を夜行神とも号す。付喪神と云り。是は、必かゝるけものとも百年生ぬれは、種々に変化して、人に煩をあたふ。是必夜あるきて変化を成故に、夜行人と云ふ。九十九と云年より、はけ初也。仍、百年に一年たらぬつくも神と云ふ。今此女は九十九にてあらねとも、夜あるきて、業平をのそきて、業平にわひしく心苦き喪を付る故に、夜あるきて思ひを付る義を以て付喪神と云なり。

追イ説、百年に一年たらぬつくもかみとは、鷺と鴫と烏鳩と蜘蛛とより合て、熟柿を見付て、年の増りたらん物くはんとて、年をくらへけり。鷺卅、鴫四十、烏五十、鳩八十、蜘蛛九十と云て、くもくひてけり。されは、九十くも也。九十九は、百年に一年たらぬ也。さてもと云くたす也。只くもと云んとて、百年に一年たらぬくもかみと云也。古歌の習也。此つくもかみは、つくまのかみ侍也。是は、五音のひゝき也。定口伝あるか。又説に、つくもかみとは、海士のかきて焼たくもと云物也。彼たく藻は、荒磯に打上らる、日にされて白くなる也。其か老人のかみの白きに似れは、しらかをつくもかみと云也。つくも、たくもは、五音也と云々。難て云、つくも義、其謂有り。但、此歌は百年に一年たらぬとは、何事そ。されは、つくもかみの義は、所によりて用へし。此歌には、其義に不叶。

むはらからたちにかゝりてとは、業平に見付られ、はつかしと思ひて帰り給ふを云ふ也。必むはらからたちに懸るに非す。『文集』に云、恥事は如レ出二賢人前一、痛事は如レ入二荊棘中一と云り。されは、業平に見付られし事、痛を云なり。男女かせし様にとは、此人いかゝ座すとて、業平行てのそき奉を云也。歌にさむしろとは、小莚と書り。けちめわかぬ人とは、業平は我は思はねとも、人の志あれはあひ、我志あれとも、人の志なけれは不逢。けちめとは、分目と書り。

六十四

第六十五

一　みそかにかたらふわさもせさりける女とは、二条の后、内裏に座て忍を、え通はさりし時の事也。歌に無義。返歌も義なし。

追イ本、此は染殿后、文徳天皇天安二年に崩御、其後は后なけき入給て、あやめをも思食分す。同八月に清和九歳にて御即位あり。かゝる目出御事にも、御涙のかはく時なし。然るに、業平あひ奉ぬ事をなけきて、さて内へ参給て、御簾の内へ吹風の歌を書て、みすを風の吹まくひまになけ入けれは、いと心つきなく思食けれとも、さすかに心つよからぬ御なからひなれは、御返事とりとめぬ風にの歌也。此心は、『朗詠』に云く、漢主手中吹不駐徐君塚上扇猶懸。是は、北風如利劔と云賦也。作者、行葛也。漢の高祖を漢主とは云也。高祖は、三尺の剣を布につゝみて常に持たし也。彼剣は、尚を手に留る風の刃はかれよりも利して、手に不留云也。されは、とりとめぬ風にはありともと読る也。彼の剣の由来を尋るに、高祖の父大公、其妻君に大沢のつゝみに行て冷に、忽に雷電して雷落て、大公にかゝる。畏て逃のきぬ。黒雷妻をまきこめて、空にのほりて、しはらくして落ぬ。其後懐妊して生たる子也。仍、竜の子なる故に、面似竜。又、竜の鱗三枚面に有。忽雲瑞必具足（クソク）したりき。腹の立時は、面のいろこさかさまに成けり。故に、逆鱗の誡と云也。父の竜王、高祖に三尺の剣を与ふ。此剣を内裏にすへてをきけれは、敵心（テキシン）をなす国の方へ、剣のさきむきけり。是を指南にて、力士を遣して、夷を打し也。故に、諸隻自したかひけり。諸隻とは、小国の諸王也。徐君塚上に扇て猶懸。是は、別の事なれとも、下句なれは、注侍る。季札と云者、王命承て魯国のせめに行時、徐君か家に宿りき。主の徐君、季札か剣をこう。季札か云、「我帯して綸旨敵国に向、此剣なくは何を以てか相戦や。若天命全（ヲ）くせは、必帰らん。其時与」と云て去ぬ。其後、魯国をしたかへて帰る時、約束に任て此剣をあたへんとするに、徐君死畢。然に、約束をたかへしか為に、徐君かはか所へ尋行て、彼塚上に剣を懸て去ぬ。異注如此。作物は、是上義。一条の后と侍り。今此説は、染殿后とみへたり。能々可レ尋。雖（共）レ然、上義は、定家相伝の流なれは、可レ付二其儀一歟。

六十五

第六十六

一　おほやけ思食て仕給ふ女とは、清和天皇位の御時、二条の后未女御たちにて座し時の事也。后は女御立にて座す程は、王に仕給也。色ゆるされたるとは、色深くみめよき事、天下にゆるされたる人也と云也。

追、色ゆるさるゝとは、蘇芳、萌黄、款冬、菖蒲、白菊、指葉（ママ）、練貫、織物、紅、紫、纐纈等也。殊に紅葉の二色を以て、きほとす。内裏にては、左右なく此等の色ゆるさるゝ人なし。人の品に順也。異説如レ此。

大御息所とていますかりけるいとこなりけるとは、染殿后の御事也。二条の后には、いとこなり。殿上有ける在原なりける男とは、業平也。此女相知たりけるとは、二条の后と業平と、忍ひて通ひ給ける事也。此男、女方ゆるされたりとは、業平は宮の御子也けれは、内裏のうちいつくをも不簡は、女御后の座す所をも、ゆるされて参ける也。女いとかたわ也身もほろひなむと思ふとは、かく片腹痛なせり、自か身も、我身もほろひぬへしとの給ふ也。歌に義なし。さうしとは、女御の座す御隔屋也。のほり入とは、業平、后の御隔屋へ参を云也。里へ行とは、業平しけく通間、かくては悪かりなんとて、御里の長良卿の宿所へ座也。皆人聞てわらうとは、業平、后の御隔屋に居て、かくるゝとすれと、皆人に被知けるを、わらうと也。つとめてとのも司の見るにとは、主殿頭伴善雄かみるをはしらて、鞜をは御へやの奥へ投入て、后の御へやにかくれ入を云也。主殿頭とは、内裏の朝清の奉行人也。陰陽師の巫よひて祓するとは、吉備の大明と云陰陽師をよひて、加茂河にて恋せしと云祓しける也。巫は口伝あり。歌如『古今』。此御門とは、清和御事を申也。仏の御名を御心に入てとは、道心を座ける御門なれは、常に御名を唱給ひける也。されは、終に卅七にて御出家ありて、閉籠給ふ。女いとうなくとは、二条后の泣給ふ也。御門聞食付てとは、清和の聞食也。是は、善雄か奏聞しけるなり。此男をは流遣しけるとは、東山に押籠られし事也。此女をはいとこの御息所まかてさすとは、二条后の、御いとこ（染殿后也）五条の后の御よめにて西対に座けるを、罷出させ奉て、昭宣公の許に奉レ押籠云也。或本に云、此二条后を直子とかけり。直子とは、少くての御名也。をとなしくては、高子と書り。高子、直子二の名は有とも、一人也。

イ本、高子と云、高の字をあらためて曲侍のすけに移して、直子と云也。此義ならは、始め高子、後直子也。可レ尋。

あまのかるもの歌、如『古今』。男人の国よりとは、業平、忠仁公に被預籠たりし時、忠仁公の許にて近江国冨尾と云所をとらせたりけれは、其に住て、其より折々、二条后の御方をねらひ、京へ上を云也。

追、業平津国阪磨に流れたり。されとも、西京にひそかにかくれ住たりけると云々。イ本如レ是。

声はをかしうとは、面白と云々。此女は蔵に籠なからとは、関白殿の許に座を云也。関白殿の許をは、御蔵許と云ふ。是は、王の御室を納たる故也。歌に身をはしらすてとは、押籠られて、心にも任せぬ身をもしらて、すゝろに尋来とは云也。徒に行てはきぬるの歌、『古今』の如し。水尾御門とは、清和の御事也。

六十六

第六十七

一　摂津国に所レ知有てとは、津国六原郡は、業平の妻の所知也。あに友達とは、業平の兄民部太輔仲平、中納言行平、弟丹波守守平。友達とは、小納言有常、左衛門督敏方、大内記敏行等也。難波潟とは、難波の浦を云也。歌にみつの浦とは、田蓑、三津、長江等の三浦也。是や此世を海渡とは、此世を恨渡舟かと云也。是は、業平御門の御恵にあつからて、世をうらみし時の事也。

六十七

第六十八

一　せうゑうしにとは、遊ひ行也。せうゑうの三の義、如『古今』。是は、逍遙義也。思ふ友とちかひつらねてとは、引つれたる義也。是は、行平、有常、定文、敏行、敏方也。和泉国へとは、此時業平は大鳥郡の主也。衣更(キサラキ)計(ハカリ)とは、元慶元年二月なり。彼行人の中に只一人読とは、業平也。歌に雲のかくろうとは、かけろうを云也。五音にて可レ知。花の林を海となりけりとは、花の林の波のたちたるやうなるに、雲の引掻るは、海に似たりとよめり。山田(平城御子)の皇子の『山家の賦』に云、山花成波遅々(タル)春朝、嶺雲似海遠々(タル)秋暮と云り。此賦の心をよめり。此賦は、『文集』の望海の賦の心を造れり。彼賦に云、白雲余波蒼海朝青松染霞霧歟暮秋夕と云り。此心を作給ふ也。彼山田皇子は、業平舅也。

六十八

第六十九

一　和泉国へ行とは、大鳥の郡へ行也。或人住吉の浜と読とは、行平、業平にこゝの景気読と云也。雁鳴て、歌の心は、雁鳴、菊の花さく秋は面白けれとも、住吉浜の春の気色には増らすと読り。皆人不読すなりにけりとは、此歌を面白かりて不読也。

六十九

第七十

一　伊勢国え下りけりとは、業平、清和の御時、貞観五年五月二日、京を立て、伊勢太神宮の五月五日の勅使に下る。是は、太神宮の御狩野にて鷹狩をして、神宮に奉る故に、狩使と云々。斎宮なりける人の親とは、染殿后也。此斎宮は、文徳天皇の第二姫宮、恬子内親王也。此斎宮の母、紀静子と見たり。静子とは、三条町の事也。されとも『家の日記』には、染殿后と云り。されは、爰に斎宮の親とかけるは、染殿后也。

追入、此斎宮は、嘉祥二年九月六日、御誕生。貞観元年己卯十月廿九日、定斎宮。垂仁天皇御悩の御時、始て被ㇾ立斎宮。貞観二年庚辰八月廿五日、入ㇾ野宮。同三年九月一日、向伊勢、御年十三。元慶二年二月七日、御出家、御年卅。延喜十二年癸巳六月八日薨、御年六十四

イ説。

常使より此人能いたわれと云は、且は蜜夫也（業平ハ染殿后ノ間男也）。且は宮の御子にて座は、忽緒なる人に不座と云也。夕去はこゝにこさせりとは、斎宮の御所に留を云。いたつきとは、いたはるを云也。二日と云夜、男われてあはんと云とは、業平、斎宮の御方へわりなくあひ奉んと申を云なり。問、京より伊勢へは三日の道也。但、勅使なんとの急ぬるは、斎宮まて二日に下る事もありぬへし。今、業平は五月二日、京を立と見たり。三日斎宮に付たり。御祭は五日也。爰に二日と云に、われてあはんと云は、四日あひ奉んと云るか、若それならは、外宮の御祭にて、勅使宮に留。されは二日と云に逢奉んと云事、不心得。必此勅使は四月中に下て、兼て狩をする也。若をそきにも必下りぬれは、狩一日両宮の祭二日、必三日の逗留あり。今業平の下事は、狩したる日も不見。此義如何。答、此時の勅使依不定、業平俄五月二日被下、故に四日の朝斎宮の庭にて狩の義式を行ふ。一宿の儀式をして、やかて、外宮の祭にうつる。一日か中に二

日造成、故二日と云。狩にいたしたてゝよりこさするとは、夜の儀式を行し事也。実の一宿には非す。されは、われて逢奉事は、外宮の御祭の夜、外宮の中に斎宮のつかせ給ふ御所あり。其にての事也。女もはたあはしと不思とは、斎宮もあはしと思食ぬと云也。つかひさねと有人とは、使の実也。されは、よき使と云事也。女の寝屋も近とは、斎宮の同御所御ねや近く留め給ふ也。子一計に男の許へ来るとは、子の時の一更に、業平か方へ座也。是は少の更也。少の更とは、一時を五に破り、大の更とは、一夜を五に破也。されは、今の子の一とは、少更、子の一更也。イ本、子一より丑の三とは、一時を四にわる。云ゆる一点二々三々四々也。されは、子の一点より、丑の三点に至りけるなり。

男はたとは、男将也。問、月の朧なると云事、不審也。其故は、四日夜の月、子の時まで不レ可レ有レ之。此義可有口伝。少童とは、喚戸（ヨヒト）の前也。是は、斎宮の御出入の御戸を開（アケ）閉（タテル）職をする故に、喚戸と云也。是は、伊勢か少ての事也。是を具して座す也。彼伊勢は、終に業平か思ひ者にて有ける也。彼職は、女の未夫せぬかする事也。子一より丑の三とは、子の一更より丑の三更に至まて也。又何事もかたらはぬにとは、終夜物語申さんと思ふに、人目しけゝれは、合奉て後、又何事も得申ぬを云也。家隆の云く、また（未）何事もかたらはぬにと云り。是は、未逢に帰るとみへたり。問云、其義ならは何そ奥に、又相坂の関はこゑ南と、業平御返事に申しぬ。彼孫（カノソン）、業平、斎宮を犯奉る罸に依て、神宮へまいる事なし。又、斎宮の御腹に子あり。是は、只一夜犯奉りたりし時、御懐妊有しかは、御いたはりと名付て、別の御所に遷座す、今の斎宮の松本の御所、彼別の御所なり。さて、斎宮御産の後は、やかて異人に預け給て、三歳と云時、従三位高階茂範にたひけり。されは、高階の姓をついて、今に不絶。彼子、左衛門督高階師尚、是也。業平には三男也。然は未逢と云事、不レ可レ有。我人をやるにあらねはとは、後朝艶書の習に、帰人の方より必送る也。されは業平我やるへきに非すと云なり。君やこしの歌、如『古今』。返歌同之。かりに出ぬとは、是は、五日の朝、内宮の御祭に、其朝宇治岡とて内宮外宮のあはひに原あり。彼原を、内宮へ参とて、勅使必狩をして、其日の御祭の貢物に備。されは、狩に出ぬと云は、彼原の狩也。今夜たに人しつめてとく逢んと思にとは、五日内宮の御祭過なは、其夜斎宮にあひ奉んと思を云也。国の守斎宮(イツキミヤ)の頭懸たりけれはとは、伊勢か父、藤原の継蔭は、于時伊勢の国司斎宮の頭也。自元、業平の知人なる上、時の勅使なれは、もてなさんとて夜の明まて酒もりしけれは、あはて明ぬ。明は尾張国へ立なんとすとは、彼勅使の習、鈴鹿山を下て、上路には尾張国にかゝりて、田戸の大明神に御しめを奉て、美濃国にかゝりて上る也。彼明神は、伊勢の一の宮なる故也。女の方より出す盃とは、斎宮より業平か方へ、酒を出し給ける盃さらに、連歌を書付給けり。

追、盃のさらとあるは、盃の字を、さらとも盃ともよめり。然は、只盃をいへるか。又、盤の字をさらとも、はんともよめり。されは、盃すへたる盤なるへし。続松の墨にて連歌の末をかきつかんには、ちいさき盃にはかゝるへからす。たゝ盤の字可レ用。詩云、錦帳暁開雲母殿白珠秋写水精盤(サラ)(ハン)。白珠は露也。盤にたまりたるは、水精に似たり。雲母はきらゝ也。

其連歌にかち人の渡とぬれぬゑにしあれはとは、浅き縁なりと云心也。

追イ本、かち人とは、勝人とかけり。其を陸人とかけりそへたり。縁を江にそへたり。縁の字は舌内なれは、江と云也。

つい松の墨とは、続松の墨の落たるを取て、御返事を書なり。たい松をつい松といふ事、五音也。御返事には、又相坂の関はこゑなんとは、今はあたの契なれは、又逢奉んと云るなり。

追イ説、又相坂の関は越なんとは、又相坂の関は越かたしと云と云々。所詮、越なんのなんの字は、難の字なるへし。此義不信。また相坂の関は越なんする物をと云てこそ、人を忍志にては侍れ、越かたしといはん事は、無念也。只上の義を可レ用也。

彼勅使は鈴鹿山をとをりて、斎宮へ付て、兼て鷹狩をす。四日外宮へ勅使も斎宮もうつり給ふ。其道の間には、あらこもをしけり。宮河の北のはた、湯田野の中に、里宮とて宮あり。是は、斎宮の外宮へいらせ給ふ時、御やとりある昼の御所也。爰にて御輿をかき入れは、公卿殿上人、皆斎宮を立拝(タチハイ)し奉る。さて、宮川に假に浮橋を渡し、斎宮を渡し奉る也。さて、外宮の祭はてゝ、一宿過て、五日の朝は宇治岡にて便宜鷹狩り、其日内宮の祭はてゝ、六日尾張にかゝり、京へ上也。彼勅使の一日か中に、日をかさぬる事、業平を証拠として、其後二代あり。粟田中納言兼継、一日か中に三日の日を造て祭。六条右大弁資長、勅使の時、一日に二日の儀式をする事有き。

七十

第七十一

一　狩の使より帰けるとは、内宮の五日の御祭過て、六日は大淀の渡りまて帰也。大淀から斎宮へは、十五町也。されは近間、斎宮、梋子の前を御使にて、業平の許へやり給ふ。其時、業平歌を読て奉る。梋子とは、是も夫せぬ少き女也。是は、梋の葉に神宮(ママ)を備へて、大神宮に供しまいらする人也。故に、梋子の前と号。是は、大和守平豊名か娘也。歌にみるめかる方をとは、斎宮をいかゝして見奉へき、其方便をしへよと読り。

七十一

第七十二

一　斎宮に内の御使にとは、同時の勅使の事也。梋子と云女私事にとは、梋子、斎宮の御使に大淀へ行たりけるか、未十三にて少なかりけれは、業平は何とも思はさりけるを、梋子、業平を思かけて歌を読てやる。歌に云、千葉破神のいかきもこゑぬへしとは、我は神に仕る身なれとも、君の恋しさに神の御心にも叶はて、ゐかきをも越て出へしと云り。大宮人とは、内裏に仕る人也。業平の事也。返事の心は、恋しくは只こよ、神も此道をは諌め給ふ事ならはこそと読り。さて其夜留りて逢てけりと云々。

又、イ本云、旅人を如何思けん、

　神かせやいせの浜荻折敷て旅ねやすらん荒き浜へに

是は第七十三とあり。此本にはみへす。但、此段は、ある本に、ちはやふるの部に入たりと云々。

七十二

第七十四

一　男伊勢国なりける人に又逢はてとは、同勅使の時の事也。是は、斎宮に再ひ逢奉らて帰事なり。隣の国へ行とは、尾張国へ行を云也。いみしく恨みけれはとは、斎宮に逢奉ぬ事を業平恨申けれは、斎宮より、御歌に大淀の松はつらなくもの御歌也。心は、我か待はつらくは無物を、君かこすして恨て帰るかとよみ給ふ。

イ本、松に待をそへたり。浦見に恨をそへたり。此段、大淀の歌の奥に調詞にあこきか浦そとあそはせり。業平何事ともえ心えすなから、人に問へき事ならねは、立帰りぬ。さて、都に帰りて後も、斎宮の御事のみ心にかゝりて明し暮す。中にも、あこきかうらのとの給ひし事、いとおほつかなし。思ふと云るにや、思すと云るにや、人にも問まほしけれとも、いとかたくなに思けれは、いふかしなから過しけるに、長岡より内へ参りけるに、此歌を詠して、人のとをりけるにこそ、不審はさんしけれ。其歌に云く、

　塩木つむあこきか浦に引網（ノ歟）もたひかさなれはあらはれやせん

あこきか浦は伊勢国にあり。阿古木浦と云り。此歌は、『六帖』の鯛の題に入たり。たひかさなれは人知ぬへしと云心にてありと、行人の説にて不審ひらきける事、いとをかしき事也。是に似たる事あり。『万葉』に、

　奈良坂やこの手柏の二面とにもかくにもねしけ人かな

此歌は、宮内卿藤原の範永朝臣、年来不審に思けるに、大和守に任して下けるに、奈良坂を越けるに、国の舎人の有けるか、「この手柏の花こそ開にけれ」と云を、範永聞、「この手柏とは、いかなるものそ」と問給へは、「おほとちと云木にて候」と答ふ。「何とてこの手柏とは云ふそ」と重ねて問は、「おほとちの葉は少き物の手に似て侍によりて、児手柏とは申候」と答へけるにこそ、日来の不審は開きけれ。悦て物なとたひけり。ねちけ人とは、佞（コイ）人也。ねちけ人とよむ也。心のかろ〳〵しくてあなたハむき、こなたへむき、手のうらをかへすやうにあれは、児手柏の二面とよめり。二面とは、あなたへむき、此方に向すれは、二面也。されは、嬰児のいとけ無にも事の心を問ひ、黄老の老たるにも古き詞を可レ尋。孔子曰、君子不レ恥ニ下問一故達悟道文。是則此謂也。されは、いかならん物に逢ても知らさらん事をは可問とこそきこへたれ。彼阿古木浦の事、此浦による鱗甲あへて人の取事なし。其故は、伊勢太神宮の御供に備へ奉る間、此外は人取事なし。業尽殺生済度方便の御誓にも

や。此浦に殊に万鱗とも多充満せり。爰に、阿古木と云網人、夜な〱此浦に出て、ひそかに網を下して魚を取、たひかさなりし間、此事露顕して既にすに巻て此浦にしつめらる故に此浦を阿古木か浦と云也。イ説。

七十三

第七十五

一　おとこには有と聞と消息をたに得せぬ女とは、斎宮に座とは知たれとも、人につゝむ事なれは、文をたにえ奉らぬを云也。歌に、目にはみて手にはとられぬ月のことく、座す所は知たれとも、逢事無とよめり。此歌は我か読には非す。古歌を詠す。『続万葉』に入たり。

イ本、二条の后と云義あり。高子女御に立給ひて後は、業平逢事難くして、雲の上思ひやりて、目にはみての歌を詠せりと云。また消息は必文計には非す。詞をも云也。其故は、『大和物語』に云く、季成の小将（ママ）、病かきりにて

　くやしくそ後にあはんと契ける今日をかきりといはまし物を

となんよみて、近江守公忠につかはす。公忠、内より車取よせて行、五条の少将の家に行付、みれは、いみしくさはきのゝしりて、門さしつゝしめる也。せうそこいひ入たれと何のかひもなし、いみしくかなしくて泣々帰りけり。是も文には非す、詞也。

七十四

第七十六

一　むかし女を恨みてとは、二条后内裏に座て、難合かりし時の事也。歌に無別儀也。

イ説、染殿后、文徳に後給て、御歎ふかゝりし比、しはし会給ぬを、業平うらみ奉て、岩根ふみの歌を読なり。

七十五

第七十七

一　伊勢国にいてあはんと云とは、業平、京に上て後、斎宮の御方へ又下て相奉んと申けれは、叶ましき由を仰られて、御返事の歌に云、大淀の浜に生ふてふみるからにとは、此文をみるからに心はなきぬ、かたらはねともとよみ

給ふなり。なきぬとは、なこむ義也。なこむとは、なくさむなり。ましてつれなかりけれはとは、増りてつれなかりけりと云心也。返歌は、只みる計を会にしてやまんとや、それは叶ましき事也と読也。又、斎宮の御歌に、岩間より生るみるめのつれなくはとは、我つれなくはと云事也。しほひしほみちかひもとめけんとは、袖ぬれほし、只なけと読給ふ也。かひとは、泣を云也。泣をは、かひつくるなんと云かことし。

　追、此歌の心は、君に会みる事のつれなくてやみたりせは、君か思心のあらはれもせよ、又あらはれてもあれ、心にくゝてかひ有へきに、今は夢のやうなりしかとも、あひみたりし事なれは、うき名流つる事かひなき事也とよめり。塩ひにはあらはれける事をたとへ、塩満にはかくれたる心をたとへたる也。みるめをあひしらはむとて、塩干塩満ととりよりたる也。イ本如是。又、男の歌に、ぬれつゝしほるとは、しほるゝを云也。つらき心は袖のしつくかとは、君か心のつらきは、我か袖のしつくと成りと云也。

七十六

第七十八

一　二条の后未春宮(トウグウ)の御時とは、清和春宮の太子の御時也。御氏神とは、大原大明神也。彼明神は、春日大明神を冬嗣大臣の大原に遷し奉しそ。されは、后の御為には御氏神也。春日は、藤原氏の氏神也。冬嗣は后の御祖父なり。近衛司也ける翁とは業平也。于時左近衛小(ママ)将、年廿四歳也。翁とは道に長せる義也。業平は好色の道に長したるによりて、翁と云。『長房記』云、我得仙為此道翁ノ年久と云り。大原の歌の心は、今大原の大明神、昔神代に盛へて座し時の事を、今日の后の参給て、社頭にてにきわへるにこそ、思出給らめと読なり。心にもかなしとや思けんとは、后の御事を業平かなしとや思奉るらんと云也。

イ説、貞観十三年二月の比、二条后、大原野の明神にまふて給ふ。業平、御供申人々に禄給はるつゐてに、御車より別にかさりたる衣を給ふ。其時、近衛司の翁、大原の歌をよむ。歌の心は、神代とは昔の事をいへは、后もさすか昔なれ奉りたりし事を、思出て給ふらんとよめり。其時、后の御年三十、業平の年四十七也。翁と云事は、藩安仁と云し人、三十二にして、始て二すちのしらか生へたり。是をなけきて愁（秋）興賦を作れり。自レ其、卅二をは、二毛のよはひと云也。況や、四十七に成侍は、翁と云事、理り也。イ説。

七十七

第七十九

一　田村御門とは、文徳也。崇子女御とは、文徳の女御、西三条左大臣良相の御孫（ママ）、兄右大将恒行の養子とし奉る。時の美女也。名付て光の女御と号。十九と申、天安二年十一月十四日に卒し給ふ。安祥寺にて御わさとは、一周忌の御孝養勤也。導は、真静律師也。右大将にいますかりける経行とは、彼后の兄、山階の右大将なり。講のをはる程に歌読人々を召とは、彼経行、業平、有常、敏行等也。此人々を召集めて、歌よませ給ふ也。右馬頭なりける翁とは、業平なり。彼女御も業平に忍ひて通し人也。目はたかなから（ママ）とは、目のはた泣なからと云事なり。『漢書』云、李夫人天朝之寵愛、不幸短命シテ早ク滅、惜ム彼人或成貝と云ふ。されは、声を立て泣を泣と云ひ、不レ立レ声して泣を貝を作と云也。されは、業平、忍音に泣て読と云り。歌に、山の皆うつりてけうにあうことはとは、庭なる捧物共の山に似たるを云也。春の別を問とは、彼女御は春宮の女御にて座しかは、春の別を問と云也。今みれはよくもあらさりけりとは、卑下の詞也。

追イ本、昔田村の御門と申をはしましけり。其時の女御高子と申いまそかりけり、右大臣良相の御女也。是は、文徳の女御也。彼女御は、承和元年正月八日御誕生、嘉祥二年三月九日女御御参、御年十七、天安二年十一月十四日薨、御年廿五。みわさしけりとあるは、此御仏事、貞観十二年の事也。十三年の御追善也。御月忌は、十一月十四日なれとも、引上て貞観十二年二月十五日より始て、四十九日にあてゝ、七つ物、七つ御布施にして涅槃講をはりて、其次に八講有けり。四十九日、百ヶ日、第三年の御追善也。いまそかりけりとは、をはしましけりと云心也。安祥寺は、山祥（ママ）にあり。捧物とは、七物、七也。色々さまぐ\に人々まいらせけり。又、涅槃講ありしかは、五十二類の物も有けり。右大将藤原経行は、右大臣良相の御息也。此女御には御せうと也。右馬頭なる翁とは、業平なり。貞観十年三月九日、任右馬権頭。目はたかひなからとは、目将に爛たるよし也。貞観十二年なれは、業平四十六也。然は、目の爛るゝ程の齢にはあらねとも、翁とかけるによりて、かく云也。山のみなうつりての歌は、釈尊御入滅の時、山海江河草木枯（レタル）色ありき。仍、山のみなうつりてとよめり。かはれる色をは、うつると云也。今日にあふ事とは、二月十五日なれは、大師の鶴林の別を思そへて読り。女御のうせ給し事は、冬なりしかとも、御追善は春なれは、尺尊の御涅槃に、女御の御別をそへてよめり。又、彼女御は春宮の女御にていませり。これかれそへて、春の別と読り。イ説、是上の義には一周忌の御追善とあり。是説は、十三年御孝養とあり。追可レ入レ尋也。

七十八

第八十

一　崇子（タカキコ）と申女御とは、上に同。七々日の御態は、四十九日の御孝養也。導師不住之（ママ）。山祥（ママ）の禅師の御子とは、仁明天皇第四の皇子、四品弾正尹（イン）人康親王、道心発給ひて、斉衡元年七月二日、卅一にして御出家、法名観心、山階に御庵室造住給ふ也。山科の禅寿の御子と申す。前栽を御好ありて、池を掘、種々の植物をせられたる也。年来にはつかふまつるとは、経行、常に乍余所仕り給ひけれは、遠くは仕まつらぬを云也。こよひはこゝに候はんと申とは、今夜はこゝに留て、御殿居申んと御子に申也。夜のをまし儲させ給ふとは、夜の筵を給ふ也。

イ本、夜の御ましとは、ね所也。御座と書り。

三条おほみゆきとは、三条大納言紀名虎、未中納言にてをはせし時、仁明天皇、彼家へ御幸あり。其時、紀伊国千里の浜より取よせたる立石、是を主に奉る。此石は高さ三尺也。池五、岩屋十七あり。滝あまたをとしたり。此石、後には内裏の陽明院の前のみそ、染殿内侍の曹子の前に立られたり。島好給ふ君也とは、この禅歌（ママ）の御子、石を好給ひけれは、奉らんとて、随身清原の之木（コレキ）と、小舎人日の興名、二人を御使にて、経行の妹、染殿内侍の曹子の前に立るを盗寄て、彼御子に奉り給ふ也。歌読人々とは、有常、業平、定文、敏行等也。右馬頭なりける人とは、業平也。

青苔をきさみてまき絵の形に歌ををすとは、苔にて歌ををしたる也。歌の心は、あかねとも岩にそふるとは、此石をあかぬ心は、岩にそへて奉る志をみせんよしのなければとよめり。

追、異説、三条おほみゆきとは、貞観八年三月廿三日、右大将良相の亭にさま〳〵の花を植られたりけるを御覧のために、三条堀川の亭へ清和天皇の行幸成し也。彼亭をは、号百花亭と。さま〳〵の花うへられたるによりて也云々。此説は、『前内記遠章朝臣の家日記』に見たり。此外の儀は如上。但、石を上の義には盗めりと有。今説には、内へ所望申て、御子に奉と云々。時代のたかへる事、追て可レ尋レ記ス。

七十九

第八十一

一　氏の中に御子生れ給ふとは、在原氏の中に王子の生給ふを云也。是は、業平の兄行平中納言娘四条后の御腹に、清和の皇子貞数親王の生れ給ふを云也。実には、業平の子也。貞観十年五月二日に誕生。御うふ屋に人々歌を読て奉とは、人々悦て、歌読て奉けるを云也。御祖父方也ける翁とは、業平は行平の弟なれは、皇子の祖父方と云。歌は我門にちいろある竹を殖つれはとは、我門に此皇子生れ給ひぬれは、夏も冬も此御影にてすきなんと読り。此歌の本文如『古今』。稽相千丈竹文の事也。

追イ、此御子は貞観十七年四月廿八日御誕生、延喜十六年丙子五月十九日薨す。御年四十二と云々。

八十

第八十二

一　衰たる人の家とは、有常貧く成、家衰へたるを云。人の読遣とは、藤の花を折て、有常此歌を読て、業平か許へ送なり。歌、如『古今』。

追考入、有人日記云、此衰たる家とは、業平の長岡ナガヲカの家也。あなかち家の衰たるには非す。我身の下りたるを云也。其故は、業平は阿保親王の御子、平城天皇の御孫也。御母伊登内親王、御母方、桓武天皇の孫なり。然れは、親王の宣旨をも蒙るへきに、在原の姓を賜て、臣下に下りて、あまさへ月卿の位にたにものほり給はねは、衰たる家といへり。業平藤花に花をそへて惟喬親王に奉る。歌に云く、ぬれつゝそしひて折つるとは、雨沾乍強、かくかけり。春はいくかもあらしとは、三月晦日なれは也。業平の御父、阿保親王は平城天皇の御子、延暦廿年九月十日御誕生、天安元年四月廿六日薨、御年五十七、業平の御母伊登内親王は桓武天皇第八御子、延暦十五年七月四日御誕生、貞観三年九月一日薨、御年六十六、御母藤有子従三位乙訓女。

八十一

第八十三

一　左のおほひまうち君とは、河原院の左大臣源融卿也。六条河原院の御所、彼人の也。これは、鴨河をせき入て、池を掘、汀を造なとして、六十六ヶ国の名所を尽し給へり。貞観十三年十月晦日に、貞元の親王、雲林院の親王、惟喬の親王なと、遊に彼御所へ御座也。彼大臣は、嵯峨天皇第十二の御子也。紅葉のちくさは、品々の義也。其中に有かたひ翁とは、業平を云也。かたひ翁に二義あり。一には、業平も宮の御子なれとも、今はさかりて同程の人の御共をすれは、人、かたひと云義也。二には、嘉躰翁と書り。されは、よき姿の翁と云義也。『文集』云く、金躰（キンタイ）は世に珍き宝、号ニ嘉躰一と、玉童は世に勝人、号ニ嘉賢一と云。玉童とは、大国の内裏には、みめよき童十人、玉を粧てつかふ也。金体とは、内裏の紫震（ママ）殿に懸られたる金の鏡なり。此等は皆、体よき物なれは、或嘉体と云、或は嘉賢と云。されは、業平も、至てみめ体のよき故に、嘉体翁と云也。板敷の下にはいあるくとは、必板敷の下にあるくには非す。姓を給はりてたゝ人となれは、同程の人の下に居たるを云也。『秦政伝』に云、王家三臣、天下無双之高位也、人賞（ル）ニ時（キハヲ）之一、居ニ雲上人（シ）一、捨（ル）ニ時之一（ヲ）、這席下（ニ）と云り。されは、必是も臣下なむとの人、賞ねはとて、席の下にははうには非す。只身のさかる事を云也。塩かまの歌に、朝なきとは、朝のなきたる義もあり。又は、朝の政、静なるをあさなきと読り。釣する船とは、国王も爰に座しなんと読也。是は、塩竈の浦を彼御所に造たるを云也。みちのくにゝ行たりけるにとは、塩かまの浦は、彼名所也。其造たる所をみれは、みちの国へ行たりと云也。あやしく面白所々とは、有レ益（テ）、面白所々と云ふ心也。

追入、左大弁の御子、大納言罷卿の『家の集』云、昔、左のおほひまうちきみとは、河原左大臣源融卿、嵯峨第二の御子、母四位全子也。弘仁十四年九月六日誕生。承和五年十一月廿七日元服、正四位下。承和十四年四月廿九日聴輦車。寛平七年八月廿五日薨、御年七十三也。鴨河の辺、六条わたりに宮をいと面白作てとは、河原院也。六条坊門万里少路也。北は六条坊門、南は楊桃、西は万里小路、東は冨小路也。方四町也。神無月晦日かたとあるは、貞観十四年十月廿九日也。紅の千種(ママ)にみゆるとは、色の薄くこくみゆる事也。御子達とあるは、人康親王、常康親王、惟喬親王等也。人康親王は仁明第二の御子、四品弾正、天安八年二月十日御誕生。貞観元年五月六日御出家、居住山科、仍号山科禅師宮。貞観十四年十二月廿三日薨、御年四十二。常康親王、仁明天皇第七の御子、承和四正月四日御誕生。仁寿元年二月八日御出家、御年十五、居住雲林院、仍雲林院御子と号す。彼所舟岡のかたはらにあり。桓武の御願所なり。元慶八年九月廿八日薨、御年四十八。惟喬親王、文徳天皇第一の御子、御母従四位上静子、字三条町。正四位下右衛門督名虎女也。承和十四丁卯十二月八日御誕生。清和より御兄也。居住水無瀬宮、仍号㆓水無瀬親王ト㆒。貞観十七年乙未七月廿一日御出家、御年廿九。御出家の後は、居住小野、仍号㆓小野宮㆒。延喜四年十月一日薨、御年五十八但不審、可尋也。此御子達、貞観十四年十月廿九日御会合有、和歌合、客来讃花亭と云題にて、

亭主源融卿、御年五十。

　雲の下にうつろふ菊を尋来て花の台と人の見らん

山科御子、人康親王、御出家の後也。御年四十。

　又もこそ玉もてみかくやとなれは袖さへられす菊の上の露

雲林院御子常康親王、御年三十六。御出家の後也。

水無瀬御子、惟喬親王御年二十六。

　白菊の花の台に尋来てみそなはしつるちよのなみとの

左府の御弟蔵人源道明をはせしかとも、歌は読給はす。勧盃ありしかは、御酌にまい給けり。其時、業平御年四十八、推参して、唐垣の本に暫徘徊して此歌を立聞して後に、さし出て読侍しを、台敷のしたとは書きけり。其歌、

しほかまにいつかきにけん朝なきに釣する舟はこゝに
　よらなん

塩竈の浦をほめたる故に、おしてまいるよしをよめり。推参といふ由也。此御会合の儀式、並ひ御歌とも、人是をしらす、可レ秘。

又、業平をかたひ翁と云事、今、此『大納言罷卿の集』には、家をとろへ、つたなけなる翁と云也。其故は、業平、宮の御子にてあれとも、成下てあれは、いやしき翁なんと云義也。『大和物語』に云、昔、男、女、津国なにはあたりに住けり。最貧なりて、男の云く「角てはいかゝ。さて有はつへき、己か代に成て心みん」と云。女はかたをむすひて共思ひけれとも、男いとまめに云けれは、心ならす泣々別にけり。さて、女は都に知たる人のありけれは、尋行たり。主、最あわれみて、其夜はそこに明す。終夜夢も結はす、彼男の事のみを心にかゝりて、軒はの荻の風に、音信もかゝらましかはなんと、只かの面影身にわひて、涙に曇る月影も我身ひとつの秋に、うらふれて明すに、さすかかきりありて、長夜も明にけり。主、さてしも有へきならねはとて、無心人の御内へ宮仕のために遣けり。然に、此人の北の方、程なく失給ひぬ。其後此女を引上て、あひくし給ひぬ。此女いと清らかに成行に付ても、津国の事のみ思はれて、いかゝ成ぬらんと、をほつかなく、かなしくて、今の男に、摂津国難波あたりに御祓せんとて、いとまこひて出立けれは、主ゆるしてけり。うれしと思ひて、彼国に行て、故郷の辺に車をやりとゝめ、昔の宿をみるに、跡形もなし。あさましと思ふ所に、とはかり有て、癩のやうなる者、茅をかり、荷行けるを見れは、昔の夫なり。いとかなしく、哀に思ひて、車のすたれを引上けみるに、此男しはらくは見しらて、良（ヤヽ）有て、みしれるにや、はつかしけなる気色して、涙をさへて逃にけり。女、共の者をよひて、「今ありつるものの、余りにあさましけなりつるに、物くはせなとして、何にてもとらせよ」と云けれは、此男尋るに、人の家ににけ入てありけるを、尋出して有けれは、此男、文を書て、是を奉ると云。あやしと思ひなから、車の中へ奉る。

君ないてあしかりけりと思ふにもいとゝなにはの浦そ
　住うき

と有ければ、女泣々紙硯を取出して、

あしからしとてこそ君は別けめなにかなにはの浦はすみうき

是も、おそろしけなる癩にてはなし、只賤きすかたなり。イ説如レ此。

八十二

第八十四

一　山崎のあなた水無瀬と云所とは、摂津国にあり。今の水無瀬の御所、惟喬親王の御所也。御孫なれとも、既に四位の殿上人まてさかりたれは、昔いかなる人の末と云事忘て、先跡の名も不覚と云也。やまと歌にかゝるとは、酒もりはいとせて歌の会のみあるを云也。上中下は、上臈中臈下臈、皆歌読也。世中の歌、如『古今』。又人の歌とは、有常か歌也。酒持せて野よりくる人とは、平定文は、其時、きんや、片野の主也けれは、酒持せて野より参と也。あまの河は河内の内にあり。大三寸義、今の如し。かりくらしの歌、如『古今』。一とゝせにの歌に、一たひきます君とは、七夕の一年に一度、座す君を待ては、やとかす人もあらしと読り。又、君まてと云事あり。是は、惟喬親王の常にも座さて、一年に一度座す人にて、宿はかさしと読也。されとも、天河と云に付て、七夕の義、実義歟。帰て宮に入せ給ひぬとは、水無瀬の宮也。主の御子とは、惟喬也。十一日の日とは、貞観十三年八月十一日也。あやなくの歌、如『古今』云々。有常か歌、如『古今』。

八十三

第八十五

一　右馬頭なる翁とは、業平也。宮に帰り給ふとは、京の宮也。東三条にあり。心もとなかりてとは、小野小町を妻としたりし比なれは、しはしも離かたかりけるを、親王の御供に参りて、久帰らさりけるか、京へ上て、急帰らんと思を、禄給はむとて、御留ありけれは、え帰らて、此歌を読て、小町か許へ遣す。歌に云、枕とて草引結ふ事もなしとは、外にしはしの草の枕の旅寝ヲもせす、秋の夜の長き契とも不思と云也。時は弥生の晦日とは、貞観十四年三月也。思外に御くしをろし給けりとは、此親王は、文徳の第一の王子にて座しけれとも、忠仁公の、関白にて、何事も御計有しかは、御孫清和は、文徳第四の御子にて、末の御子にてをはしましかとも、位に付奉しかは、惟喬、世を恨て、貞観十四年七月十八日に、廿九にて御出家ありて、小野山里に閉籠給ひけり。む月にをかみ奉んとて小野にまうてたるとは、貞観十五年正月に、業平、小野へまいる也。御室とは、御庵室也。おほやけ事有けるとは、業平、于時頭中将成けれは、禁中にいとまなくして、久もなくて帰るを云也。歌に義なし。

八十四

第八十六

一　母なん宮なりけるとは、業平の母、伊通内親王、是は桓武第八の御娘也。子は京に宮仕しけるとは、業平也。一子にさへ有けるとは、彼宮には業平一子也。しはす計には、貞観十六年十二月也。とみの事とは、俄事なり。歌にさらぬ別とは、難遁別也。みまくほしきは、みたき也。

八十五

第八十七

一　童より仕りける君とは、業平、定文、有常、周防守隆成入道、従三位清経入道、式部大輔師重入道、此等也。歌心は、志は思奉とも、宮仕のひまなけれは、身を二に分ぬならひて、え参らす。雪の降てえ帰らぬこそ、とまらむと思ふ我心なれとよめる也。

八十六

第八十八

一　いと若男若女とは、有常か娘と、業平也。今までにの歌、無義。あひはなれぬ宮仕とは、共に清和の御門に仕るを云也。

八十七

第八十九

一　菟原郡にしるよしゝてとは、業平、上に同し。芦の屋の歌に、なたの塩やきとは、彼菟原郡に、芦の屋のなたの浦と云あり。其浦の塩やきなり。いとまなみとは、いとまなしと云。つけのをくしもさゝてきにけりとは、此浦はしほの事いとまなくて、魚釣事もせてすきたりと云心也。つけのをくしとは、釣樋の小櫛と云へり。此歌は『万葉』の歌也。三善広路、葦屋の主也けるか、京へ上りたりけれは、福丸大納言の許より、魚を乞たりける返事に読て遣す歌也。男なま宮仕しけるとは、上臈宮仕の義也。なま宮仕とは、美宮仕と書り。『後漢書』云く、李夫人天子后宮、夜守枕、昼不離床、美宮仕無暇、片時無不見君と云り。是は、武帝と李夫人と、契深き事を云なり。されは、美宮仕とは、よき宮仕也。業平は、四位の殿上人なれとも、宮の御子なるか故に、禁中には帝にも近く召仕はれ、よき宮仕と云也。衛府の佐とも集とは、左衛門権佐藤原敏行、左兵衛佐藤原敏方、是也。男のこのかみも衛府の督也とは、行平、于時左衛門督也。業平、其時右兵衛督也。いさこの山とは、布引の上の山也。小利山（イサコノヤマ）と書り。『長能か私記』云、登小利山嘲漢滝白浪底と云り。其滝物よりもことなりとは、天台山滝よりも高しと云心也。天台山の滝を、喪（モ）の滝と云名あり。『左伝』云、天台山の喪の滝に天姫来て濯（スヽク）不浄之恠（ケヲ）と云り。文の意は、彼天台山の滝は、天女常に下り、不浄を濯くに依て、わろき物をすゝく義を以て、喪の滝と云ふ。されは、物より高しとは、喪の滝より高しといふ義也。衛府督のまつ読とは、行平、読る也。歌に我世をはけふかあすかとは、我世のわりなきを、今日か明日かと待て、なくと云心也。待かひとは、なくと云事、上に同し。涙の滝と云事、『万葉』に云、

落積留涙之滝之白糸之乱天物於思悲志毛（ツチツモルナミタノタキノシライトミタレテモノヲヲモフカナシモ）

と云り。主、つきにとは、業平也。歌にぬきみたるとは、つらぬきたる物を、ぬきみたると云也。まなくとは、無隙也。うせにし宮内卿茂行とは、仁明天皇の時の臣下也。もかさを病て、彼所にて死たり。是は、中納言三善茂善か一男也。宿の方をみれはとは、業平我宿所の方をみる也。主（アルシ）の男とは、業平也。歌無義。めのこともとは、其家の女子共なり。うきみるとは、海にある海松也。歌にわたつみのかさしにさすとは、海松の岩にふさ〳〵と生たるは、かさしをさしたるに似たれは、海のかさしと云也。いはうもゝとは、海松のイ名也。田舎人の歌には、よきかあしきかと云義也。

八十八

第九十

一　若きには非す是彼とは、行平、有常、業平也。大方の歌、如『古今』。

八十九

第九十一

一　我よりまさりたる人とは、二条の后を思かけ奉を云なり。歌の心は、我恋にてたゝり奉らは、何なる神のとかとて、神に無名をゝせ奉んと也。

九十

第九十二

一　つれなき人をいかにと思とは、染殿后の難合座しける時の事也。あす物こしにてあはんとの給ひけれは、うたかはしさに読奉る也。歌に無義。

九十一

第九十三

一　月日行をさへ歎男とは、業平也。歌無義也。

九十二

第九十四

一　恋しさにきつゝ帰とは、二条の后の内裏に座けれは、行ともえ逢奉らて帰る事也。歌に、芦辺漕棚無小舟とは、芦の中を漕舟は、きはめてさはり多き物也。されは、いくたひとなく行かへるとも、さはり多くて逢事難と云心也。

九十三

第九十五

一　身はいやしくて、高き人を思かけてとは、二条后也。すこしたのむへきさまに有けんとは、少し后の御心解給ふを云也。歌にあふなあうなとは、あなう〱と云義也。あなふとは、かなしと云義也。『費長か記』（ママ）云く、天仙小通雖得飛行、未出生死悲々（アナウ〱）とかけり。『琵琶引』奥云、尋陽江月従レ波出入波、鑪峯の春花（ノ）従雲発（サキテ）散雲、夜琵琶音は、急雨浸（ヌラス）袖（ソテヲ）悲々、旅船之友。暁鐘響、霜哀々（ワヒシ〱）、草庵之蔦帰昔。『万葉集』云く、

我妻（ワキモコ）賀（カ）不来（コヌ）晩波（ユフクレハ）悲々（アナウ〱）槙之板戸毛不閉古曽寝礼

なそへなくと云に、二義あり。一には、なとかくと云義也。二には、無縁と云義あり。

九十四

第九十六

一　男女ありけりとは、業平と染殿内侍の、夫婦と成て、一条に家造て住し時の事也。夫不住成りにけりとは、業平、有常か娘に思ひ付て、内侍にはなれたるを云也。後夫有けりとは、彼内侍、平定文にあひくしけり。子ある中なれはとは、業平か子滋春は、内侍の腹の子なり。女房、絵書く人なれはとは、彼内侍は絵書也。かきにやたりとは、業平、狩衣のかさねの絵をあつらへたる也。かきにやりたりけるを、今の夫の物すとてとは、定文か、かさねの絵をかくとて、をそくおこせたるを恨也。をのか聞ゆる事とは、今の男の事也。ろうしてとは、恨みてと云義也。ろうとは、籠の字也。是は、人に不審有義也。『聖武誡勘記』ニ云、人身不レ全、身為レ身、不レ随レ人故也。政徳不レ全、籠不レ言と書給へり。是は、思ふ事を隠して不言。籠してと云、是は、恨の心也。されは、籠して読て遣しけるとは、思事を隠して有つるを、顕むと云心也。歌に、秋の夜とは今の夫を云ひ、春日とは本の夫、我身を云也。霞に霧や立まさるらんとは、今の夫や我にまさりたるらん、詠たる物ををこせぬはと読也。返事に千々の秋一の春にむかはめやとは、今の夫千人有とも、昔の夫、業平にはむかはしと云也。紅葉も花も共にこそちれとは、いつれも皆はかなき契也と云也。

九十五

第九十七

一　二条の后に仕つる男とは、業平也。女の仕つるとは、有常か娘、未業平と夫婦にならさる時、同御内に仕を云也。常にみかはして夜這渡るとは、常にあひける也。歌無義。

九十六

第九十八

一　女をとかく云事、月日経にけりとは、二条后、未レト定もして、少く座し時、業平とかく申なり。其比、みな月のもち計とは、月のもち計には非す。身のつき十五計と書也。女の身にかさ一二いてきにけりとは、男一り二り出来にけりと云心なり。男をかさと云事、天竺の詞なり。『万葉』云、

敷島之大和島根之昔余里加左男胡左女之契不絶

と云り。されは、男を加左と云ひ、女を胡左と云也。

追口伝を入、

堅置日本島根乃昔夜里迦佐男胡佐女之契不断

イ本云、素戔烏尊之御歌、かさ、こさは、梵語也。所謂、男女也。迦佐は金剛界大日、胡佐は胎蔵界大日也。此歌の心は、昔、伊奘諾、伊奘冉、此二神自レ始ニ男女婚合之儀一以来夫婦之義于レ今不絶と読給へり。可レ秘也。如ニ師伝一書入也。

『陰陽記』云、小男小女必知其道。加佐は七歳シテ得ニ其媒一。胡左は十歳シテ成ニ其勢一。されは、かさ一二とは、男一り一りと云心也。此ひとりふたりの男は、右大将藤原定国、左大将源当純二人。彼人を妻にせんと申けれは、父長良、思ひ煩ひ給ひけるに、二人の人々、我こそと論しけり。其を口舌出来けりと云なり。此時、業平は忍て申ける也。女云をこせたるとは、業平の許へいひをこせ給ふ也。時もいとあつしとは、煩熱の儀也。物の心にむつかしきをは、あつしと云なり。『秦政伝』云く、馬融、鄭玄、孔子之後弟、得賢得レ行、為天子之宝。秦王悪彼、放迸州ニ一、其根未レ晴、心煩熱焦レ身と云り。文の意は、孔子滅て後、秦始皇滅文道、秦王之時始て文を起し、孔子の作『論語』『孝経』を、或は石の函、或は壁より取出して、鄭玄、馬融二人して注を加へて、秦王に奉る。其中に、孔子の御作あまたひきこめて、王に奉らす。此とかによりて、二人の者、道州に被レ流。其間、君を恨奉事をあつしと云り。されは、比もいとあつしと、あちこち煩敷云こと、心苦もなからん時、あはんとの給へるなり。すこし秋吹立てとは、彼人々、すこしあきかたになりて、心安あはんと云り。秋待比ひにとは、彼人々のあかんを待ころといふなり。こゝかしこより其人の許にいなんとする時、口舌出きにけりとは、彼業平の許へいなんとすると云て、二人の大将の互に煩敷物云をいふ也。此女のせうと俄に向に来たりとは、妹の御事あちこち煩敷聞て、兄基経右大臣、彼人を乞奉て、内裏へ奉、やかて女御の定有けれは、二人の人終に不レ会。

初紅葉を拾はせて歌を読てとは、思のこかるるよしをみせんために、紅葉に歌をかきて、業平にとらせよとて置給ふ也。歌に、秋かけていひしなからもあらなくにとは、人々のあかんを待て逢と云たりしにと云義也。木葉ふりしく江にこそ有とは、浅き也と云義也。木葉の積江は、浅き也。其によせて読也。かしこよりとは、業平の許より也。けふまてしらすとは、后に座らんをも、しらすと云也。是は、実に住所知奉らぬには非す。我妻とも成給はぬ事をいふ也。あまのさかてをうちのろふとは、天逆手と云事、陰陽道の呪咀の法にあり。是は、左右の手の面に月日をかきて、手を逆にかへして、天に向ひて扣（タヽキ）のろふ事あり。又、海にて海士のさかてうつと云事あり。其には非す。其は、手のこうを以て塩を扣くなり。是は、必のろひ奉らんとするには非す。たゝねたき事をはいはんかためなり。むくつけなき事とは、しふときを云也。

九十七

第九十九

一　堀川のおほひまふち君とは、堀川の関白、昭宣公基経也。九条の家とは、御所九条にあり。四十賀は、貞観七年歟。中将なる翁とは、業平なり。桜花の歌、如『古今』。

九十八

第百

一　おほきをとゝとは、時の関白忠仁公、大臣良房なり。仕つる男とは、業平、時々忠仁公に宮仕する也。長月計にとは、貞観十三年九月なり。禄給はるとは、装束給はりける也。

九十九

第百一

一　右近馬場のひをりの日とは、二義あり。一には、北野祭をいふ也。二には、内侍所を右近の陣におろし奉て、祭事あり。此義、如『古今』。女とは、染殿内侍也。後には誰と知けりとは、後には夫婦と成を云也。

百

第百二

一　後涼殿のはさまを渡とは、後涼殿と紫震殿のあひ也。是は、業平也。ある無心人とは、染殿后也。忘草を葱とか云とて出させ給ふとは、忘草を業平のとをりけるに、これは葱と云かと問に遣。是は、汝は忘たれとも、我は忍ふと云心也。歌は、我は忘れたりとみ給ふらんに、忍て出し給ふは、我を忍ひ給ふか、さらは後にもたのまんとよめり。

百一

第百三

一　上にありける左中弁藤原将親とは、忠仁公のおい春宮大夫良国か次男、右中弁良親か弟也。後には任大納言。ま(ママ)ふ人さねとは、客人の実と云義也。則よき客人也。主とは、行平也。なさけ、行平は情有と云也。あやしき藤の花とは、有益藤の花也。花のしなひとは、しなひたる筋也。イ本に、なかさ也と云々。主のはらからなるとは、行平弟業平。兄客人得たるとは聞て、そこへ行也。とらへて読せけるとは、強に読する心也。しらす読によむとは、歌の道をしらさるにはあらす。今当座の志を不知と云なり。歌に桜花(ママ)下にかくるゝ人をゝほみとは、藤氏の末世をとらさ

りきに、紀家天子の御後見たりしを云也。されは、桜井の太政大臣紀の諸人、桓武、平城の御後見として盛たりしを云也。ありしにまさる藤のかけかもとは、彼桜井の大臣の時よりも、いま藤原氏の忠仁公盛へて座はと読り。おほきをとゝとは、忠仁公也。みますかりてとは、御座と云事也。皆人そしらす成にけりとは、よき歌也と云也。

百二

第百四

一　男ありけり歌はよまさりけれとゝは、読と云心也。上によきを、おかしと云。本文の如し。卑下の詞也。あてなる女のあまに成てとは、斎宮の女御、貞観十七年、斎宮はてゝ、京に上り給ひて、同年四月に御出家。世をうんしてとは、世を恨給ふ心也。山里に座しけりとは、大原に家造て住給ふ也。もとしそく成けれはとは、伊勢にてあひ奉たりし時、斎宮の御腹に業平子息生る也。彼子息、師尚、是也。歌に、そむくとて雲にはい(ママ)らぬ物故にとは、世をそむけはとて雲に入て、仏に成事難きに、世の中のうき事、なよそになし給ひそと読也。仏に成をは、入覚とも入雲とも

云也。白楽天の筆に云、縦得仏得通不知入雲之道、再帰凡夫云り。此文の心は、入雲とは、仏に成を云也。

百三

第百五

一　いとまめにしちよう（実要）にとは、心真実にして、あたの心なかりしを云也。是は、業平しはし好色の事を思捨て、宮仕念頃にせし時の事也。深草の御門とは、仁明天皇なり。御子達の仕ひ給ふ女とは、仁明第三の皇子なり。光孝天皇未御子の御時、小町を思食けるを、業平忍ひて逢て後、夫夢にみへけれは読てやる。歌如『古今』。さる歌のきたなけさよとは、よき歌と云心也。

百四

第百六

一　ことなる事なくて尼になる人とは、させる老後にも非す。又、病にもよらすして、出家したまへは云也。是は、斎宮の御事也。歌に世をうみのあまとは、世を恨の尼となり給ひたり。みれは妻にせはやと思と云也。其をめくはせよとは読也。斎宮にて座時こそ叶はね、今は斎宮もせて、尼に成たれは、苦しからし、妻に成給へと云也。

百五

第百七

一　かくては死へしと云やりたりけるとは、二条后内裏に座て、逢かたかりし時、業平歎申けるに、后の御歌に、白露はけなはけなゝんとは、をのれははや死なはしね、しなすはとても、我夫に成へき物ならすと云り。玉にぬくへき人もあらしをとは、汝か露の命の有とても、誰か玉ともみるへきと云。なめしと思けれはとゝ（ママ）は、あまりに言葉もたはらす、なめくの給ふとは思ふと、なを恋しと云也。

百六

第百八

一　皇子達、貞元親王、貞保親王、雲林院親王達、大和の竜田河に座ける、御共に業平参り、貞観十七年十月也。歌の心は、彼河にもみちの流て、水の紅にくゝる面白さは、茅葉や振神代にも有とは不聞と也。

百七

第百九

一　あてなる男ありけりとは、業平也。其男の許なりける人とは、業平の妹、初草女也。内記に有ける藤原敏行とは、大内記也。後には左衛門督也。是は、富士丸の大臣一男也。よはいけりとは、彼敏行、初草の許へ忍ひて通ける也。また若けれはをさ〳〵しからすとは、此女いまた少けれは、男女の道にも不㆑長と云なり。歌返事、共に義なし。男文をこせたりとは、敏行、初草の許へ文つかはす也。得て後の事とは、彼女にあひて後也。み幸あらは此雨ふらしとは、此女に可逢幸あらは、此雨ふらしと、心占をする也。例の男、女に替りてとは、業平、妹に替りて歌読て遣。歌に、数々に思ひをもはすとは、数々に思はねはこそ、とうことかたかるらめと云也。身をしる雨とは、君に契ありなしの、心占の雨なれは云也。また、『万葉』等には、涙を身を知る雨と云。諸兄大臣の歌に、

　泣流須身於知雨丹国奴礼波身佐江水粋登成天紫毛哉

とよめり。簑笠もとりあへすとは、四位の殿上人なれは、

かちはたしにて歩へきになけれとも、雨間の有を悦て、我か簑笠も不覚雨にぬれて陸にて行を云也。されは、我簑笠も取あへすに振舞と云也。しとゝにぬれてとは、しと〳〵ぬれて行と云心也。

百八

第百十

一　女人の心を恨みてとは、小町、業平か一方ならぬを恨みて、よむ也。歌に、風吹はとはに浪こすとは、常に云義也。常のこと種にいひけるとは、ふるき歌のやうにいひなして、常に此歌を業平の聞時に詠けり。男とは、業平也。歌に、宵ことにかわつのあまたなく田にはとは、男のあまた有て住人なれは、誰ゆへにか袖はぬるらんとよめる也。蛙のあまた水の下にて鳴には、田の水多成なり。是は、気にふかれて多なる也。順『西行賦』云く、花は依㆑風散り、水は増㆓蛙㆒気（イキ）㆒、人は依㆑友知㆑情、雨は依㆑雲降（クタル）と書り。是、依㆑縁、物の成する事也。されは、蛙のあまた鳴田には、水増と云也。

百九

第百十一

一　友達の人を失とは、民部大輔紀望行の妻、身まかりし時の事也。歌心は、花こそあたなる物と思しに、花はまたちらぬに、此人別ぬるは花より人こそあたに成たれと読也。望行は、長谷雄（ヲ）か二男也。

百十

第百十二

一　みそ（密）かにかたらふ女とは、二条后也。歌に、出にし玉にあるなん（ママ）とは、君を恋奉我魂そ出て行てみゆらん、夜深くみへは玉むすひして、我神を留めよと云也。玉結ひと云事、陰陽家の鎮魂祭に有。是は、人の魂の出るに、暁に成て出れは、祭とも不叶、よひ夜中なとに出るは、祭は帰る也。されは、夜深みへは祭と云。此祭の様は人の魂の出るをみて、魂の方に向て、したかへのつまをといて、左へ結て、

　玉はみつ主は誰ともしらねともむすひとゝむる下かへのつま

と三度頌て、彼魂のをちたる所の土を取て、よき陰陽師をよひて、我家に埋せて、三日ありて、彼陰陽師につまをとかする也。其心を結留下かへのつまと読也。

百十一

第百十三

一　無成たる人を訪様にてとは、慶（下）元（上）元年四月十三日、清和崩御、彼姫宮選子内親王、御忌に座けるを、訪奉様にて、歌を読て奉る。歌に義なし。返事、したのをひのしるしとは、『古今』云契の本文の如し。かゝるかこととは、かつけことをはせゝはやと云なり。是は、清和の崩御の事にかつけて、けしやうし奉事をいふなり。又、かへしとは、業平又よみて奉る也。こひしとはの歌の心、是も契帯の本文の如此間字、件一字見へす。返事に、下紐のしるしとするもとけしとは思へと君にえこそしらせん、返歌無義。終に、彼内親王に逢奉りけり。

百十二

第百十四

一　念比にいひ契とは、選子内親王と業平と深申通けるに、彼内親王、基康親王の御息所と成給ひて、須磨浦に住給ひにける所へ、業平読て奉歌也。彼基康は、仁明天皇第四御子也。歌如『古今』。

百十三

第百十五

一　やもめにてとは、小町家出してなかりしとき、常盤里に籠居て読歌也。意は、人の命は長からぬものを、其をも不知、忘るは何にみしかき心そとよめる也。

百十四

第百十六

一　仁和御門芹河に行幸し給ふとは、光孝天皇仁和元年に御即位、御年五十、小松の帝と号す。委は如『古今』。仁和二年十二月十四日、芹河に行幸。供奉に、行平、高経、滋春等也。是は、業平滅後の事也。業平、元慶四年五月廿八日卒ける時、子余た有といへとも、滋春に和歌好色の両道を伝。此物此間二字不見長からぬ命云々。帰て清書して死けれは、滋春、次に芹河の行幸の物語を入て、其奥に業平の草案に任て、業平の事を書。爰に此段を書事、何哉。答、此物語前後不同にして必不定始終、其上此物語は、一向業平か事なる故に、業平逝去の所を奥に書心か為に、こゝに入たる也。長能か云、息男滋春は、父公の遺筆に加之幼案を。芹河の行幸より奥、是也と云へり。されは、自レ是奥は、滋春か作必定なり。今さることにけなくとは、人見無と書る也。見苦心也。是は、行平中納言六十に及て、忍摺の狩衣、衫に鶴を縫物にして、翁さひの歌を縫て着たり。もとしつけたる事にとは、本美々敷振舞つけたるにと云也。大方の鷹狩とは、其日は鷹狩の行幸なり。歌の心は、我既に衰たる翁也、今日計こそかゝる事にもあはんすれ、人なとかめそと云なり。翁さひとは、翁衰たりと云ふ。『漢書』云、漢高祖の竜顔衰（サヒテ）二白頭一、後日少周燕王馬耳忽落（ニテ）、不聞二遠声一云ふ。文の意は、高祖の母、竜門の堤に遊ひ給ふに、竜化二美男一来て、嫁き奉る。さて、高祖を儲（マウケ）奉り、彼御門の御ほうに竜鱗有り。腹立給ふ時は、此鱗逆に成る。自レ是、王の腹立給ふをは逆鱗といふ也。四十三と云御年より彼鱗失て、頭白く成て、衰給ふを云なり。周燕王の母、内裏南殿出て遊ひ給ふに、空より竜馬来て嫁き奉り。さて、儲奉御子、周燕王也。左右の耳、馬の耳也。百里千里声をも聞けるか、年衰て後、耳落て、私語をもきかす。『古選』云、

近比（コノコロ）波憂身（ハウキミ）衰気里（サヒケリ）奈良山之青木之下葉色哉替礼留

されは、叟さひとは、翁衰たりと云事也。かり衣とは、狩衣也。今日計とそたつ鳴とは、衫に鶴を縫たるによせて、我身のいく程も有ましき事を読なり。おほ（や）の御気色悪かりけりとは、御門も御年よらせ給へは、いま〳〵しく思食けるを云也。わかゝらん人はきゝをひすとは、御門、我その如に思給ふを云也。小将滋春、王の悪思食を見て、此歌を高やかに詠しかへたり。

翁さひ人なとかめそ狩衣今日は狩とそたつも鳴なる

かく詠しけれは、御門、御気色よくならせ給ひけり。

百十五

第百十七

一　みちの国にとは、長良卿の陸国守にて座時、大原に家造て住給ふを云也。男とは業平、女とは二条后、未定時也。男都へとは、業平京へ参を馬鼻向せんとは、必遠道にてなけれとも、引出物なとするを云也。をきのゐてみやこしまとは、大原に隠木の杜と云森あり。その中に都島と云石あり。『日本記』云、聖武天皇、彼山にて狩し給ひける時、彼石に暫やすみ給ひけり。王の居給ひたりし石なる故に、都嶋と云なり。陸奥にをきのゐて都島と云所あり。そこを、こゝに取成てかく造也。歌の心は、をきを身にをきてやくよりもかなしき云也。都島ねの別とは、都島の許にて后の送給ひける也。此歌、『万葉』歌也。是は、福丸の大納言の陸奥に下たりし時、彼国の女、をきのゐてみやこ嶋と云所まて送りたりける時、読歌也。其を詠し給へり。

百十六

第百十八

一　陸奥にすゝろにいにけりとは、長良卿の許に、すゝろに久しくゐたりと云義也。京なる人にとは、四条の后の方へ奉歌也。歌に、はまひさしとは、河なとにこまかなる砂の、風にふきあけられて、家のひさしに白くかゝりたるを、浜庇と云也。『俊頼か口伝』には、只浜の砂の積て、つかに成たるか、家のひさしに似たるを云といへり。何事もなく成にけりとは、かく云けれとも、後には逢事もなしと云也。

百十七

第百十九

一　御門住吉に行幸し給ふとは、天安元年正月廿八日、文徳天皇、住吉に行幸あり。業平御供にて、我みての歌を読也。御神下行とて、巫に御返事有と云り。実事可尋レ之也。『古今』『伊勢物語』の其心、此段にあり。御返歌に、みつ垣とは、神のいかきを云也。

百十八

第百廿

一　久くをともせてとは、二条后の御方へ久音信も不申しに、参らんと申たりける返事に、后の歌に、玉かつらはふ木あまたとは、かよふ女あまたあれは、我にはたへぬ物なから、うれしくもなしと読り。

百十九

第百廿一

一　あたなる男とは、業平、一方ならす通歩けるに、二条の后の御方に、形見に御覧せよとて、箏爪を奉、后業平か方へ返し給ふとて、読給ふ歌なり。歌に無義也。

百二十

第百廿二

一　また世をへすと覚女とは、四条后未少て、世に経る有様もしり給はさりし時の事也。人の許に忍ひて物聞へけるとは、業平か許より逢奉むと申をは聞給はて、清和の御門に、忍ひ〳〵被レ召と云事を、業平聞て、歌を読て遣す也。歌に、近江なる筑摩の祭とは、近江国に筑摩の大明神とて有、彼祭四月午日なり。其祭に、女は我男したる数、土鍋を入子に入て、大方を一にみせて、頂て渡也。又、大なる鍋を造て小鍋を入子にして、大方を一にみせて頂て、祭の座を渡也。又、男は女にあひたる数、開形を作て荷て渡る也。

百二十一

第百廿三

一　梅壺より雨に沾て人の通とは、左京大夫源致なり。梅壺は皇嘉門前也。歌読て遣すは、業平なり。鴬の花を縫てふ笠と云は、『古今』の梅の花笠と云心を取て、よめる也。返歌、其梅花よりも、君か思を我につけよ、沾たらんき物は、ほして返さんと読り。思をを(ママ)も火にかへたる也。

百二十二

第百廿四

一　契れる事誤る人とは、染殿后、常に逢奉んと約束し給ひたりしかとも、業平の一方ならぬを恨て、あひ給はさりし事也。歌、山城の井手の玉水とは、『日本記』に云、諸兄大臣、井出寺を造て、阿伽井を掘給へり。死て、かの北方の恋しかり給ひけれは、夢に見て云、「我掘たる玉水に座せ。逢」と云けれは、行てみるに、彼人の体、水の底に移てみゆ。其より恋しき人の体をうつしてみる事は、井出の玉水とよめり。されは、彼玉水に影の移るやうに、常に我に影を移てみへんと、の給ひしに、たのむかひなく、みへ給はぬと云義也。

追書入、井てとは、『万葉』に井堤と書たれとも、此歌は、さは非す。山城に奈良へ行道に、井ての玉水とて目出き水有也。玉水とは、ほめたる由也。往来の人の、此水を手にむすひてのむ也。されは、手呑と読也。其をたのみとそへたると云々。イ説如此。

いらへもせすとは、終に聞給はぬと云義也。

百二十三

第百廿五

一　深草に住ける女とは、清和御出家の後、二条后、東山深草に御所を造て座す也。やう〳〵かれ方にや思けんとは、業平、宮仕おほかりけれは、京へ行とて、読歌也。歌に義なし。返歌同し。

百二十四

第百廿六

一　いかなる事を思けるにやとは、好色、和歌の深義を思へは、我とひとしき人なしと読り。

百二十五

第百廿七

一　男煩てとは、業平煩て元慶四年五月廿八日、五十六にてをはらんとしける時、よめる歌なり。歌に無義。

右、中院殿自筆御本書写、其外可然異説ヲ加へ、伊予守貞世与之。子孫相伝後、為秀卿伝由也。

藤為秀

橘朝臣養父

源朝臣長照

伊勢物語奥秘書

（鉄心斎文庫蔵）

片桐洋一
神田裕子

伊勢物語奥秘書　蒿渓考正　一

伊勢物語、題之事、雖レ有二多の儀一、少に出レ之（ヲ）。或説に云、内裏女房に伊勢と云女は、無レ双歌よみの人なれは、優にやさしかりける。彼女房、業平と契て、わりなき志しふかけれは、中将の一期の間の事を書しるし、末世のためにと思へり。然に、彼双紙、集たる由を聞召て、宇多院より可レ有御高覧一由、被二仰出一間、奉レ之けれは、これを伊勢物語と云といへり云々。一義に云、男女の物語と云心なり。『費長房記』云、伊勢（ヲンナヲトコノ）契ハ示二艶粉色の道一云々。又、『陰陽記』云、伊ハ孕二万像一、勢ハ蒔万種云々。又、『太平後記』云、伊は亡国の使なり。人勿レ愛必有二十失一、勢は、護国の媒たり。公勿捨定有二百徳一云々。又、『花厳経』に云、伊書男子云々。又、『長能私記』云、業平艮（トツイテ）二男女会合の行を一、顕和語由之媒、記り一帖遺筆を一。是を名付て伊勢物語云々。一義云、業平、大裏の鈴綱と云所にて、一世の間、読給へる歌ともを草案にして此双紙を何と外題を可レ置やらんと案しける所へ、或日のつれ〴〵に、かふろなる童か短冊を持て来るか、双紙をあそはしたる由を、承り及ひそろ、此歌を御入そろえ給りそろへ、と云。業平、「是はいつくより」と問給へは、「伊勢の方より」といふて、やかて帰りぬ。人を付て見せ給けれは、やかてかきけすやうに見へさりけり。其歌に云、

神風や伊勢のはま荻吹しきて旅ねやすらんあらき浜へに（大神宮の御詠歌となり）

依レ之、伊勢物語と名付るとなり。又、一義云、男女の間を、いもせと云なり。中略して伊勢物語と云り。女をは、いと名つけ、男をは、せと云名付るなり。我朝は、いさなき、いさなみの両神、夫婦となり給ひしより、男女のかたらひによせて、万の事わさをあらはし侍れは、男女夫婦のことわさを書しるしたる故に、伊勢物語と云り。されは、男女の物語と云事なるへし。これは、大略可レ秘事歟。一義云、『伊勢や日向の物語』と云事あり。昔伊勢の国と日向の国とに、同年の生の人あり。又同時に死すことあり。日向の人は未二死期来一、伊勢の人は定業なり。然共、日向の人をは既に火葬にす。伊勢の人をは国の習として、其侭野に捨るなり。依之、焰魔王宮の義にも無レ力。伊勢のか

らたを活しむ。然間、伊勢のからた活て物云事、只日向のことのみ云て、姿は伊勢の人なり。此物語も候。上は其事にして、下は別の事なり。又、別の事かとすれは、更に其事なり。此物語の大概、如此。是は、経信卿の説なり。当流に、惟を不レ用。指南とはなるへしと云々。本差別之事、一には、中将自筆の本、是は、芹河の行幸より奥を二男滋春、書つき給ふ也。二には、伊勢中書の本、是は、中将死去の後、彼中書を清書して宇多院に奉る本也。三には、具平の親王の本、是は、うら書を物語の裏に書たる本なり。四には、安倍師安本、是は、物語の数、常の本よりもすくなし。五には、高階二位尼本、中将七世孫。是は、物語、数、次第を調たり。六には、賀茂の内侍の本、是は、普通の本よりも物語の数多し。七には、長能狩使本、是は斎宮下向の段を始として書たる本なり。七本の不同此是、中将の自筆より出たるなり。雖レ然、中将の、伊勢に書てあたへたるを、後に伊勢か清書して、世にひろむる本を家の正本とする、是今の相伝の本なり。注にも、新注、古注あり。此新注は、二条の太閤のあそはされたるなり。当世、用レ之。

中将之事、天長二年四月朔日、於二奈良京一誕生す。六才より真雅僧正の御弟子に成給て、承和七年十六才にして、於二仁明内裏（に）一元服し給ふなり。『長能私記』云、尋二父の文跡を一、平城第三の皇子、阿保親王第五息。訪二母の中祖を一、桓武第八の寵妃、伊豆内親王の一男なり。春秋二八の歳、忝も□（アツカリシ）二王冠一、以仕二文徳、清和の二君に一、数歳戴二禁虜の星霜を、為二斎宮宇佐勅使と一、両度に神社の祭詞をおこなふ。朝には受二雲水於勝一、生（ナシ）二仁儀の礼を一、比娃仁於枕を一、示二艶色の為（ワサヲ）一云々。彼業平は、児にては、まむたら丸と申し候なり。

一

一　むかし、心は中将の振舞様々にして、世に憚り多きに依て、昔と云也。過しことは、咎なきに依てなり。往て不咎と云り。或一説には、業平は、天長四年正月廿一日に誕生し給ふ故に、二十一日の男といふ説もあり。是は、不宜儀歟。文字に昔と云字を、廿一日と書といふ説なり。昔おと（朱）こ、中将の事なり。昔男と云に、三の義あり。一説には、口伝なり。一説には、上の注の如し。一説は、伊勢は、清和の更衣なれは、我から白くいはむも、いかゝせんと、伊勢か云る詞なり。うゐかうふりして、仁明天皇の御宇、於二殿上一業平始て元服し、忝も王冠を給ふ事も、始め元服も、於二殿上一始めなり。此故に、うゐかうむりしてとは云なり。一義、十三才にして元服と云説有、如何。任(ス)二左近将監と一。ならの京かすかの里にしるよしして、しるよししてとは、知由と書なり。其比、業平しり給ふ故に云なり。一義云、知るよしとは、十六才にて、春日のまつりの勅使に立事なれは、うゐ〳〵しけれとも、知るよしして、是をとりをこなふなり。かりにゐにけり、鷹狩に行と云事なり。此祭に、鳥を贄にかくる事侍るにや。そのさとに、春日の里なり。いとなまめいたる、なまめくとは、幽玄なる体なり。優にやさしきを誉たる言葉なり。『伯撰』十一云、貌艶色にして幽玄(ナマメイタルト)云々。一義云、心高麗国王会孝帝之内裏坐(ママ)上宮と云宮も、妻桑殿の二中、鬼変して、暮になれは、柱にそは立て、美女と現してありき給。皇后と成て太子あり。王子位に付て、青角帝と申けり。青き角頭に生たりしかは、青角帝と申なり。されは、なまめいたるとは、幽玄と書と云々。女はらから(姉妹)住けり。はらからとは、有常かむすめ兄弟の事なり。一腹を云なり。此おとこかひま見てけり　かひま見てとは、嫁事なり。『万葉』云、

天命尊(アマナツチ)石命尊(イワナツチ)して大和嶋爾開真見始て

おもほへすとは、はからすと云心なり。ふるさとに、奈良の京の事なり。いとはしたなくてありけれは、はしたなしとは、たまきの如くして無レ半と云心なり。至て物をほむる義なり。『政纏』十八には、無レ端と書なり。心(コヽ)(朱)ちまとひにけり　古郷荒なるさまの所に、かゝる人の何故にか住侍らん、如何さまにして、新京にうつらさるらんなと、をしはかる所も、いつれとも思はぬさまなり。一説は、見そめて恋しき心になるを云なり。おとこのきたりけるかり衣のすそをきりて、歌をかきてやる、心は、狩衣のすそを切て、帯の如につゝけて、それに歌をかけるにこそ。男のきたりけるとは、余所より云る詞なり。中将の詞ならは、只きたりける狩衣のとこそ書へけれ、悉く伊勢、清書のとき、用捨添削する心は是なり。可見。裙を切てと云に、一説あり。『鳥風問答』には、裙のくゝりめより切たれは、帯の如く、能く似つかはしくと云り。当流には、只いつくとはいはす、裙を切てとはかり、大とかに云なり。昔は、

人と物云そむるに、帯をやると云り。そのおとこ、しのふすりのかりきぬをきたりける　忍ふすりとは、みちのく忍ふの郡にて、するすりなり。もむさたかにもなく、みたれたるなり。古注云、此狩衣と云事、用明天皇末孫に、岑真（マサ）と云、出羽の郡士にて下て、其国にて持る女のすりて、天智天皇へ進上の衣といへり。

　春日野のわかむらさきのすり衣忍ふの乱れ限りしられす

春日野とをけるは、其所なれは云り。若紫とは、紀の有常か女、あねをは、むらさきのうへと云、いもうとをは、忍ふの内侍と云ゆへに、彼二人、ましおとりもなく、けちめみへされは、思ひみたるゝを、忍ふのみたれによせたり云々。一義云、若紫とは、女を云なり。『文集』云、顔女寵芳なる事、如二紫摩乃一薫（ス）レ風云々。然は、女を紫にたとへたるなり。すり衣の事、他説にはつよく愛着の心を云といへり。当流には、忍ふのみたれといはむためなり。となむをいつきていひやりける　女の有所をもとめて云やるさまなり。次の一説、追着てと云もあり。一説、帯続てと云義もあり。当流には不レ用なり。つゐておもしろきこととくもやおもひけん　中将の歌を見て、此返事に古き歌を思出て、是返に、似相さまに侍るへしと思ふ心なり。つゐて面白とは、次と続とを相兼たる詞なり。

　みちのくの忍ふもちすり誰ゆへに乱れそめにし我ならなくに

此返歌の心は、忍ふすりの如くに、たれゆへにか乱れそめにし、よも我にては侍らん、と云心なり。融卿の歌なり。『万葉集』の歌なり。是を本歌にて、今、忍ふのみたれとは読給ふ也。といふ歌の心はへなり　有常か女の心は、かくの如くにこそ、伊勢か云る詞なり。むかしの人はかくいちはやきみやひをなんしける　いちはやきとは、事取あへぬ様を云。早速とかけり。みやひとは、嫁事を云り。『万葉』なとにも多くよめり。一説、情（ミヤヒ）の字をもかけり。本歌に云、

　幾春にあひてみやひそ野辺の駒早き心は誰にあひにし

云々。『古注』に云、忍ふすりの事、昔、陸奥忍ふの里に、石あり。夫婦の中を恋侘て、思ふ心を言葉に出てゝ、石におしあてゝ、是をすれは、其言はは、紙に顕るゝと云り。天智天皇のころより、彼石の文乱て、文字たしかにあら

す。此故に、忍ふのみたれとは云なり。躬恒か歌に、

陸奥の忍ふ石文なかりせは思ふ心をいかゝしらまし

云々。一義、いちはやきと云事、『漢書』第八云、漢高、破漢四懸軍早速(イチハヤク)して、張良、階下に侍臣捨る全助命を、是は、此大将の行なるや否や、心は、高祖、一陣を破る事、早速なり。然間、張良、打臣下、命を不慎振舞候は、よしとや、わろしとやせんと云なり。

二

むかし、おとこありけり。ならの京ははなれ　慶雲年中に、元明天皇の御宇に、奈良の京を立給へり。其後、延暦の年中に、桓武帝の時、長岡にうつし給へり。同十三年、今の京を立給ふ。この京は人の家またさたまらさりける時に　此京とは、今の、平の京の事なり。桓武の御宇に、都遷ありて、いまた調はさるときの事なり。にしの京に女ありけり(朱)、此女は、長良卿御姫、二条の后の御事なり。奈良の京に程遠けれは、先、西の京長岡の里なとに、皆住給へり。其間十年也。中宿の様、かりに住給へるにや。西の京とは、天子のおはしますに依て云なり。西の京と長岡の里とは、程遠き所なり。その女(朱)、よ人にはまされりけり。その人かたちよりは、心ちなんまさりたりける　形も世に勝れ侍れとも、なを心たくみなきを云なり。一説に云、世の人にはまされりとは、先の、紀有常か女よりは、まされりと云なり。ひとりのみもあらさりけらし　心は、春宮の女御にて、いり給ふへき定りある事を云るなり。春宮は、清和の御事なるへし。けらしとは、中将を助て書ける詞なり。既に清和の女御に定り給ふ事なれとも、中将の、かくしてかよふ事なれは、おろ〳〵とけらんと云て、伊勢かたすくる詞なり。それを、かのまめおとこ　蜜男(マメオトコ)也。『貞観政要』云、風芳君は、霊王の臣下、大見にして、正に賢し。然共、依レ為二后宮の蜜男一、終於被レ誅、成二亡(ル)郷鬼一云々。又、一説云、『文集』三十云、毡(セン)亀、盗二天財一、入二地廬一(ニ)。心は、梁の文王御時、毡亀と云者、熊耳(ユウシ)山と云山に、四方十里に穴をほりて、陰居て、天財を盗て過。又、是を蜜夫と云なり。うちものかたらひて、かへりきていかゝおもひけん　うちものかたらひてのうちと云詞、世の常のうち、時雨木葉うちゝるなとより、すこしかはるへし。是は、しめやかに、ねんころに、かたらひたる心な

り。いかゝ思けんとは、既にうち物かたらひて、たかひにうちとけつるに、おきもせす、ねもせてなと、さも心なけきたるさまに、歌なとよめるは、いかやうなる心にかと、伊勢か思へる事なるへし。ときはやよひのついたちあめそほふるにやりける　雨そほふるは、雨の添ひふる也。『万葉集』に云、

争山の木々の紅葉に染ぬ覧添雨(フル)時雨今日も隙なし

云々。

起もせすねもせて夜半をあかしては春の物とて詠くらしつ

起臥安からす夜を明事は、又、春のものとて、ひるをも、さなからなかめ暮すとよめる心なり。起つ寝つ、物くるはしくなる許物を思ふと心得たるは、をとるなり。只、思ふて、ぬるともなく、起るともなく、よるをあかすと云よしなり。春のものとては、春宮の女御と成へけれは云なり。なかめ暮すとは、雨の心なるへし。一義云、起臥安からぬ夜をあかして、さなから春なれは、詠くらすとなり。歌の心は、別て書あらはさんとせすして、前の物語を能々心にしめて見れは、おのつから、歌の心、みゆるなり。ねんころにうちかたらひて帰たる折節、雨のしほ〳〵とふり暮し、物あはれなるに、身のうへのありさままて、よみてつかはすなり。

三

むかし、おとこありけり。けさうしける女のもとに　けさうしとは、懸想と書り。物を云よるさまなり。女とは、二条の后の御事也。一義云、只けわう(ママ)たる事なるへし云々。心をかくるといふ説もあり。けさうとつかふことばの事なり。いろしきにもかやうにけうするなり。ひしきものといふものをやるとて　ひしきものとは、海草なり。一義云、是は、よるの御座の事なるへし。にしきにて、へりさしたる御さむしろを、まいらせ給ふとて、かく云り云々。

思ひあらはむくらの宿に寝もしなんひしきものには袖をしつゝも

彼歌の五文字、色々に、よみあり。おほひあらはなとよむとも、又、かゝる思をすへきならは、葎の宿なりともねんと云とも。むくらの宿とは、疎屋の事なり。歌の心は、思ひのある身ならは、むくらの宿と云とも、ねなん物をと云

なり。ひしく物には、袖をしてもと、よめるなり。思あらはと云五文字、こゝにて尋常には不レ可レ見。かほと切なる思あらんには、誠に、葎の宿なりとも、寝む物をと、深く吟味すへし。葎の宿といふも、虎ふす野辺なりとも、なと云に似たれとも、又すこしかはるへし。おそろしき所なりともと云なり。二条のきさきの、また御門にもつかふまつり給はて、たゝ人(ウド)にておはしましける時のことなり　此時、二条后、また清和の中宮には成せ給はねとも、はや女御になり給。又、終には、なりのほり給はん人なれは、中将、蜜通の事を云たらんには、かろ〳〵しく成給はむとて、后を助て、只人とは伊勢か云たる詞なり。

四

むかし、ひかしの五条に、おほきさいの宮おはしましける　東の五条は、染殿の在所なり。后の宮は、忠仁公の御女、染殿の后の御事なり。大后(ヲホンキサイ)のとは、皇太后宮に成たるを申なり。にしのたいに、すむ人ありけり　西の台とは、染殿の内にあり。住人とは、二条の后の御事なり。それをほいにはあらてとは、あらはれはせてと、云心なり。古注には、非二顕意一と書なり。新注には、本意にはあらて也。后に立給へるを、業平、下らふにて心をかけ申事、本意の外と云か。本歌に云、

　もらさねは知る人もなしむや〳〵とほいこそいてね人を恋つゝ

此時は、顕意かよき歟。本意にはの時は、ほの字を、よはく読へし。顕意の時は、ほの字をつよくあたりて、よむなり。心さしふかゝりける人、ゆきとふらひけるを、む月の十日はかりのほとに、ほかにかくれにけり　志の深き人とは、中将の事なり。む月とは、正月なり。睦月と書り。末に、月あまたあれは、云なり。只一ある物には、むつましきとは云へからす。ほかとは、長良卿の許へ、二条の后のおはします事なり。あり所はきけと、人のゆきかよふへき所にもあらさりけれは、心は高位の人の許なれは、通事かたしと云なり。名をうしと思ひつゝなんありけるとは、名のたゝむ事をうきなり。思ひつゝなむ有けると云詞にて、一年をくらすと可二心得一云々。又の年のむ月に、梅の花さかりに　西の台の梅の事にはあらす。たゝ、世の中の梅の花さかりなる折節、かく云也。歌に、

秋萩の花咲にけり高砂の尾上の鹿も今や鳴らん

と云歌にて、心得へし。是も、あなかちに、たかさこの萩にはあらすとなり。こそを恋ていきて、たちて見、ゐて見れと、こそににるへくもあらす。うち鳴て、あはらなるいたしきに、月のかたふくまて、ふせりて、こそを思ひいてゝ、よめる　あはらなるとは、荒たるには非す。あるしとする二条の后おはしまさねは、かくいふなり。

　月やあらぬ春やむかしの春ならぬ我身ひとつはもとの
　身にして

心は、月やさもあらぬ、又、春やむかしにてもあらぬ、我身は本の身にしてあれとも、其夜の心地もせすと云由なり。后のおはしまさぬと云事を、此内の余情にしたるなり。月や、春やの、やの字、いつれも、やはと心得へし。我身ひとつはの、はの字をも、もと心得へし。又、或説の義には、此歌は、業平、胸の内をあらはし給ふ、大事の歌也と云。歌の句、面をふせん事も、難レ及。まして心をしらん事も、かなふへからす。さりなから、おほかたの人の心得給ふ趣は、月もいにしへの月、春も昔の春なれとも、思ふ人と共に詠し時こそ、おもしろかりつれ、只独思ひにしつみ、泪にむせひて詠れは、ありし夜の面影にもにす、つらさかなしさのみまさりて、面白からぬを、昔の春にあらぬとは云なり。我身計は、もとの身なれとも、月も春も、昔にはあらぬと読也。又、一義云、此歌の春をは天子にたとへ、月をは后にたとへて読となり。位につき給ひて、只人にておはしまさぬ故に、かくよむとなり。と読て、夜のほの〴〵とあくるに、なく〳〵かへりけり。夜のほの〴〵と明るとは、彼后わたらせ給ひしとき、こり人(マヽ)目をしのひしか、今は早、誰故に余所目をもつゝむへきと打あらはれて帰り給ふを、夜の明るとはいふなり。一説云、夜のほの〴〵とあくるに、口伝と云は、月やあらぬの歌を見るに、無漏(ムロ)法性の義なり。されは、法性の都に、至りたる心なり。法性かたとて、当流には不レ用なり。

五

むかし、おとこありけり。ひんかしの五条わたりに、いと忍ひていきけり。みそかなる所なれは　五条わたりとは、文徳天皇の后、染殿の御事なり。みそかなる所とは、ひそかなる所なり。陰蜜の義と心得へし。門よりもゑいらて、わらはへのふみあけたるつゐちのくつれよりかよひけり。人しけくもあらねと、たひかさなりけれは、あるし、聞つけて　あるしとは、染殿の后なり。聞つけてとは、聞給ひて、御せうとの本へ告て、通路に人を置て、まもらせ給ふ事なり。そのかよひちに夜ことに人をすへてまもらせけれは、いけと、ゐあはて、帰りける。さてよめる、

人しれぬ我通ひ路の関守はよひ〳〵ことにうちもねなゝむ

心は、人しれぬ我通路とは、大方の道にもあらぬ築地のくつれよりなれは、かく云なり。かやうの関守は、よのつねの如くにはなくて、よひことに打ねよとなり。人しれぬと云五文字、尋常の、忍ひたる方の詞にはあらす云々。とよめりけれは、いといたく心やみけり。あるしゆるしてけり

いたく心やみけりとは、此歌を聞て、あはれかる由なり。ゆるしてとは、寛宥の義なり。二条の后へしのひてまいりけるを、世のきこえありけれは、せうとたちの守せたまひけるとそ　せうとたちとは、后の兄弟、国経、基経等の御事なり。

六

むかし、おとこありけり。女のえ得(朱「う」)ましかりけるを　女は、二条の后なり。ゑうましは、不得なり。一義、わかつまには、なるましきと云事なり。としをへて、よはひわたりけるを、からうして　からうしてとは、辛の字なり。ぬすみ出て、いとくらきにきけり　くらきは、世の人をくらます心なり。我心のくれまとふには、あらさる也。あくた川といふ河をゐていきけれは　あくた川、つの国にあらす。内裏に、朝きよめのちりを、はらひ入る川なり。さて、あくた川と云なり。御溝水とも云り。大裏の時は、今の大宮川を云なり。心は、人の心をは、くらませとも、あくた川の如くに、あしき名のみ、中将の上につもるなり。いていきけれはとは、ともなひ行事なり。あくた川、清涼殿と紫宸殿の間にあり。草の上に置たりける露をかれはなにそとなんおとこに問ける　草のうへとは、后の、我身の上と宣ふ事なり。女を草と云事、『文集』云、女随レ男如レ順二若草風一云々。露とは、思ひなり。『左伝』云、延契之露未レ尽ミ云々。かれは何そとは、かゝる思ひは誰故そと、

中将に、かこち給ふ事なり。中将の返答なき事も、中々にや。女をは草にたとへ、男をは風にたとへたり。行さきおほぐ、后を伴たてまつりて行心のすへの、いかならんと覚へぬさまなり。一説、后をぬすみ奉りて、行心なれは、内裡いかほ(マヽ)もなけれとも、千里万里の思ひなるへし。夜もふけにけれはとは、内裏の四門をとつる事なり。『漢書』云、漢王城閉て軍兵不通云々。軍兵不通のすへ、孝苞、雖為畏終滅す、ともあり。鬼ある所ともしらて　内裏に、蔵の間に、庁の間、鬼の間とて三つあり。蔵の間には、当今の御具足を置なり。庁の間には、后の具足を置なり。鬼の間には、先帝の御具足を置所なり。当代不用なき所なれは、人も立よらす所なり。かよふの所をも、心のくれまとひて、わするゝなるへし。『古撰集』七巻云、

　我宿はきく売る市にあらねとも四方の門へに人さわく
　なり

是は、四方に、人のおほく集り居たるをよめり。神さへいといみしうなり　かみのなるとは、帝王の御いかりの事なり。内裏を雲のうへといへは、雷雲の上にて、おとろしくなる物なれは云なり。帝王を雷にたとふる事、『史記』云、秦の始皇、暴悪(ホシイマヽ)ニ銘レ肝、虎心良盛なり、生ニ夆(カウサウ)除塵一、如ニ雷電神の破レ雲一。侍臣計藁々走散、不レ絶ニ山野一、似ニ雨脚の冉(シケキ)ニ云々。あめもいたうふりけれは　月卿雲客、后の見へ給はぬを尋求る体、雨の脚のしけきに似たり。あはらなるくらに、女をはおくにおしいれて　あはらなる蔵とは、鬼の間を云なり。是も、ぬしなき所なれは云り。一義に云、蔵とは、かくすと云の、よみあり。おとこ、ゆみやなくひをおひて戸口にをり　弓胡簶を負とは、后をぬすみ奉て、心のたけく、おそろしきに喩なり。『臣政伝』云、質妃艶甚体なれとも、心に持ニ弓箭を一、武こと如ニ戦客一云々。一義、戦客云事、心は呉王と越王と戦の時、越王の大将軍に、宅宣公と云人、一矢千死する術あり。彼人死て後、呉国孝皇、軍を発して、越王をせめんとす。国の人大に歎。時に、宅宣公の娘妃、入后に、此息かしこく武して、計を廻す。海上に縄をはりて、上にこもをしき、屋形を作て城擲とす。呉国の軍兵不レ知之、実城と心得て、乱入に、海上に死す。はや夜も明なんとおもひつゝゐたりけるにとは、四ツ門を開けと、おもひつゝいたるなり。思ひつゝと云ことはにて、ほとへて、心をつくすことば、見へたり。

鬼はや一口にくひてけり　彼鬼の間には、くち一方計りあり。此くちより、后のせうとたちの、取かへし給ふを、鬼ひとくちにくひてと、云なり。あなやといひけれと、神なるさはきにて、きかさりけり、あなやとは、かなしやと云心なり。『西域記』云、悲哉々々（アナヤ〳〵）と云り。神なるさはきとは、帝王、怒りにおそれて、后の、かなしやと歎き給ふをも、聞ぬよしなり云々。神なるさわきとは、『万葉』に云、

　皇は神にもませは天雲のいかつちの上にいをりぬるかも

やう〳〵夜も明ゆくに、見れは、ゐてこし女もなし　夜もあけゆきてとは、四ツ門を開く事なり。いてこし女とは、四門ひらけて後、后を見奉りけれは、見へ給ぬなり。あしすりをしてなけとも、かひなし　足すりをしてとは、思ひの切なるよしなり。『文撰』云、帝女足走、其思ひの不レ尽云々。

　しら玉かなにそと人のとひし時露とこたへて消なまし物を

草の上に、置たりける露をと云所を、白玉と云ひなせるなり。心は、露をなにそと人のとひし時、消もうせ侍へき物をと云由なり。更に、此歌なとは筆につくしかたき事なり。『万葉』云、

　あさな〳〵草の葉白くをく露の消はともにもいひし君かな

云々。これは二条の后のいとこの女御の御もとにつかふまつるやうにてゐたまへりけるを、かたちの、いとめてたくをはしけれは、ぬすみて出たりけるを、御せうと堀川のをとゝ、たらうくにつねの大納言、また、けらうにて内へまいり給ふに、いみしうなく人あるを聞つけて、とゝめてとりかへし給ふてけり。それを、かく鬼とはいふなりけり。また、いとわかうて、后のたゝにおはしけるときとかやかく鬼とは、いみしうなくをきゝて、あはれにたへすして、取かへす事なりしかとも、猶、心たけく取かへすを、鬼とは云なり。

七

むかし、おとこありけり。京にありわひて、あつまにいきけるに　京にありわひてとは、后の御故に勅勘を蒙る事なり。東へ行けるとは、東山へ行事也。流罪の由、勅勘に

て、三年の程、東山長良卿の許に、かくれ居給ふなり。中将は、長良卿の、家来の人なるに依て也。又、長良卿は、二条の后の父なり。其旧跡は、今の祇薗小路なるへし。いせをはりの、とは、男女の契の終と云事也。伊勢をは、をんなおとこと、読るに依て云なり。あはひの海つらをゆくに　交もなく、うきけしきと云心也。『文撰』云、仁儀礼智信、五常は交天に不レ隔云々。海つらはうき面也。一義云、浪のいと白く立とは、泪なり。『万葉』云、

　恋になく

の歌にて可知なり。浪いとしろくたつをみて　浪とは、泪也。『文撰』云、小嶋涙波常に懸りきと云々。白くとは、あらはるゝ義なり。隠士閉扉、白（アラハレテ）勿人に朋なふこと云々。中将の心に思し事の、かくもあらはるゝことよといへり。

　いとゝ敷過行かたの恋しきにうらやま敷も帰る浪かな

さらぬたに過行方は恋しき物なるに、都を隔て、思ふ人にも別、一方ならぬ物かなしきに、よりたる浪の、幾度ともなく立かへるを見て、かやうにもあらはやと、羨しく思ふ心なり。又、おもひそめぬさきを、恋る心なり。一義、浪とは、泪なり。

　恋になく涙の瀧の白露しろくや人にあはれとはまし

又云、漢の武帝、李夫人に今別て歎き給ふ時、詩を作り給ふ。身ハ如レ在二海中一、岩に涙浪常に洗て難レ浮（ヒ）と云り。是皆、泪を浪と云事共也。　となむよめる。

八

むかし、おとこありけり。京やすみうかりけむ、あつまのかたに行てすみところもとむとて、ともとする人ひとりふたりして行けり　友とする人とは、紀有常、平定文也。中将の知者なれは、同勅勘を蒙と云由也。しなのゝ国　しなのとは、闕官せられて、品もなしと云心なり。国とは、くるしみと云心なり。苦に、なり。あさまのたけにけふりのたつをみて　あさまとは、我身の、あさまに成を云なり。思ひの熾盛（シシヤウ）なる由也。

　信濃なる浅間のたけにたつ煙おちこち人の見やはとかめぬ

心は、品もなく、あさまに成はてたる身の思ひ、山の嶽の如くに、おひたゝしく、遠近ともに、其隠れ有へきかと歎

由也。『文撰』云、陵王、念ひ生(ナシ)て、嵩高聳(ソヒヘ)レ雲に、泊臣恨埵重銭帯(タリ)レ霞を云々。心は、陵帝、臣下に国を奪はれて、思の高こと成レ嵩と云り。又、漢帝の臣に、泊日と云者、御門を恨奉り砮と云所に、銭を筑て、つゐじとしけるを、御門、軍を遣して、彼重銭を焼破し、煙、霞の如くなりし事なり。一説、此浅間のけふりは、恋の煙と申伝へたり。業平も、恋故に、かく東の遠き国まて、さまよひ給へは、人やみるらんと読り。惣して口伝多し。

九

むかし、おとこありけり。そのおとこ、身をえうなきものにおもひなして　えうなきとは、左近衛中将を解官するなり。一説には、つかへねは、日月の光をたにみすして、無用の身となると云なり。一義、身をえうなきと云に、無レ用と云義もあり。又、一義、衛府と云義、衛府の助なれは云。又義、閻浮の義歟。京にはあらし。あつまのかたにすむへき国もとめにとて、ともとする人ひとりふたりしていきけり。　道しれる人もなくて、まとひいきけり　道知る人も無とは、中将のかゝりける事、ありける由なり。まとひいきけるとは、有常、定文、事のよしをも知ねとも、業平と同く、勅勘を蒙るよしなり。一説、道しる人も無てとは、友とする人々も、たかひにいさむへきを、いつれも色をのみ好て、同くつみにあたるよしなり。三河の国　三河とは、染殿の后、二条の后、四条の后、三人を思ふ由なり。国とは、物を思ふ告(ママ。苦カ)になり。又、三河とは、三つの心あり。川は水の体なれは、水と云むためなり。水は心水とて、こゝろを云なり。八橋といふ所にいたりぬ、八橋とは、恋の心の、蜘手の如くに乱る由なり。又、八人を思ふなり。前の三人に、五人をくはへたるの説なり。そこを八はしといひけるは、水行河のくもてなれは、橋をやつわたせるにてなむ八橋とはいひける　水行川のくもてとは、水の従横に流所なり。そのさわのほとりの木のかけにおりゐて　沢とは、関白の恩沢に喩るなり。木の陰とは、関白の一門の栄花の盛なるを思よそへて云るなるへし。かれいひくひけり　飯の惣名なり。新注には、ほしいひの事と云。干飡飯を云となり。何も不宜。只、飯の惣名と云は、よき也。歌に云、

　家にあれはけにもる飯を草枕旅にしあれはしひの葉に

もる

此歌の、けにもるとは、まけ物なとの事なり。うつわものなり。その沢に、かきつはた、いとおもしろく咲たり　其時の関白、忠仁公の御許に、かきつはたありけれは云り。それを見てある忠仁公（ママ）人のいはく、かきつはたといふ五もじを句のかみにすへて、旅の心をよめ、といひけれは、読る、

から衣きつゝなれにしつましあれははる〳〵きぬる旅
おしそ思ふ

此歌の心は、馴つる妻のあれは、遙なる旅の、殊に思はるゝと云心なり。から衣と云へるは、着つゝと云はるゝ、縁の詞なり。或云、此歌、折句によめるなり。余に、衣の縁語多き故に、いかゝと云人あれとも、難題なれは、くるしからす。ある人は、古説には、有常と云もあり。又は、忠仁公と云説もあり云々。とよめりけれは、みな人、かれいひの上に泪をとしてほとひにけり　泪おとしてほとひにける程にて、思ひの切なる事を云り。皆人、泪を落すを以て、中将の思ひの程は知るへし。又、ほとひにけりとは、恩沢にうるおふに喩ふなり。皆人の官位封禄を得る事、関白の恩沢なれはなり。行々てするかの国にいたりぬとは、高経の家に行を云り。高経は、二条の后の弟なり。其時、駿河守なれは云り。行々と云るを以て、遠江を経たる、余情とすへし。うつの山にいたりて　空き恋の病と云由なり。うつは、むなしき事なり。山は、病なりと云へり。わかいらんとする道は　思ふ人々にをくれて、流人と成て、東山に籠り居んと、思ふこゝろを云り。いとくらうほそきに　我思ふ人々に、帰りてあはん事の、いつとも覚へぬを、くらく細きと云り。又、いとくらしとは、我恋路をつく〳〵と思ひつゝくれは、更にあらましき道なれは云り。細とは、我恋路にかけたる命の緒のほそきと云よしなり。つたかえてはしけりとは、肩を並し月卿雲客に、我は関白の恵に依り、我は帝王の哀に依て、栄花の盛に喩るなり。つたを侍臣に喩る事、『文集』に云、苓葛気栄レ懸木ニ、増レ力、得登レ天、長きことを、侍臣栄茂木シテ、随王進位、喩挙高官云々。かへてを王の一門にたとへる事、『文集』云、嘉座ハ植テ二花木ヲ一、芳香ヲ供尊云々。嘉座は、雲州の王の名なり。花木は、楓樹なり。又、他本にあり、楓とは、大君の御事をよそへて書たるなり。『仙道記』云、壺公楼

中入二乾坤一、薬服嘉座植二花木一ヲ、芳香供尊云々。彼雲州の嘉座、小宗山と云山に入て、仙人の経をよみける所に、いたれり。是を見て、尊くおもひ、仙術をならうへき由、申し給へは、仙人の云、都の四方に花木を植て、朝ことに世尊に供し給はゝ、おのつから仙方を得給ふへきなりといへり。御門、おしへの如く、四方に花の木を植給へり。其花の木と云は、楓なり。花の都とも云は、此心なり。扨、後に、仙人となり給ふなり。されは、今も大君を楓にたとへたるなり。此分、何も古説なりと云々。もの心ほそくすゝろなる目を見ることゝおもふに、『文集』云、辛の字を、すゝろとよめり。心は、かゝる世にしも、理なき思をして、からき目を見る事と思ふ由なり。修行者あひたり。かゝる道はいかてかいますといふを見れは、見し人なりけり（朱）　修行者は、八条宰相清経、法名蓮寂、慈覚大師の御弟子なり。駿河守高経の許に行あふて、かく云けると云り。当流には不用也。と云をとは、遍照、俗名、善峯の宗貞とて、深草院に仕へ奉りしに、崩御の時、みわさの庭より出家して、貞儀を深くせん人なれは、中将、我身のひたゝけるふるまひを恥て、始はみぬ由しけるに、懸る道はいかてか、なとゝ云かけられて、其時あらたに見る由也。京にその人の御本にとてふみかきてつく　其人とは、二条の后の御事なり。中将の文をは、遍昭にことつくる由也。

　するかなるうつの山辺のうつゝにも夢にも人にあはぬ
　　成けり

心は、うつゝにも、夢にも、人にあはぬ事を、かけも思はさりし事と歎く由なり。中将、歌のくせとして、心あまる也。ふしの山を見れは、五月のつこもりに、雪いとしろうふれり、富士の山とは、清和天皇にたとへ奉る。雪いと白しとは、五月晦日に、御出家し給ふ事也。『文集』云、万騎主高して、山又山峯重々、仰天月云々。又、一義云、富士の山とは、大君の御事也。内裏を高き山にたとふる事、人丸歌云、

　大君は雲にゐませは久方の大内山と云もことはり

云々。又、嵯峨の天皇、河尻と云所へ行幸なりし時、きし（ママ）ろめと云女房、美人のきこえありけれは、彼を被レ召て、一夜御かたらひあり。彼女房の歌に、

　道たかき富士の御山にのほり来て月を袂に宿してしか
　　な

と読。何も大君内裏をは、富士の山に喩たりと云々。

　時しらぬ山は富士のねいつとてかかのこまたらにゆきのふるらん

時しらぬとは、清和、三十七の御年、御出家あるを、今の御年に似あはぬと云由なり。いつとてかとは、御年の程をいつと思召て、其比にもあらて、御出家あるらんと云心なり。かのこまたらとは、月卿雲客も、思ひ〳〵に出家し給ふ事を、たとふる也。其中に出家せぬもあれは、むら〳〵にして一様になきを云由なり。その山は、爰にたとへは、ひえの山をはたちはかりかさねあけたらんほとして　その山とは、富士の山なり。則、清和の御事なり。はたちはかりかさぬとは、月卿雲客の位より、帝王の御位に及なきにたとうなり。只、是、人倫の中に勝たる由なり。一説には、はたち許とは、ものをほめんには、しか其程ならすも、かく云へし。一説、中将の位階、四位なれは、従四位下より太上天皇まては、四位と云心なり。『鳥風問答』に専此説を勘て云へとも、其時、清和天皇、太上天皇の尊号如何。又、四位より勘るに、未レ詳（ダツマヒラカナラス）なと色々云へは、不レ用也。なりはしほしりのやうになんありける、しほ尻の事、本の傍に巨細被注之。然れとも、当流の心は、其山と云より、やうになんありけると云までは、富士の山の注なれは、義なし。前段にも、そこを八橋と云けるは、水行川の蜘手なれは、橋を八渡せるに依てなむ、八橋とは云けるとあり。是も八橋の注なり。此外段に（ママ）の注共多し。義あるへからす。有説に、つほしほと云物あり。其尻、富士の山に似たり云々。寂蓮、殊に此説を用と云々。定家云、先人命、此説凡卑なり。不レ用レ之。不レ得レ心とてありなん。往年、少に、有二問答一、尋（ヨ）レ人、未レ知二慥なる説（ヲ）一之由、答レ之云々。なを行々て　三河、駿河をはいひて、伊豆相模をいはぬに依て、なをゆき〳〵てと云へるなり。むさしの国と下総の国との中に、いと大なる河あり。それをすみた川と云。その川のほとりにむれゐて、おもひやれは、かきりなく遠くも来にけるかなとわひあへるに、わたし守、はや舟にのれ日も暮ぬ、といふに、のりて、わたらんとするに、みな人、物わひしくて、京におもふ人なきにしもあらす、むさしの国とは、長良卿の御事なり。一義云、日も暮ぬとは、御門の崩御の御事なり。『古撰集』十一云、

　あきらけく照る日は暮ぬ今は我夜る照す月の影をたの

まん

これは、神武天皇、崩御の時、御子達の読給ふと云々。一義云、日も暮ぬとは、『文集』云、帝と日の峯に没して、万侶闇之深し、公雲苓落て、百官の歎き厚し、此歌也。一義云、周燕王、陰れ給ふ。陵頭山に葬奉し心なり。王の崩御を、日暮ると云なり。業平、其時武蔵守なり。下総国とは、遠経の御事也。遠経は、長良卿の御子なり。其時、下総守なれは、云なり。隅田河とは、法勝寺にある吹田河を云也。長良卿と遠経は、此吹田河を隔て住給ふなり。此河を、長良卿の許へ、せきいれたり。此所へ、陽成の天子、行幸有て、曲水宴おこなはる。其時、流人皆来しなり。此事を、角田河に臨て、渡守の諫（イサメ）を聞と云也。遠卿の境に別て、都に思ふ人、無にしもあらぬ、歎きぬ。舟の中にも、住せぬもの、わひしからん事を思ふ由なり。さる折しも、しろき鳥の、はしとあしとあかき、鴫のおほきさなる、水のうへにあそひつゝ、いほをくふ。京には見えぬ鳥なれは、皆人見しらす。わたし守にとひけれは、是なん都鳥、といふをきゝて、白き鳥とは、曲水宴に出給ふ時の天子の装束の色を云り。嘴の赤は、唇のうつくしきに喩。足の赤は、袴の色なり。鴫の大さとは、陽成の天子を漢の高祖に喩。彼母、大沢の停（イコヒ）て龍と嫁する事あり。終に高祖を生り。顔形ち長し。是より天子を竜顔と申也。陽成も、顔の形少し長く渡せ給へは、喩て云るにや。水の上に遊とは、宴の体也。魚を喰とは、か様の遊宴の時、必、御厨子所の鵜飼なと折立て、魚をとりて、調の供御に備るにや。皆人見不レ知とは、もとは見奉らぬ王子なれは、見知奉らすして、関白に問申由也。天子を鳥に比する事、雲の上にて自在なれは、云るにや。渡守とは、関白を云なり。朝臣をすくひ助る故にや。是なむ都鳥とは、陽成の天子を申也。即位し給ひて、都を取と云事也。思ふ人と云も、陽成の母后二条后を思へるにや。日暮ぬとは、先帝清和崩御のよしなり。舟に乗れとは、当今に仕よと、関白の教て云る詞なり。物わひしくとは、先帝、勅勘ゆりすして、当帝に仕へん事を、心ならすと云由也。都取るといふ事、朝には、令レ持（タモタ）レ政（マツリ事ヲ）　晨を翼（ヨク）遥の翔（カケル）雲路、天下果（テ）ニ自在一飛（事）如レ鳥（ノ）。此しきの事、文字には、司宜と云。つかさよろしとよめり。漢高祖を、司宜と申也。彼御門、楚項羽とたゝかひ給ふ。終に、項羽を対治して、国を平け、世を治め、民を恵み給ふ事をよせて入て、御門を讃奉る。故に、司宜とは云り。又、『貞観政要』云、君は如レ舟、臣は如レ水に能浮レ舟、還顚(テカヘス)レ舟、臣能随(シタガフ)レ公、臣又勿(ニクンズ)レ君に。

名にしおはゝいさこととはん都鳥我思ふ人はありやなしやと

名にしおはゝとは、都鳥といふ事を聞、思よれる詞也。我思ふ人とは、二条の后なり。此事故に、流罪の人となり伝ると。猶其行すへのしらまほしきと云心なり。とよめりければ、ふねこそりて鳴にけり　こそりてとは、おの／＼此歌にめつる心なり。

十

むかし、おとこ、むさしの国まてまとひありきけり。さて、その国にある女をよはひけり　此段の武蔵の国とは、紀の有常か所也。女は、有常か女なり。武蔵守に任する時の事なり。ちゝはこと人にあはせんといひけるを、母なむあてなる人に心つけたりける　こと人とは、平定文なり。母は良門の娘、忠仁公のめいなり。あてなる人とは、中将の事也。あてとは、勝(スグレ)たるといふ心なり。『毛詩』云、二月董袖是春勝(ノカチ)人。一義云、こと人とは、よろし人にといふ心也。さてなん、あて(アテ)（朱）なる人にと思ひける　勝人とは、器用の人と云義、ほむる義なり。ちゝはなを人にて、はゝなむふちはらなりける　なを人とは、諸大夫以下の人を云也。又、直人と云義あり。母なむ藤原とは、当関白のめいにて、心も花やかに、思ひ計る事もなく、只勝なる人を、聟にせんと思ひけるなり。一義云、直人とは、なをさり人と云説も有。此むこかねによみておこせたりける　むこは、中将也。すむところなむ、いるまのこほりみよし野ゝ里なりける　入間郡三吉野といふことも、むさし野にての歌也。一義、此業平は、惣して都より外へ出すなれは、芳野と云も、大和の事也。

みよし野のたのむの雁もひたふるに君か方にそよると鳴なる

ひたふるにとは、一向にと云心なり。よるとは、縁と云心なり。此歌の心は、田面の祭とて、雁を取て、田の中に置て、縁にならんと云人の名ともを札に書て、田のめくりに立て、此雁を放てとるに、宜しかるへき人の、名のある方へ飛行なり。此事をよめる歌也。心は、三吉野ゝ田面の雁も、一向に、君か方に縁あると云なり。一義云、大国にある義なり。田面の祭、雁の足に糸を付て、飛はするなり。又、むさし野といふも、春日野ゝ内にあるなり。むこかねかへし、

我方によると鳴なるみよしのゝ田面の雁をいつかわすれん

此返歌、前の歌を以て見るに、義なし。いつかわすれんとは、いつの世にか、母の心さしを、切なる事を忘れんやと也。となむ。人の国にても、猶、かゝる事なんやまさりける　是も例の心のくせにて、流罪となる程の事侍りしかとも、好色の心やまさるにや。人の国にて猶と云るは、前段に、武蔵の国と下総の国と云る、首尾合せんとて、筆者の加へたるなるへし。前段は、仕て後の事、此段は、いまた若年の事可レ成と云々。一説、人の国とは、紀の有常か所なるへし。

十一

むかし、おとこ、あつまへゆきけるに、ともたちともに、道より、いひをこせける　あまつへ（マヽ）行けるにあつま歟とは、前段に書つゝくるに依て云り。左馬頭忠基と云人の所へ、つかはすとあり。前にあつまへ下ると侍る三段の首なるへし。

忘るなよほとは雲ゐに成ぬとも空行月のめくりあふまて

心は、雲ゐ程に遠く隔るとも、又めくりあはん月日まて思ひ忘るなと云り。此歌、『拾遺集』には、たちはなの忠幹（モト）は、延喜比の人なり。中将死後、廿年許なり。然は、時代不審なり。『拾遺集』に、誤りて作者の字を書けるまて（マヽ）、しからすんは、伊勢は、其比までの作者なれは、此歌を、世の間にもてあそふあひた、我も又おもしろくおもひて、かき入る歟。他本に、一義あり。程は雲ゐとは、此地より天へ上間は、四方二千由旬と云り。それ程に遠くともと云々。

十二

むかし、おとこ有けり。人のむすめをぬすみて、むさし野へいてゆく程に　人の娘とは、二条の后なり。長良卿、大和守にておはしけるとき、ぬすみ奉るにや。此段、武蔵野

とは書つゝけたるとも、前の段には、つゝくへからす。二条の后いまた仕へさる以前なり。漸、女御に成給はんなと、ほのめかしき比なるへし。春日野に武蔵と云所あるに依て、武蔵野へ出行とは書り。此武蔵は、『日本記』云、文武天皇の御時、中納言美作胡（ミサコ）丸と云人、武蔵守なりしか、奈良の京に上て、俄に死する間、春日野にうつむ。後、彼塚震動して、天下の人多く悩（ナヤ）む。人に詫て云、「武蔵国に我執心あり。彼国にて終らんと思ひしに、爰にて終らむ事、心にあらすなり。我をむさしへ送れ。」と云り。其時、宣旨有て、此塚を武蔵塚と名付らるなり云々。ぬす人なりけれは、国のかみにからめられけり　国守とは、守護の事なり。長良卿、大和守になりし時の事なるへし。からめらるゝとは、爰かしこ求尋られし事なり。女をは草むらの中にをきて、にけにけり。みちくる人　草むらの中とは、彼武蔵塚に女をかくし置なり。人も通はぬ所なれはなり。みちくるとは、満来なり。此野はむす人ありとて、火をつけんとす。女わひて、

　むさし野は今日はなやきそ若草の妻もこもれり我も籠り

此歌、させる義なし。つまもこもれりとは、中将を云り。若草は、女の名なり。又つまと云むとて、おけるなり。
とよみけるを聞て、女をは取りて、友にいていゐにけり。

十三

むかし、おとこ（朱デ囲ム）むさしなる男、京なる女のもとに　此段、前につゝくへからす。男とは、中将なり。女とは、四条の后なり。行平卿のむすめなり。聞ゆれは、はつかし、きこえねは、くるしと　とは、おちとめいとのあひたなれはなり。　かきて、うはかきに、むさしあふみとかきて、のち、音もせすなりにけれは、京より女　むさしあふみとは、はなれぬ中と云んためなり。そのゆへは、むさしあふみは、杢よりあふみまて作りつゝけたるものなり。一説、此むさしあふみの事、武蔵守の近江に在所あり、そこにての事なりとも云説あり。

　むさしあふみさすか（ママ）かけて頼にはとはぬもつらし問も
　うるさし

前の物語の言を以て、心あらはるなり。別に義なし。さすかにかけての、かけてと云字、物と物とも、かくるにはあ

らす。むさしあふみといふ、縁の言なり。とあるを見てなむ、たへかたき心ちしける。

　とへはいふ問ねは恨む武蔵鐙かゝる折にや人はしぬらむ

此返歌の心は、とへはうるさしと云、又とはねは恨むる、か様の中は、かゝる折にこそ、きへもうせぬと云由也。

十四

むかし、おとこ、みちのくにゝすゝろに行いたりにける。そこなる女　みちの国とは、長良卿の許へまいる事なり。其比、大原の奥に、あねはの谷といふ所に住給ふなり。一説、長良卿、此時陸奥守なり。女は、長良卿の御娘、二条の后なり。すゝろに行とは、うかれ行心なり。京の人はめつらかにやおほえけん、せちにおもへる心なむありける。さて、かのおむな、

　中々に恋にしなすは桑子にそなる人かり（ママ）けり玉の緒計

中々、長々、両説なり。桑子は、かいこの事也。玉緒計とは、少しの程なりともと云心なり。此歌の心は、中々に懸なてあらんよりは、かいこのことくにて、珠数一くりの間なりとも、あはゝやとなり。かいこは、ひいると云物に成て、嫁と甚き物なり。長々の説は、長々敷物を思はんよりはといふ由也。唐古云、桑子とは、物の本説は、有王の后につなきぬる馬、彼ノ后にこゝろをかくる。然は、彼馬をころして、皮をはりけるを、后の出て見給へは、はりける処の馬の皮、飛来て、后をまきころす。それを其侭すてぬるか虫となり、桑を喰ふ、是、今のかいこ、是なり。歌さへそひなひたりける。さすかにあはれとや思けん、いきてねにけり。夜ふかく出にけれは、女、

　夜も明はきつにはめなてくたかけのまたきに鳴てせなをやりつる

東国の習として、家をくたと云るにや。かけとは、鶏なり。せなとは、男の事也。『万葉』云、

　今夜来夫不レ皈明復久程待古曽寸礼（コヨイコシセナハシカヘサアケハマタヒサシキホトニマチモコソスレ）

歌の心は、夜のまたしきに、此鳥鳴て、せなを返しつる事の、うらめしさよ、明なは、狐にくらはせんとなり。といへるに、おとこ、京へなむまかるとて、

　栗原やあねはの松の人ならは都のつとにいさといはまし

松を二条の后に喩て云なり。させる義なし。人ならはと は、尋常の人ならはと云心なり。既に清和の女御に備るへきなれはと云心なり。此歌は、福丸か歌也。『長能記』云、今此物語の為レ体、上ハ戴二『古撰』上哲の歌ヲ一、底ハ構二『史記』『漢書』之心ヲ一、言には、通二五常の宗と故語の道ヲ一云々。此物語大略、此文の心にて可二心得一。大原に、くりはらあねはの谷と云所有。此所も住給しなり。一義、此あねはの本歌、

　　をくらさき上の小嶋の人ならは都のつとにいさといは
　　　ましを

依之、是を読か。此松の如く、一人あるならは、都へさそはんと云心歟。又、二心なきといふ心か。一義、此あねはの松の事、陸奥の名所なり。彼国へ行いたると云故に、其国の名所を引出す也。此あねはの松の本説は、藤原綱養父と云人、みちのくの守になりて下りける時、いとけなきむすめを二人、相具して下りけるか、みちの国に十年のとし月をへたりける。其内に、女あねは、はかなくなれり。又、程をへて、都へ上らんとする時、いもうとの女、むなしくなりぬ。然は、あねのはかへ、いとまこひにまいりて、らく涙しける処に、塚の間より、松一本生出たり。常よりも、たをやかに、うつくしき松なり。あやしみて、ねをほりて見れは、あねの首のうははの中より生出たり。是に依て、あねはの松と云を、やはらけて、あねはの松と云なり。といへりけれは、よろこひて、思ひけらしとそいひをりける　よろこひては、悦てなり。詞、皆、此おもむきなり。

十五

むかし、みちのくにゝて　長良卿の御もとなり。なてうことなきとは、やむことなきといふ、同事なり。人の女に、二条の后の御事なり。かよひけるに、あやしう、さやうにてあるへき女ともあらす見えけれは　思へはとて、それによるへき人の心にもあらしと、疑ひ思ふ由也。一義、なてう事なきとは、位高き人の事なり云々。一義、さやうにての意は、位高き人なれは、我物にもゑなるましきと云心なり。

　　忍ふ山しのひてかよふ道もかな人の心のおくも見るへ
　　　く

信夫山といへるは、忍ひて通ふと、いはんためなり。おくといはんにも、縁あるへしにや。別の義なし。

伊勢物語奥秘書　蒿渓考正　弐

女、かきりなくめてたしと思へと、さるさがなきえひす心を見てはいかゝはせんは　めてたしとは、かやうに中将のよめるを、悦へる由なり。さかなきとは、無礼といふ心なり。ゑひす心とは、色々しき心と云也。一義に云、古注の説、ゑひす意とは、業平の不調なる事を云歟。一義云、ゑひすと云物は、取付てはなれぬものなり。思ひ付てはなれぬを云義歟。いかゝはせん、はの字、別に義なし。只、色々しき人なれは、思ひはなたすは、いかゝはせんといふ心まてなり云々。

十六

むかし、きのありつねといふ人ありけり。三世の御門につかふまつりて、時に逢けれと　有常は、名虎か子なり。三代の御門は、淳和(朱「清」)、仁明、文徳なり。『文集』云、三公逢レ時、栄花既開云々。時にあふとは、栄花のさかんなりし事也。後は、世かはり、ときうつりにけれは　とは、清和の御代になりて、忠仁公、関白になりて、天下政を治しに依て、名虎はもと〳〵の様にもなし。名虎は、三代の間は摂政のやうに侍りし人なり。他本に云、世かはりてとは、文徳天皇、かくれさせ給ひて後、惟高、惟仁親王、位をあらそひ給ひしに、惟仁親王は、ときの関白の娘、染殿の后の御子にておはしましけれは、あらそひかち給ひて、位につかせ給ふを、清和天皇とは申なり。是を、吉水の御門とも申けり。惟高親王は、兄にておはしけれと、位あらそひに負させ給ひけれは、大原の奥に、閑居して御座ありけり。有常は、かの惟高親王に意をよせ奉る、ことに御外叔なれは、当今の御気色あしくして、勅勘の様なりける故に、おとろへゆき、まつしくへなすとは云なり云々。よのつねの人のこともあらす　世のうつるにまかせて、身をも持なしけるにや。事もあらすは、ごともあらすと二説なり。一には、世のつね栄る時は憍(ヲゴリ)、衰る時は色を失へとも、此有常は、貧をも愁へす、優玄なる心様なれは、尋常の人の心の如くにもあらす、と云心なり。一には、名虎か政を納し時は、有常も人に悦はれ、又は怨られしかとも、今は、世中の事非すと云心也。人からはこゝろうつくしう、あてはかなる事をこのみて、こと葉人(朱デ抹消)にもにす　あてはかなるとは、優玄なる心なり。あては、前に云か如し。当の字にても、勝の字にても、たらぬ人のさまなり。めつるやうなるを云へし。是は、まことに上臈心なり。まつしくへても、猶、むかしよかりし時の心なから　貧くへてとは、衰し後もと云心なり。心なからとは、あらぬさまにて、おとろふれとも、へつらへる色なく、時にありし折のまゝにて、ありつる心なり。よのつねのこともしらすとは、世勢なとの事をもしらす、栄し時の心をも違はすと云心なり。とし比あひなれたる女、やう〳〵とこはなれて　有常か所を、はなるゝよし也。つゐにあまになりて、あねのさきたちてなりたる所へ行を　有常か妻のあね、是よりさきに尼になりて、大原にける(ママ)。つゐにと云詞は、前段に、母なむ藤原なりける、といへる、ことはのゆかりと見へたり。我身を心高く思ひたれは、有常か所の貧にたへす、年月のふるにつけても、世を心うく思ひて、尼になれるなるへし。おとこ、まことにむつましき事こそなかりけれとは、是より、むつましき事やはあらんと云心なり。別のきはなれは、さこそありけめ。いまと(ママ)ゆくを、いとあはれとおもひけれと今はと行とは、今をかきりと行と云心なり。又、年月の有様、只今遂て行と云心、いつれに切なることはなり。まつしけれは、するわさもなかりけりとは、送り物なとも無きよしなり。おもひわひて、ねんころにあひかたらひける友たちのもとに、かう〳〵、今はとてまかるを、なに事も、いさゝかなる事もゑせてつかはすことゝかきて、おくに　友達とは、聟の中将の事也。よのつねの縁に、むすほるゝも、念比に相かたらうへけれとも、是は、互に色好にて、つみにあたる時も、同し道なる程の事なれは、切に念比にならん事しはかるへし。然はあれと、尼になる人の、やむことなき心には、かゝる折しも、貧きまゝうちとけたる事なと、云つかはす、有常か上をは、見をとしつらん。又、有常か、貧をもうれへす、世のたくはへにも、かうむらさる心をも、又、妻の、まことにやむことなき心はへをも、又、中将の上のをも、此段にて、能々見るへし。

　手を折てあひみしことをかそふれは十といひつゝ四はへにけり

心は、四十年、夫婦となる由なり。此歌に、四十年の事、云つるにて、今はの名残の切なる心を、見へし。又、年つき馴し哀をもしるへし。かの友たち、これを見て、いとあはれにおもひて、よるのものまてをくりてよめる　よるのものまてと云るにて、さならぬ、くさ〳〵のもの、をくりものなとの、念比なる心さしのほとをは、しるへし。

　としたにも十とて四はへにけるを幾度君を憑み来ぬらん

此返歌の心は、年たにも四十年の事なるに、其内に幾度か、君をたのみきつらん、今ははなるゝと云心なり。貧しとて、すつる妻の心をは、思ひおとしつる、歌のさま也。いく度君をと云にて、名残、さこそと云心あるへし。〔かくいひ（朱）やりけれは、〕

　是やこのあまの羽衣むへしこそ君かみけしとたてまつりけれ

あまの羽衣とは、天人の衣なり。むへしこそとは、ことはりと云心なり。みけしとは、御上の衣と云事也。歌の心は、中将の送り遣す夜の物なと、たくひもなく覚ゆるは、天人なとの衣にもや侍らん、ことはりにも侍るかな、君か御上の衣にてあれは、と云心なり。奉りけれとは、かくうつくしき衣なれはこそ、中将にも、人は奉りけめと云心なり。或説云、むへしこそ君か見けしと奉りけれは、しうとの為に、送る所をさして、君とは云る、如何。古注云、昔、欽明天皇の御時、帝、清涼殿に出て、四方の気色を詠給ふ折節、天人、天の羽衣をもちて参りて、帝に奉る。是を取り給ひて、「さては、我か理世撫民の徳、無私、諸天まて知り給ひけるよ」と、御悦ありけり。其ことく、業平、夜の物までを送り給へる懇切の心さしを、たくひなく悦ひたる義也。是やこのと云、五文字、昔有し事を云むためなり。又、むへしとは、送れる物ともの、悦ばしき事、堪かたきまて覚ゆるとて、又よめる。たえての、ての字、にごつて読へきなり。（朱）よろこびにたへて又、

秋や来る露やまかふと思まてあるは泪のふるにそありける

心は、秋の来て、露のみたるゝかと思ふまて、袖にも裾にも、このよこひのなみだにぬるゝと読り。

十七

年ころおとつれさる人の、桜の花さかりに見に来たりけれは、あるし　音つれさりける人は、中将なり。あるしは、有常か女なり。是は、中将、勅勘ゆるされて後、おりしも、花のさかりに来れは、桜見に来るとはしり、あたなる名をは云なせとも、かやうに稀なる人をも、かゝる折こそ待読けると、有常かむすめに、あたなる名の立しにはあらす。なへての世に、女をあたなる物と云へともと読る也。一説、此歌、有常か女の歌と云り。あやまりなるへし。此物語の内に、女房の歌をは、皆、題書に女と書なり。此歌には、女の字なし。たゝ有常か事なるかと云々。

あたなりと名にこそたてれ桜花年にまれなる人も待けり

かの人、いかなるさわりにや有けむ、久しく音信もせさりけれは、かく云へり。桜花は、さかり久しからす、やかてちる物なれは、あたなり、名にこそたてれとは云り。稀なる人を待へたれは、あたにはあらさりけりと読也。返し、中将返歌なり。

今日こすはあすは雪とそふりなまし消すは有とも花と見ましや

有常か娘、我か上を桜に比して読るに依て、此返歌の心は、今日こさらんかは、いたつらに雪とこそ見め、きえす

あと(マヽ)も、明日は何のせんかあらんと読り。惣して、返歌の体也。或説に云、此返歌は、三月尽の歌也。春もやう〳〵今日はかくなれは、今日こすはと云也。花は、春のものなれは、春暮て、明日は夏たちたらは、梢にも残らす、跡なくならん事を、雪とそふりなましとは、云へり。たとひちりて、庭に残て有とも、花とは見ましと云を、花と見ましとよむなり云々。

十八

むかし、なま心ある女ありけり。男、ちかう有けり　なま心とは、善心なり。やさしきと云義也。女は小町なり。男は中将也。又、一義云、なま心とは、なましひ心なり。小町か、いまた、おさなうわかゝりし時なり。やう〳〵人たちて、男おむなの心も、ありぬへき時分を云り。男ちかうとは、業平と隣にすめる事也。女、歌よむ人なりけれは、心みんとてとは、中将の好色の心をみんと、小町かおもへるなり。菊の花のうつろへるを折て、おとこのもとへやる

　うつろへる花を送る心は、中将をは好色の人と聞およふに、我も歌よむ身なれは、かならす、おとこのかたより問れんと思ふに、さもなくて、女のかたより今此歌を送る事、本意にあらすと云心にて、うつろへるをおくるなり。

　紅に匂ふはいつら白菊のえたもとをゝにふるかとそ見ゆ

心は、好色と云へとも、いつら。さもある白菊の枝も、たはむほとに見へて、色もなきなりと、中将の好色をあさむきたる由なり。是は、近けれとも、男のかたよりとはぬに依て、かやうには云へり。業平、好色ときけとも、色もなき人にておはしけると云也。おとこ、しらす読にけり　是は、卑下したる詞也。

　紅に匂ふか上のしら菊は折けるひとのそてかとも見ゆ

か様に、そなたよりとはるゝこそ、好色の本意なれ、これを色なしと云へとも、人の袖こそ色はなけれと、小町か歌を、押て読る体なり。是も又、返歌の体なるへし。又、一義云、紅に匂ふか上とは、いまたそなたより、なにとも仰られぬは、そなたこそ、好色のかひなけれと読也。

十九

むかし、おとこ、宮仕しける女のかたに、こたちなりける

人をあひしりたりける　宮つかへしける女は、染殿の后に、有常か女の仕へしを云なり。こたちに、二説あり。こたちの、この字、清む時は、諸大夫以下のむすめを云なり。この字、にこるときは、うしろみなとゝて、おとなしき女房たちの事也。一説には、此こたちとは、伊勢かよろしきなりと、義、いかゝ。一義、此染殿へは、業平も細々参て、宮仕へしけり。文徳天皇の后、清和の御母にて御座せは、公卿、皆かしつき奉る故也。程なく(朱「も」)かれにけり。おなし所なれは、女の目にはみゆる物から、おとこは、あるものか、とも思たらす。をんな　程もなくかれにけりとは、有常かむすめ、中たえたる比、染殿の后へ、宮つかへしける時の事なるへし。同所とは、中将も、染殿の家来なれは、云へり。一説、此段は、染殿内侍なるへし。其故は、程もなくかれけりと云ひ、又、男は、あるものとも思ひたらすと、なと云も、ありつねかむすめの上には、云ひかたしと云々。しかれとも、当流には、たゝ有常か女を用也。

　あま雲のよそにも人のなり行かさすかにめには見ゆる
　　物から

あま雲は、天雲なり。雲ゐはるかなと云、同事なり。人の遠さかるを云むとてなり。歌の心は、空の雲の如く、目には見へなから、へたゝり遠さかると云由なり。一説、雨雲と云心なり。あめのふるときは、いつくも、見へすなりゆくことくに、遠さかるとよめりと云々。当流に不用。一説、他本に云、天雲のよそになるとは、惟仁の親王、清和御門にならせ給ふ故に、よそになるとは云へり。されとも、程遠からす、同し雲ゐの内なりけれは、時々はたかひに見つ、見へぬる事を、さすかに目には見ゆる物から、とは云へり。とよみけれは、おとこ、かへし、

　あま雲の余所にのみしてふることは我ゐる山の風はや
　　みなり

此返歌の心は、あま雲の如くによそ〳〵しくなる事は、住給ふやまの、かせはやき故なり。わかとは、女をさして云り。風はやみとは、別の男あれはと云心なり。奥の詞に、委く見へたり。其比、清和の御密通ある事なり。ふることはと云詞も、あま雲なるへしと云説あれとも、それはたゝ、かくてある事は、なと云心なり。一説、他本云、我いる山の風はやみとは、彼女に、清和の御門の、御心をか

け給へる故に、おそれ奉る義也。とよめりけれは、又、おとこある人となむいひ（朱）ける　又男あるとは、伊勢か云たる詞なり。

二十

むかし、おとこ、やまとにある女を見て、よはひてあひにけり　女は、有常か女、奈良に住ける時の事なり。うゐかうふりの段とおなし。或説には、大和守、ましほの卿のむすめ、加陽の内侍となり。さて、ほとへて、宮つかへする人なりけれは、かへりくる道に、やよひはかりに、楓のもみちのいとおもしろきを折て、女のもとにみちより（朱）いひやる　宮つかへする人は、中将也。狩の使の勅使に立て、帰る時の事也。もみちとは、春の若葉の、紅なるを云り。道よりとは、八幡の辺より云説あれとも、其理未タレ詳ス。又、殊なるも、程なからんか。一義云、春の紅葉を折て、此如くに、そなたには、うつろひそろやと云心なり。返事には、こなたより、そなたこそ、はや〳〵御うつろひそろへと云心をよむなり。此紅葉は、春なれは、わくらはの事か、又、若葉の、色々と、もへ出たるを云か、古歌に、

御芳野の二葉の紅葉春ことにもへ出れとも問ふ人もなし

春は、花をこそ尋れ、紅葉をは問すとよむなり。

君かため手折る枝は春なからかくこそ秋の紅葉しにけれ

心は、君かために、手おれる枝なれは、秋の梢の如く、君か心も、うつろへるにやと云る心なり。一説に、春なからとは、我君を思ふ事は、春の如くのとかに、永くたのめて思へとも、君は、うつろひやぬ（マヽ）らんとなり。とてやりたりけれは、返事は、（朱「かへり」）京にきつきてなむ、もてきたりける、

いつの間にうつろふ色のつきぬらん君か里には春なかるらし

此返歌の心は、うつろへるかと、人の心を、思ひうたかふ程の心も、いつのまにか、はやくつきぬらんと云心なり。か様の心もある人の方に、中々、春と覚ゆるほとのことも、あらんと云由也。

二十一

むかし、男、女、いとかしこくおもひかはして、こと心な

かりけり　男は中将也。女は小町なり。かしこくは、いと念比也。さるを、いかなる事かありけむ、いさゝかなる事につけて、世の中をうしと思ひて、いてゝいなむと思ひて

いさゝかなる事とは、殊なる事はなくてと云義あり。たゝ、すこしの事と云義あり。一説儀は、詩して、いさかうと云義あり。当流に不用。惣して、此段に、心をよく付て見るへし。念比にこと心なく契し中なれは、聊のことにて、出ていぬるは、世の中の定めなきならひ、かくあるものなり。

いてゝいなは心かろしといひやせんよの有様を人はしらねは

かゝる歌をなむ読て物に書付ける　ことなる事なくて、爰を出ていなは、心かろしとやいはんとなり。世の有さまとは、男女の間を、世と云なり。其よりさまは、人のさのみ知へき事にあらす。此段に、心を付て見るに、さもこそ、たへかたき事はありなめと、物を思ひのとめすして、かろ〳〵しく、出ていぬる所は、中将の心には、いたて少かるへし。前段に、菊を送る所より、おしてはあるへし。か様の振舞、人の心もちなとにて、其人々のほとをはかり、見る人、聞人の鏡ともなすへし。此段、こと〳〵く、感情深しと云々。と読置て、出ていにけり。此女、かく書置たるを、けしう、心をくへき事もおほへぬを　けしうとは、俗言に、こと〳〵なといふ、同事なり。一説、けしうに両義あり。けしう、としうなり。心は、前に、いさかなる事につけて、出ていぬるを、さはかりいやしう、心に物をかくへき事かと云こゝろなり。一には、恠しうなり。心は、けしうと云て、物のけかましく、聊の事を、心にかけて、いぬると云心なり。なにゝよりてかからんと、いといたうなきて、いつかたにもとめゆかんと、門に出て、とみ、かう見、みれとも、いつこをはかりともおほへさりけれは、かへりいりて、

思ふかひなき世なりけり年月をあたに契て我や住ひし

心は、思ふかひなき世にこそありけれ、かくある事はもや、おろかにし住けるかとなり。男女のあひそへるを、住とは云へり。一説には、此歌によりて、業平を、聖人にとるなり。中句より、我身の無常を観したる也。といひてなかめをり

人はいさ思ひやすらん玉かつら面影にのみいとゝ見え

つゝ

又、是も中将の歌なり。玉かつらとは、女の事なり。又、面影と云む為の、二の用なり。心に義なし。思ひやすらんとは、かく、うち捨てぃぬる女なれとも、面影に見ゆるは、もし、こなたを思ひやすらんと、我か思ひの深きあまりに、はかなくいへるなるへし。この女、いと久しくありて、ねんしわひてにやありけむ、いひをこせたる　此女とは、小町なり。念しわひてと云も、物に堪忍せぬと云心なり。前よりの筆のいきほひより、是をも可見也。此念しわひてとは、こらへかねたる心なり。いさゝか事に付て、又したひたる義なり。

　今はとて忘るゝ草の種をたに人の心にまかせすもかな

忘草とは、萱草なり。歌の心は、忘るゝ事を、人の心にまかせぬとなり。返し　中将、一説は、業平の心にまかせたくもなと云なり。

　忘草うふるとたにきく物ならは思けりとはしりもしなまし

此返歌の心は、忘草をうへると事は、思ひの切たるまゝに忘はやと願て、せめてのわさに、忘るゝ草と云名に、めてゝうふるものにや。是は、いたりて思ひの切なる事に云習はしたる事なり。されはこそ、忘草をうふるときかは、思ふと云事、知らむと也。又々、ありしよりけにいひかはして、おとこ　又々とは、同くと云心なり。気にとは、勝の字を書也。

　忘るらん思ふ心のうたかひに有しよりけにもの（ケトスムガヨシ）そかなしき

此歌に義なし。此歌、忘るらんと云詞をも、前の歌の心にて、みるへし。よの、忘れやすらんなと云るいにはあらす。思はすは忘れむともせしと思ふ心のうたかひにと云心なり。一説、うちそひし時たにも、物思ひたえさりしそかし、まして、別て後は、有しより、猶、恋しさまさると読なり云々。返し、小町、

　中空に立ゐる雲の跡もなく身のはかなくもなりにけるかな

此返歌は、小町か、我身を中空の雲の如く、いつくにもさためなきと、わひてよめるにこそ、中将の所を出しかと、心の侭にも非すして、人の心にまかせすもかなと云て、いつちともなき心を、我なから歎てよめる歌なり。一説、雲

の跡なきによせて、人の世の無常を読りとなり。是は、我と立出て、又在て帰、無ﾚ定心を、半天の空にたとへけり。

とはいひけれと、をのか世々になりにけれはうとくなりにけり　をのか世々とは、中たえし時、たかひに思ひかはして、終に本意の如く家にかへりすむ時の事也。うとくなりにけりとは、中たえし程は、切におもひしかとも、世のなかの習として、うちそひぬれは、左程にもなくて、又つひにかれ〴〵に成し事也。

二十二

むかし、はかなくてたえにける中、猶やわすれさりけん、女のもとより　染殿内侍、良相の女なり。

　うきなから人をはえしも忘れねはかつ恨つゝなをそ恋
　　しき

うしとおもへとも、其人を忘れやらす。されは、かく恨れと、猶人は恋しきと云心なり。かつ恨とは、かく恨つゝと云心なり。といへりけれは、されはよといひて、おとこ されはよとは、我も思ひ念して居たる折しも、思ふ人の方より、かゝる歌を得て、思ふ事、逢にあふ、切に嬉しと思ひて云る詞なり。

　あひ見ては心ひとつを川島の水の流て絶しとそ思ふ

川島とは、河の中の島なり。水の別る様なれと、すへは一つになる物なり。其如くに、心一をたに定むれは、行末も又、其心のたかふ事、有間敷と云所なり。又、一説云、枕をならへし時は、たかひに相思ひて、二心なかりけるを、心一と云なり。されとも、時しありて、別々になるを、水の、島にせかれて、わかれ〴〵になかるゝに、すへにては、又一に流れ相なれは、我か中も、行末は一にならんと云意なり云々。とはいひけれと、その夜はいけり(ママ)。いにしへ行さきの事ともなといひて　とは云けれととは、歌には、水のなかれてたえしとそなと、末遠くよみなしたれとも、堪すして其夜行けるなり。是は、中将、染殿内侍の方へ、行事なり。

　秋の夜の千夜を一夜になそらへて八千代しねはやあく
　　時のなくに

かへし、

　秋の夜の千夜を一夜になせりとも言葉残て鳥や鳴らん

此歌、両首ともに義なし。面の如く也。いにしへよりもあはれみてなむかよひける。

二十三

むかし、いなかわたらひしける人の子とも、井のもとに出て、あそひけるを、おとなになりにけれは、おとこもおむなも、はしかはしてありけれと　田舎わたらひとは、都よりいなかへ、かよひすむ事なり。一義云、人の子ともとは、中将と、有常かむすめ、両人也。一義云、いなかわたらひと云とは、業平、都に有なから、長岡に通ひ給ふ事成へし。おとこは、此おむなをこそえめ、とおもふ。女は、此男を、と思ひつゝ、おやのあはすれ共、きかてなむ有けり（ママ）　とは、中将は此女をと思ひ、女は中将をと思ひて、親々のあはすれとも、きかぬなり。阿保親王の御心には、源の能有かむすめを、よめにせむと思召なり。又、有常は、平の定文を、聟にせんと思ひしを、いつれもうけひかすして有しを、親の合すれ共、きかてなん有けるとは云也。一説云、過にけらしもいも　の歌、本歌、

玉ほこの行末に思はさるいもを相見て今日過にけり

さて、此となりのおとこの本より、かくなむ。となりの男とは、中将の事なり。

つゝいつゝ井つゝにかけしまろかたけ過にけらしないも見さるまに

つゝとは、調の字なり。井つゝとは、五といふ心なり。井つゝとは、井けたなり。まろかたけとは、我（ママ）くたけの事なり。いもとは、我思ふ女をいふなり。心は、女も男も、五才の時、井けたにたけくらへて、「此たけ過は、夫婦とならん」と、契し事なり。阿保親王と有常か間に、清水あり。女返し、

くらへこしふりわけかみもかた過ぬ君ならすして誰かあくへき

ふうふとなる時、女の髪を、男かあくるに、紫のもとゆひを用と云々。歌の心は、句面に聞へたり。一義云、女は、ぬしさたまらさる程は、髪を両方へ分て、さくるなり。男さたまる時、紫のもとゆひにて、あくといへり。なと、いひ〳〵て、つゐにほいの如くあひにけり　とは、遂に、本意の如く夫婦となるなり。さて、年比ふる程に、女、おやなく、たよりなくなるまゝに　親なくとは、有常かおとろへ、貧く成てあるを云り。死するには非す。一説云、女親

なくとは、有常、清和の御代に成ぬれは、御気色もよろしからす、たよりなく成を云り。親にはなれたるにはあらす。もろともに、いふかひなくてあらんやはとて、河内国高安の郡に、いきかよふところいてきにけりとは、高安の郡司、佐伯の忠雄かむすめに、かよふを云也。あらんやはと云まて、女の心もちなり。河内の国と云より、中将の上なり。さりけれと、此もとの女、あし、とおもへる気しきもなくて、いたしやりけれは、こと心ありて、かゝるにやあらん、とおもひうたかひて、せむさいの中にかくれ居て、河内へいぬるかほにて見れは、この女、いとようけさうじて、うちなかめて　かやうに有けれ共、有常かむすめ、恨むるけしきもなくて、中将の心のまゝに出しやりけれは、中将、思ひ疑て、忍て見けるなり。いぬるかほの、かの字、濁るなり。いとようけさうしてとは、化粧と書るなり。身を、よくかきつくろう、よそほひなり。外へ行をも、さのみねたます。さも心よけなり。もろともに云かひなくてあらむやは　とかける、筆のいきほひより見へたり。

　風ふけは奥津しらなみたつた山夜半にや君か独行らん

風ふけはとは、白浪の立と云むとての詞なり。白浪とは、盗人なり。白浪とは、現し船をくつかへす海賊なり。緑林とは、林と現して奪レ物山賊なり。歌の心は、盗人の侍る立田山を、夜しもひとりこそこゆらめと、打吟し歎る也。

一義云、本歌に、

　おきのうみのおきつしら浪立田山いつかこえなんいもかあたりみむ

又、引、

　ぬす人の立田の山に入ならはおなしかさしの名をやけかさし

俊成卿は、ぬす人ありといへは、心もとなきと云へり。此段は、破戒の段なり。とよみけるをきゝてかきりなくかなしと思て河内へもいかすなりにけり。まれ／＼かのたかやすにきてみれは、はしめこそ、心にくゝ（朱）もつくりけめ（れイ）　心（朱）にくくもつくるとは、心にくけに、見へしかともと云由也。いまはうちとけて、手つからいひかひとりて、けごのうつはものにもりけるを見て、心うかりて、いかすなりにけり　いひかひとるとは、下知する事也。『政纒』云、周公旦世に得レ行、為二天臣の道ヲ一、濃ス二心掘擺ウタカッテ一。其注に、馬融云、継二孔子之跡一、五常正ク心有仁義。其を以て思ふに、手つからいひかひ取にはあらし。然共、か様に拙きわさのありけれはとて、中将もかよはずなりにけり。さりけれは、かの女、やまとのかたを見やりて、

君かあたり見つゝをゝらむ伊駒山雲なかくしそ雨はふるとも

此歌は、高安の女のよめるなり。心は、あめは降とも、伊駒やまを、雲なかくしそ、君かすむあたりたに、見むとなり。といひて、見わたすに、からふして、やまと人来む、といへり　とは、まれに中将のきたらむといふ事なり。其比、中将は、大和に住けれはなり。よろこひてまつに、たひ〳〵過ぬれは、

君こむといひし夜ことに過ぬれはたのまぬものゝこひつゝそぬる

心は、こむと云夜の、度々過ぬれは、憑すなから、さのみ恋つゝ、ぬると云心なり。といひけれと、男、すますなりにけり　すますとは、離別の義也。

二十四

むかし、男、かたいなかに住けりとは、辺土にすむなり。是は、津国六原郡に、有常か女と住ける時の事也。男は中将なり。此六原郡は、有常か所帯なるを、女によるなり。依て住けるにや。此段は、鬼一口の前なるへし。おとこ、宮つかへしにとて、別おしみて行にけるまゝに、三年こさりけれは、住わひたりけるに　宮仕へしにとは、京へ上事なり。三年こさりけるとは、勅勘の時、東へ下るなと云む時の事也。一義云、三年こさりしと、禁中には、殿上人の役として、三年の内、外へ不レ出、宮つかふ事あり。されは、三年こさらましとて、別をゝしみたる也。或説云、人を待は、一日一夜も、久く思ふなり。三年まちたりけれは、こむせつなる事也。誠に一度も男に契らんとは心得へからす。いとねんころにいひける人に、こよひあはんと契りたりけるとは、嵯峨第四の王子、恒康親王にあはんとしける時の事也。このおとこ来りけりとは、中将、勅勘ゆりて、今来ると云を、此戸あけ給へと云なり。勅勘の時は、門戸をさせは、如此云へり。この戸あけ給へ、とたゝきけ

れと、あけて、歌をなむよみていたしたりける　戸をあけすして、先歌を読て出す事、清和の勅勘に背し人の、陽成の朝、いまた幾程もなきに、いつのまにゆるされむやとうたかふ、又は、男の心をとかくためらひ、恨るよしなり。

　荒玉の年の三とせを待わひてたゝ今夜こそ新まくらすれ

是は、有常か女の歌なり。心は、三年を待わひて、今夜、人にあはんとする由を、新枕するとは云也。といひいたしたりけれは、

　梓弓まゆみつき弓年をへて我せしかご（如）とうる（善、日本記）はしみせよ

弓を三張と云事は、三の春と云む為なり。三春は、三年の用なり。年不来無春、春不来無年、故に以春以年云々。かことゝは、誓事の事也。うるはしみせよとは、明にせよと云心なり。心は、誠ならは、誓言を明にせよと云事也。一説、我かせし如くなり。うるはしみせよとは、我、三年の間、独のみすこしつる様に、女も又、すこしつるやと、疑云るなり。かこと、神事共云り。といひてい（去）なむとしけれは女、

　梓弓ひけとひかねとむかしより心は君によりにしものを

ひけとひかねとゝは、君か思ふ時も、思はぬ時も、我は、たへす君に心はよると云なり。此梓弓は、ひけとひかねとゝ云枕詞なり。昔よりとは、幼よりの事なり。前段にも、此男を思ひつゝなとゝ云なり。といひけれと、おとこかへりにけり。女、いとかなしくてしりにたちてをひゆけと、ゑおひつかて、清水のある処にふしにけり　尻に立てとは、跡をしたふ由なり。清水とは、思ひのつきさる由なり。ふしにけりとは、思の切なる由也。一説、尻に立てとは、実に、跡を追（ママ）て行には非す。我せむかことなと云る、中将の詞の、しりへに取付て、とかく云をらんとする由也。かく云ひおらむとすれとも、心つよく行を、追つかてとは云なり。そこなりける岩におよひのちしてかきつける　岩とは、中将の心の、したへとも、そのかひなく、強き面にたとへたり。及ひ後してと云事、かなはされは、以後して此歌をつかはすなり。及とは、前をかね、後を起す詞也。心は、前に色々云、後又此歌をよめは云り。

　あひ思はてかれぬる人をとゝめかね我身は今そ消はて

ぬめり
此歌は、義なし。かれぬるとは、人の心のかはる事也。消はてぬめるは、おもふ事のかなはぬ由也。とかきてそこにいたつらになりにけりとは、歌に、消はてぬめると云、同事なり。

二十五

むかし、おとこありけり。あはしともいはさりける女の、さすかなりけるかもとに、いひやりける　女は小町なり。あはしとは、思はねとも、さすかに、中将の好色に、憚る心にて、さすかとは云り。あはしとも云はすとは、前の段に、うつろへる菊を折てなと書る詞の末なり。さすかなりけるとは、女の方より思ひつきて見そめし中なれと、聊の事を思をとめす、出ていぬれは、さすかなりけるとはいへり。

秋の野に篠わけしあさの袖よりもあはてぬる夜そひち
まさりける

篠分しとは、持統天王の御宇、桜田利名中将と云人、おんなをゝもひて通ひけるか、毎朝空く帰るを、『篠分し朝の中将』と云ふ物語に書たるなり。其物語の心を以て、よめり。あはてぬる袖のぬるゝ事は、篠わけし朝の袖よりも、まさりたるとなり。篠は、いたりて露のふかき物なれは、古事を云はすとも、思ふ人にあはてぬる夜の袖は、さゝわけし朝の袖よりも、ひちまさるといはむ、おもしろかるへし。一説云、万の草の中に、篠程に、露の深き物はなし。昔、篠分の中将と云し人、ある方に忍て、明行空に帰り給ふに、いとゝ袖ぬれけるに、人の、何故にと、ゝかむれは、さゝの葉に置たる露の、余におもしろけれは、朝ことにわけてみるなりとこたへけり。それより、篠分の中将とは云けり云々。いろこのみなる女かへし、

見るめなき我身を浦としらねはやかれなてあまのあし
たゆくくる

海草のみるめになし、人を見る事なきを云なり。足たゆく来るとは、足のたゆきまて、来ると云也。我身をうらめし知らぬとは、中将、一方ならす、まとひありく心を恨て、小町かあはて返すを、身のとかとも知り給はて、足たゆきまて通ふとなり。たゆくくると云に、往来の心あり。或一説の本に云、あまの、足たゆくくるとは、隙なく思ふとな

り。心をはこぶ、いとまなきを云り。我身とは、業平の事也。うらとは、うゐと云事なり。なひかぬを、うゐとも思ひ給はす、隙なく、とはせ給ふとも、うつり心にて、おはすれは、相ふましきと云心也。是も、男女の本意をあらはすなり。男は、いかにしたひよるとも、女は、うちとけぬか本意なり。

二十六

むかし、おとこ、五条わたりなりける女をえゝすなりにけることゝわひたりける、人のかへりことに　五条わたりとは、前段の如し。女は二条后なり。ゑゝすとは、不ㇾ得なり。侘ける人とは、染殿后なり。かゝるわりなき事を、思ひそめてなと憐愍する也。

　おもほえす袖に湊のさはくかな唐土舟のよりし計に

心は、か様のほふせ事の、おほへす伝に依て、もろこし舟の如くなる大舟もよるはかり、袖に、湊の如く、悦の泪の落ると云由也。

二十七

むかし、おとこ、女のもとに、一夜いきて、またもいかすなりにけれは　夜いきてまたもいかすとは、始て行て、又もゆかぬには非す。物云そめて、久なる中なるか、ある時一夜いきて、近もいかすあると、いへるなるへし。女の、手あらふ所に、ぬきすをうちやりて、たらひのかけに見へたるを、みつから　女とは、二条の后なり。ぬきすとは、手洗ふ時、たらひにおほふ簀すなり。うちやるとは、押のけてと云由なり。見えけるを自(ミツカラ)とは、盥に我かかけの見へける事也。

　我はかり物思ふ人は又もあらしと思へは水の下にもありけり

是は、二条の后の御歌なり。心は、前の詞にあらはれて、別に義なし。とよむを、かのこさりけるおとこ、たち聞て　立きゝてとは、其読所に、立聞にはあらす。只、自然に聞て、かへしをよみて、つかはすなり。

　水口に我や見ゆらん蛙さへ水のしたにてもろこゑになく

彼こさりける男は、中将なり。此返歌の心は、水口に我やみゆらむとは、蛙は水口になけは、惣の田の蛙、皆鳴なり。やめは、又皆鳴やむなり。我影の、水口に見えてこそ、水の下に物を思をらめと、蛙の理によせて云なり。

二十八

むかし、色このみなりける女いてゝいにけれは、此段は、前の段に、思ふかひなき世なりけりと読る次成べし。

なとかくてあふこかたみになりにけむ水洩さしとむすひしものを

女は小町なり。心かろしと読し、同し時なるへし。此歌は、中将の歌なり。あふにかたみ（ママ）とは、逢事かたき身と云也。水もらさしとは、へたてなきと云由也。今の俗言に同事なり。

二十九

むかし、（朱「東」）春宮の女御の御方の花の賀に、めしあつけられたりけるに　（朱「東」）春宮の女御は、二条の后也。是は、貞観十一年二月、貞明親王為皇太子にての時、高子為女御。依春宮母儀、号歟、二十の御年、貞観七年三月一日、堀川関白基綱（ママ）の家にて、花の賀せられし事也。二十の賀を、花の賀と云なり。めしあつけらるゝとは、中将、奉行をうけ給はる事なり。

花にあかぬ歎はいつもせしかともけふのこよひにゝる時はなし

花にあかぬ事は、いつもせしかとも、今日の御賀ゆへ、今日に似る時はなしと也。花をは、二条の后にひす。此花には、いつもあかすのみ思へとも、此賀の奉行承りて、あたりちかく仕たてまつるは、一入思ひの切なる由なり。

三十

むかし、おとこ、はつかなりける女のもとに　此はつかなるとは、密なると云心也。女は、二条の后なり。

あふことは玉のをはかりおもほへてつらき心のなかく見ゆらん

心は、あふことは、珠数一揉ほともなき様にて、つらき心はなかく、いつともおほへぬと云由なり。一義云、玉のをはかりは、命也。人の命は、わつかなる物なれは、かくいへり云々。

三十一

むかし、宮のうちにて、あるこたちのつほねのまへをわたりけるに　宮の内とは、染殿の内の事なり。こたちとは、前の注の如し。つほねは、伊勢か局也。なにのあたにか思ひけむ、よしや草葉のならむさかみむ、といふ。おとこあたとは、怨敵なと云、同し事なり。よしや草葉のなとは、『万葉』に石上乙丸か歌に、

　忘らるゝつらさはいかゝ命あらはよしや草葉のならむさがみん

と云歌の詞なり。是は、伊勢か、中将を恨て云る詞也。一義、

　忘草我下ひもにつけたれはおにのしこくさ猶そ恋しき

とて、人のはかに生故に、かく云なり。

　つみもなき人をうけへは忘草おのかうへにそおふといふなる

うけへはとは、のろうと云心なり。わすらるゝ事は、おのか上ならんと云心なり。還着於本人の心なり。といふをねたむ女も有けり（朱）とは、染殿后、聞召、如何なる御心にか、此事を無益なと仰られける由なり。一説、ねたむ女もありとは、伊勢か云たる詞なり。

三十二

むかし、ものいひける女に、としころありて　女は伊勢なり。一説、四条の后なり。としころありて、あはて、としへたゝりけることなり。一説に、小町と云説もあり。一説、をたまきは、二条のことなり。

　古の賤のをたまきくり返し昔を今になすよしもかな

賤のをたまきとは、くりかへしてと云む為なり。只、昔あひし如く、今もあはむと云事を、くり返し、昔を今にと云也。といへりけれと、なにとも思はすやありけむ　何共思はすや有けむと、云るを見るにも、四条の后の事なるへし。心は、后たる人なれは、古より、思ひかはす事は、切なりとも、色々出ぬを、何共思はすやとは云るにや。

三十三

むかし、おとこ、津の国、むはらの郡にかよひける　六原

郡は、有常か、母の方よりゆつられたる所帯なり。通ひけるとは、有常かむすめの許へ、中将の通ひけるなり。三年こさりけると云段と同し。女、このたひいきては又はこし、と思へるけしきなれは、おとこ　おんなは、ありつねかむすめなり。中将を、かく思ひけるよしなり。

芦辺よりみちくる塩のいやましに君にこゝろを思ひます哉

心は、あしへより、みちくる塩の、目に見えぬやうにて、思ふ心の、色には見へねと、いやまさり行こゝろなり。かへし、

こもり江に思ふ心をいかてかは舟さすさほのさしてしるへき

こもり江にとは、草なとの生て、水のなにもなき江の事也。されは、思ふ由の、見えぬと云由なり。舟さすさほのとは、さして知るへきと、云むため也。他本云、こもり江なれは、深さ浅さも見えぬと、さほにてさして知る也。されは、我も、人しれぬふかく思ひ奉るをは、いかてかしり給ふへきと、返す也。いなかひとのことにてはよしやあしやとは、田舎は、物ことに過たらねは、たらすして、十分なる事は稀なるを、六原郡に住なから、有常かむすめの、此度のさま、余にとゝのをりたる様を云る詞なり。

三十四

むかし、つれなかりける人のもとに　四条の后の本へ行事也。つれなきと云に、二の心あり。一には、ひたふるに、なひかぬを云也。一には、一度は、はやものいひそめたる中なれとも、もの思はせはとするを云なり。然共、此段にいへるつれなきは、別なり。此段の心は、前段にも、京より、女、むさしあぶみかけなと読遣て、今に至るまて、心にうとむ事はなけれとも、后と成て、思ふ侭になけれは、知らぬかほなるを、忘つるに似て、又我方より思へとも、音信さりける中なれは、心をのみつくす事をさし、つれなきとは云り。

いへはえにいはねはむねにさはかれて心ひとつに歎ころかな

いへはへにとは、いへは縁にと云心なり。四条の后は、行平のむすめ、中将にはめいなれは也。又、いひはゐすと云心もあり。別に義なし。一義云、いへは縁にと云は、我め

いなる故也。是は、古注の意、当流には、誰とも定めす。いへはえにとは、いはれぬと云也云々。お(朱「も」)りなくていへるなるへしとは、面つよくて云るといふ意なり。一義、面ほへなくてと云心なり云々。

三十五

むかし、心にもあらて絶たる人のもとに　是は、二条の后、染殿へまいり給ふ時の事なり。他本、不慮の義なり。

　玉の緒をあはせ(ママ)によりて結へれは絶ての後もあはんとそ思ふ

あはせ(ママ)とは、合てよりたる緒と云心なり。合たる緒なれは、ひとつふたつはたえても、又残るすちあるへけれは、後に又あはむと也。一義云、玉の緒とは、いつくしき緒也。

三十六

むかし、忘ぬるなめりと問ことしける女の本に　女は四条后也。問ことしけるとは、今は后に備れは、思ひきりたるやと、中将に尋問事也。

　谷せはみ嶺まてはへる玉かつら絶むと人に我思はなくに

たにせはみとは、在原氏の事を述懐して云る詞なり。嶺まてはへるとは、后になり給ふ由也。玉かつらは、女の異名なり。又、絶むといはむ、枕詞なり。心は、我一門といへとも、后に成給ひて、位のたかけれは、絶むとは思はねとも、世をへてうとく成行ことは、恨みさせ給ふなり。本歌、『万葉』に云、

　谷せはみ嶺におひたる玉かつら絶む心は我思はなくに

三十七

むかし、おとこ、色このみなりける女にあへりけり。うしろめたくやおもひけむ　女は小町なり。うしろめたくとは、心得なくと云よしなり。いつれの段にも、いろこのみの女のかけるは、大略、小町か事なるへし。

　我ならて下ひもとくな槿の夕かけまたぬ花にはありとも

是は、中将の歌なり。心は、槿の如く、夕へをまたぬ程の短き心なりとも、我ならて、心とくるなと云由なり。下ひ

もと云事、延石望之恨、契帯有二形見一云々。昔、延石望と云者、好女を妻に持たり。漢明帝、是を女御にして、さる。勅命なれは、ちから無してまいらする時、袖をひかへて云、「我、汝に別れは、七日を過へからす。必死すへし。此帯をはたにして、午の時毎に南殿に居よ。我、南の風と成て汝を吹へし。此帯のおのつからとけは、我逢と思ふへし」とて、手の皮をはきて、帯につゝみて、女にとらせけり。約束のまゝに、午の時にはあひける也。それより、下ひもと云事あり。返し、小町か返歌なり。心は、前の歌にて聞へたり。

　ふたりして結しひもをひとりしてあひみるまてはとか
　　しとそ思ふ

三十八

むかし、きの有つねかりいきたるに、ありきて、をそくきけるに、よみてやる　有常かりとは、ありつねかもとへと云心なり。いもかりといふに、おなし。

　君により思ひならひぬ世中の人はこれをや恋といふら
　　ん

君を待わひての心也。世中に、恋と云事を、思ひしりたると云由也。遅きを待て、云る詞なり。返し　有常か返歌也。

　ならはねは世の人ことに何をかも恋とはいふととひし
　　我しも

我も、いまたしらねは、世の人に、何をか恋と云と問しを、君か待けるに待えて我さへ今しると云由なり。

三十九

むかし、さいゐんのみかとゝ申御門おはしましけり、清和の御事なり。その御門のみこ、たかいこと申いまそかりける　いまそかりけるとは、おはしましけると云事也。一説には、さいゐんの御門とは、淳和の御事なり。たかいことは、崇子内親王の御事なり。一説、桓武第三の王子、清和の御子、たかいことあり。母は白河の宰相と云人の御子、其名を（朱デ囲ム）□子と申共あり。能々可レ尋。そのみこうせ給ひて、おほんはむりの夜　葬送事なり。そのみやのとなりなりける男御はふり見むとて　とは、中将の事なり。女車にあひのりていてたてまつらす（朱「出たりけり。いと、ひさしうゐて奉らず。」）　うちなきてやみぬへかりけるあひたに、有常か女と同車して、此御葬を見むとて、中将、出たりけるに、事の由しけくて、をそく出し奉れは、うちなきてかへりやしなましと、思ひける事を、うちなきてやみぬへかりける間にとは、云るなり。あめのしたのいろこのみとは、天下第一の色このみと云事なり。源のいたると云人とは、河原左大臣融卿の一男、致と云人なり。これも、ものみるに、此車を、女車と見て、よりきて、とかくなまめくあひたに、中将の乗たる車を、女車と見て、とかくけさうする由也。一義説に、彼致るは、嵯峨天王の御子に、さたむの子に、いたるか子に、あくるか子に、順なり。業平の時分は、順は、未だ不レ可レ有、彼致か源をあらはさんかためにしるす。後の人、書かへたるか。御子の本意なしとは、崇子親王の為には、ほいにあらすと也。

（かのいたる、蛍をとりて、女（朱）の車にいれたりけるを、車なりける人、この螢の火にや見ゆらん、ともしけちなんずるとて、男の読は、）

いてゝいなは限なるへしともしけち年へぬるかと鳴声をきけ

心は、いてゝゆかは、此世の名残とも、何をか思ひ侍るへき、さなから、灯消たるやうにこそあらめと思ふに、年さへいと若くおはしまして、老の門にもむかはす、いとあへなきと、なけく声をきけと、色めける致か心を、せいする歌なり。命のつきぬる事を云り。『文撰』云、四大所成之命火（トモシビ）類、水辺之焔五大仮令之質形（スガタ）、如二風前ノ之雲一。又、『涅槃経』云、命火消レ風、形水登レ煙云々。何も、只今、御子隠れさせ給へは、人々の心も、くれまとひて、晴夜に灯をけしたるやうになると、云りけるにや。一説、消物とは我はしらすとは、涅槃大悟不生不滅の理り、得たる心なるへし。一義、『炎経』の文を聖武天皇、和して云、

吹風にきゆる灯しの悲しさよ形の水は煙とそなる

又、『万葉』云、

消やすき人のともしのけちぬれはくらき闇路になをまよひけり

一義云、年経ぬるとは、十六にて、うせ給へり。年たけ、老をとろへたる人とも思はす。老少不定の境とは、いひなから、いまた二十にもたらせ給はて、うせ給へる哀をおもへと、よむなり。かのいたる、かへし、

いとあはれ鳴そ聞ゆるともしけち消物とも我はしらす

な

あはれなくは、無の字なり。不生不滅の道理を思へは、哀とも、おとろかれぬとなり。直なると云義もあり。又云、道理と云心もあり。あめか下の色このみの歌にては、なをそありける　天下第一の、好色にてありけりと、此歌にて知られけると云詞なり。いたるは、したかふかおほちなり。みこのほいなしとは、かゝるしはさともの、今かくれさせ給ふ、御子のためには、本意もなしと云り。御子の本意なしと云句は、中将の、直筆のまゝと見えたり。中将も、真雅僧正の御弟子にて、幻雅（ママ）より、真言の奥儀をきかしめ給へは、本不生の理を、知らせ給はぬにあらす。其心、出ていなはの歌にも、あらはれたり。然はあれと、和歌に心さしを延むには、只今、御子かくれさせ給ふを、なけく色なきは、歌の本意無となり。

四十

むかし、わかきおとこ、げしうはあらぬ女を思ひけり。さかしらするおやありて、思もそつくとて、この女をほかへおひやらむとす　さかしらを云人有也。譏字也。げしうはあらぬとは、いやしからぬと云事也。さかしらするとは、男女の、あひ思ひける心の如くにも無を云也。有常が心は、我は今、衰たり、いかならんよすかにもつきて、世にもつかへ給へと、中将の御所を、いかにかなしと、遠く慮て、我むすめにはあはせんとする也。中将は、阿保親王の御子、母も又、桓武の皇女にて、世に誉れある好色の事なれは、我よりも位高く、時にあへらむ人の、縁にもつき給て、世のたつともなし給へと、思ひけるなるへし。嫌にはあらね共、母とむすめ、道にては、かくこそ有へき事なれ。我も、名虎か子なれは、さのみいやしきにあらねとも、時にあはねは、かく思へる成べし。思もそつくとは、見れはいよ〳〵したしむと云心なるへし。さこそいへ、またをゐやらす　追やるを、おひやらぬなと云事は、定文か方へと、女を誘へと云由也。人の子なれは、また心いきおひなかりけれは、とゝむるいきおひなし　中将の来れるをは、やむことなき人なるに依て、制しかたきなる女を、かやうには、甚しく事のよしを云て、制すれとも、又、誠には、外へ追やらむとはせす。人の子なれとは、中将の事なり。是も、たゝやむことなき人と云由なり。されは、中将も又、心寛宥にして、有常にさかひて、此女をいきをひ云とらんともせす。是を、心いきほひなかりけりとは云なり。女もいやしけれはとは、さる物にてと云むするを、卑下して云へる詞なり。一説に、若を云也。若時は、加階もひきけれは、いやしと云なり。すまふちからなしとは、親に、さかう心のなきを云なり。さかう心なきを、佳人と云へは、是を、至て高き心と云へし。さるあひたに、思ひはいやまさりにまさる。にはかに、親、この女をおひうつ。おとこ、血の泪をなかせとも、とゝむるよしなし。ゐていてゝいぬ。男、なく〳〵よめる、おひうつとは、なを女を制する由也。血の泪を流すとは、深く歎由也。『楚辞』云、卞和山の下哭事、七日七夜、涙尽て継に以レ血を云々。

　いてゝいなは誰か別のかたからむ有しにまさるけふは
　かなしも

たれか別のかたからんとは、君か出ていなは、我も世にあるへしとも思ねは、ありしより、猶かなしきと云由也。とよみて、たえいりにけり。おや、あはてにけりとは、中将のたへ入するをみて、有常か、おとろきたる由なり。なを思てこそいひしか（は）とは、有常か詞なり。なを思てとは、名を思てなり。前に注せるか如し。中将は、やむこと無すちの人なれは、可レ然縁にもと思へるに、まめやかに、絶入むにはとて、あはておとろく由なり。いとかくしもあらしとおもふにとは、我、制する所をも、思ひしり侍らんと、中将の所を、はかりて云詞なり。しんしちにとは、仮名に書たれとも、まめやかにと、よむへし。たえ入にけれは、まとひて願たりけり　春日へ、詣るなり。けふのいりあひはかりにたえいりて、又の日のいぬのときはかりになむ、からうしていきいてたりける　貞観十一年七月十八日絶入、一日一夜云々。『中将冥途記』の中に、「炎魔宮の」などいへり。むかしのわか人は、さるすける物思ひをなむしける　むかしの若人とは、今の事なれ共、昔と云へるは、ひとしほおもんする詞なり。いまの翁、まさにしなんや　是は、例の伊勢か云る詞なり。詞と心得侍るなり。若人とは、中将なり。今の翁とは、有常か我身のことを云り。中将の心に及ひかたきを云るにや。

四十一

むかし、女はらからふたりありけりとは、有常か女兄弟の事。ひとりは、いやしき男のまつしきとは、伊与介小野の行長と云者也。中将の妻の妹に嫁したり。ひとりはあてなる男もたりけりとは、中将なり。一説云、ひとりはいやしき男とは、忍ふの内侍は、小野の行時と云人のめなり。ひとりはあてなる男とは、あねの、むらさきのうへは、業平の妻なり。いやしきおとこもたる、しはすのつこもりに、うへのきぬをあらひて、手つからはりけり　上の衣とは、初（袍）なり。直に、手つからはる事は有ましけれと、貞女たるものは、夫につかうる心さしを云む為也。心さしはいたしけれと、さるいやしきわさもならはさりけれは、うへのきぬのかたを、はりやりてけり　肩をはりさきたる事也。せんかたもなくて、たゝなきに鳴けり。これを、かのあてなる男聞て、いと心くるしかりけれは　たゝなきの、只は、直の字也。徒に非す、切に泣よしなり。いと心くるしとは、中将の心なり。いときよらなるろうさうのうへのきぬを、見いてゝ、やるとて　きよらなるとは、鮮字也。緑り、六位の袂なり。みとりにふかくそめたる、よき上衣なり。

　紫の色こき時は目もはるかに野なる草木そわかれさりけり

めもはるにとは、目路もはるかなると云由なり。紫の色こきを愛する時は、其野ゝ草木まて、皆哀なると云由なり。心は、中将の妻の、切に思ふによりて、そのゆかりまて皆思ふと云由なり。むさし野の心なるへしとは、本歌、

　紫の一本故にむさしのゝ草はみなから哀とそ思ふ

と云歌の心也。

四十二

むかし、おとこ、いろこのみとしる〳〵女をあひいへりけり、色このみしる〳〵とは、小町は、好色の女なれは、万あさはかにて、たのもしけ無を知りつゝと云心なり。されと、にくゝはたあらさりけりとは、かやうにあれとも、にくゝは、まさに思はすと云心なり。しは〳〵とは、かえす〳〵云、数（シハ〳〵）の字也。いきけれと、なを、いとうしろめたく、さりとて、いかてはたえあるましかりけり。なをはたえあらさりける中なりけれは、ふつか三日はかり、さはる事ありて、ゐいかて、かくなむ　あとさきを、思ひつゝけて、うしろめたく、心くるしく思へ共、心にもまかせす、

猶恋しきに依て、云詞なり。

出てこし跡たにいまたかはらしを誰か通路といまはなるらむ

我かへりつる跡たにも、いまたかはらぬまに、又いかならん人に、通路となりぬらんといへり。ものうたかはしさによめるなり。

伊勢物語奥秘書　蒿渓考正　三

四十三

むかし、かやのみこと申みこおはしましけりとは、桓武第七、三品中務卿、加陽親王也。貞観十三年十月八日に薨す。七十八。そのみこ、女をおほしめしてとは、伊勢なり。いとかしこくめくみつかふたまひけるを、人なまめきてありけるを　人とは中将なり。一説に、あまた心を懸ける、其中に、中将も有へし。我のみと思ひけりをとは(ママ)、加陽親王の、御心に我のみと思召なり。一説に、あまたの人、心を懸たる中には、我そと、中将の思ひけるなり。又人聞つけてふみやるとは、只今中将の聞は、親王も、たゝ尋常めくみつかうたまうにはあらて、御密通あるとなり。郭公のかたを書て、或人、問云、郭公を恋によせむ事、如何。答云、郭公去テ南寿ヲ、思旧郷ヲ、待時節ヲ、必三月に鳴と云々。公鳥(郭)とは、郭国の王、順帝なり。敵王におとされて、北国に来て死す。其後、鳥と成て、夏三月に鳴なり。

北国は、極て寒きに依て、秋冬春まて、山に入て、待レ暖ヲ出里なり。他本に云、郭公の形を書てとは、短尺の下絵に、書たる事なり。『漢書』云、胡馬其北風、越鳥栖ム二南枝一文。

時鳥なかなく里のあまたあれは猶うとまれぬ思ふものかな（ママ）

此歌は、中将、伊勢か方へ遣す。なか鳴は、汝か鳴なり。里のあまたあれはとは、男、あまたかけて有由也。猶うとまれぬとは、うとましくと云心なり。心は、あまたかけて、心のあれは、思ひわすれねとも、猶うとましゝと云心なり　といへり。此女けしきをとりてとは、我か忍ふ事聞つけらるゝ程に、男のきしよくを取事也。但し、此段に、女と云は、小町と云説有、宜しかるへし。

名のみたつしての田をさはけさそ鳴庵あまたとうとまれぬれは

名のみ立とは、里のあまたあれはと云る、あひしらいなり。しでの田をさとは、時鳥の異名なり。今朝そ鳴とは、今こそ鳴となり。一説云、死出の田長は、時鳥事也。死出の山の鳥なりといへり。本歌に云、

いくはくの田をつくれは（ママ）時鳥死出の田をさを朝な〳〵よぶ

又、庵あまたとは、男あまたと云由なり。家は、男を以て、主とする故也。名に立て、うとまるれは、今こそはなけ、其外は、鳴事なし、と云よしなり。時は五月になむありける、男、かへし、

庵おほき死出の田をさは猶たのむ我住里に声し絶すは

庵多きしての田をさは、心は、前に注するか如く、『古撰』に田辺福丸か歌に、夫結（イホヲホヲキ）多とかけり。かくはあれとも、猶たのむなり。縦通ふ里は、あまた〳〵ありとも、我方にたに絶すと、せめての事に云るなるへし。

四十四

むかし、あかたへゆく人に、むまのはなむけせむとて、よみて　あかたとは、遠方なり。いなかなり。又は、洛外を云也。あかたの井と云も、一条より上、洛外にあれは、あかたの井と云なりと云々。一説云、古注には、遠方と書り。当説には、田舎への事なりと云。何も不レ宜と云。唐には、懸と云、日本には、郡と云り。我か知行する庄郡

を、あかたと云なり。紀有常、甲斐の国に、知行の所ありて、くたりし事なれはと云々。うとき人にしあらさりけれはとは、有常なり。甲斐守に成て、下る時の事なるべし。いへどうじ（朱）にとは、女家主也。中将のめ、有常かむすめ也。さかつきさゝせてとは、酌をとらする也。女のさうそくかつけむとす　親の方へ、装束をつかはす事なり。あるじのおとこ、歌よみて、ものこしにゆひつけさす　ものこしとは、女のきる裳なり。こしとは、腰なり。

　出て行君かためにとぬきつれは我さへもなく成ぬへきかな

もなくの、もの字、喪なり。わさわひなくと云心なり。餞別のために装束を遣して、無為無事にと思ふ程に、われさへ、わさはひもなく成ぬへきと云由也。一義云、ものなくの、もの字、喪、わさはひとよむ。馬のはなむけなれは、道すから、わさわひもなくと、祝言の歌なり。此歌は、あるか中におもしろけれは、心とめてよます（清）。はらにあぢ（味）わひて心とめてとは、深く思惟する事なり。

四十五

むかし、おとこありけり。人のむすめのかしつく、いかて、此おとこにものいはむ、とおもひけり　人のむすめとは、西三条左大臣、藤原良相かむすめ、染殿の内侍の姉なり。かしつくとは、陽成院の女御に奉らんと、かしつくなり。いかて、此おとこにものいはむとは、此女の方より、中将に心を付る由也。うちいてむことかたくやありけむとは、かゝる思ひのある事を、いゝ出さむ事のかたきなり。ものやみになりて、しぬへき時に　かゝる心の病となるよし也。されは、親聞て、中将に云やりけれとも、其かひもなく、みまかると見えたり。かくこそ思ひしか、といひけるを、きゝつけて、なく〱つけたりけれは、まとひきたりけれと、しにけれは、つれ〱とこもりをりけり　こもりをりけりとは、喪のうちなり。一義云、こもりをりとは、中陰忌籠といへり。又は、籠居とも云り。時はみな月のつこもり、いとあつきころをひにとは、六月なれは云り。底の心は、あつきと云由なり。あつしきとは、心の煩を云り。こゝにては、愁に依て心地はつらうなるべし。よひはあそひをりて、夜更て、やゝすゝしき風吹けり。蛍、たかふとびあがる。此おとこ、見ふせりて　秋近くなれは、蛍、たかく飛物なり。それを見ふせりてとは、物思ふ空をのみ、詠かちなる体也。空を、煙も空に立登る体也。一義、夜更てやゝ冷しき風吹とは、すこしこゝちも、はれやかになるとなり。一義、宵は遊び居てとは、何となく、彼女の語なとして、哀とふろう事也。

行蛍雲の上まていぬへくは秋かせ吹とかりにつけこせ

此歌、させる義なし。然はあれと、此蛍の光をも、われゆへ身まかりぬる女の、忌念を散し、菩提の岸に到るへき、しるへともなれと、祈念する由也。雲の上とは、晴中の義なり。一念無明を散て、秋風の如くに、冷かれと云由なり。告こせとは、廻向なり。只心は、すこしき心さしを以て、法界の無明を散し、秋風の到るか如くに、万霊清浄なれと廻向する由なり。かりにつげこせをは、此物語にては、がりにと、濁て読へし。某が許にと云心なり。一義云、雲の上まていぬへくはとは、雲の如く無レ跡なり。蛍を、雲にかくるゝとは云也。又、かりに告こせをは、彼人つげよと云を、雁につけよと、なそへたるなり。又義、彼も、魂のもとへと云心なり。定家自筆の『後撰』に、雁に告こせと、かなに書り。『後撰』に入らる時は、此歌の心もかはるへき歟。又説云、行蛍雲の上までとは、人死て、蛍と成て、雲ゐに上ると云事あり。『毛詩』に云、幽魂化レ蛍、登二雲上一、人間在往二北斗裏一、観啻帰雁別離と云へり。此本文を思る歌に、

さゝ浪のよるは席をしける江にたかぬる玉そ蛍飛かけ

暮かたき夏の日くらし詠れはそのことゝなく物そかなしき

くれかたきとは、懐旧の心なり。今も、経文に歌なと読には、懐旧の歌を、一首つゝ加へるは、是よりの事也。歌の心は、暮かたきやうに思ふ程の夏の日を、あひみぬ人ゆへ、かなしく詠たると云由也。其事となくとは、此恋死たる人、かねて思ひよらす、見し事もなかりし人なれとも、さすがに如此也ぬるを、物かなしく思ふ由也。一説云、暮かたき夏の日よりも、夏はことにながきなり。日くらしとは、終日の事也。其事となくとは、必ず、その人を見るとはなけれとも、かなしき読也。

四十六

むかし、おとこ、いとうるはしき友ありけり。かた時きらす、あひおもひけるを、人の国へいきけるを、いとあはれと思ひて、わかれにけり　人の国へとは、有常か甲斐の国へ下る事也。前段に、あかたへ行と云る、同時の事也。月日経てをこせたる文に、あさましくえたいめんせて、月日の経にけること、わすれやし給ひけんといたく思ひわひてなむ侍る。世の中の人の心は、目がるれは、わすれぬへきものにこそあめれ（あんめれとはねて読へし）といへりけれは、よみてやる　目かるゝとは、心目別也。心は、目ひきはなては、忘ぬへき物にこそと云也。是は、有常か心に、中将を忝く思ひて、いふよしなり。

　めかるともおもほえなくに忘らるゝ時しなけれはおも
　　影にたつ

心は、目をはなつとも、更に忘るゝ時なく、面影にたてはと云心也。

四十七

むかし、おとこ、ね（朱「も」）んころにいかてと思ひける女ありけり。されと、此おとこを、あたなりときゝて、つれなき（ママ）のみまさりつゝいへる　女は二条の后なり。男あたなりとは、中将は、好色の人にて、所さためたまはぬと、思ふ由也。

　おほぬさのひくてあまたになりぬれは思へとえこそ憑
　　さりけり

二条の后の御歌也。大ぬさとは、奉弊也。一には、手の多きゆへに引手の多き故に、ひくてあまたと云り。心は、弊の如くに、引手のあまたに、人ことの手に取なれは、思ふ事は思へとも、たのみかたきと云由也。返し、中将、

　おほぬさと名にこそたてれ流てもつゐによる瀬はあり
　　といふものを

心は、大ぬさの如くに、引手はあまたに侍れとも、つゐによる瀬は一所と云由也。弊は用て後に、河に流す物なれは、よる瀬は、一所のほか、あるへからすとなり。

四十八

むかし、おとこありけり。馬のはなむけせんとて、人を待けるに、こさりければ　紀有常か二男、少将紀利貞か阿波介に成て下る時の事也。『古今』に定文と有、不審。

　今そしるくるしき物と人またむ里をはかれす問ふへかりけり

心は、今こそ知りぬ、人まつことのくるしき事を。されは、もし我を待人あらん里を、常に問ふへきものなりといふこゝろ也。

四十九

むかし、おとこ、いもうとのをかしけなりけるを見をりて

　おかしきは、奇麗也。『史記』云、形麗（カタチヲカシク）顔美者と云々。勝てうつくしきと云なり。他説云、『史記』十巻云、形霊顔麗者（カタチヨクミメヲカシキ）は、常に蒙（ル）二天客之愛（イトヲシミヲ）一、意陥（マカリ）言は悪者（キハ）、得（ト）二鬼魅之伐（ニクミヲ）一云。此文を以て、おかしけとおくなり。

　うらわかみねよけに見ゆる若草を人のむすはんことおしそ思ふ

根の心よきに依て、初草の萌出るさまの、うつくしけれは、むすはん人の、いかゝ思ひ存ずらんと思ふ由也。他説には、心根もよけなると云義也。一義、人のむすはんとは、いかなるいたつらものか、妻にかならんすらんと詫たる義也。ときこへけり。（朱）返し、妹のかへしなり。

　初草のなと珍しきことのはそうらなくものをおもひけるかな

初草と置る五文字は、なと珍しきと云んため也。其上、本歌に、若草のといへる、其あしらひなり。うらなくとは、へたてもなくと云由也。心は、なと珍しき言葉にてあるを、親しと云る。是までの、心はへなきものをと云るなり。此初草は、誠の妹にてはなし。行平の女を、伊豆の内親王の、やしなひ給へり。一義、是は、裏おもてもなくと云義なり。

五十

むかし、おとこありけり。恨むへき人をうらみてとは、中将は小町か好色を恨、小町は中将の好色を恨る事也。

　鳥の子を十つゝ十はかさぬとも思はぬひとをおもふも

のかは

鳥の子は、更にかさねかたき物なり。かゝる有かたき事はありとも、我を思はぬ人は、思ひかたしと云心なり。陳鴻『報恩記』云、恩の至て恩なるは、父母の恩、縦以禽子(キンシヲ)(トリノコ)空上に百数百度重共、其恩難報(ニモ)云々。昔もろこしに、献公と云御門をはしけり。九層の台を作らしむ。八百尺に立て給ひけるに、民、皆、春秋の業を捨て、三年までにいとなみけれとも、事ならす。然共、是をいさむるもの、其族皆罪に行ふへしと、の給ひけれは、(を)それて雇人なかりけり。有時、荀息と云人、禁中に参りて、仕ゑ奉らんと申す。何をか芸にすると尋給ふ。碁石をかさねて、其上に鳥の子を重ぬる由を申けれは、さらはとて、かさねさせ給ふに、碁石十二の上に、鶏のかいこを九つ重ぬるを見給ひて、「あら、あやうしや」との給へる時、荀息申けるは、「是よりも猶あやうき事あり。君の九層の台を作り給ふに、人つかれ、民くるしみ、百姓隣の国へにけ失せなとするは、御代を持給はん事あやうきなり」と申けれは、御門、かんじ給ひて、やみ給ひけり。それをとりて、鳥の子を百まては重ぬるとも、思はぬ人を思ふましきと云也。

といへりけれは、

朝露は消残りてもあかぬ(ママ)へしたれか此世をたのみはつへき

小町か返し、朝露の、夕にて残る事は、かたし。鳥の子を重かたきに対して、読る也。是も、有間敷事なれ共、其朝露は、夕まて有とも、かゝる人の世をは、憑みはつへき物かと、中将の歌にあたりて読るなり。『文集』云、不憑傍人、縦朝露は至(ルハ)晩景(ニ)云々。此世とは、夫婦の中と云心也。又男、中将也。

吹風に去年の桜はちらすともあなたのみかた人のこゝろは

是も、有間敷事をたとへにして読る。風にちらすして、去年の桜は残る事あり共、人の心はたのみ難と云也。『文集』云、縦旧年の花は梢に残り、待後春(ヲ)共、難憑是傍人の意也。又女かへし、小まちなり。

行水に数かくよりもはかなきは思はぬ人をおもふなりけり

此歌の心は、隠たる所なし。行水に書と云事、『日本記』云、仁徳天皇の御宇、橘政行と云者有、左大臣笠吉丸か女を、思ひかけて云そめたるに、「我に実の心さしあらは、此前の川に毎夜来て、数を経て百夜に満は、あはん」といへり。其詞の如く、数を書に、更にあとなし。百夜に到て、女を相具して見るに、跡なし。其女の云、「心さしのなけれはこそ、数は見えね」とて、あはさりけれは、男、

さりとてもと数書水は跡もなし君かつらさはつらさのみして

と読て、死す共云り。此歌に、めてゝあふとも云り。又おとこ、中将なり。

行水と過るよはひとちる花といつれまててふことをきく覧

是は、あるましき事を、あつめてよめり。流水、過る月日、ちる花、あたなる人の心、此四は、いつれか人の心に随ふ事のあると読るなり。あたなる心のあるは、此歌の余情也。古事にて返す事、常のならひ也。さのみはいかゝなれは、又、如此あひしらひにて、はつすやうにも読へき歟。一説、中将、小町を思ひて、百夜かよひ給ひて有とも、あたなる人と云て、不(レハ)レ合、是を読といふ説もあり。是は、当流には不レ用歟。是を、あたくらへの段といふなり。あたくらへかたみにしけるおとこ女の、しのひありきしける事なるへしとは、あたなる心、あなたもこなたも、くらへる如くに、中将も忍てありき、小まちもあたなる心をもつなり。かたみとは、互にと云事也。

五十一

むかし、おとこ、人のせむさいに、菊うへけるに　僧正遍照か前栽ともいへり。又、二条の后の前栽共云り。両説なり。菊をうへけるも、中将也と云説あり、不審。一義、有常か前栽共云。

うへし(朱「つ」)うへは秋なき時やさかさらん花こそちらや(朱「め」)根さへかれめや

五文字は、うへはくと云、重詞也。心は、うへは、秋にてあらぬ時にも、なとさかぬそ、花こそ散物なれ、根まて枯ぬへき事にもあらすと、筆に云合る心なり。尤、殊勝の事也。惣て、新造、又は始ての会席なとの時は、其心あるへき事也。以二此歌一、可二意得一也。此歌にちると読たれはとて、余の花のやうに、散なとゝは不可二意得一。仙花とて、散らぬ花なれは也。連歌なとには、うつろう、しほむ、か

るゝなとゝよろし候と云々。

五十二

むかし、おとこありけり。人のもとより、かさりちまきをこせたりける返事に、人のもとよりとは、惟高親王より也。一説、二条后よりとも云り。かさり粽と云は、色々の糸にて、粽のやうに結て、袖にかくる物なり。五月五日の事也。又、端午に、賀茂の社へ、おほやけより、まいらせらるゝとも云り。一説、就二荘(テ)粽(ニ)一、文云、所レ祭(ノ)米は、常に為(ホテ)レ蛟(カウ)飛(トトブ)所レ奪(ラ)、願は、以二五色の糸を一、まとう蛟龍所レ畏云々。一義、楚のくわつけん(ママ)と云者、汨羅の渕に身をなく、五月五日也。其国の人、哀みて、祭をもうくるに、五色の糸にて、うつくしくまいて、渕へ投て、是を有蛟龍所奪也。

　あやめかる君は沼にそまとひぬる我は野に出てかるそ
　　わひしき

中将の歌なり。心は、粽をやるに就て、あやめかり君は沼にまとふと云り。我は野に出てかるとは、雉を遣しけるに依ていへり。一説、二条の后の、中将をおほさんこと喩へる。あやめを苅に沼へゆかんは、やすからされ共、あやめは、沼に必有物なれは、もとめらるへし。中将の、后を思ひ奉る事は、野に出て、雉をかる心尽ににたり。もとめゑん事のかたき事、あやめ苅には、いかはかりかまさる思ひそと云意なり。一説、君は沼にてまこもをかる、我は野にて雉を苅と云り。一義云、たかひに、深くまよひぬる事を、あらはす事也。とてきしをなむやりける。

五十三

むかし、おとこ、あひかた(二条の后也)き女にあひて、ものかたりなとするほとに、鳥の鳴けれは、

　いかてかは鳥の鳴らん人しれすおもふ心はまた夜ふか
　　きに

中将の歌なり。心は、いかてかは、鳥の啼らん、人しれすとは、世にたくひなき、鳥の鳴らんと云り。思ふ心はまた夜ふかきとは、あかぬ心なり。愁中啼鳥一声多云々。他本に、此愁中鳴鳥の文に有。『文集』云、夢中古人、千里近、愁中鳴鳥一声多云々。此文を以て、鳥の啼とは云り。此歌は、おも影に打向て読となり。此歌の題は、不レ逢恋の心

也といふ説もあり。此外に本歌に『万葉』を引、

　衣々に成立中の別には面影ならぬ草も木もなし

五十四

むかし、おとこ、つれなかりける女にいひやりける　女は、二条の后の事なり。

　行やらぬ夢路をたとる袂には天つ空なるつゆやをくらん

中将の歌なり。行やらぬ夢路をたとるとは、夢路とて、出ぬる事のかたければ、夢をさへ見かぬと云心也。天つ空なる露とは、たくひなき泪なれは、大空の露にてもやと云り。

　鳴渡る雁の泪や落つらん物おもふやとの萩の上の露

と云なとにて心得へき事にや。

五十五

むかし、おとこ、思ひかけたる女の、えうましうなりての世に　女は、二条の后なり。えうましきとは、不得なり。前段にも、此詞あり。内裏へ御参の後の事也。一義、不得とは、内裏へ御参有て、雲ゐ高くすみ給へるを云り。

　思はすはありもすらめとことのはの折節ことに憑まるゝかな

后、我思ふ程は、思ひ給はさるらめと、折々の御詞の末は、さすかに又たのまるゝと云心なり。一説、思はすはありもすらめと云までは、二条の后の上也。詞の、折節ことにたのまるゝとは、染殿后哀に思召を、憑むはかりなりと云り。前に、袖に湊のさわく、と読しも、おなし心なるへし。一義、昔たゝ人にておはしましゝ時を思ひ出て読也。

五十六

むかし、おとこ、ふして思ひ、をきて思ひ、おもひあまりて　是も、入内の後、二条の后を思ひ奉る心の、切なるを云り。

　我か袖は草の庵りにあらねとも暮れは露のやとりなりけり

中将の歌也。草の庵なとこそ、おのつから露のやとりともなれ、それにはあらぬ、我袖のほになれは、露のしけき（と）云也。心の色をも云出てぬ泪なとの、事もなき、此

作者の習なり。余情、限なきものなり。ふして思ひ起て思ふと云詞、ひるもあるへき事なれとも、多くは、よるによりたる詞なれは、暮れは露の、と読り。

五十七

むかし、おとこ、人しれぬもの思ひけり。つれなき人のもとに　二条の后を忍て思ひ奉る事也。前段に同。

　恋侘ぬあまのかる藻にやとるてふ我から身をもくたきつる哉

中将の歌なり。あまのかるもに交る虫を、われからと云り。あまのかる藻と置たるは、我からと云むためなり。歌の心は、かた思ひ侘ぬる事も、人ゆへにあらす。たゝ、我からの身をも、くたくといへり。われからといふ虫も、心から、あまのかる藻に交りて身をすつるものなり。されは、此虫に喩て読也。誠に殊勝の歌也。一説、藻に住虫とは、海草にすむ也。此虫の名を、我からと云なり。かの虫の巣を我とくひやふりて、住所なる故に、われからと云り。其ことく、業平も、我と思ひそめて、あつまへ下り、みちのくに迷ひ給へり。

五十八

むかし、心つきて色このみなるおとこ、長岡といふ所に、いゑつくりてをりけり　心つきてとは、心尽て也。中将の、好色に事を尽し、心を長する由也。そこのとなりなりける宮はらに、こともなき女ともの　宮はらとは、桓武第十の生子内親王の御事也。中将の隣に宮ありしなり。こともなきとは、ほむる義也。世俗に、ことなきと云に同し。好の字なるへし。女ともとは、三善成房かむすめ、隆房かむすめ、又、二人内親王の御供したるなり。いなかなりけれは田からんとて　田舎とは、長岡の里、都の外なれは、云なり。田からむとは、穂に出て、色に出て、と云心なり。いねは、色つき、実熟して、かるものなり。今、此内親王、中将を思ひ給ふ事、色に出て給ふ心なり。『貞観政要』云、太宗曰、我得二帝徳一ヲ思ふ、国に耕す時は、疲（ツカレ）在二其中一ニ云々。此おとこの有を、見て、いみしのすきものゝしわさや、とて、あつまり、いりきけれは、此おとこ、にけて、おくにかくれにけれは、女　いみしのすきものゝしわさやとは、中将好色のものゝあり所（以下マヽ）ありさまの心あるさ

まの心あるさまをほめ給ふ心也。此男返て

　あれにけり哀幾代の宿なれや住けむ人のおとつれもせぬ

生子内親王の歌なり。荒にけりとは、あるじの見えぬを云也。心は、あるしも見えす、あれたるさま、幾代の宿にあらん、さすか心あるさまにて、住なれけん人は、音信もせす住わたるといへり。是、中将のかくれ居たるを、かくよめり。といひて、この宮に、あつまりきゐてありけれは、おとこ　此宮にあつまるとは、中将の、宿所に入をはして、歌をよみなとし給ふ事也。又、或説に、此宮とは、業平の母は、桓武第八の御女、伊豆内親王に、栖給ふ故なり云々。

　葎生て荒たる宿のうれたきはかりにも鬼のすたく成けり

中将の返歌なり。葎幾重ともなく生茂り、いつとなくあれたる宿の、うれたくかなしき宿のならひ、かりそめも、立よる者とては、鬼のすたくならては、と云也。すたくとは、物をもとめ、愛するやうなり。うれたきとは、わひしきなと云やうの事なり。鬼とは、女を云なり。鬼女なとゝつかう詞なり。『文撰』云、一老子ノ曰、露林のほり下と上在按之処、見ニ老女ニ云々。鬼とは女を云。本歌云、『万葉』云、

　みちのくのあたちか原のくろ塚に鬼籠れるときくはまことか

惣して、鬼神に不レ限、ものゝばけたるを、鬼といへり。女は、紅彩翠黛、皆ばけたる。又、おそろしきをも、鬼と云。女は、人の心をまとはし、思ひをうこかす事、おそろしき也。一条殿の説には、おにの、おの字を、はぬるこゝろなり、にとなとは、五韻相通する故也。又一説に、すたくとは、あつまる心なり。此段は、いかひの段なり。うれたきの、うれの字、憂字なりと云々。とてなむいたしたりけり。此女とも、ほひろはん、といひけれは　ほひろはんとは、中将の読ける歌を見て、我、かく思ひかけ、来る心のあらはるゝと云義也。顕の字を、こゝにほひろはんと云事も、田からんと云に依て、かくいへる成へし。一義、ほひろはんといへるは、田家の事を云り。経信卿、江州田上云所にて、

　夕されは門田の稲葉音信てあしの丸やに秋風そ吹

と読給ふも、田家の哀を、深くかむせいをもようしたるな

り。

打侘て落穂ひろふときかませは我も田つらにゆかましものを

是も又、中将の歌なり。心は、かくあらはるゝ事を、侘給はゝ、我も、もろともに、さこそ侍らめ、なとゝ云。是は、打わひて、おち穂ひろふときかは、ともに田つらに行むと云なり。

五十九

むかし、おとこ、京をいかゝとおもひけん、ひかし山にすまん、と思ひいりて　是は、勅勘の時の事なり。あつまへ下ると云段と、同事也。つまきこるへきとも、他本に見えたり。

住侘ぬいまは限の山里に身をかくすへきやともとめてむ

東山に住むと思ひ入てと云も、忠仁公の所にありなから、思ひわひぬれは、誠に、山居なとをもせんと思ひ立事也。此歌の心も、かくて住わひぬれは、今をうき世の限にて、身を捨て、住はてん宿を求めむ、と云義也。かくて、ものいたくやみて、しにいりたりけれは、おもてに水そゝきなとして、いき出て　死入とは、歌を読て、忠仁公に奉りて、言語をたえたる由也。面に水そゝきなとゝは、忠仁公の、めくみ給ふを云也。いき出たりとは、染殿より御文給て、かほにあてゝ、悦なる事なり。此文は、中将の思ひを、とふらひ給ふ事也。一説、水そゝくとは、死するものには、必水のませなとする事也。一説、古注の説、面に水そゝきなとゝは、『法花経』の文に云、冷水洒面（シヤメン）令（ム）レ得（エセ）ニ醒悟（シウコスル事ヲ）一　云々。此文を以て、思ひ合せたるものにも。

我かうへに露そをくなる天河とわたるふねのかひのしつくか

我上に露そ置なるとは、我よろこはしき由也。喩へは、しほるゝ草に、雨露のそゝきて、気色のうるはしく成やうに、只今、中将の心のなる由也。天河とは（ママ）たる舟とは、染殿の后と、忠仁公の御訪を、たとうるなり。かいのしつくかとは、御文、或はなくさめ給ふ詞にたとふ。歌の心は、たゝかゝる御めくみとも、世にしれす、たくひなきにより、しほめる草のやうに、有つる心の、露をゐて、色のなをるか如く、我こゝろのあるを云なり。終に死入ほとの身の生出るは、只、大方の露にはあらん、天河を渡る舟の、かいのしつくにとこそ、と云るなり。切にものを云むとなり。　となん云て、いき出たりけるとは、行末のたのもしき心の出来を云也。

六十

むかし、おとこありけり、宮つかへいそかはしくとは、中将の内裏に祗候の事なり。こゝろもまめならさりけるほとの家とうし　まめならぬとは、中将の、小町か好色甚と(ママ)に依て、尋常に思ひ給へる詞也。家童子とは、女あるしの事也。小町か事なり。一義云、まめならさりけるとは、念比にあらぬ事也。真(マコ)とならぬ事をもいへり。まめに思はむと云人につきて人の国へゐにけりとは、大江惟章、小町を、誠に思はんと云に依て、妻と成て、九州へ下る事也。人の国と云に、両説あり。只、他国をさして云也。又は、人の受領にて下るをも云り。此おとことは、中将の事なり。宇佐の使にていきけるに　貞観七年三月廿九日に、中将、豊前の国、宇佐の祭の勅使に、下る事也。ある国のしそうの官人のめにてなむある、と聞て、女あるしにかはらけとらせよ、さらすはのまし、といひけれは、かはらけとりて、いたしたりけるに、さかなりけるたちはなをとりて　しそうの官人とは、惟章か事也。使承と書り。女あるしにかはらけ取せよとは、中将、惟章に対して云る詞なり。かはらけ取出すとは、小町、酌を取事也。官人の女とは、宇佐の神主惟章か妻と成り。

　五月まつ花橘の香をかけはむかしの人のそての香そする

橘に袖の香と云事、委古注に見えたり。歌の心は、昔みし人也。思ひの外にも成ける人の契かなと橘によそへて云るなるへし。古注に云、昔の人とは、垂仁天皇の御時、田道の間守(ケンシュ)と云人を、とこよへつかはしてけるに、年経て帰りけれは、其内に、帝、崩御なり給ふ。間守、かの橘の実を、袖につゝみて、御門の墓に植けるに依て、むかしの人の袖の香とは、読るなり。又、もろこしに、典夫、興芳と云二人、夫婦となりて契けり。妻女興芳、死て後、夫の典夫、悲切なり。興芳か墓に行て、なき悲みけるに、七日経て、一の木生す。是、橘なり。木の高さ七尺にて、木の実にほひ、ことに香て、昔の興芳か袖の、移り香に似たりとて、我袖につゝみて、深く是をおしみけり。さて、袖の香と云也。五月待とは、古注には、四月の歌と云、不レ宜。橘は、五月を待て、咲故也。といひけるにそ思出てあまになりて山に入てそありける　思出てあまに成てとは、むかし、さま〳〵思ひかはして云る也。あまに成てとは、もとのすかたにあらすと云心也。山に入とは、かゝる思ひに、深く沈み入由也。又、あまに成とは書たれとも、髪は、かれたる蓬の如くにて、膝(ヒザ)にあしかを懸てと、かしこにも云たれは、実に、尼になるにはあらす。海人に成てと云由也。心は、心なき者に成と云由也。山に入とは、海人は、浦にこそ住へきものを、山に入と云たるは、当初、心なく中将の所を出るは、所を失へるさまなり。それを思ひ出て、悔て云る詞なるへし。

六十一

むかし、おとこ、つくしまていきたりけるに　前段に同し。たゝ、つくしへとてこそ、かくへきを、筑紫まて、と云る事は、すける心のいつまてもやまぬと云事を、甚云はん為也。前にも、人の国まても、猶かゝる心なむ、やまさりけると云たる、同しこゝろなるへし。これは、いろこのむいふすきものと、すたれのうちなる人の云けるを、聞て　すきものとは、逸物と書り。好色に長せる人と云心なり。簾の内の人は、定文かむすめ也。左衛門佐、源正隆か妻と成て、たわれ島に住り。染川に近き所也。

そめ河を渡らん人のいかてかは色になるてふことのなからん

そめ河は、ちくせんにあり。中将を、色好む身と云に依て、此染川を出したる也。歌の心は、染ると云川を、渡らん人の、色なる事の、なとかなかるへき、と云心なり。此歌の底の如く、此人界に生て、識身の二法を受る者、いつれか境に転せられぬと、とかめていへるこゝろなり。女か（朱）へし、

名にしおはゝあたにそ有へきたはれじまなみのぬれ衣きるといふなり

名にしおはゝあたに有へきとは、色なるものは、あたなる物なれは也。たはれ島も、浪の立事、絹のやうにみゆれ共、近付よりてみれは、たゝあたなる浪なり。其如く、色になることの、なとなからんと、中将を近付見れは、定て、たはれ島の浪のやうならんと云り。此たはれ島は、浪

の立を、外より見れは、しろき絹を着たるに似たりと云ならはしたる所なり。一説、此歌は、たはれを、たはれめと云て、なま成好色の人を云也。其名におはゝ、あたなるへしと、中将を心見云由也。ぬれきぬと云事、本より無名の縁なれは、あたなるへきと云より云り。是も、底の心は、中将の云所の、識に転せらるゝ事は、いまた到りなき境なり。仏も応身の時は、説法度生して、識に転せらるゝとも見えつへし。法身土より見れは、説法度生の上、半散になるへしと云て、中将の歌を、法理の上におひて、押やうに読たる也。惣て、返歌の体は、かやうに可レ有。古事にて読は、古事にて返し、仏法を以て読は、仏法にて返す事、定れるなり。一義、此たはれ島とは、風流嶋と書也。たはれ嶋といふ嶋には、白石あり。其石に、浪のかゝるを、外より見れは、優なる女の、白き絹をきて立かことし。近きよりてみれは、石に浪のかゝれるなり。其如く、あたなることをよそへて、たわれ島とはいふとなり。心は、染川を渡る程に、色になるといはん、たはれ島に住ん人は、あたなるへきと読なり云々。

六十二

むかし、としころ音信さりける女とは、小町なり。是は、筑紫に侍時の事也。心かしこくやあらざりけん、はかなき人のことにつきて、人の国なりける人につかはれて、もとみし人のまへにいてきて、ものくはせなとしてけり、はかなき人の事につきてとは、惟章か死するに依て、筑紫より帰りて、嵯峨第六の御子、基陰親王に宮仕て、住吉に住けるを、人の国なりけるを、人の国なりける人に、つかはれてと云なり。本見む人とは、中将の、親王へまいりける時、宮つかへして、中将の前に出ける事也。ものくわせなとゝは、配膳する事也。又一義、物くわせなとゝは、かよひなとの事也。一義云、かしこくやあらさりけんとは、貞心になきを云り。忠臣二君に仕へす、貞女両夫に嫁せすといへり。貞心なき故に、業平に契りなから、人にさそはれて、心つくしにまよひ行なり。されは、小町か歌に、

わひぬれは身をうき草のねをたへてさそう(ママ)浪あらはいなむとそおもふ

と読り。人のことにつきてとは、大江のまさのりなり。よ

さり、このありつる人たまへと、あるしにいひけれは、をこせたりける。おとこ、我をはしるやとて　ありつる人たまへとは、此小町を給へと、親王へ、中将、申させ給ふ事也。男、我をばしるやとてとは、小町に対して云る詞なり。心は、我をすてゝ、惟章につきて、筑紫へ下りし程に、我を、なきものにせし心なれは、今とても見しらしと、深く恨て云る詞なり。誠に、一字に、そくはくの理を含めるにや。殊勝の事なり。

　いにしへの匂ひはいつら桜花こけるからともなりにける哉

此歌の心は、今、我身と小町か間の、はへなき事、花をこき落したる枝の如くに成て、思ひかはせん、むかしの匂ひも、ひとつも残す成たるを、さてもいかなる事そやと云りける心なり。こけるからとは、花を、こきちらしたるからなり。大水のとちからと云る、からと同し事也。一説、此歌の心は、小町かおとろへたるをさして読る、了簡の説に、小町かおとろへたるを云むは、中将の本意なくや。たゝ我身のうへをいふにこそ、うつろへる菊を送りしより、小町こそ、中将のけさうしける中なれとも、いさゝかの事に、思ひうむじて出ていにし俀、年比経ぬれは、我身の花もなく成ぬるこそ。一義云、匂ひは、何国にかあるそとなり。ちと〳〵、にくゝ思ひて、よめるなり。といふを、いとはつかしとおもひて、いらへもせていたるを、なと、いらへもせぬ、といへは、なみたのこほるゝに、目も見えす、物もいはれす、といふ　いらへもせてとは、小まちか事也。さこそは、泪にむせふとも、小町ほとの歌読の、返歌をせぬ事のあらんや。されとも、かゝる時は、いかなる名歌を読たりとも、くちおとりたらんにはしかし。また、目も見えぬ、ものもいはれぬとは、面目なくと思ひし事なり。

　是や此われにあふ身をのかれつゝ年月ふれとまさりかほなき

我にあふみをのかるゝとは、我にあふ事を、のかるといふ事也。まさりかほなきとは、まさる事もなしと、云事也。歌の心は、我所をのかれ行て、年つきふれとも、猶、此心やますと云事也。歌の心を読て、衣ぬきて、とらせけり。といひてきぬゝきてとらせけれとすてゝにけにけり。いつちいぬらんともしらすとは、其後、夫婦ともならぬ、よしなきかはらけとらせなとする女に、きぬゝきて、かつけさせなとする事、定れる法なり。

六十三

むかし、世心つける女、いかて、心なさけあらん男にあひえてしかな、とおもへと、いひ出んもたよりなさに、まことならぬ夢かたりをす　世心付とは、女の、男なと思ふ事なり。心なさけあらん男をと云は、なさけ、あはれみも、ふかからん男を忍ふとて、あひえてしかなとは云也。中将を、心の底に願て、云心なるへし。かやうには、思へとも、其心の云出しかたきに依て、実ならぬ夢かたりをする也。此女は、紀名虎かむすめなり。紀有常か兄弟也。娘は、大将有国か妻にて、後は文徳天皇の更衣と成て、文徳崩御の後、西国に住けるなり。一説云、世心付とは、恋の病つくと云事なり。業平を恋ひ給ふ心也。彼女は、五十八共、六十八ともいへり。子三人をよひてかたりけり。ふたりの子はなさけなくいらへてやみぬ　二人の子は、大将顕（アキ）景、大納言関雄なり。是は、有国か子なり。さふらふなりける子なむ、よき御男（将）ぞゐてこむ、とあはするに、此女、けしきいとよし。　三郎なりける子とは、文徳第一の皇子惟高親王の御事也。此夢を聞て、中将を心の中に思ひ合へし。こと人は、いとなさけなし、いかて、在五中将にあはせてしかな、と思ふ心あり。狩しありきけるに、いきあひて、道にて、馬のくちを取て、かう〳〵なむおもふ、といひけれは、あはれかりて、きてねにけり　こと人は、なさけある事もなし、いかにしても、在中将にあはせばやと、惟高の、御心に思召なり。在五とは、在原氏の五番目と云事也。中将、狩しける道におはしましあひて、御心を述られける也。馬のくちを取とは、その時、中将、右馬頭也。其くちひきを、聞食由也。其時、右馬頭と云事、代々師説なれ共、勘るにあたらす。たゝをり立て、袖をひかへなとして、物をいふ由なり。さて、後、をとこみえさりけれは、女、おとこの家にいきて、かいま見けるを、おとこ、ほのかに見て　かいま見けるとは、此女、中将の家に来て、垣の間より望見ける事なり。

　百とせに一とせたらぬつくもかみ我をこふらし俤に見ゆ

人の家具は、何にてもあれ、年をふれは、変化して、人を悩すなり。されとも、百年にたらねは、人に見あらはされて、人をたぶらかす事、思ふやうにならす。是を、つくも神と云也。又は、百鬼夜行神とも云なり。か様の古事を思て、此女を、つくも神にたとへて、忍て垣よりのそく顔の見えければ、百年に一年たらぬとは云也。女の年は、此時、五十八なるへし。思懸を、とかく云ける煩はしさを、歎て読る歌也。『伯撰』云、狐等の獣、百年に成者、百鬼夜行神と成て、人を煩はす。それを付喪神と云々。又、他説、古注に、唐に瓊（ケイ）と云所に、夫婦の人あり。夫をは遊子と云、婦をは伯陽と云へり。遊子は黄帝に四十人の子あり、最末の子なり。遊子は、十六才、伯陽は、十二才より、海老（ママ）の契をむすひて、年月を経る程に、遊子は百二才になり、伯陽は九十八に成。たかひに志不レ浅して、後、伯陽九十九にして死しければ、遊子か歎事、限なし。ある時、伯陽、鳥に乗て来て云、「我と同し所にあらんと思はゝ、自心をしめて天に生れよ、月の前にてあはん」と云て、空に昇りける後に、遊子、嬉敷思ひて、生（イキ）なから白鷺に乗て、天に飛昇る。はては、牽牛、織女の二星となつて、七月七日に、天河の辺りにて、陰陽和合を成すといへり。されは、彼遊子も、百に三つあまりたる故に、生なから天に昇りけるなり。百年を過れは、皆、つくも神と成也。今の老女の、おそろしき姿にて来て、我を恋るは、化物にてやあるらんと読り。一義云、『付喪神の祝』に云、つくも神とは、海草にかみに似たる草あり。のきのりと云。然は、此のり、かみに似たり。波にうち寄せられて、されたるは、白し。されは、しらがなるを、つくもかみと云共あり。とて、出たつけしきをみて、うはら（荊）、からたち（枳）にかゝりて、家にきてうちふせり。男、かの女のせしやうに、忍ひてたてりて、みれは、女、なけきて、ぬ（寝）とて　出立気色を見てとは、中将、此歌を読て、のぞく所へ出るを云なり。うはらからたちにかゝるとは、か様にのぞくを、見付られては、はづかしく思ふ事は、荊棘の中を出る如くなりと云由なり。『文集』云、一恥ことは如二賢人の前一痛（イタマシキ事ハ）　如入二荊棘一云々。女のせしやうにとは、又中将、彼女の家にのそきけるに、女歎てぬるとて、此うたをよめるなり。

　　さむしろ（狭筵）に衣かたしきこよひもや恋しき人にあはてのみねん

さむしろとは、狭き筵なり。衣かたしきとは、丸ねなとゝ云に、同事也。歌の心は、衣うち片敷、ものはかなき席のさまして、思ふ人にはあはで、今夜もやねんと、云心なり。　と読けるを、おとこ、あはれとおもひて、其夜はねにけり　中将、此歌を感して、其夜は、女のもとに留る由なり。男哀に思へるとは、男女の心をも和らけ、武士の心をも、なくさむるなるべし。世の中の例として、思ふをはおもひ、思はぬをは思はぬものを、此人は、思ふをも、おもはぬをも、けぢめみせぬ心なんありける。　けちめとは、結目なり。是は、ものをへたてぬといふと、同し事也。

六十四

むかし、おとこ、おんな、みそかにかたらふわざもせさりけれは、いつくなりけん、あやしさによめる　おとこは中将なり。女は二条の后なり。みそかにとは、蜜なり。忍ひてあはぬと云心なり。されは、いつくなりけんと云なり。今、常に此人の、いつくに行ぬらん、こなたも見えぬなと云心なるへし。

　吹風に我か身をなさは玉簾ひまもとめつゝいるへきものを

中将の歌也。心は、風の如くに我身をなさは、簾のひまよりも行て、思ふ人をも見るへ(ママ)物をと云由也。返し、二条后、

　とりとめぬ風にはありとも玉すたれたかゆるさばか隙求むべき

心は、風の如くに、手にもとりとめぬ事なりとも、人のゆるさずは、なにとして、簾のひまをももとむへきと云よしなり。

六十五

むかし、おほやけおぼしてつかふ給ふ女の、いろゆるされたるありけり　此時おほやけと申は、清和の御事なるへし。おほやけおほしてとは、内裏にしろしめすと云事なり。つかう給ふとは、宮つかへの事也。色ゆるさるゝとは、ゆるし色なと、きぬに同し事也。ゆるし色とは、白きを云にや。されは、なへての人は、白きをは、着す色なり。つかう給ふ女とは、二条の后なり。一義、色ゆるされたるとは、三位の位にのほりて、しろき絹をきる事なり。

おほみやすん所とていますかりける　大みやすん所とは、染殿の后也。いますかりけるとは、ましますと云事也。いとこなりける、殿上にさふらひける在原なりける男の、またいと若かりけるを、此女、あひしりたりけり　いとこなりけるとは、大御息所に色ゆるされたるは、女とは、いとこなり。色ゆるされたる女は、二条の后也。染殿にさふらひけるとは、中将、其時、殿上なり。在原なりけるとは、天長二年、始て、行平に在原の姓を給ふなり。それより此姓あり。此女と云も、二条の后なり。男、女がたゆるされたりけれは、女のあるところにきて、むかひをり(居)けれは、女、いとかたはなり、身もほろひなん、かくなせそ、といひけれは　女方ゆるされたるとは、好色の長せる由なり。かたはなりとは、かたはらいたしと云事也。身もほろひなんとは、二条の后の、の給ふ詞なり。是によりて、中将、此歌をよめり。一義云、女かたゆるされたるとは、業平の事也口伝有。一説、女いとかたはなりとは、女は、ぬしさたまれば、我身を心にまかせぬを云なり。

　おもふにはふることぞまけにけるあふにしかへはさもあらばあれ

心は、思ひの切なるは、忍ふる事は、まけぬへし、逢にかへば、さもあらばあれと、さし任する由なり。といひて、さうし(曹子)におり給へれは、例の、此みざうしには人の見るをもしらで、のぼりゐけれは、此女おもひわひて、さとへゆく　さうしにをり給へれはとは、天子の御前より、二条の后の御局に、うつり給ふ事也。其御局へ、人の見るをも憚らず、中将の上りゐけるなり。局へうつり給ふをは、をり居させ給ふと云なり。又、局へまいるをは、のほると云なり。女わびて里へ行とは、人の思はん事を、身にあまるはかりかなしけれは、父長良卿の御もとへ、うつらせ給ふ事也。されは何のよきことゝ思ひて、いき(往)かよひけれはみな人きゝてわらひけり　されは、何のよき事と思ひて、猶憚らす、行通ふ事也。人きゝてわらひけりとは、くちおしき事也と云ふ。つとめて、とのもづかさのみるに、くつはとりて、おくになけいれて、のほりぬ　つとめてとは、朝の事也。とのもつかさとは、朝きよめする者の名なり。宮中を、朝ことに、清むるなり。此時の殿司は、大伴善雄なり。一説、蔵人太夫、大伴善命也。くつはとりて、おくにおく(ママ)になげ入るゝとは、中将のはく所の沓をとつて、奥にさし入て、御局へまいる由なり。是は、いつれも、思ひの切なるに依て、我身の作法をも云むとて、いへることばなり。かく、かたはにしつゝありわたるに、身もいたつらになりぬへけれは、つひにほろひぬへしとて、此をとこ、いかにせん、わかかゝる心やめ給へ、と、ほとけ、神にも申けれと、いやまさりにのみおほえけれは、おんやうじ、かんなぎよひて、恋せしといふはらへの具してなんいきける

かくかたはにしつゝとは、女御、中宮にも成給はんする人の、かゝるかたに、やとらせ給ふ事を云也。陰陽師かんなきとは、博士、又は、女のうらする者なとの類なり。此時、天文博士は、吉備大明（キビヲホアキラ）なり。恋せしといふはらへとは、姪別の祭とて、女のにくむまつりなり。はらへのぐしてとは、かゝる思ひを、やめ給へと、祈る具足を云なり。一義、かんなき、神立とは、吉備大明神、賀茂大明神なり。はらへけるまゝにいとかなしき事かずまさりて、ありしよりけ（殊）に恋しくのみ覚えけれは、

恋せしと御手洗川にせしみそき神はうけすもなりにけるかな

恋せしとはいのれ共、猶恋しきは、神もうけひかせ給はぬかと歎也。此、ありしよりけにとは、もとよりも、なをまさりて思ふとなり。一義云、恋せしの歌は、いざなぎ、いざなみの神の御代より、陰陽のまくばひを守り給へは、恋せしの祓、うけましまさぬ事をよめり。本歌に、

いかにせん恋せし神のみそきとてそのおもかげも忘れはてなは

と云歌を思へり。といひてなんいにけりとは、祓して、川原より帰りし由なり。貞観十六年二月十一日に、時をえて、東四条川原にて祭と云一説あり。凡此段、此物語の肝心と可レ云。邪正を能々可レ尋。師説あり。『長能記』云、御手洗川に奉（タムケ）レ弊（ヌサヲ）、明（ス）ニ神不受の理を一、致朝臣、此車表（アラハス）ニ生死妄見之掟（ヲ）一。此みかどは、かほかたちよくおはしまして、仏の御名を、御心にいれて御こゑはいとたうとくて申給ふを、きゝて、女は、いたうなきけり　此御門とは、清和天皇也。女は、二条の后也。御門に逢奉らん事も、ありかたきものを、ならぬ名とりて、おろかなる我身かなと歎由也。一義云、仏の御名を御心に入てとは、信志にておはせしとなり。内には、仏をあがめて、おかさす。外には、仁義を専にして、祭をたゝしく、理世撫民の名かくれなき

をいへり。かゝる君につかうまつらて、すくせつたなくかなしき事、此おとこにほたされて、とてなん、なきける。かゝる程に、みかど、きこしめしつけて、此おとこをはな（流）かしつかはしてげれは、此女のいとこみやす所、女をはま（退）がてさせて、（座）くらにこめて、しをり給ふけれは、くらにこもりてなく　ほたされてとは、中将を恨て、悔る心なり。なかしつかはす所とは、染殿の后也。女は、二条の后なり。くらにこめてしほり給ふとは、染殿の御方を、置まいらせて、かなしきさまを見せらるゝを云也。こもりて泣とは、あやうくありし身のやうにもなく、傍に隠たるやうにて、居たまへる由なり。しほり給ふとは、せつかんなり。まかてさせとは、まかりいてさせて也。くらにこめてとは、ひそかなる所に、おしかくしてなり。

あまのかる藻にすむ虫の我からとねをこそなかめ世を
　はうらみじ

心は、かやうに悲き事も、只我身に故にこそあれ、世をは恨みしと云由也。此歌の心は、業平をは、恨みもせて、只我身を恨み給ふ也。是、賢女なるをや。となきをれは、此おとこ（ハイ）、ひとの国より、夜ことにきつゝ、ふえをいとおもしろくふきて、声はをかしうてぞ哀にうたひける　此男は、中将なり。人の国とは、駿河守高経のもとにあり、染殿のあたりに、かやうなり。高経は、二条の后の弟也。うたひけるとは、歌をよみて、吟する事也。声はいとおかしうてとは、うつくしきなり。かゝれは、此女は、くらにこもりなから、それにぞあなるとはきけど、あひみるへきにもあらてなんありける　それにぞあなりとはきけどゝは、うとふこえを聞て、中将なりと、后も知らせ給ふなり。あひみるへきにあらてとは、笛を吹、歌をうたふ声を聞知りて、あふへき事なけれは、せんなき由をは、心に思召となり。されは、后の御歌に、さりともと思ふらんこそと、

さりともとおもふらんこそかなしけれあるにもあらぬ
　身をしらすして

あるにもあらぬ身をとは、もと〳〵のやうにもあらす。さればとて、あふへき事もなしなと、万を取あつめての、こゝろなり。此歌は、御心ひとつにありて、中将の方へは、遣し給はぬ歌なり。中将は、高経の所にありて、いたつらに行てはきぬるといふ、歌をうたふなり。人の国にありきて、かくうたふとはいへり。いつれも、遣ぬとは見へ

す。とおもひをり。男は女しあはねばかく(斯)しありきつゝ人(他)の国にありきてかくうたふ

　いたつらにゆきてはきぬる物ゆゑに見まくほしさにいさなはれつゝ

此歌は、人丸の歌也。それを、今うたひて、ありくなり。もとより、作り物語なれは、爰に引たり。水尾の御時なるべし　大息所も染(順子)とのゝ后なり。五条のきさきとも。水尾の御時とは、清和の御事なり。清和天皇は、鷹犬之遊、漁猟之娯、未嘗(テ)留意、風姿端厳、如神性云々。染殿后をは、五条の后とも申なり。此段、皆伊勢云たる詞成べし。

六十六

むかし、おとこ、津の国に、しる所ありけるに、あに、おとゝ、友たちひきゐて、難波のかたにいきけり。なぎさを見れば、舟どものあるを見て　知る所とは、我妻の所帯なり。兄とは、民部卿仲平、中納言行平二人也。弟とは、丹波守守平、□□□□□二人なり。友達、大納言敏行、左兵衛佐行方、有常等なり。ひきいては、いざのふ事也。しる所とは、和泉国に大鳥の郡、惟高より給はる所なり。

　難波津を今朝こそみつの浦ごとに是や此世をうみわたる舟

心は、難波津を今朝みれは、みつの浦ことに、舟ともあまた有。是も、世をうく思ひて渡る舟にてこそあるらめと、云なり。此歌のおもては、海士のしはざのあはれを云たれ共、底の心は、舟も、沖に出てこそ、詮もあるものなれ、渚にいたるは、かひなし、我も又、人と成ては、時にあひて仕へんこそ、詮なるを、かく隠れありくは、世を渡る舟にひとしと、思ふ心にて、是や此世と読るにや。三津とは、式津、高津、難波津の事也。世を海は、うき也。三界に昇沈みし、苦海にたゞよふ、生死輪廻のことをよせたりと云々。これをあはれかりて人々帰りにけりとは、兄弟、友達、皆此歌を感する由也。あはれかりてとは、ほめたる義也。

六十七

むかし、おとこ、せうえう(逍遙アソビ、『日本紀』)しに、おもふ(思)どち(共)かいつらねて、和泉の国へ、きさらぎばかりにいきけり。かふち(河内)の国いこまの山をみれは、くもりみ、はれみ、立ゐるくもやま

す　逍遙とは、はるかに出て、遊山するさま也。思ふとちとは、思ふ友なり。かいつらねとは、うちむれてといふ、同事也。あしたよりくもりて、ひるはれたり。雪いとしろう木のするゑにふりたり。それをみて、かの行人の中に、たゝひとりよみける　中将計、読事也。

　昨日けふ雲のたちまひかくろ(隠)ふははなのはやしをうし
　　と成けり

雲の立まひとは、立迷ふなり。かくろふは、かげろふといふことなり。ものを隠す事也。歌の心は、雲のたえず立をおひ隠すは、花のはやしをうしと思ひて、人に見せしとするかと、雲をかこちて、いへるさま也。又、梢に雪のふりかゝりて、花の如なるを、雪は面白しとも思はて、かげろふと人に見せぬを、かこちて云り。又、時しも、きさらきなかばなれば、鶴の林のむかしを思ひよそへ、花のはやしをうしと云は、木も枯、鳥もうれへなとしたりし事をいへるが、雲の立まひといふも、其時も、天地動す事を云るにや。いつれも師の説也と云々。

六十八

むかし、おとこ、いづみの国へいきけり。住吉の郡、住吉の里、住吉のはまを行に、いとおもしろければ、おりゐつゝゆく。ある人、住よしの浜とよめ、といふ　おりゐつゝゆくとは、住吉のはまの、輿に乗て、をりてながめ、又うちつれて行さま也。前の段のつゝきなるべし。人とは、行平、進て、中将に読す。

　雁なきて菊の花さく秋はあれど春の海べに住よしのは
　　ま

雁泣て菊の咲秋も、面白けれ共、春の海辺の住吉の浜には、しかじといふ心也。此歌読て後、住吉に、きく、雁なと用る好士、まゝあれとも、此歌の心は、たゝ、なへての世の、菊、雁かねを云るなり。と読りければ、みな人々よまずなりにけりとは、此歌にはしかじと云て、残りの人々よまぬなり。又、時の様によりて、独読たれと、残りの読ぬ事もあり。又、皆よめども、独よまぬ事もあり。難波津、伊駒山、住吉、此三段、同時の事也。

六十九

むかし、おとこありけり。その男、伊勢の国に、かりのつかひにいきけるに　鷹狩をする勅使也。五月四日に狩をして、其鳥を贄にかくると云々。此御狩にかるの子をかりて、浜荻をかさして、供御に奉ると云説、如何。かの伊勢の斎宮なりける人のおや、常のつかひよりは、此人よくいたわれ、といひやれりければ、おやのことなりければ、いとねもころにいたはりけり　斎宮なりける人のおやとは、染殿の御事なり。中将は、染殿の家来なるに依て、此人、常の人より、よくいたはれと仰遣す也。垂仁天皇廿五年三月、託宣に依て、いすゝ河の辺に、祝れ奉る也。其時、第二皇女を、斎宮に奉り付らる、倭姫命と申。さて此時の斎宮は、文徳第二の姫、恬子内親王、惟高の御妹也。母は、染殿の后なり。此物語の肝心、爰にあり。師説可レ聞レ之ヲ云々。朝にはかりに出したてゝやり、夕さりは帰りつゝ、そこにこ*ざせけり。かくて、ねもごろにいたづきけり　こさせけりとは、居させる也。いたつきけりとは、いたはりかしづく心なり。二日といふ夜男われてあはんといふ、二日とは、京を立て、二日といふ夜なり。われてあはんとは、わりなくあはんと、斎宮へ、中将より申させ給へる言葉也。一説に、二日と云は、伊勢の御祭は、五月四五日、両日なるべし、狩も又、内宮、外宮の分に、両日あるへき事なれとも、京を五月二日に立て、二日に伊勢へ着事、勅使の例なり。されば、両日の、狩すべき暇なきによりて、五月四日、一日の内に、両日の狩をして、二日と云へるなるべし。さてこそ、二日といふ夜とは書たれ、さらすは二日の夜とそ云べき。又、二日と云事は、一日の間に、二日を送る事を、中将せし也。是を例として、其後、二代あり。栗田中納言兼綱、六条左大弁資長、一日の間に、二日を送る也。皆是、中将の例と云也。女も、はた、いとあはじ、ともおもへらす。されと、人めしけければ、えあはず。つかひざねとある人なれは、とほくもやどさず　使さねとは、使器量と云意也。やむことなき人なれは遠くもやとさすとは、此人よくいたはれと云し、ゆかりの筆なり。一説、使さねとは、正位の義也。女のねやもちかくありければ、女、人をしづめて、ねひとつ(子ノ一刻)ばかりに、男のもとにきたりけり　女のねや近きとは、斎宮の御寝所近き也。

女、人をしつめてとは、斎宮、忍て子の一刻ばかりに、業平のもとへおはします也。男はたねられさりければ、との（外）かたを見出してふせるに、月のおぼろなるに、ちひさきわらはをさきにたてゝ人たてり　はたねられぬとは、将（マサ）に、ねられぬなり。月のおほろなるにとは、四日の夜なれは也。又、底の意は、斎宮、いまた年も若く、世心うゐ〳〵しき所をあつめて、おぼつかなき心を、おぼろといへり。男、いとうれしくて、わがぬる所にゐて入て　ゐて入てとは、ともなひ入よしなり。ねひとつよりうしみつまてあるに、またなに事もかたらはぬにかへりにけりとは、子の一刻より、丑の三刻まて、大方の事はかりにて、其外のふるまひ、なかりけるにや。丑の三刻にかへり給ふ事、寅の一刻に、御神庁に入給ふ也。呼戸とは、御戸開く上童也。榾子は、祭供を盛て、手向なり。然る間、寅の時、入内のために、丑の三刻に帰り給ふなり。可レ秘云々。何事もゑかたらはぬにとは、実事なしと見へたり。神慮を憚て、如此云也。すでに御子ましますをや。男、いとかなしくてねず成にけり。つとめて（翌朝）、いぶかしけれと、わが人をやるべきにしあらねば、いと心もとなくて待をれは、明はなれてしばしあるに、女のもとより、詞はなくて　初会の後朝には、女のかたより、必す文をやるゆへに、かく云なり。

　君やこし我や行けんおもほえす夢かうつゝかねてかさめてか

君か来けるとも、我行けるとも、夢かとも、うつゝかとも、思ひわかぬ、かりそめふしと云心なり。男、いといとうなきて読る、

　かきくら（闇）す心のやみにまとひにき夢うつゝとはこよひ（よひとイ）さためよ

万かき暮て、夢うつゝと、云程だにも覚えず、今宵こそさため侍らめと云り。一説、よひと定めよと云り。其時は、呼戸、世人、両説あり。口伝云々。或一説云、過にし夜は、何事もかたらはぬに、今一度あひたき故に、いやともあふとものこ、実否を定めよと、云心なり。斎宮の腹にも、口久と云御子あり。それを、たかしなの峯緒と云人に預け給へり云々。熱田へも、勅使に立給ふなり。と読てやりて、狩に出ぬ。野にありけと、心はそゝろにて、こよひたに、人し（定）つめて、いととくあはん、とおもふに、国の守、いつきの宮のかみかけたる、狩の使ありと聞て、夜ひと

夜、さけのみ（飲）しけれは、もはら（専）あひこともせて　国の守は、国司なり。いつきの宮とは、斎宮なり。かみかけたるとは、勅使を云り。もはらとは、専也。此時の国司は、伊勢か父、継蔭（ケイイン）なり。あけば、おはりの国へたちなんとすれは　尾張の国へとは、熱田の宮へまいる事也。伊勢へいるときは、鈴鹿の関を透（トヲ）して、尾張へかゝる例也。

伊勢物語奥秘書　蒿渓考正　四

男も、人しれず、ちのなみたをながせと、えあはず。夜、やう〳〵明なんとする程に、女のかたよりいだすさかつきのさら（酒台、和名志利佐良）に、歌をかきて出したり。とりて、みれは、

　かちひとのわたれとぬれぬえにしあれば

とは、かちにてわたれとも、ぬれぬ程のあさき縁なれはと云心也。とかきて、すゑはなし。其さかつきのさらに、つい松のすみして、歌のすゑをかきつく、

　又あふ坂の関はこえなむ

あさしとも、又あふべきと云心なり。一義云、祝言の義也。とて、あくれは尾張の国へこえにけり　斎宮（怡子内親王）は水尾の御時、文徳天皇の御むすめ、これたかのみこのいもうと。

七十

むかし、おとこ、かりのつかひより帰りきけるに、大よとのわたりに宿りて、いつきのみやのわらはべに、いひかけゝる　此段、前の類也。伊勢の神事過て、必熱田へまい

る時に、大よとのわたりにて、御祓なとする事あるにや。然は、斎宮の上、わらはも、供する事ある也。可ﾚ尋。前段に、ちいさきわらはを、さきにたてゝと云るも、此段に、わらはと侍るも、斎宮、召仕はるゝ人なり。此わらはの類は、内裏にもあり。いつれをも、なへて、うへわらはと云心也。一義云、いひかけけるとは、なそらへたることばなり。

　みるめかるかたやいづこぞさをさしてわれにをしへよ
　あまの釣舟

斎宮を見奉る事は、いかゝしてかあるべき、我に教よ、と云也。棹とは、さしてと云はんため也。みるめかるなども、縁の詞なり。

七十一

むかし、男、いせの斎宮に、内の御使にて、まいれりければ、かの宮にすき(好)ごといひける女、わたくしことにて　内の御使とは、勅使也。すきことは、好事也。女は、伊勢也。私ことゝは、伊勢か身に、あてたる事也。此説の如くは、伊勢か上にあたりたれ共、当流には不ﾚ用。此歌をよむこそ、すき事なれ、好々が、わたくしことなるべし。

　千はやふる神のいかきもこえぬべしおほ宮人の見まく
　ほしさに

神のいがきとは、喩へば、法なり。此大宮人の見たきは、神の定め給ふ法度をも、越つへしと也。此歌『拾遺』には、人丸かなり。男とは、中将也。一義云、ゐ垣も越つへしとは、あけの玉垣の内に、汚穢不浄を嫌(キラ)ふなれは、それをも越(コエ)て、見度と也。おと（こかへし）(朱)、

　恋しくばきても見よかし千早振神のいさ(禁)むるみちなら
　なくに

此歌、口伝あり。大方の心は、恋しくは、来てもみよ、神の制し給ふ道にもあらすと云也。

七十二

昔、をとこ、伊勢の国なりける女、又えあはで、となりの国へいくとていみしううらみければ女(朱)　女は斎宮なり。又えあはてとは、丑みつの後、あはすと、斎宮を恨み奉るなり。依て、歌を読給ふ也。一義云、いみじうとは、つよくうらむる義也。

大淀の松はつらくもあらなくにうらみてのみも帰る波かな

松はつらくもとは、我は、つれなくもなきにと云心也。松は、何のつらさのあるへきなれは、恨ては帰るそと、我身を松になぞらへて、浪を中将にたとへて、読給へるなり。此段も、前段の末なるべし。如レ此、一つゝきにもなきは、此物語のならひなりといへり。

七十三

むかし、そこ（其所）にはあり、ときけど、せうそこ（消息）をだにいふべくもあらぬ女のあたりをおもひける　女は二条の后也。内裏にましますとは、音信をだにせずして、恋ひ奉ると云由なり。

目には見て手にはとられぬ月のうちの桂のごとき君にそありける

月の中の桂の如く、めには見なから、手にはとられぬを、后にたとへて読り。

七十四

むかし、おとこ、女をいとううらみて　女は、二条の后なり。又、斎宮の御事なりと云説あり。或は、小町か、出て行ける比の事かと云説あり。然共、二条后の御事と云は、よくかなへりや。

岩ねふみかさなる山にあらねともあはぬ日おほく恋わたるかな

いはねをふみ嶺を過て、遥にへだてたらねとも、逢ぬ日の積ると云るなり。誠は、海山を隔つる事こそ、逢事もかたけれ、さもなからんには、逢事の、煩有へきにもあらず。さるに、恋わたる日の、をゝからんは、げに恨所なり。

七十五

むかし、男、いせの国にゐて（将）いきてあはんと、いひければ、をんな　いきてあはんとは、中将の、斎宮へ申なり。是、勅使にて、都へ帰りて後に、斎宮へ申なり。是に依て、斎宮の御歌に、

大淀の浜におふ（生）てふみるからにこゝろはなぎ（和）ぬかたら

はねども

心は、見れは、やがてなくさみぬべき物なり。かたらはぬとも、今よりはと、宣ふなり。それを、大淀のはまを、見るに喩也。心はなきぬとは、心はやみぬと云心なり。五音相通なり。といひて、ましてつれなかりければ、男とは、斎宮の、かやうに読て、あはんともいはず侍れは、中将よめる歌に、

袖ぬれてあまのかりほすわたづ海のみるをあふにてやまんとやする

とは、見る事はかりを、逢にては、やみかたしと云心を、あまのかりほすわたづ海のみると、云ひつゝくる也。かやうなるを、本体とは申なり。一説、袖ぬれてとは、心つくして、一度も見そめじぞかし、いかゝやまんとはするぞと読りと云々。六欲天の交懐の歌見て、やむと云も、本説なり。歌に、

四切利は形をましへ夜摩はたきつとり楽へみ他化は目にあり

と云は、形を交、或は手をとり、或は懐き、或はわらひ、或はみな〳〵嫁く事はなきなり。然共、子をもうくるなり。女、斎宮あそばす也。

岩間より生るみるめしつれなくは塩ひ塩みちかひもありなん

此歌の心は、昔より心得ずとて、いつれの師も、誠をつけざるなり。更に、秘事口伝にはあらず、推量の説は云、つれなくとは、只無ばと云心也。岩間より生るみるめなくは、塩みつとも、ひるとも、何をか海士は思はん、何共思はぬはかいあるなり。斎宮の心ならは、つれなくて、見えそめすは、恨るとも、恨ずとも、何共思ふましき物をと、云へるなるべし。中将の返歌の心を、かくてやかなふへからすと云々。又男、

涙にてぬれつゝしほる世の人のつらき心は袖のしづくか歟

中将の返歌也。世の人、つらき心は、泪となりて、袖をしほるばかりなりと、云心なり。世にあふ事かたき女になん。

七十六

むかし、二条の后のまだ東宮の御息所と申けるとき、氏神

にまうて給ひけるに、近衛づかさ（府）にさふらひけるおきな、人々のろく（禄）給はるついでに、御車より給りて、読て奉りける　東宮の御息所とは、其時の、東宮の母なるを云なり。氏神は、大原大明神なり。貞観十三年三月三日、参詣すと見へたり。昔は、藤家の人、鹿嶋へ詣でけるなり。程遠けれは、春日へうつしけり。又、今の京よりは、程遠しとて、大原野へ移し奉る也。其後、又、吉田へうつし奉ると云々。かやうにうつし奉る事は、忠仁公、昭宣公の御計と也云々。近衛府とは、中将也。其時、左近衛中将なれは也。翁とは、中将の、誠に老たるにはあらず。物に長ぜる人をは、翁と云なり。ほめたる義也。『文集』云、縦雖（共）二十歳（タリト）一心長務（ヲサムル）をは為レ翁と云々。人々の禄給はるとは、供奉の人々に、禄を給はる事なり。田舎に、引物と云と同し。一説、此東宮御息所とは、二条の后、陽成院の御母、清和の后也。禄給る次でに、此歌をよみ、御車の内へなげ入たる也。依レ之、いかゝ思ひけんとは書り。一説、彼氏神の事、本地、藤原にて御座す。其故は、常か川にて生れ給ふ、鹿嶋是也。天智天皇の御宇、藤原の姓、参せ給ふ。元明の御時、和銅元年、大和国三笠山へ奉レ移。其後、称徳天皇の御時、景雲二年卯月五日、春日へ奉移、春日大明神是也。文徳の御時、大原へ奉移、大原大明神是也。

　大原やをしほの山もけふこそは神代の事もおもひ出らめ

昔、天照太神、鹿嶋明神と御約束の事ありと云々。歌の心は、東宮の母、后と成て栄へましませは、神も、昔の御契を思召出らんと云なり。しもの心は、当時、此御事に心尽し事、思出て、后も、むかしの事を思召出らんと云事を、神代とは云也。又、他説の一義、二条の后、氏神に参り給ふには、公卿、殿上人の、皆車をとゝろかし、又或は、くつばみをならべて、御供をつかまつるを、おびたゝしきを見て、今御息所の氏神へ参り給ふだに、おびたゝしく、ましてして神代のむかし、神のあまくだり給ひける事の、さぞあるらんと、思ひ出たるなり云々。一義云、神代の事とは、昔を云へり。むかし、只人にておはせし時、枕をならべ、詞をもかはし奉る事は、今も思ひ出て給ふらめと読なり。

とて、心にもかなしとやおもひけん、いかゝ思ひけん、しらずかし　中将の心をしはかる双紙の詞なり。か様の双紙詞、又一段〳〵の奥の注は、皆、伊勢か云たる詞なり。

七十七

むかし、田むら(文徳)の御門と申みかどおはしましけり。其時の女御たかき子と申、みまそ(在)かりけり。それうせ給ひて、安祥寺(山科)にて御わざしけり　田村の御かどと(ママ)、文徳の御事なり。たかき子と申は、忠仁公の御弟良相の御むすめ、文徳の女御なり。安祥寺とは、弘法大師の御弟子、真雅(シンガ)僧正の御寺なり。軈て、其時の御導師は、真雅也。嘉祥三年、女御に立、十一歳の時。天安三年、十九才にて卒す。貞観二年に仏事あり。人々、さゝげ物奉りけり。たてまつりあつめたる物、ちさゝげ(千捧)ばかりあり。そこばく(若干)のさゝげものを、木の枝につけて、だう(堂)の前にたてたれは、山もさらにだうのまへにうごき出たるやうになん見えける　捧物、今も、涅槃会なとに、色々の衣、其外種々の物共を、柳の枝にかけて、堂の前にたてられたるは、山なとの、うこき出たるやうにて、いかめしきさまに見ゆる、仏前に立らる。其如くに、女御なと、うせ給ひぬれは、思ひ〳〵に捧物を奉るなるべし。ちさゝげばかり、木の枝につけて、堂の前に立られる也。それを、右大将にいまそかりける藤原のつねゆきと申すいまそかりて、かう(講)のをはる程に、歌よむ人々をめしあつめて、けふのみわざを題にて、春の心はへある歌、奉らせ給ふ。右のうまのかみなりけるおきな、め(目)はたが(違)ひなから、よみける　右大将常行は、今、うせ給ふ女御の御兄也。講の終る程とは、此法事の間を云事也。今日のみわさとは、女御のうせ給ふ故に、春のこゝろはへを添て、題にて歌を読と、常行すゝめて、歌読人々に読する也。右のむまのかみとは、中将也。貞観七年三月、任二右馬頭一、めはたかひながらとは、目将(マサ)になきなからと云由也。『漢書』二云、李夫人、天朝ノ寵愛、不幸短命ニシテ滅ス。惜二彼人ヲ一、或泣、或賓ト云事有云々。

　山のみなうつりてけふにあふ事ははるのわかれを問となるべし

山は皆うつるとは、千さゝげ計のものを、木の枝につけて立てたる気色を思ひて云也。心は、山も、世のつねの山にはなき歟、うつりて今日みゆる事、女御の別感て、色変するらんとよめり。『蒙求』云、董永売二一身ヲ一、備二孝養貢ヲ一、孝心鳥囀(モリ)、木垂(モ)レ枝ヲ云々。又、卞和、哭スル時、荊山崩ト云事有。春の別と云たれ共、唯今のことにはあらし。多嘉幾子は、十一月十四日、うせ給へは、百ヶ日の追善と也。何時にも、其時に当て、別つる事を云べし。一義云、春の別と云は、三月尽にてはなし。春の内に、人にわかるゝ共云べし。とよみたりけるを、今みれは、よくもあらさりけり。そのかみは、是やまさりけん、あはれかりけり　今みれはよくもあらずとは、中将の詞なり。当初あまた歌侍共、此歌を、皆、哀かりけり。

七十八

むかし、たかき子と申女御おはしましけり。うせ給ひて、な七日のみわざ、安祥寺にてしけり。右大将藤原の常行といふ人、いまそかりけり。其御わざにまうで給ひてかへさに、山科の禅師のみこ（親王）おはします。その山しなの宮に、滝おとし、みづはしらせなとして、おもしろくつくられたるに、まうて給ふて、年ごろ、よそにはつかうまつれど、ちかくはいまだつかうまつらず。こよひは、こゝにさむらははん、と申給ふ。みこ、よろこび給ふて夜のおましのまうけせさせ給ふ　此一段、前の段と同じ。山階禅師の御こと、仁明天皇の第四の御子、清和天皇には伯父なり。人康親王、四品禅正尹（イン）と申せし御子なり。貞観元年五月、入道、同十四年薨す。御年四十二。山階の宮と号すと云々。此時の、御仏事の道師も、此禅師と云々。滝おとし水はしらせとは、庭の山水の事なるべし。年比よそにはつかうまつれとは、よそ〳〵に承る事なるべし。又、よそ〳〵には、つかうまつれとも、此宮へは、始てつかうまつれと云心なり。今夜こゝに、こよひはこゝにさふらはんと申給ふとは、今夜は、こゝに祗候せんと云由也。夜のおましのまうけせさせ給ふとは、御莚席、又は、寝所、御具足なと調る由也。庭のおましのまうけを云て、余の事の、念比なる事をも可レ知。前にも此類あり。さるに、此大将、いでゝ、たばかり給ふやう、みやつかへのはしめに、たゝ、なほやはあるべき。三条のおほみゆき（行幸）せし時、紀の国の千里の浜にありける、いとおもしろき石奉りき。おほみゆきのゝち、奉れりしかば、ある人のみざうしの前のみぞにするゑたりしを、しまこのみ給ふ君なり。此いしを奉らん、との給ひてみすいじん（御随身）、とねり（舎人）して、とりにつかはす。いくばくもなくて、もてきぬ（持来）。此いし、きゝしよりは、見るはまされり。是を、たゞ（徒）に奉らば、すゞろ成べし、とて、人々に歌よませ給ふ。右の馬のかみなりける人のをなん、青きこけをきざみて、まきゑのかたに、此うたを付て、たてまつりける　たばかりてとは、思慮也。宮仕への初とは、初参の事也。只なほやはとは、たゝあるべきにあらず、宜からんものまいらせんと、思ひはからひ給ふなり。三条の大みゆきとは、名虎かもとへ、御幸のありし事也。其後、紀の国千里の浜より、面白き石取寄せて奉り。大みゆきの後とは、其後、此石を、染殿の内侍の御局の前に、すへられたり。是は、良相かむすめ、兵衛の内侍の事也。是を、有人とは云り。嶋このみ給ふとは、山階禅師の、石なと愛し、事を好給ふ宮なり。みすいしんとは、御随身也。此御幸とは、貞観八年三月十八日也。一説、此三条の大御幸とは、三条の左大臣を御供にして、名虎か家に行幸ありしなり。三条左大臣とは、良相か事也。たゝに奉らばそゝろなるべしとは、石計を奉らば、風情もなし、歌を読せて、此石に加へんとて、右の馬の頭なりける人のをなんとは、中将の読る歌をと云事也。青きこけをきざむとは、あをき苔を作る也。まきゑのかたにとは、歌を蒔絵のやうにかき、かたを付るなり。此すゞろとは、おろそかなると云心なり。

あかねともいはにそかふる色見えぬ心をみせんよしのなければ

此石を奉らさるとは思はねど、色に見え、心をみせ奉らんたよりのなければ、拾分とは思はねども、かやうにするといふ心にて、あかねさすとは云也。他説云、あかねともとは、満足せぬ方を云也。色みへぬ心とは、色もなき物なれば、目に見えぬ、ふかきこんしをも、せめて此岩を奉りて、志を見せ奉らんと読也。となんよめりけり。

七十九

むかし、うぢ（氏）の中に、みこうまれ給へりけりとは、在原の氏、行平のむすめ、四条の后の御腹に、貞数親王生れ給へり。是は、清和の御子、貞観十三年九月廿一日に、誕生あり。延喜十二年、薨す。御年四十二と云々。御うぶやに、人々歌よみけり　御子など生れさせ給へは、歌読む人々、賀の歌を奉るなり。いかの日とて、五十日目にも、歌を奉る事、定れる例なり云々。御おほぢかたなりけるおきなのよめる　御おほぢ（祖父）なりけるとは、中将の事也。

我門にちひろある陰（竹真）をうゑつれはなつ冬たれかかくれ

さるべき
我門とは、一門の事也。ちひろある陰とは、さかへ給ふべき親王の生れ給へると云由也。夏冬とは、四季の中には、夏冬とは、かなしき折なれば、かゝるかなしき時も、親王の御かげを憑(タノミ)て、万民安くすごさんと云由也。昔、稽相と云者、山に入て薪を拾ふに、峯に雪深き所に、鶏の啼声あり。行て見れば、巌窟あり。其中に仙人多く有、薬を合て服す。巌窟の内、曠々として限りなし。一本の竹あり。高き事限りなく、竹葉の間に日月出て赤く、仙人昇て葉に座す。彼竹に薬をかけたり。葉より滴たる露嘗て、皆得ニ上寿を一、是を、千尋ある陰とも、千尋ある竹共云々。又、淑庭千丈竹と云事あり。淑庭と云者、仙道を好みし者なり。竹を植ければ、一夜に、千丈生のほる事あり。かゝる仙境の事を思ひよそへて、此親王の、寿長く栄給はん事を読り。これは、さだかずのみこ。ときの人、中将の子となんいひける　兄の中納言行平の娘の腹なり。中将、密通あれば、定て此人の子にてあらんと、時の人云し也。

八十

むかし、おとろへたる家に、藤のはなうへたる人ありけり。やよひのつこもりに、其日、雨そぼふるに、人のもとへ、をりて奉(令奉)らずとて、よめる　衰たる家とは、有常が白川の家也。藤うへたる人も、有常なるべし。人のもとへ折て奉るとは、中将の折て、二条の后へ参らする事也。一義云、おとろへたる人とは、中将なり。平城天皇の御孫なれとも、今臣下にて内裏に奉公し給ふを云へり。又、卑下して云共取れり。

　ぬれつゝぞしひて折つる年のうちに春は幾日もあらじ
　とおもへば

しひて折つるとは、雨の煩はしく侍れと、強て藤を折也。今年の春はかりと思ふ故也。又、二条の后を、いかにかなと、思ひ奉る心あるに依てこそ、藤といふ事も、雨と云事も、歌になし。是を作る例として、定家卿多くよめり。是は、至て上手のしはざなり。故題とて、詩なとにも、題の字を置ずして、作る体あり。歌にも、いにしへよりおほし。又、或説一義云、春は幾日もとは、夏に成ては曲なしと云なり。人のもとへは、二条の后の御幸、業平奉公だての歌と云也。

八十一

むかし、左のおほいまうちきみいまそかりけりとは、河原の左大臣、源融公の事也。嵯峨天皇第十二皇子、母正四位下大原全子也。貞観十四年八月、任左大臣。仁和三年、従一位、寛平七年薨す。七十三。かも川のほとり、六条わた(辺)りに、家をいとおもしろくつくりて、住給ひけり　六条河原に、今もその旧跡あり。塩竈たてられし所なと残れり。此融卿、日本国の名所を集て、庭に作り給へり。其中にも、塩がまの浦、殊におもしろく作り給へり。是を、六条河原の池と申奉る也。神無月のつこもりがた、菊の花うつろひざかりになるに、もみぢのちぐさにみゆるをり、みこたちおはしまさせて、夜ひとに、さけのみし、あそびて、夜あけもて行ほどに、此とのゝおもしろきをほむるうたよむ　もみちのちぐさにみるとは、紅葉の、さまぐ\におもしろきを云也。みこたちとは、貞保親王、惟高親王也。そこにありけるかたゐおきな、板じきのしたにはひありきて、人にみなよませはてゝ、よめる　かたゐとは、中将の事也。かたゐとは、ほむる詞也。佳体なり。『文撰』云、全体は世に珍宝なれは、号二嘉体一(ト)玉童は世に勝たる人なれは、号二嘉質一と云々。板敷の下にはひありきてとは、客人は御子達也。亭主は、大臣也。我も賤しからねとも、位いやしきに依て、卑下して云詞なり。『秦政伝』云、王家三臣、天下無双の高位也。人賞て居雲上人、捨二之蓬席(ホウセキノ)下(モトニ)一云々。よませはてゝよむといふも、敬ふ心なり。

塩がまにいつかきにけん朝なぎ(和)につりする舟はこゝによらなん

塩がまにいつか来にけんとは、爰は大臣の本とこそ思ひし、しほがまには、いつかきにけんと也。一義云、唐に恵宗と云人、絵を上手に書也。是が山水を書たるを、有人見て、作れる詩に云、

恵宗、煙雨蘆雁、令(シテ)レ我(ヲ)坐二於洞庭一、偏呼レ舟歎二帰去(セント)一。

傍人云、是丹青云々。

此歌は、心を取て読たるにはあらぬ。おのれと歌道の達者にて、天然と読あはせたるなり。業平、みちのくへ下りけるが、彼国の名所ども、見給へると云り。かの宮に作り給

へるを、ほむる也。誠に、塩がまに非す。こゝもたがはぬと云事也。となんよみけるは、みちの国にいきたりけるに、あやしくおもしろきところ〳〵おほかりけり。我みかど六十余国の中に、塩がまといふ所にゝたるところなかりけり。されはなん、かのおきな、さらにこゝをめてゝ、しほがまにいつかきにけん、とよめりける　あやしく面白とは、奇特に面白き也。我みがとゝ(ママ)は、我朝也。六十余国の中に塩がまに似たる所なしとは、塩がまの到て勝たるを云也。此詞は、皆、伊勢が入筆なるべし。

八十二

昔、これたかのみこと申みこおはしましけり。山崎のあなたに、水無瀬といふ所に宮ありけり。年ことの桜の花さかりには、その宮へなんおはしましける。その時、右の馬のかみなりける人を、常にゐておはしましけり　惟高のみこは、文徳第一の王子也。右の馬のかみとは、中将也。常に惟高に供奉するよし、此段に不レ限多く、所々に見へたり。一義云、此みなせと云所は、山さきの近所なり。一説、外戚は、くわいせき、名虎がむすめ也。時代経て、久しくなりにけれは、其人の名、わすれにけり。かり(狩)はねもごろにもせで、酒をのみのみ(而己)つゝ、やまと歌にかゝれりけり。今かりするかた(交)野のなきさ(波激)の家(真名ナシ)、其院の桜、ことにおもしろし、其木のもとにおりゐて、枝を折てかさし(梳頭)にさして、かみ、なか、しも、皆うたよみけり。馬のかみなりける人のよめる　時代久しく成にけるとは、中将、殿上人と成て、王孫たり事、しる人まれなりと云由にて、其人名わすれにけりと云へり。又、惟高の御供申て、ありく事を、憚へき事と思ひて、伊勢が助て書る詞なり。文徳第一の御子なれは、位をあらそひやし給はんと、世の人に思へば、其名わすれたりと書て、中将とは知らせさる也。一義云、時代経ても名をわすれにけりとは、業平の事也。平城天皇の御孫なれば共(ママ)、時代かはりて今臣下にくだりて、めしつかわれぬるをいへり。なぎさの家とは、交野の渚の院の事也。残りの人々の歌よりは是や勝れたりけん、此歌は、誠に執心深く、花を思へる歌也。一義に、上は惟高、中は業平、下は有常なり。貞観十一年三月十一日也。

世中にたえて桜のなかりせば春のこゝろはのどけからまし

心は、桜のなき世中ならは、春の心も長閑なるべきを、花故にこそ、とりあへぬ様の心地もすれと云由也。又、世の中に、桜の如く、栄花にさかへ、時にあはずして、おとろへたるものなく、一統の世ならは、もの思ふ事、何かあらんと云心を、底に持てよめるなるべし。一義云、此桜さくをまち、散をおしみ、遠山に花を尋、野なかに草の枕をむすびなどして、東西に馳走するは、花故静にもあらざるなり。たえて桜なかりせば長閑に春を送るへしと思ひ入て読るうたなり。となんよみける。又、人の歌　有常も又読也。

　ちればこそいとゝ桜はめで（可愛）たけれうき世に何かひさし
　　かるべき

心は、ちればこそ、いとゝ花は愛せらるれ、世の中に久しくあるものは、今は必ず、あく事もありと云心を、何か久しかるべきと云り。又、是も底の心は、栄ゆるも、衰へるも、何か久しかるべき、はてしあればこそ、感情深く侍れはと、前の歌を打て云るなるべし。あまたの中に、此歌、中将の歌と、問答するやうなる歌なれば、書入る也。古注の意は、是も、花の執心浅からざるなり、色も香も、たえなる花の打散て、風のゝこしたる梢を見て、生者必滅、盛者必ず衰のことはりを観じたり。感情深き也。心敬の発句に、

　雨におち風にちらぬは花もみぢ

と申されたるを、秀逸と申侍り、同し心なり。又、秘義には、散はこそは、諸行無常の心をあらはし、目出けれは、寂滅為楽の義也。雪山の四句の文、ふまへてよめるとなり。一義云、目出度けれとは、おもしろきを云り。とて、その木のもとは立てかへるに、日くれになりぬ。御供なる人、酒をもたせて、野より出きたり。此酒をのみてん、とて、よき所をもとめゆくに、天の川（河内）といふところにいたりぬ。みこに、馬のかみ、おほみきまいる　天の川とは、交野の天河なり。おほみきまいるとは、酒をすゝめ奉るなり。みこのゝ給ひける、かた野をかりて天の川のほとりにいたる　を題にて、歌読て、さかづきさせ、との給ふけれは、かの馬のかみ、よみて奉りける　唯今の景気を題にて、歌を読て、盃をさせと有しかば、中将の、歌を読り。

　かりくらしたなばたづめ（織女。万、タナバタツメ）に宿からんあまの河原に我は
　　きにけり

かりくれてとは、七夕に宿をやからまし、天河と云所に、来りぬればと、云心也。他本に云、天河と云所にての事なれは、名によりて、七夕を取出す也。つめとは、妻なり。めたなはたを云也。をたなばたをは、彦星と云なりと云々。みこ、歌をかへす〳〵ずんじ(誦)給ふて、返しえし給はず、紀の有つね、御ともにつかうまつれり。それが返し返しはし給はずとは、内裏も、仙洞も、御子も、人して返歌をし給ふ事、常の例也。是も、其義なるべし。

一とせに一度きます君まて(待なれ真)ば宿かす人もあらしとそ
おもふ

此歌の心は、七夕は、一年に一度ならでは、来ぬ君なれば、其来らんまては、宿かす人も、又あらんと云心なり。君までは、君まてば、両説也。いつれさま、七夕より外に、又余の人に、宿はかさじとなり。帰りて宮にいらせ給ひぬとは、都にかへりて、東三条の宮に、いり給ふなり。夜ふくるまで、さけのみ、ものがたりして、あるしのみこ、ゑひて入給ひなんとす。十一日の月もかくれなんとすれば、かのうまのかみの読る　十一日の月もかくれなんとは、いたく夜のふくると云んためなり。貞観十年三月十一日なるべし。是も、東宮の、位におはしまさば、十五円満の月にこそ、喩へ奉るべきを、親王にてましませは、十一日の月と云るなるべし。

あかなくにまたきも月のかくるゝか山端にげていらす(マヽ)
もあらなん

心は、あく事もなく、またしきに、月はいりなんとする也。やまのはにげて、月をいれすもあれど(マヽ)、願ふやうなり。月を、親王にたとへて、読る歌なり。みこにかはり奉りて、きの有つね、

おしなべて峯もたひら(平)になりなゝん山のはなくば月も
いらじを

八十三

むかし、水無瀬にかよひ給ひし惟たかのみこ、例のかりしにおはします。ともに(御真)、うまのかみなる翁つかうまつれり。日ごろへて、宮にかへり給ふげり(マヽ)。御おくりして、と(疾)くいなんと、おもふに、おほみき給ひ、ろく(禄)給はん、とて、つかはさゞりけり。此馬のかみ、心もとながりて　水無瀬にかよひ給ふとは、此段前に同じ。おほみきとは、御

酒なと給はり、引出物なと給はる事也。馬のかみ心もとなかるとは、其比、小町を、妻に持けるに依て、留主の事を、おぼつかなく思ふなり。小町は、好色の女にて、あさはかなるを云なり。

　枕とて草ひきむすぶ事もせじあきの夜とだにたのまれ
　　なくに

心は、草を引むすぶ、かりそめの旅寝をも、せんなし、人の心の、秋の夜の如く長き事もなく、たのみかたきと云心也。とよみける。時は、やよひのつごもりなりけりとは、歌に、秋の夜とあるほどに、それを思ひあやまらせんとて、伊勢が入たる筆也。秋の夜とだにたのみかたしとは、小町が好色に依て、心の短き事を云なり。一義、他説云、思ひの外にとは、惟高の親王、位あらそひ給ひて、大原の奥に、小野と云所に引籠りて、十九才にて、御出家ある事也。みこ、おほとのごもらで、あかし給ひてげり。かくしつゝ、まうでつかうまつりけるを、思ひのほかに、御（見前）ぐしおろし給ふてげり。むつきに、をがみ奉らん、とて、小野（山城）にまうてたるに　思ひの外に御ぐしおろすとは、惟高の親王、十九才にて御出家ある事也。む月とは、正月なり。おがみ奉るとは、詣て拝し奉る事也。ひえの山のふもとなれば、雪いとたかし。しひて、みむろにまうてゝ、おがみ奉るに、つれ〴〵と、いと物がなしくておはしましければ、やゝひさしくさむらひて、いにしへの事など、おもひいできこえけり。さてもさふらひてしがな、と思へど、おほやけごと（公事）ゞもありければ、えさふらはで、夕ぐれに、かへるとて　雪のいとたかしとは、雪の深き事也。さてもさふらひてしがなとは、かやうにて祗候仕る事ならはやと、願ふ由なり。おほやけ事共とは、其比、頭の中将にて、殿上に隙なき事を云り。惟高の御出家は、貞観十四年五月八日也。御年十九才にて、慈覚の御弟子と成て、法名を素覚と申なり。又、他説には、法名を宗覚と申也と云説もありと云々。

　忘れては夢かとぞおもふ思ひきや雪ふみ分て君をみん
　　とは

心は、天下をまつり、九重の内に、かゝる深雪をも、よそにこそ聞し召べき御身の、かゝる御すまひにうつらせ給ふ事、更にうつゝの心地もせずと云心なり。とてなん、なく〳〵きにけり。

八十四

むかし、おとこありけり。身はいやしながら、母なん宮なりける　身は賤しとは、卑下の詞なり。母なん宮なりけるとは、対せんと書たる詞也。或説云、貞観四年九月に、薨し給ふと云々。そのはゝ、長岡といふ所に住給ひけり　母は伊豆の内親王の御事也。長岡に住給ふ也。長岡は、大原の近所なり。子は京に宮づかへしければ、まうづ(詣)としけれど、しば〳〵えまうでずとは、中将、殿上にいとまなければ也。詣るとはしけれ共、絶間がなきなり。しば〳〵とは、数々とかけり。ひとつご(りイ)にさへありければ、いとかなしうし給ひけり。さるに、しはすばかりに、とみ(頓)の事とて、御文あり。一子とは、伊豆の内親王の為には、一子なり。とみの事とは、俄と云事也。或一義には、頓死となり。或説の一義云、老ぬればさらぬ別のありとは、生者必滅なれば、誰ものかれぬ別なるをいへり。おとろきてみれは歌あり、

　老ぬれはさらぬ(不避)別のありといへば弥みまくほしき(欲)君かな

おいぬれは、終に遁れぬ別のあるなれば、さらても、子は見度を、かやうにあれば、殊に恋しきと云心なり。さらぬとは、不レ避なり。かの子、いたう(甚)うちなきてよめる、

　世中にさらぬ別のなくもがな千代もといのる(斎、イハフ、真)人の子のため

此返歌の心は、世のなかに、終に遁れずあるなる別のなくもかな、千代もといのる子のために。さもあらば、親の心もやすかるべき物をと云心なり。

八十五

むかし、男ありけり。わらはよりつかうまつりける君(惟喬)、御ぐしおろし給ふてげり　君とは、惟高親王の御事也。前段に同し事なるを、引合て、二段に書たるなり。斎宮の段も、如此の類なり。む月には、かならずまうでけり。おほやけのみや(宮)つかへしければ、つねには、えまうでず。されど、もとの心うしなはでまうでけるになんありける　もとの心うしなはでとは、おほやけの宮つかへしけるに、わらはよりのよしみをわすれず、まいりけると云心なり。幼少より、惟高のみこに、つかへ給ふ事なり。むかしつかうま

つりし人、ぞく(俗)なる、ぜんじ(禅師)なる、あまたまいりあつまりて、む月(正月)なれば、ことだつとてとは、在家、出家、皆々まいる由也。供は、木工寮菅原元康、敏行朝臣、左中将業平、右中将時良也。禅師は、周防守隆なり。入道刑部大輔秀実入道などの事なるべし。事だつとは、祝など云事なり。おほみき給ひけり。雪こぼすがごと(如)ふりてひねもすにやまず。みな人、ゑひ(酔)て、雪にふりこめられたり、といふを題にて、うたあり(さみ真)けりとは、酒を皆給ふ事也。雪こぼすが如くとは、かき暮し降しく事なり。ひねもすは、終日也。

思へども身をしわけねばめがれせぬ雪のつもるぞ我心なる

是は、中将の歌なり。心は、我が分るためしなければ、いつとなく、此君に仕る事もなきに、目がれもなく、ゆきのふれるになぞらへて、今日は、此宮にのみつかへんと、雪のふかくつもるは、我心なるとよろこべるなり。目がれせぬは、たえまもなきなり。とよめりければ、みこ、いといたうあはれがり給ふて、御ぞ(衣)ぬぎて、給へりけりとは、衣を給はる也。

八十六

むかし、いとわかき男、わかき女をあひいへりけり。おの〳〵おや有ければ、つゝみて、いひさしてやみにけりとは、心は互にたのめし事を、世中のならひなれば、わすれもし給ぬらん、さま〳〵へだてゝ、年も経ぬればと、あやしさにいへるなり。年ごろへて、女の許に、猶、こゝろざしはた(果)さんとや思ひけん、おとこ、歌をなん読てやれりけり。

今までに忘ぬ人は世にもあらじおのがさま〳〵年のへぬれば

とてなん、やみにけり。かくて又も、いはずなりにけり。男も女も、あひはなれぬ宮づかへになん、出にける　相はなれぬ宮つかへとは、其後、中将も、有常がむすめも、染殿にまいり給ひて、つかへるなり。

八十七

むかし、津の国、うはらのこほり(兎原郡)、あしやの里に　有常が女の領地也。しるよししてとは、妻の所帯なれは、中将、

其所のよしを知る心なり。いきてすみけり。むかしの歌に
　むかしの歌にとは、其所に読る『万葉集』の歌を、只今思ひ合する也。

　あしのやのなたの塩やきいとまな(無)みつげのをぐしも
　　さゝずきにけり

芦のやのとは、あしのやの里を読るなり。いとまなみとは、隙もなきなり。つげのをぐしは、櫛なり。さゝすきにけりとは、海士のならひとして、櫛をも髪にかきあてぬ心なり。歌の心は、あしやの里の、浪のあらき海辺に、塩やくあまの、いづ(ママ)となくいとまもなければ、つげの櫛もとりて、かみなどけづる事もなく、明暮のいとなみに、身をやつす事さまを見るも、哀なると云心なり。一義に云、つげのをぐしとは、塩くむ桶の事なりといふ。とよみけるそこ(はイ)の里をよみけるとは、『万葉集』のうたも、爰を読けるにやと、中将の思召たる心なり。こゝをなん、芦屋のなだ(灘)とはいひける、此おとこ、なま宮づかへしければ　なま宮つかへとは、よき宮つかへと云心なり。『漢書』云、李夫人の后宮、夜は専(シ)レ之枕を、昼は不レ離レ床(ヲ)、善宮仕無レ暇云々。以レ是書なり。それを便にて、ゑふのすけ(衛府佐)ども、あつまりきにけり　中将も、ゑふのすけにて、君につかへる事、いとまなき忠臣なり。されば、同官の人々、あまたきたる事なり。此おとここのかみ(兄)も、ゑふのかみ(督)なりけり　兄とは、行平なり。其時、左近(ママ)衛門督なり。其家のまへの海のほとりにあそびありきて、其家とは、中将の家なり。いざ此山のかみにありといふ布引の滝見にのぼらん、といゝて、のぼりてみるに、その滝もとより(ママ)こと(異)なり　いざこの山とは、小利山の事也。いざこの山、いさごの山、両説あり。ものとは、万物なり。万の歌詩に、猶すくれたりと云心なり。又、天台山の、喪の滝よりも、猶たかしと云心なり。『長能私記』云、遥登二小利(ヲトリ)山(ニ)一者、弄二漢州天岳之滝云々。如此書たれども、衛府介どもあつまるとあれば、いざ此山のかみにありと云。布びきの滝見にのぼらんと、云たらんは、猶おもしろかるべし。長さ(高真)二十丈、ひろさ五丈ばかりなるいしのおもてに、しらきぬにいはをつゝめらんやうになんありける。さる(然)滝のかみに、わらぶた(円座、和名)のおほきさして、さし出たる石あり。そのいしのうへにはしりかゝる水は、せうかうじ(小柑子)、くり(栗)のおほきさにてこぼれおつ　長さ二十丈はかりと云より、こぼれおつと云までは、布

びきの滝の様を、注せる詞なり。別に義なし。わらぶたのおほきさとは、円座の事なり云々。そこなる人に、みな、滝のうたよます。かのゑぶのかみ、先よむ、

我世をばけふかあすかとまつか(間)ひのなみたのたきと何れたかけん

まつかひとは、待間なり。いつれたかけんとは、彼滝、我泪と、何れたかしと云心なり。我世をけふかあすかとは、世に程の定めなき事をいへり。主、次に読、あるじは中将也。

ぬ(貫乱)きみたる人こそあるらししらたまの間なくもちるか(哉)袖のせばきに

ぬきみたるとは、貫乱なり。心は、ぬきたる糸を乱して、玉を打ちらしたるやうに、滝の水のこほれ落るを見るに、誠に、詞もおよひがたく、奇特なるよしなり。是は、我に過たる見物と云はんとて、袖のせばきにと読り。とよめりけれは、かたへ(傍)の人わらふ事にや有けん、此歌にめて(感)ゝ、やみにけり。帰りくる道遠くて　わらふ事有けんとは、衛府介共の、褒美する事也。帰りたる道とは、いさこの山より帰る道なり。うせにし宮内卿もちよしが　中納言三善の義秀が子なり。此中納言は、元の友だちなり。家の前くる(来)に、日くれぬ。宿りの方を見やれば、あまのいさり火おほくみゆるに、彼あるじの男よむとは、中将のよめるなり。

はるゝ夜のほしか川辺にほたるかも我すむかたのあまの焼火か

心は、前のこと書に、いさりする火のおほくみゆると云へるあり様を、はるゝ夜の星か、河辺の蛍か、又、我住方の海士のたく火かと、云よりつゞけてみるに、義なし。と読て、家にかへりきぬ。その夜、みなみの風吹て、波いとたかし。つとめて(翌朝)、その家のめのこども(女児)、出て、うきみる(浮海松)の、なみによせられたる(を真)、ひろひて、いへのうちにもてきぬ。女(の真)がたより、そのみるを、たかつき(高坏)にもりて、かしは(柏)をおほ(覆)ひていだしたる、かしはにかけり　つとめてとは、早朝の事なり。家のめのこどもとは、家にある、女のこどもなり。女がたよりとは、女あるじの方よりなり。たかつきとは、台の様なる物なり。かしはをおほひとは、海松の上に、かしはのはををくなり。

わたつみのかざし(挿頭)にさすといは(斎)ふ藻も君がためにはをしまさりけり

有常かむすめの歌なり。惣して、海草は、竜神のかざし、又或は、もてあそびものなり。されは、わたつみのかさしにさすと読也。いはふ藻とは、自愛の藻なり。心は、竜神のかざしにして翫（モテアソ）ぶ藻なれ共、君がためには惜まずあれはこそ、かやうになぎさによるらめと云心なり。海神、海童、海底、渡海河も、わたづ海と云字なり。ゐなか人の歌にては、あまれりや、たらずやとは、双紙の詞なり。おんなあるじの方より、かやうに歌をよみて、このみるを出せるやうの、吉くあしきなりと云心なり。すこし、はなやかなる事の過たるを、そしる詞なり。よく読たる詞なり。伊勢が書たる也。

八十八

昔、いとわかきにはあらぬ、是かれ、友だちども、あつまりてとは、行平、有つね、中将なとの事也。月を見て、それが中に、ひとり　中将の事なり。

　おほかたは月をもめでじ是ぞこのつもれば人のおいと
　なるもの

大方とは、此歌にては、おほよそなとゝ云様の詞なり。心は、凡は月をも愛せん、かやうなる積りにこそ、老にもなれと云心なり。此歌は、述懐の歌なれば、若きにはあらぬと云、事書をかくなり。前にも、行平の歌に、我からは今日か明日か、なと読るは、滝の注をこまやかに書人たり。又、或説には、大方には、月をも見ましきなり。老後になりては、いかで思ふやうに月をも見るべきと云説なり。又云、とにかくに、執心しては、見るべからずと読也。又、かそふれば、我身につもる、歌の心もあるべし。定家卿の歌に、

　つもりては老となるともいかでかは雲のうへ行月を見
　さらん

と読る。この歌を、本歌にとり給ふなり。

八十九

むかし、いやしからぬ男とは、中将は王孫なれは、かくいふ也。我よりはまさりたる人をおもひかけて年へけるとは、二条の后なり。中将も、をとるべき身にはあらねとも、后の御事なれば、かく書たるなり。

　人しれずわれこひしなばあちきなく何れの神になき名

おほせん

心は、人しれず、后の御事を、思ひ奉るに依て、身もはかなく成なば、たゞりとがめなと云て、何れの神にか無名をおほせ奉らん、行末の事さへ、あじきなしといへる也。或人、一義云、恋ゆへとは、よもいはじ、いかなる神の、ばちなとゝかいわすらんと読なり。

九十

むかし、つれなき人を、いかでとおもひわたりければ、哀とや思ひけん　つれなきとは、染殿の后也。いかにしてか我思ひをとけんと云心也。あはれとやおもひけんとは、后も、さすがに哀と思召也。さらば、あす、ものごし(物隔)にても、といへりけるを、かぎりなくうれしく、又うたがはしかりければ、おもしろかりける桜につけてとは、中将の、限なく云る心も、哀なれば、うちたえてはあひがたし。物ごしにてあはんと、なぐさめ給ふなり。仰はかくのごとくあれども、つれなき人の事なれば、誠にあはん事はいかゝと、うれしき中にも、うたがはしく、思ひみだるゝ事なり。

桜花けふこそかく(斯)もにほふらめあなたのみがた(難)あすの

よのこと(事)

さくら花とおきたる五文字は、歌をそへて、花をおくるに依てなり。心は、桜花は、あだなるものなれば、又明なんほども、たのみかだし(マヽ)。けふこそ、かく色香もふかけれ、夜の間のうしろめたさに、あすとたのまんことも、はかなき事なりといへり。されば、明日物ごしといふを、疑て、かやうに読る歌なり。といふ。心ばへもあるべしとは、あはんといふは、かきりなくうれしけれども、またうたがふて、よめる歌なり。かゝる心もあるべしと、云よしなり。例の伊勢がいへる詞なり。

伊勢物語奥秘書　蒿渓考正　五終

九十一

むかし、月日のゆくをさへなけく男、やよひつこもりがたに　貞観四年三月の比、二条の后、入内の事さだまりぬれば、月日のつもりて、其時節にならん事を、思ふに依て、光陰のはやきをさへ歎くなり。かゝる時、三月つごもりがたになりて、読るなり。三月尽の歌也と心得たる歟。

　をしめども春のかぎりのけふの日の夕ぐれにさへなりにけるかな

心は、おしむかひもなく、春の暮はて、けふの日さへ、はや夕暮に成ぬと云由なり。別に義なし。一義云、春の日の一時を、千金にもかへずといへる。程なく、三月つごもりの夕暮にも、なりにけると読なり。古詩云、

　一刻千金花、有月有香有影、供風流

と云り云々。

九十二

むかし、こひしさにきつゝ帰れと、女にせうそこをだにえせて、読る　女は、二条の后なり。消息をたにえせてとは、文のたよりさへ、たえぬると云なり。

　あしべこぐたなゝし(棚無)小舟いくそたび(幾十度)ゆきかへるらんしる人もなみ(無)

中将の歌なり。たなゝし小舟とは、ちいさき舟を云り。いくそたびとは、幾度と云心なり。あしのしげりたる中に、それとも見へぬ舟の、幾度行かよへども、后に、それとだに、知られ奉る事もなきと、歎く由なり。前段に、蔵にこもるといへる比の事可レ成云々。

九十三

むかし、男、身はいやしくてとは、前段にいへる、同じ心なるべし。いとになき(無似)人をおもひかけたりけり　いとになき人をとは、なき人をなと云心也。二条の后の御事。さて此身はいやしくて、又一義云、此になきとは、あふ事なきとの心なり。又一義に、かたいとの義也。になきと云説も

あり。又、にあはぬ人といふ説もあり。すこしたのみぬべきさまにや有けん、ふしておもひ、おきて思ひ、おもひわびてよめる、

　おほな〳〵(随分)思ひはすべしなぞへ(比)なくたかき(貴)いやしき(賤)くるしかりけり

おほな〳〵とは、随分〳〵と云心なり。『費長房が記』に云、天仙の小通は雖(共)レ得二飛行(ヲ)一、未レ出二生死(ノ)悲(ヲ)一云々。なぞへなくとは、なそもかくと云、同事也。心は、思ひをすれば、つらくかなしき事の、なそもかくあるらん、たかきもいやしきも、つらくくるしき事は、隔てもなき思ひなる物をと、我身の思ひより、大方の事まで、思召るゝなり。又、なぞへなくは、なそへになく、平ならばと云心なり。物(ママ)のならば、たかきひくきとなるを、なぞへに、俗に云へる如し。なぞへなる事はなくて、平等ならば、貴きも賤しきもなくて、物は思はしと云心なるべし。一義、なぞへなくば、平等の義也。恋は貴賤をゑらはずなり。むかしも、かゝる事は、世のことわりにやありけんとは、思ひはさま〳〵なれども、憂るゝ事に、多少のなき事は、世の理りなり、又、世の事までも思ひしらるゝと云詞なり。

九十四

むかし、男ありけり。いかゞ有けん、そのおとこすまず成にけり　男は、中将なり。すまず成とは、染殿の内侍を、りべつする事也。後にをとこありけれど、子ある中なりければ、こまかにこそあらねど、とき〳〵ものいひおこせけり　後の男は、平の定文なり。子あるとは、少将滋(シゲ)春なり。定文か妻とは成けれ共、物いひかはして、うとくはあらざりけるなり。女がたに、ゑ(絵)かく人なりければ　染殿の内侍なれば、ゑもよくそめなどしけるなり。かきにやれりけるを、今の男のものすとて、ひとひ、二日おこせざりけり　かきにやるとは、中将のかりきぬの絵を、あつらふるなり。今の男のものすとてとは、定文が物を急とて、中将のをば、おそく書なり。かの男、いとつらく、おのがきこゆる事をば、今まで給(して真)はねば、ことわりと思へど、なほ、人をばうらみつべき物になん有けるとて　かの男のいとつらくとは、染殿内侍を、中将のつらくおもひ奉るなり。なほ人をうらみつべきとは、子ある中ながら、すまず成て、既に定文が妻となれり。さるに、定文が事を次にして、中

将の事を、本とすべきにあらす。此理をば、中将の知りながら、さすがにすてがたく、うたでければ、猶、人を恨むべきものになんあると云り。一義云、おのがきこゆるとは、業平が方より申事は、聞給はてといふなり。ろうじて（哢）読てやれりける　ろうじてとは、哢の字也。もうしてと云義なり。人を恨る心を、かくさず云へる事なり。ときは秋になんありける、

　秋の夜は春日わするゝ物なれやかすみに霧や（立真）千重増る
　らん

中将の歌なり。秋の夜を定文に喩、春の日を我身にたとへて読るなり。ちへまさるとは、千重勝るゝなり。ときしも秋なれば、たとへて読るなり。別義なし。となむよめりける。女かへし、

　千々の秋ひとつのはるにむかはめや紅葉も花もともに
　こそちれ

千の秋も、一の春に、むかへがたき程に、中将を思ふとなり。されども、男と云ものは、いつれも皆、あだなるものなれは、今のも、過（ママ）しのも、心にとめじと云へる心を、紅葉もともにちれるとはいへるなり。

九十五

むかし、二条の后につかうまつる男ありけり、女のつかうまつるを、つねに見かはして、よばひわたりけり　女のつかうまつるとは、有常がむすめなり。是は、懸参の時の事也。たゞし、有常がむすめと云事、不審なり。若、染殿内侍なり。染殿内侍たるへきよし、沙汰あれど、本に、既に有常がむすめと勘へ付らるゝ也。文段は、内侍にて能可叶歟。一説には、染殿の内侍と云よし、又一義に、伊勢共云也。貞観年中七月七日の夜也。いかで、物ごしにだに（イニナシ）たいめんして、おほつかなくおもひつめたる事、すこしはるかさんといひければ　おもひつめたるとは、思積也。はるかさんとは、はるけんと云心也。女、いと忍ひて、物ごしにあひにけり。ものかたりなどして、おとこ、

　彦星に恋はまさりぬあまの川へたつる関を今はやめて
　よ

心は、七夕よりも、我思ひはまされり、七夕は、逢程こそ遠けれども、其契はたがふ事なし、我契は、さやうに憑む所もなきと云心也。又、七夕は、まれにあへ共、隔る関は

なし、我中は物ごしにあへるは、猶思ひはまされるとなり。一義、第五番に関などすへければ、我通路の関守はとよみし段、是へ引合て、へだつる関をとも読りと也。此うたにめてゝ、あひにけり。

九十六

むかし、男有けり。女をとかくいふ事月日へにけり。岩木にしあらねば、心くるし、とやおもひけん、やう〳〵哀とおもひけり　女は、二条の后なり。内裏へも、いまだ参給はぬ前也。岩木にあらねば、中将のさま〳〵に云へるを、哀と思ふなり。そのころ、水無月のもち(望)ばかりなりければ、女、身に、かさ(瘡)ひとつふたつ出きにけり　水無月とは、身のなみなり。身のなみとは、年次、月次、日次也。身につもる所の年をいはむ為也。もちばかりとは、上に書所の、なみ重りて、二条の后の御年も、はや十五になり給ふ事なり。かさ一つ二つとは、父長良卿の御許へ、二条の后の御事を申男、一両人あり。是をかさと云なり。素盞焉の御歌に、

かためおきしやまと嶋ねのむかしより迦佐男故佐女(カサヲコサメ)の契りたえずと

云々。又、『陰陽記』云、会合蜜秘之長(ナカダチハ)、以家佐(カサヲ)為道云々。一つ二つとは、九条右大臣有国の一男、和泉左大将定国、又、近院右大臣能有四男、近院右大将当能、此両人を、かさ一つ二つ出きけりと云なり。又、梵語に男を迦佐と云、女を故佐と云也。此歌、『万葉』にあり。かため置しの歌也。女、いひおこせたる、今は、何の心もなし、身にかさも、ひとつふたつ、いてたり、時もいとあつしとは、方々にかやうに申せば、わつらはしく侍と、中将の方へ、后より給ふなり。あつしとは、『秦政伝』云、煩熱と云なり。煩はし心なり。すこし秋風ふきたちなんとき、かならずあはむ、といへりけりとは、か様の人の云事もやむで、心やすからん折あはんと、中将の方へ云り。秋たつころほひに、こゝかしこより、其人のもとへい(往)なんずなり、とて、くぜち(口舌)いてきにけりとは、やう〳〵人の云事もしづまりて、中将の方へ、心ひかせ給ふと云事の出来を、口舌とは云なり。さりければ、此女のせうと(兄)、俄にむかへにきたりとは、后の兄弟、基経、国経など、此くぜちを聞て、むかへに給ふなり。されば、此おんな、かへで(鶏冠木)のはつ紅葉をひ

ろはせて　初紅葉とは、七月の比なれば也。歌をよみて、書つけておこせたり　かへでの初紅葉に、歌を書、底の心は、秋風吹立し時と契しかとも、かやうに、基経の方へよびとり給へば、ちきりの薄く、又もろき所をさして、初紅葉をひらう也。

　秋かけていひしながらもあらなくに木のはふりしくえ
　　にこそ有けれ

心は、秋になりてといひしかひもなく、木葉ふりしく江のごとく、跡もなき縁に成ぬると云る歌なり。秋かけて、春かけてなといへるは、詞皆、秋に成て、春になりてと云詞なり。と書おきて、かしこ(彼所)より人おこせば、これをやれ、とて、いぬ(往)。さて、やがて、後、つひにけふまてしらず　かしこよりとは、中将の許より、人をこせばといふ事なり。けふまてしらずとは、かやうにありける事共を、かけてもしらぬなり。中将、此双紙を書事、日記のやうにして、日々に書れば、何時も其日さして、今日までとは云へり。此後も、二条の后に逢給ふ事は、度々なり。此心の前にも、おほく過たり。よくてやあらん、あしくてやあらんとは、后の上を推はかりて、中将の思ひやり給ふ心なり。あらんとは、有らんと云詞なり。いにし所もしらず。かの男は、あまのさか(天逆)手をうちてなん、のろひ(呪)をるなる　あまのさか手をうちてとは、かつき海士など、浪の底に久しく沈で、浮みあがる時は、手を以て波を打て、大いきをつぐ也。其息のあらき事、笛を吹やうにひゞく也。其如くに、大息つぎて、人をのろふを云へり。一説、人を呪咀するに、家の棟に上て、手に日月の字をさかさまに書て、器のうらを敲て、のろをゝ云なり。一義、古注に云、あまのさか手とは、『陰陽の記』云、ゑの木を削て、日月と云文字を、さかさまに書て、云はんと思ふ程の事をいひてのろう、手のうしろを合て唵逆(ヲンキャク)天神と唱て、三度おどるべし。是は、日の出る時と、月の出る時、天に向てなすなり。是皆、呪咀の秘術なり。天に向てすれは、あまと云字を、手のうしろに合てうつゆへに、あまのさか手とは云へりと云々。むくつけきこと、人ののろひ事は、おふ(負)ものにやあらん。おはぬものにやあらん、今こそは見め、とていふなるとは、よそよりいふことば也。其比、世中の人、かやうにさたしけるなり。一義云、むくつけきとは、うるさきを云なり。前の歌に、木の葉ふりしくえとは、薄き契りをいへり。

九十七

むかし、堀河のおほいまうちぎみと申すは（ママ）い（在）まそかりけりとは、右大臣基経昭宣公の事也。四十の賀、九条の家にてせられける日、中将なりけるおきな　基経とは、貞観十四年八月廿五日、右大臣左近大将也。御年三十七。貞観十七年、四十の賀、し給ひしなり。九条の家とは、基経の在所なり。中将なりけるおきなとは、業平の事なり。此時、御年十九也。中将に任せ給ふ事、不審と云々。一義云、今の九条殿の御先祖は、基経、昭宣公の末なり。一義に、此賀と云事、四十よりはじまりぬ。四十より後は、老にいる故に、老のこんと云道を、はりてかくせとよむなり。

　桜花散か（交）ひくもれおいらくのこんといふなる道まがふかに

心は、桜花ちりかき曇り、老の来らんと云なる道も、まがふ許にと云へる心なり。老のこんと云は、四十一、衰老のはじめなればなり。

九十八

むかし、おほきおほいまうちぎみときこゆるおはしけりとは、忠仁公の事也。天安元年二月十九日、太政大臣良房、忠仁公、年五十五、四月九日、従一位、二年摂政、清和の外祖なり。つかうまつるおとこ、長月ばかりに、うめのつくり枝にきじをつけて奉るとて　長月はかりにとは、貞観三年九月の事也。

　我たのむ君がためにとをる花は時しもわかぬ物にそありける

心は、我たのむ君に、奉る花は、時をもわかぬなり、所々に雉を折いれたり。と読て、奉りたりければ、いとかしこくおかしがり給ひて、使にろく給へりけり。

九十九

むかし、右こんの馬場のひをりの日、むかひにたてたりける車に　ひをりの日とは、端午の競馬なり。たゞし、口伝にあり。むかひには、道のほとりにといふ心なり。一義云、貞観十五年に、大内の内侍所をまつり奉らんとて、右近の馬場に出し奉る也。内侍所は、日神の形なり。されは、ひをりと云なり。或説には、かちと云しやうぞくをきて、馬にのりて、其馬場を通ると云、是をひをりの日と云と云々。又、日をりと云事、賀茂の祭の使、卯月中の午日、左近の馬場に参て、ひをりの衣を給ふを云なり。山あひの深ひとて、樋をあらはしに入て、文を織たる衣なり。又云、御門此ときおりむかひ給ふを云。王を日にたとへ申事、前に見えたり。日のをり給ふ心なり。女のかほの、下すだれより、ほのかに見えければ、中将なりける男の、読てやりける　女は、染殿内侍也。いまだ中将に嫁せぬさきの事なるべし。

　みずもあらず見もせぬ人の恋しくはあやなくけふやな
　　かめくらさん

見ずもあらず見もせぬとは、見たりとも云がたし、見ずとも云がたき也。露ばかり見たる由なり。かやうなる人の恋しくは、程もなくあじきなく詠をやせんと云心なり。あやなくとは、無益と書り。かへし、

　しるしらぬ何かあやなくわきていはんおもひのみこそ
　　しるべ成けれ

心は、しりもしらずも、何か程なくつきて云へき、たゞ思ふこそ、しるべともなるべけれと云由なり。のちは、たれとしりにけりとは、終には夫婦となる事なり。

百

むかし、男、後涼殿のはざまをわたりければとは、紫宸殿と弘徽殿の間をは、わたるなり。あるやんごとなき人のとは、至て位高き人と云心也。御つほね、忘草を、忍草とやいふ、とて、いださせ給へりければ、給はりて　御局よりとは、二条の后なり。忘草を忍草とは、人は忘たれ共、我は忍と云心にて、出させ給ふなり。

　忘草お(生)ふる野べとはみるらめどこ(是)は忍ふなり後もたの
　　まん

心は、忘草生る野へとは、見給へども、是は忍ふにて侍るほどに、後もたのむべき中なりとよめり。

百一

昔、左兵衛のかみなりける在はらの行平といふありけり
行平は、貞観十二年二月参議、五十三、左兵衛督、十四年

左兵衛督、十五年従三位大宰輔（ママ）云々。その人の家に、よき酒ありときゝて、うへ（殿上）にありける左中弁藤原のまさちかい（ママ）ふをなん、まらうど（上客）ざねにて　昌近（マサチカ）は、忠仁公の甥なり。良門か子なり。有常の妻の兄弟也。貞観十二年に右中弁、十六年に左中弁と云々。まらうどざねにてとは、客人の頭領なり。その日はあるじまうけ（饗応）したりける。なさけある人にて　あるじは、行平なり。情あるとは、世のつねの人にかはりて、心も幽玄にある事を云なり。かめに花をさせり。其花の中に、あやしき（奇異）藤の花ありけり。花のしなひ三尺六寸ばかりなんありける　あやしきとは、奇異なると云心なり。しなひとは、花のしな、長さなり。三尺六寸と云は、天地人の三才の間に、是程の奇特はあるらじ（ママ）と云心なり。六寸と云るは、一尺三寸づゝあまるは、猶よのつねなれは、二寸づゝあまして、世に超過（テウクワ）する事也。それを題にてよむ。よみはてがたに、あるじのはらからなる　読はてがたとは、是を題にて、歌を読侍りける終の事也。はらからとは、行平の兄弟也。中将の事を云なり。あるじし（饗）給ふときゝて来りければ、とらへてよませけるとは、今日のまうけをは、行平し給ふと聞て、行ける事なり。読せけるとは、中将のしひて此歌を読せけるなり。もとより、歌の事はしらさりければとは、卑下の詞なり。すまひ（辞）けれど、しひて読せければ、かくなむ、

咲花のしたにかくるゝひとおほみ（多）ありしにまさる藤の陰かも

さく花の影にかくるゝとは、忠仁公の栄花、さかりにして、其余慶を蒙る人、多しと云心なり。有しにまさるとは、先祖にもまさると云心なり。又、桜井の大政大臣因香（ヨルカ）は、天下に重ぜし人なり。それよりも猶、まさり給ふと、今の関白を祝ふ歌なり。或本に、ありしにまさるとは、二条の大政大臣因香の朝臣、桜井と云所に住給ふが、富み栄ゑおはしけれど、それにもまさると読、藤家の祝歌也。など、かくしもよむ、といひければとは、其時の、人の問ける詞なり。おほき（忠仁公）おとゞのゑいくわ（栄華）のさかりにみまそ（在）かりて、藤氏のことにさかゆるをおもひてよめる、となんいひける。みな、人、そしらずなりにけり　当関白の栄花を、読る歌なれは、人のそしらぬなり。時の関白は、昌近が伯父なれば、ほめてよむなるべし。

百二

むかし、男ありけり。歌はよまざりけれど　是も中将の卑下の詞なり。歌を読人は、夕の雲、夜半の灯にむかひて、世のはかなきを観じ侍るなり。業平は、歌をばよまされども、うき世の無常を知りたるといへり。世中を思ひしりたりけり。あて(貴)なる女のあまになりて、世間をおもひうむじ(倦)て　あてなる女とは、斎宮の御事也。是は、斎宮、上洛の後の事也。貞観十七年、斎宮より上りて、同年四月出家すと云々。うむじてとは、世中を憂(ウク)思ふとなり。又説、歌をよまん人は、先、世上の理りを観尽すべしとなり。京にもあらず、はるかなる山里に住けり。もとしぞく(親族)なりければ、読てやりける　山里は、大原なり。もとしぞく成ければとは、子息生るゝと云事なり。子一つより、うし三つまでの時の、子あり、世を憚に依て、従三位高階義範が子と成て、高階氏を継で、師尚と云り。後、中納言までのぼりし人なり。

　そむくとて雲にはのらぬ物なれど世のうき事ぞよそに
　　なるてふ

世をそむくといへばとて、雲にのつて、誠に世を隔てはつるにはあらねども、たゝそむくと云ばかりにて、世のうきことは、よそに成といふ心なり。となんいひやりける。斎宮のみやなり。

百三

むかし、をとこ有けり。いとまめにじちよう(実要)にて、あだなる心なかりけり　いとまめにじちようとは、最真実要なり。深草の御門になん、つかうまつりけるとは、仁明天皇に、中将の仕へ給ふ事なり。一義、他本云、光孝天皇と書けるは、あやまりなり。業平は、陽成院の御時、元応四年にうせ給へり。光孝天皇は、仁和元年に位に付給ふ故に、業平よりは、後の事也。或人云、陽成院かくれさせ給ひて、世をしる人なき故に、仁明の位をさりて、北山に住給へり。一義、かさねて位に付給へるを、光孝天皇と申と也。こゝろあやまりやしたりけん、みこたちのつかひ給ひける人を、あひいへりけり。さてとは、光孝天皇の、いまだ御子の御時、小町をめしけるを、中将、又思ひかけゝる。御心誤りやしたりけるとは、実要なる人の、かゝるふるまひあれはなり。

ねぬる夜の夢をはかなみまどろめば弥(イヤ)はかなにも成増るかな

心は、過し夜、見し夢の、はかなく残りおほき程に、まどろみて、またも見ばやと思ふ心の、いよ〳〵はかなく覚ると云心なり。一説、物いひつる事は、夢のやうに、はかなく侍るを、其やうなる夢をも見るやと、おもひそふるはかなさを、いやはかなとはよめるにや。となん読てやりける。さる歌のきたなげさよ。

百四

むかし、ことなる事なくて、あまになれる人有けりとは、さしてもなき事に、世を遁るゝなり。是は、斎宮の御事なり。懐妊し給ふ程の、異なる事はなけれども、たすけて書る詞成べし。かたちをやつしたれど、物やゆかしかりけん、賀茂のまつり見に出たりけるを、男、歌読てやる。

世をうみのあまとし人をみるからにめくはせよともたのまるゝ哉

あまと云程に、めくはせよと云也。又は、海草なり。めくはせよとは、食せしめよと云心なり。妻にせばやと、たのむ心なり。又は、目なり。あまは、尼なれば也。目くはせよとは、物を請加う時、目を合する也。其如くに、請ひけと云心なり。是は、斎宮のもの見給ひける車に、かくきこえたりければ、見さして、かへり給ひにけるとなん。

百五

むかし、男、かくては、しぬべし、といひやりたりければ、女　中将の方より、かやうに申されたりければ、二条の后、御返事に歌を給ふなり。

白露はけ(消)なばけなゝんきえずとてたまにぬ(貫)くべき人もあらじを

しら露の如く、消ばきえよ、消ずしてあればとて、玉を貫て、愛すべき人もあらじとなり。入内の後なれば、かく読り。といへりければ、いとなめし(無礼)、と思ひけれど、心ざしは、いや(弥)まさりけり　なめしとは、中将、うらめしく思ひながら、心さしはいよ〳〵ありけるとなり。一義云、いとなまめし(ママ)とは、今めかはしき事也。

百六

むかし、おとこ、みこたちのせうえう（逍遥、アソビ）し給ふ所にまうて、、立田川のほとりにて　みこたちとは、貞国親王、常康親王、貞元親王などの御事也。是皆、文徳の御子達也。

千はやふる神代もきかず立た河からくれ（韓紅）なゐに水くゝるとは

心は、神代には、物毎に奇特の事のみ多けれと、立田河の、唐紅に成て水くゝる事は、聞ずと云なり。これは、紅葉をほむる義也。此歌は、中将まいり給ひしとき、室殿に入て、其侭出すして、此歌を読給ふと聞へし間、明神の御歌とも申なり。

百七

むかし、あて（貴）なる男ありけり。其男のもとなりける人をとは、中将の妹、初草の女といへる人の事なり。内記にありける藤原の敏行といふ人、よはひ（結婚）けり。されど、まだわかければ、ふみもをさ〳〵（不幹了）しからず、言葉もいひしらずとは、年若に依て、文も長せずと云心なり。此段は、初草のうらなくと読る段の、前なるべしと云説もあり。又、若き事を云んとて、文もをさ〳〵しからずといへり云々。いづれの説も、よろしきと也。いはんや（況）、歌はよまさりければ、かのあるじなる人、あん（案）を書て、かゝせてやりけり。めてまとひ（感惑）にけり。さて、男読る。

つれ〳〵のながめにまさるなみた川袖のみひち（漬）てあふよしもなし

つれ〳〵と詠る折は、泪なをまさるなり。されは、袖のみぬれて、あふ事はなしと云り。つれ〳〵といふ程に、年月をふる心有べし。返し、例の男、女にかはりて、

浅みこそ袖はひつらめ涙川身さへながるときかばたのまん

此返しは、中将、女にかはりて読り。あさき所こそ、袖はぬるれ、身もながるゝほどゝきかば、たのみもせんと也。といへりければ、男、いといたうめてゝ、今まて、まき（巻）て、ふばこ（文箱）にいれてありとなんいふなる　いたうめてゝとは、敏行の自愛無レ限と云心なり。男、ふみおこせたり。え（得）て後の事なりけりとは、女の返事得て、後の事也。雨の降ぬべきになん見わづらひ侍る、身、さい（幸）はひあらば、此

雨はふらじ、といへりければ　雨の降ぬべきと云より、是までは、敏行が遣す文の詞なり。例の男、女にかはりて、読てやらす（遣）　例の男とは、中将なり。初草の女にかはりて読り。

　数々におもひ思はずとひがたみ（難）身をしる雨はふりぞ増れる

かすぐ\に、思ひも思はずもあれ、問事はかたし。されば、身をしる雨のふりまさるといへるなり。と読てやれりければ、みのも笠もとりあへで（スイ）、しとゝにぬれて、まどひきにけり　しとゝにぬれてとは、いたくぬれたる由なり。身をしる雨とは、人を待暮にてもあれ、人の方へ行夜にてもあれ、あめのふりて、それゆへさはりと成て、逢（ア）はされば、身をしる雨とは云也。泪をも云り。我身の有様を、思ひつゞくるによつて落れはなりと云々。一義云、しどゝぬれてとは、しどゝ云鳥の羽色にぬれてとなり。又云、きる物とも、身にしつとゝつきたる程に、ぬれたると云意也。

百八

昔、女、人の心を恨て　此女、小町、伊勢、両説也。歌の体は、伊勢に似云々。

　風吹ばとは（常）に波こすいはなれや我衣手のかわく時なき

とはとは、常住なり。歌の心は、つねに浪こす岩の如に、我に袖のかわく間もなきと云心なり。と、つねのことくさ（言種）にいひけるを、きゝおひ（負）ける男　ことくさとは、くちくせと云詞に同じ。聞おひけるとは、中将のきゝて、我事よと思ふよしなり。

　宵ことにかはづのあまた鳴田には水こそまされ雨はふらねど

かはづの鳴田には、雨ふらねども、水増る事也。源の順が『両行賦』（マヽ）に云、花は依レ風散（テ）（リ）、水は増二蛙気一、人は依レ友情有、雨は依レ雲降と云々。此心を思ひよせて、読るにや。歌の心は、我なく事のしけきを、かはづのあまた鳴によそへてこそまされと云を、人の上にかけたり。こなたにうらむる心のあるよりこそ、そなたにもうらむと也。此歌の宵とは、夜ことにとの義也。

百九

むかし、男、友だちの人をうしなへるが許に、やりける紀茂行が妻の身まかりける時の事也。『古今集』には、事かきかわれり。

　花よりも人こそあだになりにけれいづれをさきに恋んとかみし

心は、花よりも、人はあだに有へしとも思ふべしやは、花こそあだなるべけれと思ひしなり。

　うへし時花待遠にありし草うつろう秋にあはんとやみし

と云歌にて、心得べし。或説に、民部の大佐重行か歌也。此歌にて心得べしと云々。他本には、大江の定文（貞」朱）か妻に別し時を云り云々。

百十

むかし、おとこ、みそか（密）に通ふ女ありけり。それが許より、こよひ、夢になん見え給ひつる、といへりけれは、男

　みそかは、ひそかなり。女は、染殿内侍なり。后なり。

　おもひあまり出にしたま（魂）のあるならん夜ふかくみえばたま結せよ

恋しき事の、身よりあまるは、かくなれば、其魂ぞ見へつらん、もし夜ふかくみむときは、たまむすびせよと也。夜深く飛魂は、主の為に恐き（ママ）なり。されば、招魂の祭とて、出て行魂を帰すましなとあり。是を玉結ひと云なり。本歌に、

　玉はみつ主はたれともしらねどもむすびとむるぞ下がひのつま

と読り。此心なるべし。

百十一

むかし、おとこ、やんごとなき女の許に、なく成にけるをとふらふやうにて、いひやりける　やんごとなき女とは、清和の皇女、撰子内親王也。清和の崩御の後、中将密通すと云々。他本には、二条の后ともいへり。

　いにしへはありもやしけん今そしるまだ見ぬ人を恋る物とは

歌の心、ことばあらはなり。返し、

　下ひものしるしとするもとけなくにかたるかごとは恋ずぞ有べき

撰子内親王の御返事なり。心は、下ひものしるしとは、人

の思ふには、我下紐の必解也。さもなきには、争か云か如とく有へきとなり。一義、他説、しるしのおびはとけぬに、恋しと云は、いつはりなるべしと読なり。又、返し、

恋しとは更にもいはじ下ひものとけんを人はそれとしらなん

こひしとは、取はかていわじ、さらば、下紐のとけんを思ふとはしらせ給へとなり。他義、かけんを人はそれとしらなんとは、人に恋らるゝ人は、おのづから思ひのとくといへば、下ひものとけんとき、我を思ふと思召と読也。此歌、『後撰集』には、元方とあり。

百十二

むかし、をとこ、ねもごろにいひ契りける女の、こと(異)ざまになりにければ　女は、撰子内親王なり。国明親王の御室となりて、すまに住給ふ事を、ことざまになるとはいへり。

すまの海士の塩やくけふり風をいたみ思はぬかたにたなひきにけり

心詞あらはなり。風をいたみとは、男の、はげしく頻にさそひしをいへり。されば、思ひの外の方へなびくなり。

百十三

むかし、男、や(鰥)もめにてゐて　中将、小町に別て後の事也。

ながからぬ命の程にわするゝはいかにみじかきこゝろなるらん

ながからぬとは、生れくるとも六十年、其内は明日をもしらぬなり。さるに、其内にだにもわするゝは、いか計みじかき心なるべし。

百十四

むかし、仁和のみかど、せり(芹)河に行幸し給ひける時　此段は、中将の死後に、二男滋春、書継と見えたり。仁和のみかどとは、光孝天皇の御事なり。五十六歳にて、御位につき給ふなり。後には、小松の院の御帝と申奉也。『長能私記』云、息男滋春は、伝得能艶好を注す。父公之遺記加一丁幻安(案)。芹川の行幸奥是なりと云々。此光孝天皇は、業平より後なり。芹川の行幸は仁和二年十二月十四日。供奉公

卿は、行平、高経、滋平なり。今はさる事にげ（似）なくおもひけれど、もとつきにける事なれば、おほたか（大鷹）の鷹がひ（飼）にてさふらはせ給ひけり　にげなくとは、行平、六十九歳にて、鷹飼の役なればと云心なり。此一門に、かゝる名を得る人ありと、知らせんために、是を書也。一義に、にげなくとは、はや年もよりて、さやうなるも、にあはぬと云心なり。又、もとつきにけるとは、しつけたると云こゝろなり。すりかりぎぬ（摺狩衣）の袂に、書付けるとは、かりぎぬの袂に、鶴を縫て、此歌を書付たり。一義、鶴をぬいたるとも云り。又、としのよりてしらがなるを、つるのかしらとて、つるにたとへるなり。

　翁さび人なとがめそ（莫咎）かりころもけふばかりとぞたづ（鶴）も
　　鳴なる

おきなさびとは、老衰（スイ）なり。『文集』云、槿花向レ日色忽衰たりと云々。かやうにいたく老て、似合ぬ事し侍るを、人なとがめそ、かやうの方に、宮つかへせん事も、今日ばかりなり。たづも鳴なるとは、狩衣の文にあれは、我になすなり。おほやけ（公）の御けしきあしかりけり。おのがよばひを思ひけれど、わかゝらぬ人はきゝおひけりとや　おほやけ御けしきあしかりけりとは、光孝天皇、其時七十に及び給ふ程に、千秋万歳と思召るゝ、御狩を今日ばかりと読ければ、御心にかゝり給ふなり。其時、行平は、六十九才になれる間、我身を思ひて読れけれども、時宜に依て、かやうに成行なり。今日ばかりと歌にあるも、後々は、かやうの事にあはぬやうと、遁んとすれば、是又、時儀あしくして、御気色もかはるなり。惣じて、歌道と云事は、心ざしだにあれば、習事はやすきなり。たゝ、時儀を知る事の、至て難儀の事也。かやうの事を、当流の一大事とするなり。仁和御門は、百官詮儀して、御位に立奉らんとて、仁和寺へ御迎に参し時、しげかりし庭の小松ども、おのづからかたよりて、御車を通しけり。かやうの心なき草木も、感じ奉る程の、名王にてましませども、今日ばかりと云詞を聞召、とがめ給ふなり。会席の時儀、尤大切なる事、以レ之可レ知。又、一義に御門気色あしき趣なればとて、則、けふばかりとそ読ばかりの、ばの字を、けふはかりとぞと、勅答申されけるとなん、此義、尤よろしく、ばの字を上につけて、はと清（スン）で読おかれるとなん。是、他説の義也。これは、行平、我述懐をよめり。光孝天皇は、御位に付給ふまじかりけるを、陽成院の、御位をさり給ひて、代を継給ふべき人、おはしまさゝりければ、小松の奇特によりて、そなはり給ふなり。是は、業平死後の時、行平の事を、滋春の書入給ふなり。

百十五

むかし、みちの国にて、男、女、すみけり。男、宮古へいなん、といふ。女、いとかなしうて、馬のはなむけ（餞）をだにせんとて、おきのゐで（○イニナシ）、みやこじまといふところにて、酒のませて、よめる　栗原のあねはと云段と同じ、其末なるべし。男女とは、中将と二条の后也。奥の井、都嶋、何も奥州にある名所なり。『日本記』に云、都嶋、大原にありと云々。みちのくにとは、なかをかの郷の事也。あねはの谷は、東山にあり。此東山に、奥の井、都嶋もあり。奥州にもありと云々。此段のおんなは、小町といふ説もあり、いかん。

おきのゐ（居）て身をや（焼）くよりもかなしきは都しまべのわかれなりけり

おきのゐでとは、たく火のおきに云なすなり。身をこがすよりも、たゞいまの別の悲しきと云由なり。都嶋べの、べの字は、都嶋のほとりと云事也。此処より、只今別るゝ、かなしきと読り。

百十六

むかし、男、すゞろに、みちの国まで、まど（惑）ひい（往）にけり。京に思ふ人に、いひやる　此段、前に同し。すゞろ、前に注するに不レ異。京に思ふ人とは、有常かむすめのもとへ、読てやる歌なり。

浪間より見ゆる小島の浜ひさぎ久しくなりぬ君にあひみて

浜ひさぎ、風に吹あげられたる、磯の高きをいふ也。或説に、浜ひさぎとは、島などのすさきなどに、わづかにそつと吹出したる家を、浜ひさぎともいふなり。一二三の句は、序なり。下の句云んためなり。久しく逢ぬ君にと、云までなり。是は、大納言福丸、奈良の京にある妻の許へつかはしける歌なり。是を、次よくて、中将思ひよるなり。一義、浜ひさぎは、居所には、塩のひきたるあとに、残りてたまりたるをいへり。此故に、連歌には、居所にきらはずとなり。何事も、みな、よく成にけり、となんいひやりける　みなよくなるとは、中将、京田舎とありきて、思ふ人、心の侭と云由なり。又、よくなるとは、二条の后、入内の後は、万の思ひやみたる事を、皆よくなると云説もあり。

百十七

むかし、みかど、住吉に行幸し給ひけり　文徳天皇、正月十八日、住吉行幸ありし事なり。其時、中将読る歌なり。又、就二此行幸一に、他説あり。天安元年二月廿八日なり。其時、業平も御供にて、御門にかはり奉りて、読るうたとなり。

　我みても久しくなりぬ住よしのきしの姫松いく代へぬらむ

心は、我みても、久しくなりぬ、過し方の、いかばかりなりけんと云心なり。姫まつは、松の惣名なり。他説の一義、姫松とは、若き松也。又、葉のほそきをもいふなり。或一義には、大小にはあらん木立のうつくしく、枝木つきなどの風情、面白きを、姫松とは云と也。お(大)ほん神、げきやう(現形)し給ひて　御神かたちをあらはし給ふなり。げきやうとは、現形と書なり。かたちをあらはすと読なり。此段、尤深秘也。此書の深底なり。能々可尋云々。

　むつましと君はしらなみみづがきの久しき世よりい(斎)はひそめてき

是は、住吉明神の御返歌なり。むつましとはしらぬか、久しき世より、こゝにある物をと云心なり。むつましとは、松をむつまじと君はしらぬかと云心なり。或本の一分(ママ)にいふ、むつましと君はしら浪とは、御門は神宮(ママ)皇后の御子孫なれば、むつましきと也。又、神と松との間と云説も有。久敷此松に住給へるを云へり。神の宿り木と云義なり。追而可レ聞也。いはひそめてきとは、此地に跡を垂給ふ事也。

百十八

むかし、男、久しく音もせで、忘るゝ心もなし、参りこ(来)ん、といへりければ　是は、二条の后へ、中将の久しくまいらずして、さて忘るゝ心もなし、参こんと申也。其返事の歌、

　玉かづらはふ木あまたになりぬればたえぬこゝろのう

れしげもなし

たまかづらはふ木あまたとは、かづらは、あなたこなたの木に、はいかゝつて、一方になきものなり。されども又、かづらの絶る事は、無物なり。是を、中将の心に喩て、まいりこんといへども、嬉事はなしと読り。たえずとは、まいりこんといへばなり。又説、玉かづらとは、人をほめたる言ばなり。木の末に、いつくしくかゝりたるをいへり。はふ木あまたとは、業平、うつり心にて、あなたこなたへかゝり給へば、おとづれも、うれしくもなしと也。

百十九

むかし、女の（真ニナシ）、あだなる男の、かたみ（記念）とて置たるものどもを見て　是は染殿内侍。あだなる男は中将なり。

形見こそ今はあだなれ是なくばわするゝ時もあらまし
ものを

是は、染殿内侍の歌なり。かたみこそ、今はあだともなりぬれ、是なくば、わするゝ事もあるべきとなり。他説云、業平、つくしへ勅使にて下りける時、筆の文のある枕箱を、かたみに御覧ぜよとて、まいらせ給ひけるとなり。今は、あだなれとは、見るたひに袖をしぼる、また心をくるしむほどに、おもへばあだなりと読なり。又、業平、死去の後とも云説もあり。

百二十

むかし、おとこ、女のまた世へ（末経）ずとおぼえたるが、人の御許に、忍びて物きこえて後、ほどへてとは、女は、四条の后なり。若くおはしける時にて、まだ夫婦の道もしり給はぬ時なり。世へずとは、男の方は、いまたしり給はぬとおぼへたるが、人の御許にとは、清和天皇、忍でかよひ給ふと聞て、中将の方より、歌を読て遣すなり。

近江なるつくま（筑摩）のまつりとく（疾）せなんつれなき人のなへ（鍋）
の数みん

つくまのまつりには、其所の男女、あひぬる数、なべをあつめて、此神の前をわたるなり。聊もかくせは、軈て其とがめあり。歌の心は、男などの心もなしと思ふに、忍ぶ事のあるなれば、それをあらはさんと、いふ心なり。又、男は、きねをかたげて渡るといへり。是は、神の方便にて、我罪障をさんげする心なり。或一説には、二条の后といふ儀もあり。

百二十一

むかし、おとこ、梅つほ（凝花舎）より雨にぬれて人のまかり（退）いづるを、見て　人とは、源の致（イタル）なり。梅壺は、内侍所のわたらせ給ふ所なり。他本に、此梅つぼよりとは、染殿の兵衛といふ女房の房より、致、帰るを見てなり。此歌は、催馬楽（サイバラ）に、

　青柳をかた糸によりて鴬のぬふて（ママ）笠は梅の花がさ

とは、御神の、岩戸にとぢこもり給ひし時、神達の、うたひ給ひし歌なり。其歌を引て、然も梅壺より出る人なれば、かく読り。心はあらは也。

　鴬のはなをぬふてふかさもがなぬ（濡）るめる人にきせてかへさん

是は、致の返歌なり。鴬の花をぬふ笠は、さしも思はず、我に思ひをそへよ、ぬればほして返さんとなり。思ひをつけよとは、思へといふ心なり。ほしてかへさんとは、雨のふりければ、いへる詞なり。かやうなるを、縁のことばといへり。かへし、

　鴬の花をぬふてふかさはい（否）な思ひをつけよほしてかへらん（ママ）

百二十二

むかし、おとこ、契れる事あやまれる人に　契れる事あやまれる人とは、伊勢なり。契れる事のかはるを、あやまるといへり。是は、中将、斎宮下向の時、たのめ置てと云にも、あはざれば、遣すなり。一義に、小町といふは、いかん。

　山城の井手の玉水手にむすびたのみしかひもなき世成けり

『日本記』云、左大臣橘諸兄公、山城国井手寺を作りて、閼伽井を掘て、身まかりなんとしける時、清友にいひ給ひける、「我かならず此井に影をうつすべし、我を見んと思はんときは、此井を見るべし」と云置ければ、其後行て見るに、其義なし。それより、憑しかひもなき世といへり。此本説を以て、中将も今此歌を読り。此注の、身まかり（モッ）ては、死する時を云。清友とは、我妻の事を云。これは、妻に心かわらすば見へん、心かわらば見へじとなり。といひ

やれど、いらへ(答)もせずとは、返事をもせぬ事なり。

百二十三

むかし、おとこありけり。深草に住ける女をとは、二条の后、清和の崩御の後、后の位をやめて、深草に住給ふ事也。寛平八年、御歳五十五の時なり。延喜十年十二月、薨す。御歳六十九。当流には、誰共不知と云り。やう〳〵あきがたにや思ひけん、かゝる歌を読けり、

年をへてすみこし里を出ていなばいとゝ深草野とやなりなん

是は、中将の歌なり。清和天皇、崩御の後、二条の后、此里にものかなしく住給ふに、我さへ年月まかり通ふ様にもなく、此里を出てゆかば、いとゝ深き野とやなりなんと読り。他本の説に云、女は小町ともいふ。仁和の御門の後は、光孝天皇と申奉る、深草に住給ひて、崩御なりし故に、深草の天皇とも申なり。女、返し、

野とならばうつらとなりて鳴をらん狩にだにやは君はこざらん

是は、二条の后の御歌なり。野とならば、鶉のこどくに鳴をらん、鷹狩のついでにだに、ござるべきかといふ、こゝろなり。中将、此返歌に、めでゝ出てもゆかぬなり。此歌故、此后は、かたちより心なんまさると、さきに書となんと云々。とよめりけるに、めて(感)ゝ、ゆかんとおもふ心なくなりにけり。

百二十四

むかし、おとこ、いかなりける事を思ひけるをりにか、よめるとは、此物語を書趣意の、何事にもそむかず侍ることを、心には思へとも、詞にも云がたく、又、我如く知る人もなしといふ事を、おもひつゞけて、此歌を読り。

思ふことといはでぞたゞ(黙)にやみぬべきわれとひとし(等)き人しなければ

歌心は、前の詞の注に聞へたり。思ふ事をいはで、たゞにやみぬべき、我と等しき人もなく、又、詞には出がたしといふ心なり。中将の歌は、愛にかきらず、五句に心ある事、常の事なり。此歌深き心あるべし。能々可レ尋。中道観の歌なるべしと云々。中将は、真雅僧正の御弟子なれば、阿字観と云べし。他本の一義云、業平、二条の后の御

事を思ふて読けるとなん。又、此歌、巻軸の事なれば、得道の事を読が本説なり。有る経文に、我道の夜より涅槃の夕にいたるまで、一字をもとかぬと、の給へり。又、『法花』にも、止々不須説我法妙難思と説給へば、大道の虜には、言語道断にして、説もとかれず、云もいはれず、不思儀なるをいへり。我と等き人しなければとは、仏も唯我独尊と利口したまふ。又、唯独自明、その心なるべし。天台も、爰を天真独朗との給ふ故なり。有レ習所と云々。又、他本にいふ、業平は、淳和の御宇、天長二年に誕生して、淳和、仁明、文徳、清和、陽成の天子まで、五代の御門につかへたまひて、陽成院の御時、元慶四年に卒し給へり。

百二十五

むかし、男、わづらひて、こゝちしぬべくおぼえければとは、元慶四年五月廿八日、五十六にして、業平逝去し給ふ時なり。『長能記』云、羽林、発二天地一以来五十六歳、元慶四之天仲夏下旬之候、於洛陽城東郷告逝去畢云々。

　つひに行みちとはかねてきゝしかど昨ふ今日とはおもはさりしを

心は、つひにゆく道の、とく、おそきはありとも、のがれがたき事と聞しかと、昨日今日と、取あへぬやうには、兼て思はざしりものを、さてもかやうにありける事なりけりと云由なり。此比、二条の后、日を隔ず御訪ありける、其日、さはる事ありて、問せ給はずして、歌を読て、送り給ふ。一義云、つひに行の歌に、昨日今日とは思はさりしをと云に、不審あり。昨日は、はや過ぬる故に、申つかはせぬと云なり。是は、昨日までは、今日とはしらぬと読なりと云意なり。歌に、

　はかなくもあすの命をたのまめや昨日を過し心ならひに

　つれ／＼と思へばいとゝかなしきにけふはとはずて過してしかな

此返事に、つひに行歌を奉と云々。此時、有常か娘も、かなしみて読る歌、

　なをざりの道こそ有けれ真背方行をとゞむる関守はなし

されば、『長能私記』云、悲歎是多、二条の后は、今日悲を不レ問、滞泣深し、有常が娘は、行を留る無人喚云々。

業平伝記

業平ハ、平城天皇ノ御孫、阿保親王ノ五男也。母君ハ、伊登ノ内親王トイフ桓武天皇ノ御娘君也。業平ノ誕生ハ、淳和天皇ノ天長二年四月朔日ニ生、元慶四年五月廿八日、五十六才ニ而卒シ給フト云ナリ。

伊勢ノ御伝記

伊勢ハ右大臣内麿ノ末孫、前大和守従五位上藤原継蔭ノ娘也。七条ノ后ニ、宮仕ノ女房也。宇多院ノ寵愛ヲ得テ、行明親王ヲ生リ。依テ伊勢ノ御息所共、伊勢ノ女御共云也。

解題

本巻には、いわゆる「冷泉家流伊勢物語注」に属する『十巻本伊勢物語注』『増纂伊勢物語抄』のほか、「冷泉家流伊勢物語注」の影響下に作られた『伊勢物語奥秘書』を活字翻刻した。なお、以上の三点は、いずれも鉄心斎文庫の所蔵である。翻刻を許可された芹澤美佐子氏に心からの謝意を表してから解題に入りたい。

一 「冷泉家流伊勢物語注」とは何か

「冷泉家流伊勢物語注」と呼ばれる『伊勢物語』の古注釈書の類が、平安文学研究者に広く知られるようになったのは、拙著『伊勢物語の研究［研究篇］』『伊勢物語の研究［資料篇］』の刊行が契機になったと言ってよいのではないかと思う。(注1)私は、まず［研究篇］において、登場人物のすべてに実在人物（時には非実在人物）の名をあてたり、「昔」としか書かれていない物語中の出来事を×年×月×日のこととしたり、『文選』『白氏文集』『萬葉集』などからの引用と称していても、実は現存の『文選』『白氏文集』『萬葉集』にはない、デッチアゲの引用をほしいままにする注釈の実態を紹介した上で、にもかかわらず、それが平安時代の『伊勢物語』享受のありようを伝えていることを明らかにするとともに、その代表として宮内庁書陵部の『伊勢物語抄』（函架番号二一七・三四六）を『伊勢物語の研究［資料篇］』に翻刻したのであるが、私の記述に疎漏があったのか、「冷泉家流伊勢物語注」すなわち『書陵部本伊勢物語抄』のように大方には思われるようになってしまった。しかし、「冷泉家流伊勢物語注」は、固有の書名ではなく、この類の注釈書の一般的呼称であることを、ここで、まず断っておきたい。

ところで、「冷泉家流伊勢物語注」という呼称を用いたのは、犬井貞恕（一六二〇―一七〇二）著、空華庵忍鎧

（一六七〇－一七五二）補の『謡曲拾葉抄』（注2）である。

その『謡曲拾葉抄』の『杜若』を見ると、「春日の祭の勅使として」という謡曲詞章について、

①「冷泉家流伊勢物語注」云、承和十四年三月十三日、業平春日祭の使に行也。かりと云は、仮初の儀也。是は五位の検非違使の行使也。業平は親王の子なれば、此ノ使をすべきにあらね共、時のきらにつきて仮初の使に行也云々。

とあり、「殿上にての元服」という詞章については、

②「冷泉家流伊物注」云、業平十一より、東寺僧正真雅の弟子にて有けるを、十六の歳、承和十四年三月十一日、仁明天皇の内裏にて元服する也。此ノ時、業平ハ五位無官ニテ左近ノ太夫トいふ云々。

と記し、さらに「八橋」については、

③「冷泉家流伊物注」云、八橋とは、八人を、いづれも捨ず思ひ渡す心也。八人と云は、三条町、有常娘、定文妹、伊勢、小町、当純妹、染殿内侍、初草女也云々。

と述べている。
この内、①と②については、右の『書陵部本伊勢物語抄』は、

初冠とは、元服の始なり。是は業平十一より東寺の真が僧正の弟子にて有けるを、十六の年、承和十四年三月二日に、仁明天皇の内裏にて元服する也。わらは名曼荼羅也。秘事也。此時、業平は五位無官にて、唯左近大夫といふ也。奈良の京春日の里に知よししてかりにゐにけりとは、承和十四年三月二日の祭の勅使に行也。此使は、必五位のけんびいしの、みめよく、代にきら有人のする也。其頃可然人なかりければ、俄に二日業平元

服せさせて、三日ちよくしにたつる也。是は、親王の子にてましませば、五位けんびい使すべきにはあらね共、ようがんに付て、かりにし給ふ職なるがゆへに、知よしてかりにゐにけりといふ也。

とあって、主旨は一致するが、小異もある。

それに対して、本巻所収の『十巻本伊勢物語注』(注3)（五頁）では、

初冠トハ元服ヲ云也。業平ハ、少クヨリ真雅僧正ノ弟子トシテ、童名曼荼羅ト号ス。仁明天皇御時、承和七年三月二日、十六歳ニシテ元服。此時ハ五位ノ無官ニシテ左近将監（大夫事）ト云。奈良京春日ノ里ニ、シルヨシシテ、カリニイニケリトハ、カスガノ三月三日ノ祭ノ勅使ハ、必五位ノ検非違使ノ、ミメヨキカ、時代ニキラアル人ノスル也。其比、可然人ナカリケレバ、俄ニ、二日、業平ニ元服ヲセサセテ、三日ノ勅使ニ立ラルゝ也。是ハ、親王ノ子ニテ座セバ、五位ノ検非違使スベキニハアラネ共、容顔ニ付テ、カリニシ給フ職ナル故ニ、知ルヨシシテイニケリト云。

とあり、さらに、これと近い関係にある、本書所収の『増纂伊勢物語抄』（七七頁）では、

一、初冠とは、元服の始を云也。業平は少くより真雅僧正の弟子として、童名曼荼羅と号す。淳和（仁明歟）天皇の御時、承和十四年三月二日、十六にて元服。此時は五位無官にして、左近大夫と云々。奈良京春日里にしる由して仮にいにけりとは、春日の三月三日祭、勅使は必五位の検非違使のみめよく、時に代のきらある人のする也。其比、可然人なかりければ、俄に二日業平に元服せさせて、三日勅使に立る也。是は、親王の子にて座ば、五位の検非違使すべきにはあらねども、容顔に付て仮にし給ふ職なるがゆへに、知由して仮にいにけりと云也。

とある。

次に、広島平安文学研究会刊の『平安文学資料稿』第三期第一巻に翻刻された『定家流　伊勢物語　千金莫伝』を見ると、

初冠とは、元服の始なり。是は、業平、十一歳より、東寺の真雅僧正の弟子にて有けるを、十六歳、承和十四年三月二日、仁明天皇の内裏にて元服するなり。童名曼荼羅秘事なり。此時、業平は五位無官にて、只左近大夫と云なり。

奈良の京春日の里ニしるよしして借(ママ)にいにけりと云は、承和十四年三月三日の春日祭の勅使に行なり。此使は必五位の検非違使の、みめよく、代きら有人のするなり。其比、然るべき人なかりければ、俄に二日業平元服をせさせて、勅使に立るなり。是は親王の子にてましませば、五位の検非違使すべきにはあらね共、容顔に付て仮にし給ふ識(ママ)なるがゆへに、しるよしして借(ママ)にいにけりと云なり。

とある。

さらに、「伊勢物語註　冷泉流」という書名を持つ今治市河野美術館蔵本を見ると、(注4)

うゐかぶりとは、元服也。是は業平、十一より東寺の僧正真雅の弟子にて有けるを、十六の年、承和十四年三月二日、仁明天皇の内裏にて元服するなり。わらは名まんだら也。此時、業平は五位無官にて、たゞ左近大夫と云也。

奈良の京かすがの里にしるよししてかりにゐにけりと云は、承和十四年三月三日、かすがのまつりのつかひにゆく也。かりと云は、かりそめの義也。これは五位の検非違使のゆく使也。業平は、親王の子なれば、此使をすべきにあらねども、時のきらに付て、かりそめのつかひにゆけば、しるよししてかりに行といふ也。

とある。

きわめて近似していたり、少し異なっていたりするが、要するに、文章に小異はあっても、内容は同じと言ってよい。

次に③、第九段の「三河国八橋」の注を例に掲げよう。

まず、『書陵部本抄』を見ると、

八橋とは、八人いづれも捨がたくて、思ひわびたる心也。八人とは、三条町文徳天皇思人、これ高親王母、有常娘染殿内侍、伊勢、小町、定文娘（妹）、初草女、当純（マサズミ）娘、斎宮、此八人也。

とある。

一方、『十巻本伊勢物語注』（本巻一四頁参照）では、

八橋トハ、八人ヲカケテ思渡ルヲ云也。八人トハ、四条后、染殿内侍、伊勢、小野小町、定文ガ妹、初草女、源当純妹、斎宮女御、此八人也。

となっていて、惟喬親王の母である三条町を削除して、兄行平の娘である四条后を加えている。

次に『増纂伊勢物語抄』（本巻八五頁参照）では、

八橋とは、八人を懸て思ひ渡るを以八橋と云也。八人とは、四条后、染殿内侍、伊勢、小野小町、定文が妹、初草女、源当紀（純歟）が妹、斎宮女御、此八人也。

とあって、『十巻本伊勢物語注』と一致している。

一方、『河野美術館本注』を見ると、

八橋と云は、八人をいづれもすてず、かけて思ひわたる心也。八人と云は、三条町、有常娘、伊勢、小町、定文妹、当純（まさずみ）妹、染殿内侍初草女也等也。

とあって、三条町を持ち出す点では、『書陵部本抄』に近いが、染殿内侍と初草女を同人としている点など、やや混乱が見られる。

最後に広島平安文学研究会刊『定家流　伊勢物語　千金莫伝』を見ると、

八橋と云は、八人を何も捨難して思ひ渡る也。八人とは、三条町、有常娘、伊勢、小町、定文娘、初草、当能（マヽ）娘、斎宮、此八人なり。

となっている。この「八橋」は、直前の「三河の国」について、二条后・染殿后・四条后の三人に対する「苦」を説いたものとする説にかかわっていて、『増纂伊勢物語抄』は「四条后」と「有常娘」を入れ替えているが、他は「娘」と「妹」の誤写による異同が目につく程度で、諸本が一つの源から発していることは疑いないのである。

以上に述べてきたことをまとめてみると、

一、「冷泉家流伊勢物語注」とか「冷泉家流伊勢物語抄」というのは、固有の書名ではなく、同趣の注釈書の総称であること。

二、その内容は、在原業平が奈良の京春日の里へ行った日時を特定したり、三河の国や八橋に人名をあてて譬喩として理解させようとしていたというように、今日から見れば、荒唐無稽としか言いようがないような付会が注釈の方法となっていること。

三、にもかかわらず、前掲の『謡曲拾葉抄』が注するように、『杜若』のほか、『井筒』や『雲林院』においても、骨子として使われているように、この特殊な『伊勢物語』享受は、世阿弥を始めとする室町時代の謡曲作者に深い影響を与えていたことが知られるのである。

二　「冷泉家流伊勢物語注」の呼称と性格

江戸時代、おそらくは十八世紀後半から十九世紀の初頭の間に成立した『謡曲拾葉抄』において、「冷泉家流伊勢物語注」という呼称が用いられていることは、既に述べた。また右に述べた今治市河野美術館蔵本が端作りに「伊勢物語注　冷泉流」と記した（外題の題簽にも同様に書かれているが、これは後のものであろう）ことも、この類の注釈書の呼称として特筆しておくべきであろう。同本は奥書に「本云、于時正応四年四月十九日」とあって、鎌倉時代後期の正応四年（一二九一）に「冷泉家流」と称していたかに見えるが、冷泉為相（一二六三―一三二八）や冷泉為秀（一三〇三？―一三七二）が活躍していた時代に、彼らが「冷泉家流」などと称するはずがない。「于時正応四年四月十九日」という本奥書を信用するかどうかは私も迷うが、少なくとも端作りの「伊勢物語注　冷泉流」が書かれたのは、書写年代に近い室町時代後期であったと推測するのである。

というのは、室町時代の後期になっても、この種の注釈は「冷泉家流注」とは言わず「古注」というのが一般的だったからである。

たとえば、宗祇の講釈を弟子の肖柏が聞書した『伊勢物語肖聞抄』（片桐洋一編『伊勢物語の研究〔資料篇〕』所収）の冒頭近くの五章段の注を見ると、

(1)うゐかうぶり、元服の事なり。古注には、承和七年、十六歳と云々。（第一段）

(2)西の京に女有けり。此女誰ともなし。古注には二条后云々。不用之。（第二段）

(3)昔男有けり。京に有わびて、業平流罪の時の事也。当流の説、東国下向の分也。古注に種々譬喩。不用之。（第七段）

(4)母なん藤原、古注には、父は有常也。母は良門の女也と云々。系図を引みるに良門は女なし。（第一〇段）

(5)むかし、武蔵なる男、業平也。女、誰ともなし。古注、四条后云々。四条后と云事不可然。清和御時は立后の事なし。（第一三段）

というように「古注」という呼称がしばしば見られる。そして、この「古注」こそは、既に述べて来た「冷泉家流伊勢物語注」の類なのである。

今、念のために本巻所収の『十巻本伊勢物語注』で確認してみると、

(1)初冠トハ、元服ヲ云也。業平ハ、少クヨリ真雅僧正ノ弟子トシテ、童名曼荼羅ト号ス。仁明天皇御時、承和七年三月二日、十六歳ニテ元服。（第一段）

(2)西ノ京ニ女アリケリトハ、二条ノ后、未ダ東宮ノ女御ニテ、西五条内裏ノ西対ニ住給シ時ノ事也。（第二段）

(3)京ニ有ワビテ、東マノ方ヘ行ケルトハ、二条ノ后ヲ盗ミ奉ル事顕テ、東山ノ関白忠仁公ノモトニ、ヲシアヅケラレテ来ル事ヲ云。

へと記した後、海神に身を捧げて入水した妻、弟橘媛を思って、日本武尊が「吾嬬（あづま）はや」と宣ったとい

うことから、東国を「あづま」というようになったので、二条后を思って「我妻」と言ったので、「あづま」へ行ったと物語では言っているのであって、実際に東国へ行ったわけではないというのが「古注」の方法なのだと述べたり、「伊勢尾張のあはひ」とは、実の伊勢と尾張のことではなく、「業平、二条后ノ契ノヲハリノアハヒ」のことだと述べている。まさに「古注」は「種々譬喩」しているのだと言っているのである。〉（第七段）

（4）母ナン藤原ナリケレバトハ、彼女ノ母、有常ガ妻ハ、中宮大夫藤原良門ノ娘、忠仁公ノメイ也。サレバ、藤原氏ト云。（第一〇段）

（5）ムサシナル男トハ、有常、武蔵守ナリシ時、業平、彼聟ニテ、武蔵守ノ許ニ居タリシヲ云也。京ナル女トハ、我メイ四条ノ后ノ御事也。（第一三段）

とあるように、この『十巻本伊勢物語注』も、「古注」と呼ばれるものの類であることが確認されるのである。

このように、「古注」と呼ばれている「冷泉家流伊勢物語注」の類において、最も特徴的なことは、登場人物のすべてに実在人物の名を具体的にあてることにあるのだが、たとえば（2）の場合、女を二条后とする点において一致し、（4）も父を紀有常とし、その妻、つまり母を藤原良門の娘とする点で一致し、（5）においても、「武蔵なる男」を業平のこととし、女を四条后のこととしている点において一致しているというように、『肖聞抄』の言う「古注」が「冷泉家流伊勢物語注」の類を言っていることは疑いもない。なお、ついでに言えば、『十巻本伊勢物語注』を始めとする「冷泉家流伊勢物語注」が「四条后」と呼んでいる女性は、在原行平の娘のことであるが、『肖聞抄』が言うように、行平の娘で、貞数親王の母である在原文子は、立后していないので、四条后と呼ばれる謂れはない。「冷泉家流伊勢物語注」の方法と内容を端的に示すケースと言えよう。

ところで、右の第七段の説明においても述べたが、「冷泉家流伊勢物語注」の大きな特徴としてあげなければならないのは、業平の東下りを否定し、いわゆる東下り章段に書かれていることは事実ではなく「譬喩」だと見る理解である。『肖聞抄』が（3）において「当流の説」は「東国下向」でよいのだが、「古注」ではそうでなく、「種々譬喩」していると言っているのがそれにあたる。事実、これらの注は、「実に有わびてあづまに行」ったのではなく、「二条の后をぬすみ奉る事」が露見して「東山の関白忠仁公の許に預をかるゝを云」うのであって、その東山の「東」によって「東（あづま）」と言ったのだと言い、「伊勢尾張のあはひ」というのが、「后と業平と二人のあはひ」、つまり「二人の交り」を譬喩しているのだと言っていることである。

このような注釈の方法、さらに「『萬葉集』に云」「『白氏文集』に云」と書かれていても、実は『萬葉集』や『白氏文集』には全く存しないというような点が、これらの注釈の大きな特徴をなしているのであるが、これを、平安時代の物語享受の実態を示すものと見るか、子供騙しの「荒唐無稽さ」と見るかによってこの種の注釈書の価値は大きく異なってくる。この種の注釈書の紹介を始めてから、私は一貫して、前者、すなわち、平安時代の物語享受の実態を留めるものとして高く評価して来たのであるが(注5)、既に室町時代の後期には、「東常縁は、さしたる人にてもなき者には、以テ古注ヲよむ。よき門弟には本式に読むなり。逍遥院・三光院も古注をまじへてよむ事あり」（『伊勢物語後水尾院御抄』）というように、古注は親しみやすく面白いが、当流の説に比べれば、初歩的であり、学問的ではないとされて来た。つまり、三条西家流など、広義の二条派に属する人々にとっては、「古注説」は、「当流説」に比べれば、劣るもの、幼稚なものとして把握されていたことは間違いなく、このような見地から見れば、「冷泉家流伊勢物語注」という呼称も、当流説の前段階として講じられる、通俗的だが、程度の低いものという把握から、二条派の人々によって呼ばれたのであって、冷泉家において、このように名づけられたものではなかつたのではないかと思われてくるのである。ちなみに、『十巻本伊勢物語注』では、七頁上段、二四頁下段、四〇頁下段に「当流」とあり、『伊勢物語奥秘書』では一六七頁上段、一八〇頁下段に「当流」とある。「古注」は「当流説」の学習の前提として紹介されているのである。

三『十巻本伊勢物語注』について

前置きが長くなり過ぎたが、このあたりで、『十巻本伊勢物語注』に焦点をあてよう。

鉄心斎文庫所蔵『十巻本伊勢物語注』というのは、私の呼称であり、外題の題簽は、「伊勢物語註」、内題は「伊勢物語注第一」などとなっている。ただ注意すべきは、今では一冊本になっているこの書であるが、本来は全十巻であった名残りを留めているらしいことである。すなわち、端作りに言う「伊勢物語第一」は総論から第四段まで、「第二」は第五段から第九段の宇津の山まで、「第三」は第九段の富士山から第一二段まで、「第四」は第一三段から第二四段まで、「第五」は第二五段から第五〇段まで、「第六」は第五一段から第六八段まで、「第七」は第六九段から第七八段まで、「第八」は第七九段から第九四段まで、「第九」は第九五段から第一一三段まで、「第十」は第一一四段から最終の第一二五段までというように、全体が十巻に分けられているのである。

後にも触れるが、この種の注釈書は、おおむね二巻か三巻の形態をとっていて、前述した宮内庁書陵部本「伊勢物語抄」が、春・夏・穐・冬という四巻構成になっていることさえ珍しいということを思えば、一冊本である該本が全十巻の形態の跡をとどめていることは異常である。後述する一条兼良の『伊勢物語愚見抄』の序文が、「相伝の家訓には随分の奥義とのみ」と言われて来たが、実は「来歴と引き載せたる和漢の書典、一つとしてまことあることなし」と喝破している『十巻の抄』と何らかのかかわりがあるのではないかと思われるのである。

該本は、縦三〇・七糎、横一九・〇糎。紺紙の表紙の左上に題簽を貼り、「伊勢物語註　全」と外題する。料紙は薄様、袋綴。江戸時代前期の写本である。墨付きの最終丁に左の奥書がある。

右此抄者、中院大納言為家以自筆令書写之為証本。

私云、凡伊勢物語抄物、常雖多所流布、於此秘注者未露顕。無左右不可授給不信輩而已。

正長元年戊申七月廿五日　　藤原為将　在判　法名正通

于時永正十二年乙亥五月廿三日書写校合畢

まず、一行目に、この注釈書が為家自筆本に発していることを述べ、続いて「不信の輩には授けるべきでない」と述べる。兼良が言っていたように、まさに「ひそかに」「披見す」べき「随分の奥義」として相伝されていたことを示そうとする記述が続いているのである。

次に正長元年（一四二八）の識語に名の見える藤原為将は、井上宗雄氏の『中世歌壇史の研究　室町前期』(注6)に示されているように、二条為忠の孫。静嘉堂文庫所蔵の伝崇光院筆『和歌淹頂次第秘密抄』の奥書に「応永十年九月　為将朝臣」とその名が見え、『満済准后日記』永享六年正月十八日の条に「前年（古今集の説を）為将為忠孫子云々一反伝受了」と記されている人物である。二条庶流の歌人と言ってよかろう。

さて、この注釈の性格の立場と姿勢は、第一四段を例として見ることによって明らかになる。

第一四段の「クタカケ」の注を見ると、この『十巻本伊勢物語注』には(二四頁)、

又、他流ニ云、クタカケトハ、チイサキ家ノ鶏ト云也。クタトハ、少ノ義也。クタケタルト云意也。家ハイエ、ケハ鶏也ト云リ。家ノ義ハ不然。タヾクタヲ切テカケタル故ニ、鶏ヲクタカケト云也。他家ニハ、ヒヨ〳〵ト鳴ヲ聞テ読ルト云。クタカケトハ、小鶏ト書リト云。サレバ少キ鶏ハヒヨ〳〵也。鶏ハ、カケト鳴バ、クタカケトハ、小鶏ト云リ。当流ニハ、不然。

と述べているのに対して、『書陵部本抄』の該当部分では、

家隆云、くたかけとは、ちいさき家の鶏と云。くたとは、少の義也。くたけたるといふ意也。くはいへ、けは鶏也。此義不然也。唯、くたをきりかけたる故に、くたかけといふなり。行家には、ひよ〳〵のなくを聞而よめりと云。くたかけとは小鶏也。小鶏と書て、くたかけとよめり。鶏はかけとなけば、くたかけとは小鶏といへり。たうりうには不然。

というように、ほとんど同じ文脈で記されているのに、『十巻本注』の「他流」「他家」が、『書陵部本抄』では「家隆」「行家」となっていることに注意される。そして、ここで思い出されるのは、拙著『中世古今集注釈書解題 二』(注7)に紹介・翻刻した『古今和歌集序聞書 三流抄』の冒頭に、

『古今』ニ、三ノ流アリ。一ニ定家、二ニ家隆、三ニ行家。

とある書き出しである。

この「家隆説」「行家説」は、定家説を際立たせるために持ち出されているに過ぎない。そして、このような叙述がなされ得るのは、家隆や行家の歌学の影響を受けた人々が姿を消してから暫くした頃ではなかったかと思

われるのである。

この『古今和歌集序聞書　三流抄』は、伝本も多く、室町時代には、数々の謡曲や『太平記』『曾我物語』などに深甚な影響を与えて来た伝書であるが、東京大学本の、

写本云、

弘安九年十二月十八日、古今序談義畢。

定家余風　能基

という奥書に注目すれば、『玉伝深秘巻』『深秘九章』などの生成伝承にかかわった為家の庶子二条為顕の歌学を継承した能基[注8]という人物に焦点があてられる。加えて言えば、この奥書や、片桐洋一所蔵甲本の奥書、

弘安元年[注9]閏十二月十八日、古今序講義畢

写本定家私[余カ]風被将写也。

が、前述した今治市河野美術館本『伊勢物語注　冷泉流』の奥書に、

本云、于時正応四年四月十九日、定家之余風相伝如右。

とあるのと酷似していることが注意される。奥書だけではない。「擬萬葉集」「擬白氏文集」など信じられない文献を典拠として講釈するその方法と内容は、『伊勢物語』の「冷泉家流古注」と『古今集』の「三流抄」の類に共通している。

ありもしない家隆説や行家説をターゲットにしながら、ありもしない定家説を説くこれらの伝書が、冷泉家において作られたはずはない。「祖父卿」と言えずに、「定家之余風」を標榜する為顕↓能基のような、庶流の歌僧

などによって、これらの伝書は、おそらく伝えられたのであろう。

実際、これらの「冷泉家流古注」は、前に触れた一条兼良の「伊勢物語愚見抄」の序文が「来歴と引のせたる和漢の書典、一としてまことある事なし」と記しているように、多くの文献を引用するが、その大半はデッチアゲの引用である。

今、『十巻本伊勢物語抄』の場合で言えば、たとえば、第一段の「かいまみ」の注に「万葉云」の歌として引く「天命尊石尊志天大八洲尓開真見初天契初天気」をはじめとする数多くの歌が『萬葉集』からの引用として記されているが、拙著『古今和歌集以後』(注10)に収めた「中世万葉擬歌とその周辺」に詳述したように、まさしく中世に作られた万葉擬歌であって、実在の『萬葉集』とはまったく関係がない。

また、たとえば、第四段の「ホイニハアラデ…」の注に、「文集云、河水常ニ澄メバ水上ニ求賢聖ヲ　虚天長ク隠レバ世ニ出ヅ　暴政ノ主　此不出顕　以前表如是ト云リ。同集云、披者舜帝ノ父、政途不賢不事君、埋傍山終不出顕」をはじめとする数多くの漢詩も、『白氏文集』には全く見出せないデッチアゲなのである。

というように、「擬萬葉集」「擬白氏文集」の引用に見られるデッチアゲのデタラメさが、この「冷泉家流伊勢物語注」の類に共通する大きな特徴であると言えるのであるが、しかし、なお、「冷泉家流伊勢物語注」の類は、実は大きく二つの系統に分かれるのである。

たとえば、第三五段の「心にもあらでたえたる人」について、『十巻本伊勢物語注』は（三五頁）、

心ニモアラデ絶ニケル人トハ、染殿ノ后ニ申シ契ケルガ、大后ノ宮トナリ給ケル間、コヽロナラズ逢ガタキヲ云也。歌ニ、玉ノ緒トハ、念珠ノ緒也。アハヲトハ、アハセタル緒也。絶テ、緒ハホドキタレ共、又、己トヨ

リアフ如ニ、結ツル契ナレバ、離タリトモ又アハント云ナリ。

とある。

一方、前述した『書陵部本伊勢物語抄』を見ると、

心にもあらでたへたる人とは、二条の后に夫婦の約束したりしかども、后に成給たれば、心にもあらで別る人といふ也。或云、染殿后に申ちぎりけるが、大后の宮と成給ければ、心ならず逢がたきをいふ也。歌に、玉のおとは、念珠のお也。あはをとは、あふたる緒なり。絶ての後もあはんとぞ思ふとは、よくあひたる糸は、ほどきたれ共、又よりあふやうに、ともに契りし中なれば、はなれたりとも、また逢むといふ也。

とあって、この『十巻本伊勢物語注』の説は書陵部本に傍線を付した「或云、…」の説にあたることが知られるのである。

念のために、同じような例として第五三段の場合を見ておこう。この『十巻本注』では(四一頁)、

一、難逢女トハ、当純ノ大将ノ妹、内裏ニアリテ逢ガタク成シニ、自会フ夜、鳥ノ鳴バヨメル也。歌ニ義ナシ。

とあるのに対して、『書陵部本抄』では、

難がたき女とは、二条后の内裏にのみありてあひがたきをいふ也。或本に云、まさずみの大将のいもうと内裏に有て逢がたかりしに、をのづから会鳥の鳴ければよむ也。

となっている。正説の二条后との話ではなく、「或本に云」として付加する形で引く別説と一致しているのである。

紙数に余裕がないので、引例はこれだけにしておくが、『十巻本注』は、『書陵部本抄』が正説を述べた後、

「或云」とか「或本云」という形で付加している「或本説」に相当することがわかったのであるが、それでは、『書陵部本抄』がその前に記している正説はどのようなものかと言えば、『河野美術館本註』が、まさしくこれに相当する。ちなみに前引の第三五段と第五三段の場合を『河野美術館本註』によって見ると、

・心にもあらでたえたる人といふは、二条后に夫婦のやくそくしたりしかども、后に成給ひたれば、心にもあらでわかるゝ人と云也。玉のをとは、ずゞのを也。あはをと云は、あはせたるをと云也。とけてののちもあはんとぞおもふと云は、よりあはせたる糸は、ほどきたれば又よりあふやうに、ともに契し中なれば、とけたりとも、あはんと云也。（第三五段）

・あひがたき女と云は、二条后の内裏にのみありて、あひがたきを云也。歌に義なし。（第五三段）

とあって、『書陵部本抄』の「或本」による引用部分を除いた形に一致しているのである。つまり、いわゆる「冷泉家流伊勢物語抄」の類には、『河野美術館本註』の系統と、ここに紹介した『十巻本注』の系統があり、『書陵部本抄』はその両者を統合したものであることがわかったのである。

四　『増纂伊勢物語抄　冷泉家流』について

次に解題する鉄心斎文庫所蔵『増纂伊勢物語抄　冷泉家流』も、私に付した書名である。該本は縦二七糎、横一八・二糎の袋綴一冊本。ただし、通行本の第一八段の後、第三六段の後、第六〇段の後、第七七段の後、第九五段の後に半丁乃至一丁余の余白を置き、次を丁のオモテから始めているのを見ると、本来は六冊本であったと考えられる。なお、第四五段の後半を分けて第四六段としているのは、一条兼良の『伊勢物語愚見抄』と一致し

ている。ということは、この『増纂伊勢物語抄』が、この種の古注を全面的に否定した兼良の『伊勢物語愚見抄』を前提にしているかと思わせるが、実はそうではない。「第七十二」と標記された七一段の後に（一二五頁）、

又、イ本云、

旅人を如何思けん、

神かぜやいせの浜荻打敷て旅ねすらん荒き浜べに

是は第七十三とあり。此本にはみへず。但此段は、ある本に、ちはやぶるの部に入たりと云也。

とあるのだが、これは国立歴史民俗博物館所蔵の伝為氏筆『伊勢物語』（重要文化財）の巻末に「小式部内侍本」の本文として伝える章段の一つに、普通本第七一段の「ちはやぶる神のいがきも…」と「こひしくはきてもみよかし…」の二首に続いて、

女、たび人をいかゞ思けん、

神風やいせのはまをぎをりふせてたびねやすらむあらきはまべに

とあるのと一致している。つまり「第七十二」と標記された通行本七一段の後に、通行本になく、国立歴史民俗博物館本に加えられている章段を「第七十三」としたために、通行本の七二段を「第七十四」とし、以下、通行本と二章段のずれがある段数標示となり、通行本では第一二五段になる終焉の段は「第百廿七」という標示になっているのであって、該本の第四七段以下は一章段を、第七二段以下は二章段を、その章段標示から除く必要がある。

さて該本は、藍色紙表紙の中央上方に「伊勢物語抄」と直書き（じかがき）にて外題を記す。内題は無く、第一丁の表から

第一段の注釈が書かれている。一面九行から十一行に書写されているが、その書写年代は江戸時代中期から後期にかかる頃とすべきであろう。なお、第一丁オモテには「五峰文庫」「洒汀」の、第三六段の後の空白には「灑汀文庫」の朱色蔵書印が捺されている。

さて、最終丁に、

右、中院殿自筆御本書写、其外可然異説ヲ加へ、伊豫守貞世与之。
子孫相伝後、為秀卿伝由也。

藤為秀
橘朝臣豊文
源朝臣長照

という奥書を持つ。

これによれば、中院殿すなわち為家自筆本に、しかるべき異説を加え、伊予守今川貞世、すなわち了俊（一三二六－一四一四）に与えたということであるが、この識語の主語は師の冷泉為秀（一三〇五？－一三七二）であろう。為秀が了俊に数多くの歌書を相伝したことは、井上宗雄氏の『中世歌壇史の研究　南北朝期』(注11)に詳しく、矛盾はない。しかし、それに続く「子孫相伝後、為秀卿伝由也」は納得しかねる。「伊豫守貞世」を主語として、伊豫守貞世与之子孫」と読んだとしても、了俊の子孫に相伝されたものが、為秀の許に戻ったというのは、時代から言っても、人間関係から言っても、あり得ることではない、加えて言えば、それに続く「藤為秀　橘朝臣豊文　源朝臣長照」は、江戸時代中期以降の古今伝授関係書に多い、権威づけのための「偽伝授系図」であり、本来は

「藤為秀—橘朝臣豊文—源朝臣長照」と書かれるべきものであるが、橘朝臣豊文も源朝臣長照も、「朝臣」とあっても、『公卿補任』には見えぬ架空の人物である。

かくして、この『増纂伊勢物語抄』は、冷泉為秀や今川了俊の名を用いて、冷泉家に相伝されたものであるかのように見せかけているものであることがわかったが、内容は「冷泉家流伊勢物語抄」の一種であり、しかも、『十巻本伊勢物語抄』と近似した本文を根幹に据え、右の奥書が「其外可然異説ヲ加へ」と言っているように、他説を増補していることは、以下の叙述によって、すぐに明らかになるはずである。

まず、本解題の二八五頁に『十巻本伊勢物語抄』の特徴を示す本文として掲げた第三五段の「心にもあらでたえたる人」についてこの注釈を見ると(一〇五頁)、

心にもあらでたへにける人とは、染殿后に申契けるが、大后の宮と成給ければ、心ならず難逢を云也。歌に、玉の緒とは、念珠の緒也。あはをとは、合たる糸也。絶ての後も逢むとぞ思とは、かたくより合たるをばほどきたれども、又、をのれとよりあふごとくにむすぴつる契なれば、たへたれとも、又逢んと云也。(後略)

とあって、前述した『十巻本伊勢物語注』と同じく『書陵部本抄』の「或云…」の説と一致し、しかも『十巻本注』の本文の欠陥を訂正し得る整った本文を持っているのである。

同じような例になるが、やはり前に掲げた第五三段の場合を見よう。この『増纂伊勢物語抄』では(一一二頁)、

一　難会女とは、当純大将の妹、内裏に有て難逢かりしに、自ら会夜、鳥鳴ければ読る也。歌に義なし。

とあって、『十巻本注』(四一頁)に、

一　難逢女トハ、当純ノ大将ノ妹、内裏ニアリテ逢ガタク成シニ、自会フ夜、鳥ノ鳴バヨメル也。歌ニ義ナシ。

とあるのと、まったくと言ってよいほどに一致し、

逢がたき女とは、二条后の、内裏にのみありてあひがたきを云也。或本に云、まさずみの大将のいもうと大裏に有て、逢がたかりしに、をのづから会、鳥の鳴ければよむ也。

とある『書陵部本抄』が「或本に云」として引く別説と一致する形になっているのである。

続けて、もう一例、第八三段の場合を見よう。『増纂伊勢物語抄』には（一三五頁）、

右馬頭なる翁とは、業平也。宮に帰り給ふとは、京の宮也。東三条にあり。心もとながりてとは、小野小町を妻としたりし比なれば、しばしも離がたかりけるを、親王の御供に参りて、久帰らざりけるが、京へ上て、急帰らんと思を、禄給はむとて、御留ありければ、え帰らで、此歌を読て、小町が許へ遣す。歌に云、枕とて草ひき結ぶ事もなしとは、外にしばしの草の枕の旅寝ヲもせず、秋の夜の長き契とも不思と云也。時は弥生の晦日とは、貞観十四年三月也。思外に御ぐしをろし給けりとは、此親王は、文徳の第一の王子にて座しけれども、忠仁公の、関白にて、何事も御計有しかば、御孫清和は、文徳第四の御子にて、末の御子にてをはしましかども、位に付奉しかば、惟喬、世を恨て、貞観十四年七月十八日に、廿九にて御出家ありて、小野山里に閉篭給ひけり。む月にをがみ奉んとて小野にまうでたるとは、貞観十五年正月に、業平、小野へまいる也。御室とは、御庵室也。おほやけ事有けるとは、業平、于時頭中将成ければ、禁中にいとまなくして、久もなくて帰るを云也。歌に義なし。

とあるのだが、これを『十巻本注』と比べると（五七頁）、

右馬頭ナル翁トハ、業平也。宮ニ帰リ給トハ、京ノ宮也。東三条ニアリ。心元無テトハ、小野小町ヲ妻トシタリシ比ナレバ、シバシモ離レガタカリケルヲ、親王ノ御供ニ参テ、久ク帰ラザリケルガ、京ヘ上テアレバ、急ギ帰ラントト思フニ、禄ヲ給ハントテ、御留アリケレバ、エ帰ラデ、此歌ヲ読テ、小町ガ許ヘ遣ス。歌、枕トテ草ヒキ結ブコトモセジトハ、外ニ、シバシノ草枕ノ旅ネモセジ、秋夜長キ契トモ思ハズト云也。草枕ト云事、二ノ義アリ。夫ナンドノ、旅宿ニ馬草ヲ枕ニシ、又、野辺ノ宿ニ草ヲ押ナビカシテ枕トスル。ソレヲ云トモ云リ。タヾヰナカニハ、稲ヲ枕ニスル事モアレバ、ヰ中ノ義ヲ、草枕トモ云リ。時ハヤヨヒノ晦日トハ、貞観四年三月晦日也。思ノ外ニミグシオロシ給ケリトハ、此親王ハ、文徳第一ノ皇子ニテ座シケレ共、忠仁公、時ノ関白ニテ、何事モ御計アリシカバ、御孫ノ清和ハ、文徳ノ四ノ御子ニテ、末ノ子ニテ御坐シ、カ共、位ニ即奉シカバ、惟喬ハ世を恨給テ、貞観四年七月十八日ニ、十九ニテ御出家アリテ、小野ノ山里ニ閉篭給ケリ。正月ニオガミ奉ントテ小野ニ詣デタルトハ、貞観五年正月、業平、小野ヘ詣ヅルヲ云也。御室トハ御庵室也。公事有ケレバトハ、業平、于時、頭ノ中将ナリケレバ、禁中ニ隙無キ、久モナクテ帰ルヲ云也。歌ニ義ナシ。

とあって、傍線を引いた『十巻本注』の「貞観四年」「貞観五年」が、『増纂伊勢物語抄』では「貞観十四年」「貞観十五年」となっている点を除けば、叙述の順序や用語など、全くと言ってよいほどに一致しているのであるが、これを『書陵部本注』と比べると、「貞観十四年」「貞観十五年」とする点など、『増纂伊勢物語抄』の方が『書陵部本注』に近いことがわかるのである。

五　『増纂伊勢物語抄』の増補部分

ところで、外題にも「伊勢物語抄」としか書かれていないこの注釈書を『増纂伊勢物語抄』と私に名づけたのは、『十巻本注』と共通する部分の後に、まったく別種の注釈を増補しているからである。

『増纂伊勢物語抄』を見ると、いわゆる「冷泉家流伊勢物語抄」の類の注釈があった後に、一字分下げて「追入」などと書いて注釈を加えているのに気づく。今、第八一段の末尾（一三三頁）を見ると、

追入、左大弁の御子大納言罷（昇）卿の『家の集』云、昔、左のおほひまうちぎみとは、河原左大臣源融卿、嵯峨第二の御子。母四位全子也。弘仁十四年九月六日誕生。承和五年十一月廿七日元服、正四位下。承和十四年四月廿九日聴輦車。寛平七年八月廿五日薨、御年七十三也。鴨河の辺、六条わたりに宮をいと面白作てとは、河原院也。六条坊門万里少路也。北は六条坊門、南は楊桃、西は万里小路、東は富小路也。方四町也。神無月晦日がたとあるは、貞観十四年十月廿九日也。紅（ママ）の千種にみゆるとは、色の薄くこくみゆる事也。御子達とあるは、人康親王、常康親王、惟喬親王等也。人康親王は仁明第二の御子、四品弾正、天安八年二月十日御誕生。貞観元年五月六日御出家、居住山科、仍号山科禅師宮。貞観十四年十二月廿三日薨、御年四十二。常康親王、仁明第七の御子、承和四　正月四日御誕生、仁寿元年二月八日御出家、御年十五。居住雲林院、仍雲林院御子と号す。彼所舟岡のかたはらにあり。桓武の御願所なり。元慶八年九月廿八日薨、御年四十八。惟喬親王、文徳第一の御子。御母従四位上静子、字三条町。正四位下右衛門督名虎女也。承和十四丁卯十二月八日御誕生。清和より御兄也。居住水無瀬宮、仍号水無瀬親王。貞観十七年乙未七月廿一日御出家、御年廿九。御出家の後は、

居住小野、仍号小野宮。延喜四年十月一日薨、御年五十八、但不審、可尋也。此御子達、貞観十四年十月廿九日御会合有。和歌合、客来讃花亭と云題にて、

亭主源融卿、御年五十。

　雲の下にうつろふ菊を尋来て花の台と人の見らん

山科御子、人康親王、御出家の後也、御年四十。

　又もこそ玉もてみがくやどなれば袖さへられず菊の上の露

雲林院御子、常康親王、御年三十六、御出家の後也。

水無瀬御子、惟喬親王、御年二十六、

　白菊の花の台に尋来てみそなはしつるちよのなみどの

左府の御弟、蔵人源道明をはせしかども、歌は読給はず。勧盃ありしかば、御酌にまい給けり。其時、業平御年四十八、推参して、唐垣の本に暫徘徊して此歌を立聞して後に、さし出て読侍しを、台敷のしたとは書きけり。其歌、

　しほがまにいつかきにけん朝なぎに釣する舟はこゝによらなん

塩竈の浦をほめたる故に、おしてまいるよしをよめり。推参といふ由也。此御会合の儀式並び御歌ども、人是をしらず。可秘。

又、業平をかたひ翁と云事、今、此『大納言罷(昇)卿の集』には、家をとろへ、つたなげなる翁と云也。其故は、業平、宮の御子にてあれども、成下てあれば、いやしき翁なんど云義也。『大和物語』に云、昔、男、女、津国

なにはあたりに住けり。最貧なりて、男の云く、「角てはいかゞ。さて有はつべき。己が代に成て心みん」と云。女はかたをむすびて共思ひけれども、男いとまめに云ければ、心ならず泣々別にけり。さて女は都に知たる人のありければ、尋行たり。主、最あわれみて、其夜はそこに明す。終夜夢も結ばず、彼男の事のみを心にかゝりて、軒ばの荻の風に音信を、かゝらましかばなんど、只かの面影身にわびて、涙に曇る月影も我身ひとつの秋に、うらぶれて明すに、さすがかぎりありて、長夜も明にけり。主、さてしも有べきならねばとて、無心人の御内へ宮仕のために遣けり。然に、此人の北の方、程なく失給ひぬ。其後、此女を引上て、あひぐし給ひぬ。此女いと清らかに成行に付ても、津国の事のみ思はれて、いかゞ成ぬらんと、をぼつかなく、かなしくて、今の男に、摂津国難波あたりに御祓せんとて、いとまこひて出立ければ、主ゆるしてけり。うれしと思ひて、彼国に行て、故郷の辺に車をやりとゞめ、昔の宿をみるに、跡形もなし。あさましと思ふ所に、とばかり有て、癩のやうなる者、茅をかり、荷行けるを見れば、昔の夫なり。いとかなしく、哀に思ひて、車のすだれを引上げ、みるに、此男しばらくは見しらで、良有て、みしれるにや、はづかしげなる気色して、涙をさへて逃にけり。女、共の者をよびて、「今ありつるものの、余りにあさましげなりつるに、物くはせなどして、何にてもとらせよ」と云ければ、此男尋るに、人の家ににげ入てありけるを、尋出して有ければ、此男、文を書て、「是を奉る」と云。あやしと思ひながら、車の中へ奉る。

君ないてあしかりけりと思ふにもいとゞなにはの浦ぞ住うき

と有ければ、女泣々紙、硯を取出して、

あしからじとてこそ君は別けめなにかなにはの浦はすみうき

是も、おそろしげなる癩にてはなし。只賤きすがたなり。イ説如此。

と記されている。いわゆる「冷泉家流伊勢物語抄」の類には、このような記述はまったく見出せない。この注釈は何かと言うと、拙著『伊勢物語の研究［資料篇］』に翻刻した『彰考舘文庫本伊勢物語抄』がこれに該当する。ただし、文章が少し異なるので、煩を厭わず引用してみると、

昔、左のおほいまうちぎみいまそかりけり、かはらのさだいじんの御事也。

河原左大臣融、嵯峨第二御こ。源氏。母正四位大原全子。弘仁十四年九月六日たんじやう。ぜうわ五年十一月二十七日ぐゐんぶく、しやう四ゐ下。ぢやうぐわん十四年四月廿五日左大臣、御年五十。寛平元年七月十九日聴輦車。くわんべい七年八月廿五日薨、年七十三。

かもがはのほとりに、六条わたりに、家をいとおもしろくつくりてあれば、河原院也。六条坊門万里小路なり。北は六条の坊門、南は楊桃、西は万里小路、東は富小路なり。方四町。

神無月のつごもりがたとあるは、貞観十四年十月廿九日の事なり。亭（あるじ）、御年五十。業平、御年四十八。

もみぢのちくさにみゆるとは、いろ〳〵に、うすくこくみゆるよし也。千種とかけり。

みこたちとあるは、人康親王、常康親王、惟喬親王等也。

人康親王は仁明天皇第二御子、四品弾正尹。てんちやう八年二月十日御たんじやう。ぢやうぐわんぐわん年五月六日御出家。やましなにきよぢう、仍号山科禅師宮。ぢやうぐわん十四年十二月廿三日薨、御年四十二。常康親王、仁明天皇第七御子、承和四年正月四日御たむじやう。仁寿元年二月八日御出家、御年十五。仁明天皇、嘉祥三年二月廿四日崩御。然ば、依去年御歎に御出家云々。居住雲林院、仍号雲林院御子。元慶八年九月

八日薨、御年四十八。雲林院は舟岡のかたはらにあり。桓武天皇御所也。

惟喬親王、文徳第一御子。号水無瀬親王、居住水無瀬宮。御母従四位静子、字三条町。正四位下右衛門督名虎女也。承和十四年丁卯十二月八日御誕生。自清和、三年御兄。ぢやうぐわむ十七年乙未七月廿一日御出家、御年廿九。えんぎ四年十月一日薨、御年五十八。御出家之後、居住小野。よて、をのゝ宮とも申。

この御子たち、ぢやうぐわむ十四年十月廿九日御会合、その日、御酒讌、そのよく日、卅日、わかのくわいあり。

題、客来讃花亭

亭主御年五十

雲のしたにうつろふきくをたづねきてはなのうてなと人のみるらむ

人康親王、御年四十二　御出家後

またもこむたまもてみがくやどなれば袖さへてらすきくのうゐの露

常康親王、御年三十六　御出家後

これもなを雲のはやしのほしなれや菊さへやどのひかりさやけき

水無瀬御子　惟喬親王、御年二十六　御出家已前

白ぎくの花のうてなにたづねきてみそなはしゝるちよのなみどの

左府の御弟、蔵人源道明おはせしかど、うたは、けむぱいありしかば、御酌にまいり給て、業平推参して、唐垣のもとに、しばらく俳徊して、此御歌どもをたちきゝて、後に、さしいでてよみ給しを、台敷のしたとは

かきなせり。「つりする舟はこゝによらなん」とよめるは、しほがまのうらをほめたるうへ、をしてまいるよしをよめり。すいさんといふよし也といえり。

此の御会のうたども、『大納言昇の卿の家の集』にあり。この大納言は大臣の御子なりといへり。この御子たちの御会合の儀式、並に御歌ども、人これをしらず。よくよくひすべし〳〵。

かたいおきなに、あまたの義あり。一二八、かたい叟。おそろしげなるかたいにてはなけれども、『大和物語』に、あしかりたる物をも、「かたいのやうなる」といへり。たとへば、いやしきすがたなり。

『大和物語』云、　心をとり(注12)

昔、男女、摂津国難波わたりにすみけり。いとまづしくなりて後、男のいふやう、「かくてはいかゞ。さてありはつべき。をのがよゝになりて、心みん」といひければ、女はかたをむすびてもと思ひければ、男いとまめにいひければ、心ならずなく〳〵わかれにけり。さて、女ゆくりなくさすらふるに、みやこにしりたる人のありければ、かしこへたづねゆきたり。あるじ、いとあはれにみければ、その夜はそこにあかす也。よもすがら夢もむすばず、かの男の事のみを心にかゝりて、軒ばのおぎの風に、をとづるゝも、かゝらましかばなど、たゞかのおもかげのみ身にそひて、なみだにくもる月かげも、わが身ひとつの秋にうらぶれてあかすに、さすがにかぎりあれば、秋の夜もあけにけり。あるじ「さてしもあるべきならず」とて、やむ事なき御うちにみやづかいす。然に、此やむ事なき人の北の方、程なくうせ給ぬ。男、この女をひきあげて、あひぐし給ひにけり。この女いときよらかになりゆくつけても、つのくにの男の事のみ心にかゝりて、いかゞなりぬらむとおぼつかなかりければ、いまの男に、つの国のなにはわたりに、みそぎせむとて、いとまこひていでたちければ、あるじゆるしてけり。いとうれしく思ひて、かの国にゆきて、ふる里の辺に車をやりとめて、昔のやどをみるに、あとかたもなくなりにけり。あさましと思。とばかりありて、かたひのやうなるものゝ、あしをかりて、になひてゆきけるが、この車の前にやすみて、おもひがけもなげにてありけるをみれば、我昔の男也。いとかなしく、あはれにおぼえて、車のすだれをひきあげてみけるに、この男、目をみあはせて、昔のめと思ひけるより、はづかしく、かなしくて、なみだをおさへてにげにけるを、ともの物をよびて、「いまありつるものの、あまりにあさましげなりつるに、物くはせなんどして、なににても、とらせよ」といひければ、この男をたづぬるに、人の家ににげいりてありけるを、たづねいだして有ければ、歌をかきて、「これをまいらせよ」といひければ、あやしと思ひて、車のうちへたてまつる。

　君なくてあしかりけりとおもふにもいとゞなにはのうらぞすみうき

とよみければ、女なく〳〵つますゞりをとりいだして、

　あしからじとてこそきみはわかれけめなにかなにはのうらのすみうき

さて、きぬゝぎてとらせて、とびをりつべくおもへども、さすがかなはぬ身なれば、心はちたびとまりけれど、ともの物やがて車をすゝめければ、心ならずなく〳〵かへりにけりとなん。

これ、うるはしきかたいならねども、あさましきすがたをいへり。此義、劣き也。業平、さしもあさましきすがたにてあるべからず。

　歌代叟

一二八、かだいおきな。歌をげに〴〵しくよむにはあらず。かたのごとくよむよし也。仍うたのしろのおきな

といへり。これ又まことしからず。業平、わろきうたよみとはいかゞいはむ。

　閑体叟

一二八、かたいをきな、かむたいをきななり。みやびかなるすがたのおきななり。「かむ」といふ「む」の字をりやく（略）したる也。此ぎをもて正ぎとす。よく〳〵ひすべし。〳〵。

一二八、歌題叟、なりひらをもて歌のほんとすべきよし也。

一二八、難叟（カタキヲキナ）、これ程の人有難と云心也。此義、或説也。

一二八、勘代叟　かたいおきな、業平は過去現在未来三世ヲかむがへしり給へるによて、代をかむがふ叟といへり。これも「かむ」といふ「む」の字を略シタル也。このぎより、業平を権者といふぎとはいふなり。此義あさましき義なり。最劣也。あとをけづるべし。もちゆべからず。

『彰考館本伊勢物語抄』の終りの方、すなわち「歌代叟」「閑体叟」「歌題叟」「難叟」「勘代叟」という部分は、『増纂伊勢物語抄』にはない。『彰考館本伊勢物語抄』のこの部分は「一、書き」（ひとつがき）になっていて、他と異なる。まさしく秘伝・口伝を後補したという感じであって、『増纂伊勢物語抄』は、このような秘伝・口伝を付加していない形の『彰考館本伊勢物語抄』に依拠していると見てよいのではないかと思う。

このように、『増纂伊勢物語抄』の「追」「追考」の部分が、『彰考館本伊勢物語抄』に依拠していることは疑いないが、なお念のために、さらに例を追加しておこう。

まず第七八段の場合、この『増纂伊勢物語抄』には（一三一頁）、

追、異説、三条おほみゆきとは、貞観八年三月廿三日、右大将良相の亭にさま〴〵の花を植られたりけるを御

覧のために、三条堀川の亭へ清和天皇の行幸成し也。彼亭をば、号百花亭と。さまぐ\の花うへられたるによりて也云々。此説は、『前内記遠章朝臣の家日記』に見たり。此外の儀は如上。但、石を上の義には盗めりと有。今説には、内へ所望申て、御子に奉と云々。時代のたがへる事、追て可尋記。

とあるが、『彰考館本伊勢物語抄』を見ると、

三条おほみゆきせし時は、ぢやうぐわん八年三月廿三日、右大臣良相の亭に、さまぐ\の花をうゑられたりけるを御覧のために、三条堀川の亭へ清和天皇の行幸なりし時の事也。彼の亭をば号百花亭と。さまぐ\のはなをうゑられたるによりて也。このよし、『前大内記遠章朝臣の家の日記』にありといへり云々。其みゆきの時、千里浜の石を御門の見参に入給て、つぎの日、内裏へおくりまいらせたりけるを、染殿の后、御曹司のまへのやり水に、いたづらにすゑられたりけるを、御随身秦頼視・御駅舎人あさな水沢して、内々后に所望せられたりければ、給はりたりけるを、山科御子にまいらせられける也。（後略）

とあるように、同源の資料によっていることは否定できないが、第七九段においても、『増纂伊勢物語抄』は、貞数親王の誕生を「貞観七年五月二日」とする『書陵部本抄』や本書所収の『十巻本伊勢物語注』の誤写かと思われる「貞観十年五月二日に誕生」という記述をしながら、追書きとしては（一三一頁）、

追イ、此御子は貞観十七年四月廿八日御誕生。延喜十六年丙子五月十九日薨ず。御年四十二と云々。

という異なった伝承を記していて、誕生の年も薨去の年も『彰考館本伊勢物語抄』のそれと全く一致しているのである。『増纂伊勢物語抄』の追加記述が『彰考館本伊勢物語抄』と同内容の説を伝えていることは、このように疑いもなく、従って、初段から第七六段までの注を全く欠く零本である『彰考館本伊勢物語抄』の前半部の内

容を伝える資料としても、『増纂伊勢物語抄』の意義は大きいのである。

かくして、『増纂伊勢物語抄』の追加記述のおおむねが『彰考館本伊勢物語抄』の姿を伝えていることは、疑いもないのであるが、稀には例外もないわけではない。

第九六段の注の末尾に（一四〇頁）、

追口伝ヲ入、堅置日本嶋根乃昔夜里迦佐男胡佐女之契不断。イ本云、素盞烏尊之御歌、かさ・こさは梵語也。所謂男女也。迦佐は金剛界大日、胡佐は胎蔵界大日也。此歌の心は、昔伊奘諾・伊奘冉、此二神自始男女婚合之儀以来、夫婦之義于今不絶と読給へり。可秘之。如師伝書入也。

に始まる特異な内容の長い記述は、『彰考館本伊勢物語抄』には見えない記述である。男女を金剛界・胎蔵界にあてるのは、本大成第二巻所収の『伊勢物語髄脳』をはじめ、真言立川流の影響を受けた中世の秘伝の多くに見られるものであって、特に珍しくもないが、この場合は、前引の『彰考館本伊勢物語抄』からの引用とは異なって、始めに「追口伝ヲ入」と記し、末尾に「如師伝書入也」と記している。『彰考館本伊勢物語抄』の内容を伝えた師が、それ以上の秘説を口伝として伝えたということであろう。

以上に見るように、この『増纂伊勢物語抄』は、『彰考館本伊勢物語抄』による追加のほかにも、さまざまな情報を含んでいて、貴重である。

六　『伊勢物語奥秘書』について

鉄心斎文庫所蔵『伊勢物語奥秘書』は、縦二六・八糎、横一八・四糎の袋綴五冊本。第五冊の冒頭の遊紙と第一丁の印記によって、鷹司城南館と渡邊千秋の旧蔵書であることが知られる。五冊本の第一冊は総論から第一五段の注釈の途中まで、第二冊は第一五段の注釈の途中から第四二段まで、第三冊は第四三段から第六九段の注釈の途中まで、第四冊は第六九段の注釈の途中から第九〇段まで、第五冊は第九一段から第一二五段までという構成である。

水色紙表紙の左上方に『伊勢物語奥秘書　蒿溪考正』と、直書（じかが）きにて外題を書く。ついでに言えば、第一冊の表紙裏に第二二段の注の一部を、同じく裏表紙の裏には総論の一部を、また第二冊の表紙裏には第二三段の注の一部を、さらに第四冊の裏表紙の裏には「伊勢物語」ではなく「古事談　第四　勇士」と端作りした料紙を、それぞれ補強紙として貼りつけている。なお、筆跡は、これらの反古を含めて、江戸時代中期の国学者伴蒿溪（一七三三〜一八〇六）のものと見てよかろう。蒿溪の随筆『閑田耕筆』（寛政十一年版）の版下と同じ筆跡である。

右に述べたように、各冊の表紙に『伊勢物語奥秘書　蒿溪考正』とあるほか、第一冊の大扉にも「蒿溪考正　伊勢物語奥秘書　全五巻」とあるが、この「考正」は「校訂」の意であって、蒿溪の著作ではない。この『伊勢物語奥秘書』の成立は、後述する内容から見て、室町時代後期と見るべきであろうが、第八二段の「ちればこそいとゞ桜はめでたけれうき世に何かひさしかるべき」の注（二三八頁）に、

心敬の発句に、

雨におち風にちらぬは花もみぢ

と申されたるを、秀逸と申侍り。同じ心なり。

とあるのを見ると、この『伊勢物語奥秘書』の成立は、心敬がこの句のよんでから後、しかし、心敬やこの句の

のではないかと思われるのである。

ことが話題になり得る時期、つまり室町時代の文明年間（一四六九―一四八七）から数十年ほどの間と見てよいの
ではないかと思われるのである。

さて、この『伊勢物語奥秘書』の注釈が、いわゆる「冷泉家流伊勢物語注」の類に近いことは一目にして明らかである。

今、第四〇段の場合（一九七―一九八頁）を例にすると、

（一）「むかし、わかきおとこ、げしうはあらぬ女を思ひけり」と「げしう」と濁り、「げしうはあらぬとは、いやしからぬと云事也」と注す。

（二）「さかしらする親」を女の親とし、紀有常夫妻のこととする。

（三）「女を追ひうつ」とあるのは、有常夫妻が、「（平）定文の方へと女を誘へと云由也」とする。

（四）「女もいやしければ」とあるのは、娘を卑下して言うのだと説きつつ、一説として、「いやし」とは「若を云也。若時は加階もひきければ、いやしと云なり」とする。

（五）「血の涙を流すとは、深く歎由也」と注し、「楚辞云、卞和山の下哭事、七日七夜」を引く。

（六）「とよみて、たえいりにけり。おやあはてにけり」の「親」を、女の親である有常のこととする。

（七）「まどひて願たてけり」を「春日へ詣るなり」と注する。

（八）「けふのいりあひばかりにたえいりて、又の日のいぬのときばかりになむ、からうじていきいでたりける」という本文について「貞観十一年七月十八日絶入」と注し、「『中将冥途ノ記』の中に、『閻魔宮の』などいへり」と注している。

このように、注釈の特徴を八項目にまとめてみたのであるが、そのいずれもが、いわゆる「冷泉家流伊勢物語注」の特色としてとらえられるものなのである。

さて、これらの内、これに最も近いと目されるのは、正徹自署・蜷川智蘊筆『伊勢物語』(注13)の行間書入注である。これを見ると、行間書入れであるために詳細な記述は少ないが、それでも、(二)「さかしらする親」の傍に「有常、此女ヲ定文ニ合ント先約スル也」とあり、(七)「まどひて願たてけり」の傍に「春日ニマウデテイノル也」とあり、さらに(八)「けふのいりあひ許にたえいりて又の日のいぬのときばかりになむ、からうじていきいでたりける」という本文の傍らに「貞観十一年七月十八日絶入一日一夜。『中将冥途記』中有『閻魔宮』ナドノ記アリ」と注しているというように、三点が一致しているのである。

次に、同じく正徹流の古注を伝える宮内庁書陵部所蔵の正徹伝授・心敬聞書の『伊勢物語注』を見ると、(二)「さかしらする親」の傍らに「有常、此女ヲ定文ニ合ント約束シタルヲ云也」とあり、(七)段末に「願立トハ、春日詣祈也」とあり、さらに(八)「貞観十一年七月十八日絶入、一日一夜、中将焔魔宮行記アリ」というように一致していて、この『奥秘書』の説が正徹流の注釈によっていることがわかるのである。

ついでに言えば、第四〇段「おとこ、血の泪をながせども、とゞむるよしなし」について、『奥秘書』は、「血の泪を流すとは、深く歎由也。『楚辞』云、卞和山下哭事、七日七夜、涙尽て継に以血を云々」と記すが、この引用は、「冷泉家流伊勢物語注」として分類される『十巻本伊勢物語注』『増纂伊勢物語抄』や『河野美術館本伊勢物語註』には見られない。しかし、『伊勢物語の研究〔資料篇〕』に翻刻した『書陵部本注』を見ると、(二)(三)「さかしらする親とは、有常、この娘を業平にあはせじ、定文に逢せんとするを云也」とあり、(五)「ちの涙をながすとは、思ひのせつなるには、ちのなみだをながす也。本文、『古今』のごとし。説云、「ちのなみだおちてぞたぎつ白河は君が世までの名にこそありけれ」。血の涙といふ、本文也。あまり泣ぬれば、涙つきて血をながすなり。韓子曰、楚人卞和得玉璞於楚山中献之武王之使玉人治之得其宝、名曰和氏璧也。血の泪は法文にも侍り」とあって、『楚辞』と『韓子』の違いはあっても、やはり一致しているのである。

このように、『伊勢物語奥秘書』の説は、いわゆる「冷泉家流古注」の一つだと言い切ってよさそうであるが、次のような場合もあることを、注意しておきたい。

第六三段の「馬のくちを取」に関連して（二一七頁）、『伊勢物語』の本文には「在五中将」とあるのに、「冷泉家流伊勢物語注」に属する『十巻本伊勢物語注』が「業平、于時右馬頭ナリケレバ、ソノ口ヒキヲ聞召ヲ云也」（四六頁）と記し、『増纂伊勢物語抄』も「業平、于時右馬頭也ければ、其口引を聞食を云也」（一一七頁）と注し、『書陵部本抄』が「むまの口を取てとは、業平右馬頭なり。其口引を聞をいふ也」とあって、これが「冷泉家流伊勢物語注」の類の一般的理解であるのに、この『奥秘書』では、まず他の「冷泉家流伊勢物語注」と同じように「馬のくちを取とは、その時、中将、右馬頭也。其くちひきを聞食由也」（二一七頁）と記した後、続けて「其時、右馬頭と云事、代々師説なれ共、勘るにあたらず」と記しているのである。つまり、業平はその時右馬頭であったという「冷泉家流伊勢物語注」の説を「師説」として尊重しつつも、それを適当に無視して「在五中将」とする『伊勢物語』本文によって述べてゆく、この『奥秘書』の姿勢が注目されるのである。

伝来の説をあえて無視する、この『奥秘書』の特徴を示している例を、もう一つ掲げておこう。

東下りの段（第九段）、有名な「三河の国、八橋」について、「冷泉家流伊勢物語抄」の類は、すべて業平をめ

ぐる女性を譬喩していると説き、『十巻本伊勢物語注』では、種々の説を引いた後に、

三人トハ、二条后、染殿后、有常ガ娘也。八橋トハ、八人ヲカケテ思渡ルヲ云也。八人トハ、四条后、染殿内侍、伊勢、小野小町、定文ガ妹、初草女、源当純妹、斎宮女御、此八人也。

と記し（一四一一五頁）、『増纂伊勢物語抄』でも、

三人とは、二条后、染殿后、有常が娘也。八橋とは、八人を懸て思ひ渡を以、八橋と云也。八人とは、四条后、染殿内侍、伊勢、小野小町、定文が妹、初草女、源当純妹、斎宮女御、此八人也。

と記しているのである（八五頁）。

また前述のように「冷泉家流伊勢物語注」の類を総合している『書陵部本伊勢物語抄』でも、

三人とは、二条后、染殿后、四条后等也。八橋とは、八人をいづれも捨がたくて思ひわびたる心也。八人とは三条町文徳天皇思人、これ高親王母、有常娘染殿内侍、伊勢、小町、定文娘（妹）、初草女、当純娘、斎宮、此八人也。

とあって、それぞれやや混乱はしているが、「三河」と「八橋」に女の名をあてることには変りがない。

それに対して、この『伊勢物語奥秘書』では、「三河」については、

三河とは、染殿の后、二条の后、四条の后、三人を思ふ由なり。（一六五頁）

と記して、冷泉家流古注の特徴を示しているのだが、「八橋」については、

八橋とは、恋の心の、蜘手の如くに乱る由なり。又八人を思ふなり。前の三人に五人をくはへたるの説なり。

と記して、八人の人名を列記することは省略してしまっているのである。

同じような例になるが、初段の「となむおひつきて言ひやりける」の「おひつきて」について、『書陵部本注』

は、

帯つきてとは、衣のすそをきりて、帯のやうにつぐを云。家隆には、おいつきて見るといふ也。

と記し、同じく書陵部所蔵の『正徹伝授・心敬聞書　伊勢物語注』にも、

帯続テト当流ニハ心得。追付テハ他家ノ義也。上古ハ男女ノカタラヒセントテ、帯ヲヤルナリ。ヒタチ帯モ同前。アハジト思バ帯ヲ返ト云々。

と記されていて、「帯つきて言ひやりける」と読む珍妙な説が、定家流を自称する「冷泉家流古注」の一般的な説として尊重されており、本書所収の『十巻本伊勢物語注』（六頁）でも、

カリギヌノスソヲ切テ歌ヲ書テヤルトハ、業平必紙ヲモタザルニハアラズ。上古ニハ、男女ノ契ヲセントテハ、帯ヲ遣ス也。鹿島ノヒタチ帯ノ由緒也。

と記し、『増纂伊勢物語抄』（七八頁）でも、

狩衣のすそを切て歌を書てとは、業平必ず紙をもたぬにはあらず。上古は、男女の契りをせんとては帯を遣す也。鹿島のひたち帯の由緒なり。『古今』の如し。業平、折節帯の無ければ、狩衣のすそを切て帯のごとくにつぎて、春日野ゝ歌を書て遣す也。

と記し、さらに数行後の増補部分と思われる箇所にも、

帯つきて云やりけるとは、狩衣のすそを帯につぎてやる也。

とある。『十巻本伊勢物語注』でも、『増纂伊勢物語抄』でも、「冷泉家流古注」の説をそのまま踏襲しているのである。

それに対して、この『伊勢物語奥秘書』（一五五頁）では、

おとこのきたりけるかり衣のすそをきりて、歌をかきてやる、　心は、狩衣のすそを切て、帯の如につゞけて、
それに歌をかけるにこそ。

と「冷泉家流古注」の説を記しておきながら、後には（一五六頁）、

となむをいつきていひやりける　女の有所をもとめて云やるさまなり。次の一説、「追着きて」と云もあり。一説、「帯続て」と云義もあり。当流には不用なり。

とあって、「帯続て」という古注の説は「当流には用いざる」「一説」として扱われていることを知るのである。
なお、この『伊勢物語奥秘書』は、前述した『増纂伊勢物語抄』が冷泉家流の古注に『彰考館本伊勢物語抄』の類を増纂していたのと同じように、冷泉家流の古注に別種の注釈説を付加しているらしいことは、一五五頁と一五六頁では注釈内容と注釈姿勢が異なっていることと、春日野で垣間見した姉妹の姉を「むらさきのうへ」、妹を「しのぶのうへ」と言っているような叙述が、数多くの「冷泉家流伊勢物語注」の類とは異なっていることによっても推察される。『伊勢物語奥秘書』も、幾つかの古注釈を増纂していたのであり、幾つもの注釈説を比較検討するところから、妄信的に伝承してきた「冷泉家流古注」とは異なる場所に身を置いて注釈する姿勢になって来たのである。

七　「伊勢物語奥秘書」の「新注」

「伊勢物語奥秘書」には、このように、古注に依拠し、古注を重んじながらも、一方では古注から離れようと

している傾向があることがわかったのであるが、この古注に対立する説を、特に「新注」と明記する場合があることを次に注意しておきたい。

冒頭の総論の部分において（一五四頁）、諸本について述べた後、

注にも、新注、古注あり。此新注は二条の太閤のあそばされたるなり。当世、用之。

と記している。

この『奥秘書』が成立した頃には、二条良基の説が「新注」と称されて尊ばれていたということなのであるが、二条良基による『伊勢物語』の注釈は、残念ながら残っていない。だから言うわけではないが、私は、この「二条の太閤」は「一条の太閤」の誤りではないかと思う。事実、第九段の「かれいひくひけり」（一六五頁）について、「飯の惣名なり」という古注の説に対して、「新注には、ほしいひの事を云。干食飯を云となり」（一六五頁）としているのは、『伊勢物語愚見抄』の「かれ飯は旅の食物也。干飯と書く」と一致するし、第五八段の「葎生ひて荒れたる宿のうれたきはかりにも鬼のすだくなりけり」の歌に関連して（二二一頁）、

一条殿の説には、「おに」の「お」の字を、はねるこゝろなり。「に」と「な」とは、五韻相通する故也。

と言っているのは、要するに「おに」とは「おンな」のことだということであるが、兼良の『伊勢物語愚見抄』を見ると、

鬼はをんな也。「な」「に」「ぬ」「ね」「の」は、五音通ずるによりて、をんなを鬼とはいへり。

と言っているのである。「二條の太閤」は「一條の太閤」の誤りであり、二条良基ではなく、一条兼良のことだったのである。

室町時代の『伊勢物語』の注釈書として、兼良の『愚見抄』に続くものとしては、宗祇の講釈を肖柏が聞き書きした『肖聞抄』や、同じく宗長が聞き書きした『宗長聞書』、さらには清原宣賢が三条西実隆・公条父子の説をまとめた『惟清抄』が知られているが、この『伊勢物語奥秘書』には、『肖聞抄』『宗長聞書』『惟清抄』などの宗祇・三条西家流の注釈の影響は、ほとんど見られないようである。

たとえば、第四九段の「うらわかみねよげに見ゆる若草を人のむすばんことをしぞ思ふ」（二〇五頁）という歌について、宗祇・三条西家流の注釈では、

心は、我がいもうとなれば、子細なしとみれど、他人はいかゞ思はんやと、猶いもうとをあはれむ心也。（中略）又の儀に、いもうとをけさうじていへる心もありと云々。（肖聞抄）

心は、業平、わがいもうとを、せつにおもひて、我こそかく子細なしとはみれ、人はいかゞおもはんと云儀也。（中略）わがいもうとを憐憫の儀也。古註には、業平わがいもうとを、けさうのこゝろにて、ひとのむすばんことををしくおもふ心也。不可用之。（宗長聞書）

というように、妹を懸想したのではなく、憐憫の気持をもって詠んだのだと説き、「初草のなどめづらしき言の葉ぞうらなく物を思ひけるかな」という妹の返歌についても、

心は、あまりに我をあはれむ所のかたじけなきを云也。是程まではなどめぐみけるぞと云心也。（肖聞抄）

大かた世界に人をあはれむにこえて、中将のれんみんすることを、などかほどまでめぐみ侍るぞと喜悦のこゝろ也。（中略）古注には、「などめづらしき」とは、業平、おもひかけず、われをけさうするを云也。（宗長聞書）

というように、妹は、男がこれほどまで慈愛をもって接してくれることに感謝し喜悦しているのだと説いているのだが、『伊勢物語奥秘書』（二〇五頁参照）は、このような中将憐憫説は全く用いず、一条兼良の『愚見抄』が、男の歌について、

ねよげは、草の根のよきを、人とねてよきにそへたるなり。むすぶも、枕にむすぶ心也。わがいもうとなれば、かくいへり。

と述べ、また妹の返歌についても、

草の始てもえ出たるをめづらしきこと葉といへり。思ひもかけぬ事を中将ののたまふといふ心也。（後略）

と述べているのに近い解釈を示しているのである。

同様のケースとして、第六二段の後の歌、「是や此われにあふ身をのがれつゝ年月ふれどまさりがほなき」の解釈に見よう。

『愚見抄』では、「私から離れて行って年月がたっても、すばらしくなってはいないなぁ」と訳す現代の諸注釈書と同じく、

歌の心は、我にあはじとのがれたる人をみれば、年月ふれども、まさりたることもなきはと、はぢしめたる歌也。

というように、自分から去って行った女の「まさり顔なき」ことを嘆いたのだが、結果として、女を蔑視したことになるという解釈をとっているのであるが、『肖聞抄』『宗長聞書』『惟清抄』などの宗祇・三条西家流の注釈書では、

我に逢身をのがれて年月をふれど、思なをす事なき、とよめる也。業平の所を立出たる女なれば、我を思ふ事の、もとよりは、すこしもまさるやと思へば、さもなきよしをうらむる也。女を落としてよめるにはあらざるべし。是、当流の本意也。（肖聞抄）

われに逢事をのがれて年月をふれど、猶おもひもなをされず、いとひ侍るぞと云也。（宗長聞書）

我ニ逢事ヲノガレテ年月ヲフル程ニ、思ヒナヲサンカト思ヘドモ、思ヒナヲス事モナキ也。我ヲ思フ事ノマサルカト思ヘドモ、サモナシトナリ。女ヲアテヽ云ヤウニミル義ハ業平ノ性ニアラズ。（惟清抄）

というように、女を落としめているのではなく、「業平のことを深く思わずに離れて行ったのだが、年月がたっても、業平に対する愛情は勝っていないのか」と問うているのだという別解を示している点において共通しているのであるが、『伊勢物語奥秘書』には、このような旧注の説はまったく見られず、女を「色好みなる」小野小町のこととしているゆえに、

歌の心は、我所をのがれ行て、年つきふれども、猶、此心（好色の心）やまずと云事也。（二一六頁）

と注していて、宗祇・三条西家流の注釈とはまったく次元を異にしているのである。

つまり、この『伊勢物語奥秘書』は、一条兼良の『伊勢物語愚見抄』より後のものであるゆえに、当然、宗祇や三条西家流の人々の注釈とも近い時代のものであるはずだが、宗祇や三条西家流の人々が活躍していた場所にかかわらない世界において伝授されていたのではないかと思われるほどに、その影響を受けていないというところに、特徴が見られるのである。

八　「冷泉家流伊勢物語注」の増補性

『伊勢物語奥秘書』は、第五〇段の「鳥の子を十づゝ十はかさぬとも思はぬひとをおもふものかは」の注（二〇五頁）において、

鳥の子は更にかさねがたき物なり。かゝる有がたき事はありとも、我を思はぬ人は、思ひがたしと云心也。陳鴻『報恩記』云、恩の至て恩なるは、父母の恩。縦以禽子空上に百数百度重共、其恩難報云々。昔、もろこしに、献公と云御門をはしけり。九層の台を作らしむ。八百尺に立て給ひけるに、民、皆、春秋の業を捨て、三年までにいとなみけれども、事ならず。然共、是をいさむるもの、「其族皆罪に行ふべし」と、の給ひければ、をそれて、雇人なかりけり。有時、荀息と云人、禁中に参りて、「仕ゑ奉らん」と申す。「何をか芸にする」と尋給ふ。碁石を重ねて、其上に鳥の子を重ぬる由を申ければ、「さらば」とて、かさねさせ給ふに、碁石十二の上に、鶏のかいこを九つ重ぬるを見給ひて、「あら、あやうしや」との給へる時、荀息申しけるは、「是よりも猶あやうき事あり。君の九層の台を作り給ふに、人つかれ、民くるしみ、百姓隣の国へにげ失せなどするは、御代を持給はん事あやうきなり」と申しければ、御門、かんじ給ひて、やみ給ひけり。それをとりて、鳥の子を百までは重ぬるとも、思はぬ人を思ふまじきと云也。

と記しているのであるが、有名な故事であるゆえに、旧注も無視できなかったのか、『肖聞抄』は「百卵をかさぬると云事もあり。又、基子をかさねたる事もあり。但、此歌に云所は本説をば不用」と言い、『宗長聞書』も「百卵をかさぬると云本文あり。古註の儀也。当流の心は、如此なりがたきことはなるとも、おもはぬ人を、い

かゞおもはんと云儀也」というように、その「本説」「本文」に言及はしているが、それは「古註の儀」であって、当流には用いないと言っているのであるが、『伊勢物語惟清抄』を見ると、

> 卵ヲ一ツカサネンモ、スベリテ成ガタシ。百ノ卵ハ何カカサネラルベキゾ。有マジキ事ヲ云也。世間ノアブナキ事ヲ累卵ト云。『文選注』ニ、『説苑』ヲ引。晋平公ガ時ニ、九層ノ台ヲ作也。荀息ガ是ヲ諫メントテ、「臣ハヨク碁子ヲ十二カサネテ、其上ニ卵九ツヲカサヌル事ヲスル」ト云。平公曰、「ソレハ危キ事也」。荀息曰、「コレ危カラズ。公ノ九層台ヲ作テ、百姓ヲ煩ハス。是、甚危キ事也」ト云。平公ノ領解シテ、台作ル事ヲ止タリ。『文選注』ニハ、平公ヲ霊公トシ、碁子ノ術スルモノト云モノヲ孫息トシタリ。コヽハ故事機縁ノ方ニハアラズ。成マジキ事ニ云也。タトヒ有マジキ事ハ有トモ、思ハヌ人ヲ思フト云事ハアルマジキ也。

としている。「コヽハ故事機縁ノ方ニハアラズ」と言ってはいるが、その掲げ方は詳細で、前掲の『伊勢物語奥秘書』のそれに近いものになっている。後に三条西実枝から伝授を受けた細川幽斎の『闕疑抄』もこれをそのまま引いているから、三条西家においては、知識として「故事」の類を教育的に説くのであろうが、古注を重んじ本説を説く態度と、本説の存在を示しながらそれを否定する態度とは、やはり大きな違いがある。

ところで、右に引用した『宗長聞書』は「百卵をかさぬると云」本文が「古註の儀」であると言っていたように、冷泉家流の伊勢物語古注を代表する『書陵部本抄』や、本書に収めた『十巻本伊勢物語注』などは、陳鴻の『報恩記』を引いている。しかし、もう一つの「九層台の故事」は引いていない。この「九層台の故事」を引くのは、『増纂伊勢物語抄』だけなのである。

『増纂伊勢物語抄』は、すでに記したように、「冷泉家流古注」を代表する『十巻本伊勢物語注』とほぼ同じ

内容の注釈に『彰考館本伊勢物語抄』と一致する別種の注釈を加えているのだが、この第五〇段の場合も、『十巻本伊勢物語注』とほぼ一致する「冷泉家流古注」の説を記した後、追加の形で補っているのは、おそらく『彰考館本伊勢物語抄』の類による増補であろう（二一一頁）。

追、鳥子ヲ重ト云事、『千金文経』に見たり。昔、晋の献公と申御門、九層の台を作て、民の煩と成。人民こらへかねて他国へ逃行。男は東作西取の業をもせず、女は蚕養織継の態をもせず、安き時なく歎きけるを、諫る人なし。「若、諫る人あらば、誅戮せん」と王のたまふ所に、爰に、姓は荀、名は息と云人、来て、色々芸をして見す処に、定て我をば諫来らんとて、「射取」と下知す。荀息「また面白き事可仕」とて、其時、十二の碁石を重て、其上に九の玉子を重ね見すとき、王あやうきとて内へ入を、御袖をひかへて申やう、「此ごとく、今、御国あやうくそうらへば、御台を止られ、民を御すくひそうらへ」と諫り。されば、その鳥の子を縦百重とも、思はぬ人を思はじとよめり。此古事、『注千字文』にものせたり。

繁簡やや異なるが、「献公」「荀息」の名をはじめ、『伊勢物語奥秘書』とも共通するものがある。『彰考館本伊勢物語抄』は前半部が欠落していて、この部分が伝存していないので確認できぬが、この類の注釈書から引用増補したことは、おそらく間違いあるまい。

昭和四十四年（一九六九）に『伊勢物語の研究［資料篇］』を刊行、『冷泉家流伊勢物語抄』と題して『宮内庁書陵部本伊勢物語抄』を翻刻紹介した時、人々は今まで知られなかったこの種の注釈の特異さにただ驚くばかりであったが、それから二十年、三十年と経過するうちに、「書陵部本抄は増補が多く、純粋ではない」と批判めいた口調で書かれている文章を見るようになった。佐藤（神田）裕子氏による今治市河野美術館本の紹介翻刻など、「冷泉家流古注」の原初の形態を究める努力も当然重要な課題ではあるが、『書陵部本抄』を始め、本書に収めた『増纂伊勢物語抄』や『伊勢物語奥義書』など、この種の注釈は、古注を基盤に据えながらも、他説をどんどん追加し、増補してゆくところに特色があるという実態から目をそむけてはならない。そこに室町時代の『伊勢物語』の注釈書の特徴があるからである。まことに、増補こそが、その注釈書が時代に「生きている」ことの証であり、他注の「増補」による比較検討が、注釈の相対化への道であったことを認識する必要があると思うのである。

注

（1）［研究篇］は一九六八年、［資料篇］は一九六九年、共に明治書院刊。
（2）明和九年刊本による。
（3）本書所収の本文によるが、読解の便をはかって清濁を表示し「　」の類を加えた。以下、注釈書の引用はすべて同じ。
（4）佐藤（神田）裕子「河野美術館蔵『伊勢物語註 冷泉流』解題・翻刻」（片桐洋一編『王朝文学の本質と変容 散文編』和泉書院、二〇〇一年刊）
（5）『伊勢物語の研究［研究篇］』（一九六八年、明治書院刊）『伊勢物語の新研究』（一九八七年、明治書院刊）『源氏物語以前』（二〇〇一年、笠間書院刊）
（6）〔改訂新版〕一九八四年、風間書房刊
（7）一九七三年、赤尾照文堂刊

（8）井上宗雄氏の『中世歌壇史の研究　南北朝期』（一九八七年、明治書院刊）を始め、通説は関東在住の廷臣一条能基のこととするが、疑問もある。『公卿補任』によれば、弘安八年の一月二十一日に能基は没しているので、東大本の「弘安九年十二月」はおかしい。
（9）弘安元年に「閏十二月」はない。「閏十二月」があるのは、東大本が言う弘安九年である。
（10）二〇〇〇年、笠間書院刊
（11）注8参照。
（12）『大和物語』の「心を取り」要約したというのか、『大和物語』、もしくはその登場人物が「心劣り」しているというのか、わからない。
（13）片桐洋一所蔵。『伊勢物語古注釈コレクション　第一巻』（一九九九年、和泉書院刊）所収。
（14）注4に同じ。

（片桐洋一）

片 桐 洋 一（かたぎり・よういち）　【編集委員】
1931年生まれ。京都大学大学院博士課程単位取得。大阪女子大学名誉教授。主要著書『伊勢物語の研究［研究篇］［資料篇］』（明治書院）『伊勢物語の新研究』（明治書院）『源氏物語以前』（笠間書院）

山 本 登 朗（やまもと・とくろう）　【編集委員】
1949年生まれ。京都大学大学院博士課程単位取得。関西大学教授。主要著書『伊勢物語論　文体・主題・享受』（笠間書院）『日本漢詩人選集・菅原道真』（共著・研文出版）『平安文学研究ハンドブック』（共編・和泉書院）

神 田 裕 子（かんだ・ゆうこ）
1970年生まれ。早稲田大学大学院博士課程単位取得。早稲田大学大学院生。主要論文「河野美術館蔵『伊勢物語註　冷泉流』」（『王朝文学の本質と変容　散文編』和泉書院）「「玉水」の作品研究」（「演劇映像」第43号）「古活字本「謡抄」単辺十二行本の書誌学的研究」（「演劇研究センター紀要」III）

丸山愉佳子（まるやま・ゆかこ）
1976年生まれ。学習院大学大学院人文科学研究科博士後期課程在学中。主要論文「伊勢物語奥書集成稿（一）」（「国文学研究資料館文献資料部調査研究報告」第23号）「伊勢物語享受の実際　―伊勢物語版本についての報告」（「学習院大学国語国文学会誌」第46号）

伊勢物語古注釈大成（いせものがたりこちゅうしゃくたいせい）　第一巻

2004年（平成16）10月30日　初版第1刷発行©

片桐洋一・山本登朗　責任編集

装幀　右澤康之
発行者　池田つや子
発行所　有限会社**笠間書院**
〒101-0064　東京都千代田区猿楽町 2-2-5
☎ 03-3295-1331㈹　FAX03-3294-0996
NDC 分類 913.32　振替00110-1-56002

ISBN4-305-70041-7 C3395　藤原印刷・渡辺製本
乱丁・落丁本はお取りかえいたします。　（本文用紙：中性紙使用）
http://www.kasamashoin.co.jp